CO

C000284315

Alex Abella

Le Massacre des Saints

*Traduit de l'anglais
par Daniel Lemoine*

Gallimard

Titre original :

THE KILLING OF THE SAINTS

© *Alex Abella, 1991. First published by Crown Publishers,*
New York, NY (USA).
© *Éditions Gallimard, 1992, pour la traduction française.*

Alex Abella est né à La Havane (Cuba) en 1951. Il avait dix ans quand sa famille est venue s'installer aux États-Unis.

Alex Abella est aujourd'hui scénariste et vit à Los Angeles.

À Armeen,
sempre diritto!

PROLOGUE

Oyeme, chico, ven acá, *qu'est-ce que c'est, qu'est-ce que j'apprends, que tu fais un gros truc sur les Cubains et les Marielitos de Los Angeles ?* Coño, chico, *tu sais que les Cubains sont toujours les meilleurs, mon frère, y a pas plus intelligents, sexy ou élégants, tu sais ça ? Regarde ce qu'on a fait ici, à Miami ; avant nous c'était juste un marécage pour les nègres et les juifs agonisants. C'est devenu la capitale de l'entreprise latino-américaine, le centre de tous les mouvements, celui des affaires et des gens qui veulent être libres, faire leurs courses chez Burdines, avoir un bel appart sur la plage ou une maison à Coral Gables, et conduire une voiture dernier cri.* Qué va, *mon frère, sans nous, Miami ne serait rien, rien qu'un banc de sable au bord d'une mangrove pleine de cafards volants et de paumés. Tout le monde devrait faire ce qu'on a fait ici,* mi hermano. *Mais je vais te dire un truc, tu sais quoi ? Ils n'ont pas assez de cervelle ou de couilles pour faire comme nous, transformer la colère et le ressentiment en béton et en or, laisser le désir te montrer le chemin, si bien qu'à la fin le monde entier t'appartient parce que c'est ce que tu veux, un point c'est tout. C'est pour ça qu'on est meilleurs, c'est pour ça qu'on est diffé-*

rents, únicos. *Regarde, si tous les Mexicains de L.A. s'y mettaient, mon frère, je te le dis, les Anglos seraient baisés, vieux, pas de problème. Rien ne peut résister à la volonté d'un peuple quand son heure est arrivée. C'est une force de la nature, comme le vent, les marées, qui ne sont rien, juste de l'air et de l'eau, mais lorsqu'elles s'associent et qu'elles sont poussées par une volonté, elles deviennent typhon ou raz de marée et assouvissent une vengeance longtemps refusée. Tu sais quoi ? Ça n'arrivera pas parce que personne n'est comme les Cubains. Prends seulement la musique, le jazz, mon pote, c'est tout cubain et on ne peut pas dire le contraire. Tous ces types sont allés à La Havane, ils ont bu notre rhum, ils se sont amusés avec les dames, ils ont écouté la musique et ça n'a pas tardé, mon frère, ils nous ont volé tous les bons airs. Même le rock'n' roll,* mi hermano. *Tu ne me crois pas ? Alors tiens, tu sais que Bo Didley était très important, d'accord ? Tu connais son rythme, le dum-dee-dum-dee-dum, dum-dum, celui qui a envahi tout le rock'n' roll et que sans lui il aurait jamais été aussi formidable ? Il reconnaît lui-même qu'il l'a volé dans une chanson cubaine qu'il a entendue. Tu vois, tu connais ce rythme,* el sabor[1], *ce truc cubain, comme la chatte d'une jolie Cubaine,* mi hermano, *incomparable. Tous ces types viennent nous voler et puis ils prétendent qu'ils ont trouvé ça tout seul. Mais bon, ça va, c'est le passé. Pas la peine de se casser la tête pour ça. Tu ne crois toujours pas qu'on est les meilleurs ? D'accord, regarde le sport... Le plus grand boxeur, le plus intelligent, celui qui a tout appris à Sugar Ray Robinson, qui c'était ? Kid Chocolate, mon frère. Et n'oublie pas Kid Gavilan et Benny Kid Paret. Et le base-*

---

1. Saveur, goût *(N.d.T.)*.

ball... bon, ce n'est même pas la peine de parler du base-ball, je ne pourrais pas te citer tous les grands joueurs cubains... Aparicio, Marichal et tous les autres. Et José Canseco, qué va, rien ne vaut un Cubain. Tu sais, pour un si petit pays, on est les plus grands, c'est pour ça qu'on nous appelle « les juifs d'Amérique latine ». On est le cerveau de tout ce qui est au sud de la frontière. Et aussi au nord, c'est seulement qu'on n'y est pas depuis tellement longtemps. Regarde les choses en face, on est le groupe d'immigrants qui s'est intégré le plus vite depuis que ce pays existe. Coño, mon pote, même plus vite que les juifs. On a des professeurs, des peintres, des ingénieurs, des journalistes, des danseurs, des musiciens, des couturiers, des hommes d'affaires... regarde la plus grosse entreprise du monde, Coca-Cola, qui ne connaît pas Coke ? Enfin, celui qui se boit, mi hermano, mais les Cubains sont aussi dans l'autre. Qui dirige Coca-Cola ? Un Cubano. Qui d'autre ? On sait s'y prendre. Comme je disais, regarde Miami. Notre problème, c'est qu'on a toujours traîné tout ce truc politique derrière nous, tu sais, qui nous paralysait et nous rendait complètement aveugles à la réalité de ce qu'on pouvait être. C'est pour ça qu'on s'est épanouis seulement ici, sur ce sol américain stupide, fourbe, déloyal, perfide, où tout est possible mais où on voit quotidiennement comment on a été trahis quand on a tenté d'écraser le Néron sanguinaire avec son cigare et son sourire plein de balles et d'os. Mais, hé, c'est de l'historia antigua. Alors qui s'intéresse à ces Marielitos qui sont venus en supposant qu'on ferait tout à leur place, en croyant que c'était le socialisme ou va savoir quoi, qu'il leur suffirait de demander pour recevoir, de frapper pour que la porte s'ouvre ? Coño, mon pote, ces types ne veulent pas se fouler, bosser dur comme on a fait, nous. Ils

13

veulent tout seulement parce qu'ils ont une belle gueule,
tu vois ? Alors, ce qu'ils font, c'est se plaindre d'un truc
ou d'un autre, puis prendre un pistola *et s'imaginer*
qu'ils pourront résoudre tous leurs problèmes en truffant
les gens de plomb. Au fond, ce n'est qu'une bande de
nègres, mon frère, alors tu n'as pas besoin de perdre ton
temps avec eux. C'est à cause d'eux que nous, les Cubains
blancs, nous ne sommes pas bien vus, muy mala repu-
tación. *C'est ce fumier de Fidel qui a enculé les Améri-*
cains, et nous avec. Ces ordures, ces déchets humains, il
les a envoyés, il a vidé Mazorra, la maison de fous, et il
a vidé les prisons. C'est de la merde, mon pote, ils ne
valent pas un clou et tu ne devrais pas t'occuper d'eux.
Regarde donc les grandes choses qu'on a faites, mon pote,
regarde Miami. Et ce n'est rien, tu vas voir. Bientôt, on
aura des Représentants et des Sénateurs cubains partout,
tu vas voir. On a déjà eu un gouverneur cubain en Flo-
ride, et cette Représentante cubaine de Dade, comment
s'appelle-t-elle, déjà ? Merde, mon pote, peut-être bien
qu'ils iront jusqu'à changer la constitution pour nous,
mon frère. Mettre un Cubain né à La Havane à la prési-
dence des États-Unis, ça serait vraiment génial ! Alors
laisse tomber ces Marielitos, *mon frère, laisse-les tomber,*
c'est de l'ordure, c'est rien. C'est du fumier, mierda. *Fidel*
les aurait tués de toute façon. C'est ce qu'ils méritent, le
peloton d'exécution, el paredón.

1

À Los Angeles, le froid est comme la mort... il prend les gens par surprise et leur laisse le regret de la chaleur perdue. Le jour où les deux exilés cubains commirent une des attaques à main armée les plus sanglantes de l'histoire de la Californie du Sud fit naître encore plus de regrets que la plupart des offensives de l'hiver dans ces régions méridionales. Lorsque l'aube se leva, la température plongea, obligeant tous les habitants de ce Galaad côtier à sortir les petites laines de sous la pile de polos et de sweat-shirts. De véritables petits nuages de condensation stagnèrent pendant toute la journée devant la bouche des gens, comme des bulles de bandes dessinées, et les vieux rhumatismes ainsi que les vieilles douleurs, abandonnés de l'autre côté des Tehachapis et de la frontière de l'Arizona, réapparurent comme d'anciennes fissures dans les fondations de la maison. La consommation familiale de flocons d'avoine et de semoule de maïs augmenta tandis que les cafés et restaurants de toute la région servaient de solides festins d'œufs, bacon, saucisses, frites, double ration de crème et de beurre sur tout, au diable le cholestérol et la ligne. Ceux qui avaient une cheminée firent du feu et l'entretinrent aussi longtemps que possible, tandis que les Angelenos prévoyants absorbaient des doses massives de vitamine C, afin de se prémunir contre les rhumes et la grippe qui viendraient dans le sillage de ce coup de froid aussi sûrement que les égouts de la ville débordent, à Santa Monica, après chaque orage.

Toutefois, c'est à peine si les auteurs du massacre de la bijouterie Schnitzer, José Pimienta et Ramón Valdez, eurent conscience du froid qui s'abattit sur la ville. Ils avaient passé la nuit à prier Oggún, guerrier redoutable du culte de la *santería*, demandant son aide, sa force, son audace en vue de l'action héroïque qu'ils étaient sur le point d'entreprendre. Dans une lourde atmosphère de basilic, jasmin et encens, leur trois-pièces salle de bains était un sauna aux parfums de peur, de désir et de fatigue, près de l'immeuble qui avait autrefois abrité l'Église universelle de la foi, fondée par Aimee Semple McPherson, à Echo Park. Même s'ils avaient ouvert les fenêtres collées par la peinture, pour aérer, les hommes auraient été incapables de sentir les tortillas, les burritos et le menudo[1] de leurs voisins mexicains. Ce qu'ils avaient absorbé pendant la nuit : café, cigares et une grande quantité de cocaïne additionnée d'amphétamines, rendait leurs sens inutilisables. Depuis douze heures, ils étaient à genoux devant l'autel où ils avaient disposé les instruments de leur

1. Menu *(N.d.T.)*.

dévotion : .357 Magnum, Colt .45 automatique, fusil Browning à canon scié, pistolet-mitrailleur Sten noir, mitraillette Uzi grise, six bâtons de dynamite, deux grenades. Finalement, à neuf heures, les deux hommes se déshabillèrent, s'enduirent le corps d'huile, s'habillèrent tout en blanc : sous-vêtements, chaussures, chaussettes, pantalon, chemise, veste et manteau, cachèrent leur arsenal sous leurs vêtements et partirent accomplir leur mission sacrée. En leur absence, une des bougies de l'autel enflamma un mouchoir en papier. Le détecteur de fumée déclencha le système d'alarme mais les flammes avaient complètement envahi l'appartement lorsqu'on y prêta finalement attention, et les pompiers du quartier furent obligés de défoncer la porte à la hache. Ils trouvèrent, parmi les offrandes calcinées, plusieurs poulets décapités, un chien découpé en morceaux et des ossements brûlés qui ressemblaient étrangement à des restes humains.

Le propriétaire du magasin où José et Ramón firent leur hécatombe dit également ses prières matinales, en ce jour d'hiver. Barry Schnitzer s'était réveillé avant l'aube, avait posé sa chasuble de prière sur ses épaules voûtées, sa calotte usée sur le sommet de son crâne et avait récité la prière juive des morts. Il lui avait toujours été facile de se lever tôt, depuis l'époque où il était apprenti cordonnier dans une petite ville de Galicie, quand il s'appelait encore Levi Abronovitz. C'est aussi ce qui l'avait sauvé des camps. Il n'y avait que lui qui ne dormait pas, dans le train qui emportait sa famille vers Auschwitz, quand les plaques pourries du plancher du wagon à bestiaux étaient tombées

17

sur la voie, formant un trou pas plus large que ses épaules. Sans une seconde d'hésitation, alors que les autres occupants du wagon n'avaient pas encore compris quel moyen miraculeux d'évasion s'offrait à eux, Levi avait plongé vers l'ouverture. Il était parvenu à se faufiler, suspendu sous le wagon comme un cafard sous une table. La planche avait heurté la voie, rebondi, s'était prise dans l'engrenage, bloquant la roue. Le train s'était arrêté brutalement. Levi fut projeté sur le sol, sa tête heurta les traverses couvertes de rosée. Il perdit brièvement connaissance, mais la volonté de vivre lui fit reprendre conscience quelques secondes plus tard. Il se glissa par une ouverture proche des roues métalliques, si brûlantes que des cloques apparurent sur ses mains et ses genoux. Lorsque les portes du wagon des gardes s'ouvrirent, Levi était déjà de l'autre côté des voies, petit homme en haillons courant se cacher parmi les grands pins qui bordaient le ballast. Des heures s'étaient écoulées quand les rayons d'un soleil couleur d'ardoise éclairèrent sans enthousiasme la campagne couverte de brume. À ce moment-là, Levi se trouvait au fond d'un fossé humide, tremblant de froid mais à des kilomètres du chemin de fer de la mort, libre de tenter de rejoindre son oncle, en Amérique.

Il avait changé de nom, s'était marié deux fois et avait fait fortune, mais le souvenir de cette évasion inespérée s'emparait encore de lui chaque matin, comme une articulation arthritique qu'il faut échauffer et faire fonctionner avant usage. Même parvenu au sommet, il chérissait ce souvenir, cette conviction que, pour une raison inconnue, Dieu avait voulu qu'il survive, contrairement à huit millions d'autres. À cause de cela, Schnitzer se sentait toujours proche des réfugiés, juifs ou non, estimait qu'en regardant les choses sous un angle un peu large (comment aurait-il pu ne pas être large, compte tenu de l'étroitesse du chemin qui l'avait conduit à l'évasion...), on était de toute façon déraciné quand on vivait dans l'Ouest et que chaque être portait en lui, quelque part, l'étoile jaune. Cette conviction le conduisit à engager, lorsqu'il chercha un directeur adjoint pour la bijouterie qu'il avait héritée au carrefour de la Sixième et de Hill, une Arménienne aux yeux de braise dont l'intelligence apparaissait clairement, malgré les maladresses de son anglais.

Hilda Sarkissian avait vingt-cinq ans à l'époque, une petite fille et un mari cossard qui la battait, mais elle n'avait pas déçu Schnitzer. Sous sa direction prudente, et grâce aux relations de la jeune femme, qui parlait arménien, iranien, turc et arabe, au Moyen-Orient, l'affaire de Schnitzer se développa jusqu'au jour où il y eut une douzaine de bijouteries Schnitzer dans le sud de la Californie, toutes destinées à satisfaire le type moyen, le client modeste, le cuisinier ou l'employé de bureau qui achète des boucles d'oreilles en diamant et les paie à raison de dix dollars par semaine, si bien qu'il finit en fait par verser de quoi avoir un collier. Levi, qui s'était lancé dans la bijouterie sans rien connaître, après la mort de son beau-père, lequel avait laissé la boutique et un nom que Levi adopta sans cérémonie, ce fils de marchand ambulant sans formation ni compétences se félicitait d'avoir

eu la bonne idée d'engager cette employée entre-
prenante.

Avec le développement des affaires, Hilda et lui
devinrent riches, quittèrent Boyle Heights, ancien
ghetto d'East Los Angeles désormais peuplé
d'Hispaniques divers, pour Northridge et Bel Air
respectivement. Schnitzer lui laissait depuis longtemps la gestion quotidienne de la boutique mais,
deux fois par semaine, presque rituellement, il descendait, dans sa Lincoln Continental marron, à la
bijouterie mère du carrefour de la Sixième et de
Hill, au magasin qui avait fait sa fortune.

Ce matin-là, à Northridge, le plus gros problème
de Hilda Sarkissian était le même depuis seize ans :
sa fille, Jeannie. Hilda avait pris rendez-vous dans
une clinique psychiatrique du quartier afin de
traiter le problème d'obésité de sa fille, et devait à
présent persuader Jeannie de se laisser interroger,
mesurer et analyser en vue de retrouver sa minceur. Au moment où elle prit les clés de la Mercedes sur le plateau en argent de l'entrée, Hilda
entendit l'eau couler et imagina les nuages de
vapeur dans la salle de bains bleu tendre de sa fille.
Elle hésita pendant quelques instants, se demanda
si elle devait aller frapper et exiger que Jeannie
sorte, puis décida de remettre la confrontation au
soir quand, après le baklava et le café turc, elles
pourraient parler comme des dames, et peut-être
cette adolescente stupide finirait-elle par se montrer un peu plus raisonnable.

Hilda sortit de la grande maison de style espagnol, avec son toit en tuiles rouges et ses fenêtres
donnant sur deux mille mètres carrés de roses et

d'azalées autour d'une pelouse très, très verte. Elle adressa un signe à Dolores, la femme de ménage salvadorienne, dont la Datsun déglinguée entra dans le chemin privé au moment où Hilda pointait le capot de sa Mercedes dans la rue en forte pente conduisant à la bretelle de l'autoroute encombrée. Elle jeta un coup d'œil sur la montre du tableau de bord et son impatience de femme d'affaires prit le dessus. Klaxonnant, elle slaloma d'une file à l'autre dans l'espoir d'arriver à la bijouterie avant Schnitzer.

Tandis que Hilda se frayait un passage dans les embouteillages, le responsable de la boutique, Carlos Azevedo, retirait le cadenas et ouvrait la porte à tambour de la boutique de Schnitzer. Il plissa dédaigneusement le nez en respirant la puanteur d'urine laissée par un clochard, dans l'intention de marquer son territoire avec l'instinct aveugle du chien ou du chat. Né à East Los Angeles, dans les *casuarinas* crasseuses de Montebello, Azevedo n'éprouvait que du mépris pour les dizaines d'hommes robustes aux yeux vitreux qu'il voyait quotidiennement mendier autour de Pershing Square. Le jour où les commentateurs de la télévision et des journaux les avaient qualifiés de sans-logis, il s'était mis en colère. Sans-logis, *pinche*, s'était-il dit, ce sont des cinglés ou des clodos. Ma famille était sans logis. Ces types ne veulent pas travailler, c'est tout, ils vendent de la drogue, boivent de la bière, volent les sacs des femmes puis ils expliquent, les larmes aux yeux, qu'ils sont comme ça à cause de la société. Des *chingaderas*. Moi, je vais vous dire, si j'étais à la place du maire, je les mettrais tous au boulot, je les mettrais à creuser des tranchées, à nettoyer les autoroutes, où alors au *pinche cárcel,* n'importe quoi pour les faire dégager de la rue. Azevedo coupa le système d'alarme et entra dans la boutique.

Quelques minutes plus tard, à Echo Park, José et Ramón quittèrent leur appartement. Le parfum de la lotion dont ils s'étaient enduit le corps s'attarda dans l'étroit couloir de leur immeuble. Le soleil froid pénétra brutalement dans leurs pupilles dilatées, conféra des arêtes dures et tranchantes aux objets — les enseignes en espagnol d'un cabinet médical, le toit de tuile du centre commercial, la De Soto basse sur roues qui les attendait au carrefour. José se tourna vers Ramón et prononça les seules paroles échangées avant d'entrer dans la boutique.

— On dirait La Havane en hiver.

— Oui, mais il fait plus froid. *Vamos,* il est tard.

La De Soto que José et Ramón utilisèrent pour gagner la bijouterie était un mastodonte poussif de 1949 prêté par le propriétaire d'une carrosserie, un Cubain nommé Inocente González. Lorsque la police l'interrogea, après les macabres événements, cet homme grassouillet, capitaliste en puissance, déclara tout ignorer des intentions de José et Ramón. La police fut sceptique mais n'eut pas d'autre solution que de le croire lorsqu'il raconta qu'ils avaient prétendu vouloir aller à Disneyland et n'avaient pas de voiture, et que González leur avait donc prêté cette De Soto saisie pour non-paiement, le propriétaire s'étant enfui au Mexique pour échapper à une inculpation d'incendie volontaire. D'après González, la De Soto était équipée de ressorts surbaissés spéciaux, et Ramón avait éprouvé quelques difficultés lors des trajets qu'il avait effectués en ville.

Les détectives de la police de Los Angeles, avec leur sagacité coutumière, supputèrent que cette absence de familiarité expliquait pourquoi la De Soto toucha le trottoir en entrant dans le parking voisin de la bijouterie Schnitzer. Les témoins oculaires déclarèrent que la voiture ne passait pas inaperçue, avec ses ailes et son capot aérodynamique bleu ciel, ainsi que son énorme pare-chocs au chrome étincelant, filant dans le centre à l'heure de pointe, aussi repérable qu'un *cholo* de Whittier Boulevard descendant fièrement Hill, ses couleurs au vent et sa *ruca* au bras.

Le gardien du parking, Remigio Flores, ancien de la guerre des gangs de Frogtown et San Fernando, fut scandalisé lorsque le châssis de la voiture heurta la pente de l'entrée, dans une gerbe d'étincelles. Remigio eut l'intention de dire au conducteur de relever la suspension à l'avenir, mais changea d'avis lorsqu'il vit l'expression glaciale des visages de José et Ramón, après qu'ils furent descendus et lui eurent ordonné de laisser le moteur tourner et la voiture devant la sortie, ajoutant qu'ils n'en avaient pas pour longtemps. Remigio suivit la paire des yeux et, lorsqu'il les vit entrer dans la bijouterie Schnitzer, comprit sans l'ombre d'un doute qu'il ne tarderait pas à entendre siffler les balles. Il gara donc la voiture comme on le lui avait demandé puis se réfugia dans sa guérite, la main posée sur le fusil à canon scié qu'il gardait là, au cas où il aurait besoin de se défendre.

La bijouterie Schnitzer était relativement petite, compte tenu du volume de ventes réalisé par Carlos et Hilda. Sur trois cents mètres carrés, l'établissement atteignait un chiffre d'affaires annuel supérieur à six millions de dollars, somme stupéfiante pour des bijoux dépassant rarement mille dollars.

Malgré cet important volume de ventes, notamment à l'heure du déjeuner, lorsque les foules de dactylos, d'employés de bureau et de secrétaires envahissaient Pershing Square, la bijouterie n'avait jamais éprouvé le besoin d'employer plus d'un vigile. Celui-ci se nommait Gene Hawkins. Grand, fort et noir, il était surnommé « Star » parce qu'il portait le même nom qu'un joueur de football des Forty-Niners de San Francisco. Mais, alors que l'as de la pelouse était rapide et souple, le Hawkins de Schnitzer était porté à la réflexion et l'hésitation. Transi parce qu'il arrivait de Compton avec sa « Citation », dont le chauffage était en panne depuis deux mois, Gene était allé se préparer une tasse de porridge instantané dans l'arrière-boutique. Il n'y avait qu'une cliente dans la bijouterie, à ce moment-là, une Asiatique avec une petite fille, qui examinait attentivement les boucles d'oreilles en filigrane posées sur un présentoir en velours.

Carlos fut le premier à voir José et Ramón entrer dans la boutique, côte à côte comme de minables voyous de série B. Il était au téléphone et tentait de joindre Beverly Alvarado, employée récemment engagée qui avait déjà une heure de retard et n'avait ni téléphoné ni expliqué son absence. (Plus tard, pendant l'enquête, la police constaterait que Beverly avait eu un accident sans gravité, en sortant de West Adams, et avait été retardée par l'autre automobiliste.)

À l'instant même où il vit entrer les Cubains, Carlos comprit qu'il y aurait des problèmes. Il raccrocha sans prendre la peine d'attendre la dixième sonnerie, comme il le faisait d'habitude. Les deux Cubains étaient venus trois mois auparavant et avaient acheté des pendentifs, des boucles d'oreilles, des colliers, le tout en or. Ils voulaient du 18 carats mais comme la bijouterie ne vendait que du 14 carats, ils n'avaient pas discuté, surtout après que Carlos leur eut expliqué que le 14 carats était de meilleure qualité et qu'il durait plus longtemps. Ils lui avaient montré un ordre de remise signé par M. Schnitzer et il avait donc divisé le prix par deux, ce qui laissait un solde de huit cents dollars, qu'ils voulurent régler à crédit. Leurs références professionnelles étaient maigres — ils ne travaillaient à la carrosserie Meneses que depuis six mois —, néanmoins Carlos estima qu'au pire, il pourrait toujours saisir.

Lorsque le pire arriva, ce fut une affaire désagréable, la plus désagréable de sa carrière. Les hommes ne tinrent aucun compte des multiples coups de téléphone au cours desquels il leur demanda de payer. Ils affirmèrent que les bijoux leur avaient été offerts par M. Schnitzer et qu'ils n'avaient pas l'intention de payer des cadeaux. Carlos, refusant de croire que Schnitzer ait pu donner sa marchandise à ces minables, demanda aux services du shérif de remplir leurs obligations vis-à-vis des commerçants de Los Angeles et de restituer les objets à leur propriétaire légitime. Le shérif adjoint, qui alla saisir les bijoux chez eux, raconta à Carlos qu'il avait trouvé ceux-ci posés sur un autel, en offrande à un dieu vaudou, et que les hommes avaient juré de les reprendre.

Carlos se tourna vers Hawkins et le poussa du coude.

— Hé, Star, flanque ces types dehors.

Hawkins pivota sur lui-même et vit les deux Cubains entrer en roulant des mécaniques. Il posa son porridge et détacha la sécurité de l'étui de son .387 Magnum.

— Fais attention, ajouta Carlos.

Ce fut la démarche traînante de Hawkins, cette allure un peu molle, instable, qui faisait de lui un personnage tout à fait rassurant, malgré son arme, qui scella son destin. José le vit approcher et, alors que le vigile ne s'était pas encore éclairci la gorge pour demander : « Vous désirez, messieurs ? », il avait déjà posé la main sur le bras de Ramón. Ils n'étaient convenus d'aucun signal mais Ramón, confronté à l'imposante silhouette en bleu, une main sur son revolver, sortit sa Sten en une fraction de seconde et à la stupéfaction de toutes les personnes présentes dans la bijouterie, y compris lui, tira deux fois sur les genoux de Hawkins, qui cédèrent lorsque les balles déchiquetèrent os et cartilages, puis sortirent au-dessus des mollets avec des trous parfaitement ovales.

Il y eut un instant de silence total, pendant lequel les gens que le moment et les circonstances

26

avaient réunis dans la boutique prirent la mesure du carnage qu'ils avaient sous les yeux et se demandèrent brièvement si le même sort les attendait. Puis le silence mourut.

La cliente asiatique, Nam Do Pang, lança un flot d'injures d'une voix stridente et plaintive tandis que l'enfant, sa petite-fille, éclatait en sanglots et mouillait sa culotte. Hilda et Schnitzer qui, dans le bureau du fond, examinaient une livraison d'aigues-marines apportées par leur ami roumain, Vlad Lobera, sortirent précipitamment. Carlos appuya sur le bouton du signal d'alarme situé sous son bureau, afin d'avertir la police du déclenchement d'une attaque à main armée, et se redressa, les bras levés, un sourire forcé sur les lèvres.

Tandis que José pointait son flingue sur eux, Ramón se dirigea vers Hawkins afin de lui prendre son arme. Mais Hawkins, puisant dans des réserves de courage dont il n'avait pas lui-même conscience, refusa de se laisser désarmer et donna des claques sur la main de Ramón, comme s'il s'agissait d'un enfant tentant de chiper un caramel.

— Tu l'auras pas, touche pas ! cria Hawkins.

Lorsque Ramón saisit finalement l'arme, Hawkins se débattit brièvement. Le coup partit et la balle pénétra dans le thorax de Hawkins, perça son poumon gauche et sectionna une artère près du cœur. Il frémit brièvement, puis s'immobilisa dans la mort, saignant par la bouche et le nez.

Nam Do Pang tenta une sortie mais, d'un coup de pied, Ramón la repoussa vers l'intérieur.

— Bouge pas ou je te tue !

La femme se tassa sur elle-même près de la

vitrine des boucles d'oreilles en émeraude et serra sa petite-fille dans ses bras.

José déplia deux sacs-poubelle en plastique qu'il avait dans la poche et les ouvrit, en perçant un dans sa hâte. Puis, avec la crosse de son arme, il cassa les vitrines, dans un déluge d'éclats de verre, ce qui déclencha un nouveau signal d'alarme. Il nettoya les vitrines, passant rapidement de l'une à l'autre, jetant les boîtes doublées de velours par-dessus son épaule, tandis que Ramón gardait son arme braquée sur le groupe.

Peut-être la tragédie pouvait-elle encore être évitée mais Carlos choisit cet instant pour faire étalage de ses *cojones*. Il s'adressa à José et Ramón dans l'espagnol heurté, hésitant, du barrio.

— Vous savez que ça va vous coûter la vie ?

José regarda brièvement Carlos, puis se tourna vers Ramón, qui agita son arme, lui ordonnant de continuer son pillage. À cause de l'humiliation ou en raison de quelque désir de mort inavoué, ou simplement parce qu'il s'en était toujours sorti en rudoyant, brocardant et intimidant les gens de couleur, comme un contremaître avec les ouvriers agricoles, Carlos asticota les Cubains sans avoir conscience de l'abîme culturel qui sépare les enfants de Castro des fils de Montezuma :

— *Pendejos*, connards, vous ne savez donc pas que l'homme blanc vous attend ? Vous avez tué un homme, laissez tomber. Lâchez vos armes. Vous ne croyez tout de même pas que vos conneries vaudou vont vous aider, hein ?

José, stupéfait, fixa Carlos, qui ignorait qu'il venait d'émettre la pire injure que l'on puisse adresser à un *santero*. Ramón, immobile, se mit à trembler, se demandant s'il devait abattre Carlos pour son impertinence. Les cris de la petite fille franchirent la brume de drogue et le concentré de volonté monomaniaque avec lesquels Ramón était entré dans la bijouterie. Ses gémissements, comme des cloches tintant dans son crâne, signalaient la crise, l'alerte, la mort imminente, faisaient surgir les souvenirs terrifiants d'exercices d'incendie au cours desquels tous les détenus de la prison de Combinado del Este devaient quitter leur cellule dès que retentissaient les cloches puis courir jus-qu'à la cour, et les jurons, injures, coups de fouet, de crosse, de manche de hache, de matraque, de chaîne des gardiens méprisants résonnaient aux oreilles de Ramón lorsqu'il se retourna et braqua son arme sur le visage de la petite fille.

— *Callate, callate,* ferme-la ou je te tue, chine-toque merdeuse !

Ramón était sur le point d'appuyer sur la détente et de lui faire éclater la cervelle parce que ça n'avait plus d'importance, que ce n'était qu'une vie de plus et que désormais il pourrait, lui, Oggún, ajouter sa petite tête aux yeux bridés à la montagne de crânes que ses fidèles déposaient devant lui, quand la vieille Asiatique couvrit la bouche de la fillette avec la main, expliquant à Ramón, en viet-namien, que sa petite-fille était absolument stu-pide et ne troublerait plus jamais Sa Seigneurie.

Ramón frappa Carlos à la mâchoire avec la crosse de son arme, l'envoya rouler sur le tapis de débris de verre.

Carlos se mit à genoux, sa lèvre supérieure

fendue lui emplissant la bouche de sang. Il cracha une dent.

— Oh, mon Dieu ! souffla Hilda, comme si ce coup était dans une certaine mesure plus inexplicable que ce qui était arrivé à Hawkins ou que les menaces adressées à la petite fille.

C'était une violence gratuite, inutile, la spirale de souffrance à laquelle elle avait assisté de trop nombreuses fois, lorsqu'elle était enfant, en Iran. Elle alla se mettre à l'abri derrière Schnitzer tandis que le vieillard se demandait s'il avait le temps de gagner son bureau et de prendre le pistolet fixé dessous avec du papier collant.

— Ça va pas dans votre tête, les nègres ? insista Carlos. Vous êtes cinglés ? Qu'est-ce que vous allez faire, tous nous tuer ?

José avait interrompu son pillage et posé son sac, à moitié plein, près du comptoir. Ramón lui avait dit qu'il y avait une petite chance que cela se produise, qu'un crétin ne renonce pas à résister quand le vigile aurait été maîtrisé. Il frémit au spectacle de Ramón, complètement habité par Oggún, dressé dans l'attitude arrogante du dieu, ventre en avant, bras à l'horizontale, jambes écartées. Le dieu était descendu des cieux et José redouta ce que l'*orisha* exigerait. Le refuser serait pire que la mort, mais lui obéir était tout aussi dramatique.

Pendant ce temps, au fond, Vlad Lobera, le Roumain obèse qui avait apporté les aigues-marines à Schnitzer, scruta le bureau du vieillard à la recherche d'une issue. C'était une petite pièce sans fenêtre, avec deux portes, la première donnant sur un étroit cabinet de toilette et l'autre sur le couloir qui reliait d'un côté le bureau à la boutique et, de l'autre, aboutissait à la sortie de secours. Lobera avait entendu les coups de feu qui avaient provoqué la mort de Hawkins et n'osait plus sortir. La peur lui contracta les entrailles et il gagna précipitamment les toilettes, ferma la porte à clé derrière lui. Là, il fuma cigarette sur cigarette, assis sur la cuvette, le pantalon autour des chevilles, écoutant mais ignorant qui parlait, terrifié par le fracas des détonations.

— *Oggún, ña ña nile, Oggún kembo ti le,* supplia José, se jetant par terre et embrassant les pieds de Ramón. Je t'en prie, rentre chez toi, ô dieu puissant, ne nous honore pas de ta présence car tu es puissant et nous ne sommes que de misérables chiens.

— Le chien est ma viande préférée, répondit Ramón dans un rire. Ma colère a été suscitée. Je n'aurai pas de repos tant qu'elle ne sera pas apaisée.

Il tapa du pied droit, exactement comme le dieu, secoua la tête et mania son arme comme une lance.

Mais Carlos, avec la même impulsion téméraire qui pousse le matador à embrasser la croupe du taureau qui passe au galop à quelques centimètres de lui, avec la même audace que le plongeur d'Acapulco qui se lance dans le vide à l'instant où, quarante mètres plus bas, arrive la vague qui va amortir sa chute — c'est-à-dire avec une inconscience stupide — Carlos se jeta sur l'arme de Ramón dans l'espoir de la lui arracher.

Oggún, dieu orgueilleux qui avait pris possession de Ramón, considéra avec mépris cette misérable tentative de le désarmer. De sa main libre, Oggún saisit ce guerrier de cent dix kilos, le brandit au-dessus de sa tête tel un iguane frétillant et le jeta contre le mur.

— Non, non, Oggún, cria José, mais Ramón braqua son arme sur le corps sans connaissance et le truffa de quarante-sept balles en deux secondes de vacarme assourdissant.

Ramón se dirigea vers le corps sans vie, mit un genou en terre, recueillit le sang chaud de sa victime dans le creux de la main et passa la source de vie sur son visage.

— *Oggún niká! Oggún kabu kabu, Oggún arere alawo ode mao kokoro yigüe yigüe alobilona, Oggún iya fayo fayo!* cria Ramón, levant victorieusement les bras, tapant du pied par terre, colosse noir vêtu de blanc, se prenant pour un dieu.

Hilda et Schnitzer s'étaient accroupis derrière le comptoir pendant le *mano a mano* opposant Ramón à Carlos. Voyant à présent le tueur en plein délire, ils reculèrent en direction de la sortie. Mais, alors qu'ils n'avaient pas encore tourné la poignée de la porte qui leur aurait ouvert le salut, Ramón les repéra. À ce moment-là, sa tâche accomplie, coupe pleine du sang humain chaud qu'il aime, Oggún partit pour le territoire de sa tribu. À sa place, tremblant, couvert de sueur et déconcerté, demeura Ramón, qui contempla avec consternation les destructions dont son alter ego divin était responsable. Il se sentit inerte, épuisé, l'esprit semblable à un tourbillon aveuglant de bière coulant dans le trou de l'évier. Il vit, au loin, comme des silhouettes traversant un terrain de football dans un ralenti de télévision, Hilda et Schnitzer les mains tendues vers la porte. Une voix qui lui sembla être la sienne mais paraissait venir d'ailleurs, cria :

— Arrêtez ! Arrêtez ou je vous descends !

Il eut envie de demander à José qui avait bien pu imiter sa voix d'une façon aussi convaincante, puis se vit jeter le Sten vide, sortir le pistolet de sous la ceinture de son pantalon, et eut envie de demander si c'était bien raisonnable. Il vit la balle sortir du canon, pénétrer dans l'épaisse chevelure brune de Hilda et jaillir à la base du crâne, qui éclata en trois morceaux. La balle entra ensuite dans l'épaule droite du vieillard, perça le matelassage de la veste, les tissus de la chemise et du tricot de corps, puis déchira la chair et le cartilage avant de ressortir de l'autre côté et de se loger dans les dalles antibruit proches de la porte. L'arme cracha une deuxième balle qui fila, à la vitesse de la mort, vers la mâchoire de Schnitzer.

Ramón, debout au milieu de la boutique, son arme toujours à la main et accablé par l'inutilité de tout cela, craqua et se retrouva assis par terre.

— *Coño, chico*, merde, qu'est-ce que tu as fait ? cria José en espagnol, certain à présent que le dieu était parti.

Ramón regarda sans voir autour de lui, puis haussa les épaules.

— C'est la vie, marmonna-t-il, se souvenant d'une chanson que sa femme, Maritza, passait continuellement dans leur appartement proche d'El Prado, à La Havane, où leur petite fille était morte de la typhoïde.

(Dans l'arrière-boutique, sur la cuvette des toilettes, Lobera sentit ses entrailles se contracter à nouveau.)

Ramón se leva péniblement et s'appuya contre le comptoir, les genoux encore faibles sous les effets conjugués de tant de divinité, de fureur et de sang. Il baissa la tête et vit, fixés sur lui, les yeux dilatés de la vieille Asiatique et de la petite fille. Puis il se tourna pour la première fois vers la porte et constata que les policiers prenaient position à couvert dans la rue. Un haut-parleur hurla :

— Vous êtes cernés ! Sortez les mains en l'air !

Ramón n'avait pas prévu que la police lui couperait la retraite ; dans ses plans, il s'accordait toujours largement le temps de fuir. Il jeta un bref regard sur sa Piaget en or incrustée de diamants, qui indiquait l'heure et les phases de la lune : dix heures trente-cinq, lune montante. Il ne comprit pas comment le temps était passé. D'après ses plans, à cette heure-là, ils auraient dû être sortis de la ville, en route pour l'appartement qu'il avait loué à Encinitas et où ils devaient se cacher avant de gagner la basse Californie. Que s'était-il passé ? Il vit les cadavres gisant sur le sol couvert d'éclats de verre et de sang, sentit le parfum sucré du sang sur son visage, découvrit les taches vermeilles sur son costume blanc. Ses yeux se posèrent sur la vieille femme et la petite fille, tassées sur elles-mêmes près des émeraudes.

— Couvre-toi derrière cette vieille salope et dis au type qu'on a des otages.

Tandis que José séparait la femme et l'enfant, Ramón prit la petite fille par le bras et l'écarta.

34

— Dis-leur qu'on a une bombe et qu'on la fera sauter s'ils essaient d'entrer par la force.

Les deux heures suivantes s'écoulèrent dans un tourbillon confus de voix, de menaces et de coups de téléphone, tandis que les hélicoptères allaient et venaient. La police coupa le système de ventilation ainsi que l'électricité, et l'odeur douceâtre du sang se mêla à celle des excréments évacués par les cadavres. Les négociateurs de la police tentèrent vainement de persuader José et Ramón de relâcher les otages et de se rendre, mais Ramón refusa de leur parler après le deuxième coup de téléphone et demanda un intermédiaire, Juan « Cookie » Bongos, animateur de la matinée à KQOK, première radio en langue espagnole de Los Angeles.

Bongos était un petit homme mince, de presque cinquante ans, aux cheveux grisonnants. Les nombreuses affiches sur lesquelles apparaissait son visage sombre de métis, à Hollywood et Echo Park, rappelaient aux Hispaniques que rien ne valait Cookie, sauf un billet de loto gagnant. Mais Bongos ne trouva rien de drôle lorsqu'il entra dans la bijouterie, vers onze heures, ce matin-là. Il vit un carnage semblable à ceux qu'il avait couverts comme journaliste en Amérique centrale, dans des endroits comme Huichinalgo et El Playón, monuments à la mort, pièces pleines de massacres perpétrés par des déments.

La puanteur était si forte que Bongos hoqueta, vomit presque dans son mouchoir. Il avait un magnétophone à cassettes qu'il alluma. Maculés de sang, dégageant une âcre odeur de sueur, les preneurs d'otages délivrèrent leur message.

— Nous voulons un hélicoptère, un sauf-conduit jusqu'à l'aéroport et un avion pour l'Algérie, sinon nous mourrons tous ici ! hurla José, nerveux.

— *Igualdad,* l'égalité, voilà ce que nous voulions, dit Ramón d'une voix rauque. L'égalité de traitement et de considération. Le respect. Personne ne nous respecte. Ils croient qu'ils peuvent tout nous faire accepter. Eh bien, ils se trompent. Nous exigeons le respect dû à tous les êtres humains.

— Et dis à ces fumiers qu'ils ont une heure pour céder ou qu'on fait tout sauter. On se fiche de mourir. On est déjà morts, affirma José.

— C'est le processus inévitable du combat pour l'égalité et la dignité, poursuivit Ramón sans tenir compte des propos désespérés de José : Si l'Anglos refuse de nous entendre et de tenir compte de notre situation, c'est ce qu'il trouvera. Les rues charrieront des flots de sang vermeil, les sanglots des veuves et les pleurs des enfants retentiront dans tout le pays.

— Nous avons été doublement victimes de discrimination, en tant que Noirs et en tant que Cubains. C'est la moisson tragique... quand tu élèves des corbeaux, ils finissent par te dévorer les yeux.

— Nous sommes ici pour retrouver notre honneur, notre dignité, qui nous ont été volés par ces hommes et leurs complices. Ce qui s'est passé ici, nous n'en sommes pas responsables, nous ne le contrôlions pas.

— Bon, tu en sais assez, intervint José. Maintenant va dire à ces fumiers qu'ils ont une heure, sinon on part tous en fumée.

Cookie s'en alla et, pendant la demi-heure qui suivit, pas un mot ne fut prononcé dans la bijouterie privée d'air, où l'on n'entendit que la plainte étouffée de la vieille femme qui tentait de calmer sa petite-fille terrifiée. José et Ramón plongèrent chacun dans leurs pensées, tête baissée, doigt sur la détente de leurs armes. Finalement, le grondement d'un hélicoptère rompit le silence tandis que l'appareil descendait lentement dans le canyon de béton et de verre, puis se posait dans la rue, devant la boutique.

Le haut-parleur hurla :

— Messieurs, nous avons répondu à vos exigences. L'hélicoptère est prêt à vous conduire à l'aéroport, si vous voulez bien sortir immédiatement.

Ramón et José échangèrent un regard réjoui — leur coup avait marché. Ils se levèrent, prirent leurs armes puis se dirigèrent vers la vieille femme et la petite fille.

— Prends la vieille, dit Ramón. Je prends la gamine.

Mais à l'instant où il posa la main sur la petite fille, elle se mit à crier et à tempêter, à donner des coups de pied et à mordre. José la gifla, mais la vieille femme bondit pour défendre la petite. Il poussa la vieille qui tomba. Lorsqu'elle se redressa, une violente douleur lui perça le flanc et elle perdit à nouveau l'équilibre, sa tête heurtant une vitrine, ce qui la tua. La petite fille échappa à Ramón et étreignit le corps sans vie. Ramón prit le pouls de la femme.

— *Coño,* la vieille bonne femme est morte, tu te rends compte ? Qu'est-ce qu'on fait, maintenant ?

Ramón réfléchit rapidement. Comme pour Pizarro, comme pour les conquistadores, il n'y avait qu'une seule direction : en avant. C'est ça, comme El Cid !

— Ramasse-la et tiens-la comme si elle était vivante, comme un bouclier, jusqu'à ce qu'on soit arrivés à l'hélicoptère.

José voulut ouvrir la porte de la bijouterie.

— *Coño*, elle est fermée à clé.

— Va voir, il doit y avoir une autre sortie.

Serrant dans ses bras la petite fille qui hurlait, Ramón ouvrit d'un coup de pied la porte donnant sur le couloir. À l'extrémité, il vit la sortie de secours. José le suivit, portant le cadavre de la vieille femme. Ramón posa son arme par terre.

— Qu'est-ce que tu fais ? demanda José.

— Je ne veux pas qu'ils croient que je vais la tuer, parce que, alors ils m'abattraient. Elle est trop petite pour me protéger. Prends le pistolet, d'accord ?

— D'accord.

Ramón sortit, tenant la petite fille devant lui, les bras autour de sa taille. Dès qu'ils furent dehors, l'enfant cessa de se débattre, regarda autour d'elle avec effarement.

Sur les toits et aux carrefours, derrière les nombreuses voitures noir et blanc arrêtées autour de la bijouterie, des dizaines de policiers armés étaient postés. L'hélicoptère attendait à quelque distance, dans un bourdonnement de pales en action, prêt à décoller.

José sortit ensuite, sa mitraillette pointée sur Ramón et la petite fille, traînant péniblement le cadavre de la vieille femme.

Ils avancèrent prudemment vers l'hélicoptère, les policiers les suivant silencieusement des yeux, leurs armes braquées sur eux. À l'intérieur de l'hélicoptère, un homme leur adressa un signe.

— Venez, *apúrense,* cria l'homme en espagnol.

Ramón arrivait près de l'hélicoptère quand un tireur d'élite visa sa tête et appuya sur la détente. Ramón bougea la tête à la dernière seconde et la balle le manqua ; elle heurta la chaussée, puis rebondit et toucha la petite fille, qui poussa un cri étouffé et devint molle. Ramón la posa et regarda l'hélicoptère : par la portière de la cabine, trois fusils étaient pointés sur eux.

Ramón leva les bras, de même que José qui laissa le cadavre de la vieille femme tomber lourdement sur la chaussée.

— Je veux un avocat, dit Ramón. *No hablo inglés.*

— Moi aussi, dit José.

2

Leur affaire était pourrie. Ils le savaient et le procureur le savait. Les juges le savaient, le greffier le savait, même les chroniqueurs judiciaires le savaient. Moi, je n'en étais pas aussi sûr.

Lorsque j'entendis parler du bain de sang de la bijouterie, j'accordai le bénéfice du doute à José et Ramón, attitude indulgente dont profitaient également les bourreaux d'enfants, voleurs de voitures, revendeurs de coke, criminels et violeurs du dimanche. À Los Angeles, le crime est un secteur en expansion, nourri par l'avidité, la pauvreté et l'immigration clandestine. Comme j'en vivais avec la sanction, non, la bénédiction, du système judiciaire, je ne pouvais pas me permettre de prendre parti contre eux. Je pouvais à tout moment travailler pour les accusés.

Voyez-vous, quand ces types me demandaient, c'était parce qu'ils se trouvaient carrément le dos au mur et ne pouvaient plus s'en sortir. Des flics aux prêtres, en passant par la famille, les amis et les avocats, ils ne faisaient plus confiance au système. Même les avocats commis d'office, d'une façon ou d'une autre, subtilement ou grossièrement, en les montrant du doigt ou en leur soufflant un conseil à l'oreille, dépouillaient ces gens de leur espoir et de leur dignité.

Acceptez le marché, insistaient-ils continuellement, jamais le jury ne vous croira, vous êtes un délinquant emprisonné, déjà arrêté et condamné, acceptez le marché, le jury prend toujours le parti des flics, acceptez le marché, vous n'obtiendrez pas mieux, acceptez, acceptez. Pourquoi un flic mentirait-il ? Alors, quand ces types se retrouvaient le dos au mur, quand ils croyaient que personne ne prendrait leur défense, quand ils se voyaient au trou pour vingt ans et comprenaient qu'ils devaient trouver une autre solution, ils prenaient contact avec moi. Je savais que j'étais leur dernier recours, le boudin qui devient la plus jolie fille de la boîte à deux heures moins le quart. J'étais leur dernière carte, mais je pouvais aussi être leur seul atout. Évidemment, ils auraient aimé engager un défenseur, un de ces avocats à la mode avec des chaussures de chez Ferragamo, un attaché-case en cuir d'autruche, tempes argentées et boutons de manchettes en or, ces bavards, qui sortent des bonnes universités, ont tous les bons diplômes, titres, clubs, voitures et montres. Mais un simple coup d'œil sur leur dossier aurait coûté trois cents dollars à ces types et, la plupart du temps, c'était exactement à cause de cette somme qu'ils risquaient une peine de quatre, six ou huit ans de taule, sans compter les circonstances aggravantes liées à l'utilisation d'une arme ou à la violation des règles de la liberté conditionnelle.

Alors, à Biscayluz, Wayside, HOJ J ou la prison du comté, quelqu'un leur glissait mon nom, sur un morceau de *La Opinión* de la semaine dernière ou du numéro de « L'homme de l'année » du *Times* datant de l'année précédente. Ils téléphonaient, j'écoutais, et si j'estimais que ça valait le coup, j'allais au tribunal. Invariablement, le juge mettait mes compétences en doute et secouait la tête quand j'annonçais le montant de mes honoraires. Tout aussi invariablement, j'affirmais que l'accusé avait demandé mes services et que, si Son Honneur voulait bien se renseigner, Son Honneur constaterait que mes honoraires ne sortaient pas de l'ordinaire, même s'ils n'entraient pas dans la fourchette approuvée par la commission judiciaire. Je mentais, naturellement, mais me souvenais alors très bien de mes études de droit.

J'étais, en d'autres termes, leur enquêteur nommé par le tribunal, maigre substitut de l'avocat que, par caprice ou pour une bonne raison, ils ne pouvaient se permettre d'avoir. J'étais le type qui allait tenter d'interroger le témoin qui, d'après eux, était là et qui, toujours selon eux, témoignerait, à condition que je puisse le contacter et lui expliquer que son copain était dans le pétrin. L'adresse ? « Au coin de la Quarante-Quatrième et de Central, c'est son coin, allez au Ruby's Lips et demandez Raymond. Il est toujours là. » Chaque fois que je tentais de faire remarquer qu'une adresse et un numéro de téléphone seraient beaucoup plus utiles, les clients se mettaient en colère, indignés à l'idée que je puisse, moi aussi, mettre en doute leur honneur, leur intégrité et la sagesse de leur décision. « C'est son coin, vous pigez, vous travaillez pour moi, trouvez-moi ce salopard ou alors pourquoi est-ce qu'on vous paie ? » Parfois, je ne pouvais pas m'empêcher de tenter de les raisonner, sachant parfaitement que c'était perdu d'avance. Alors je partais, serviteur zélé, à la recherche de leur témoin magique. Si je parvenais à le localiser, le témoin était mort ou disparu, avait quitté l'État ou le pays, ou bien se désintéressait complètement du sort de son pote, copain ou *compadre*. Le plus souvent, le témoin s'était volatilisé aussi définitivement que les droits constitutionnels, qui gisent sur le trottoir une fois que le suspect est monté dans la voiture de patrouille.

Après avoir mis mes clients au courant de la situation, j'attendais calmement l'explosion inévitable d'étonnement, de récriminations et de calomnies, l'énumération d'erreurs telles, de ma part, qu'ils voulaient un autre enquêteur. À ce moment-là, je retournais le couteau dans la plaie et leur expliquais que j'avais effectué les heures accordées par le tribunal et que, s'ils voulaient que je poursuive mon enquête ou que je sois déchargé de l'affaire, ils devraient en faire personnellement la demande au juge et se souvenaient-ils comme j'avais été obligé de supplier pour obtenir d'être nommé ? En général, cela les calmait. À partir de là, je prenais la direction des opérations. Si je ne leur disais pas que le tribunal accordait systématiquement des heures supplémentaires, du moment qu'elles n'apparaissaient pas officiellement, c'était seulement parce que je voulais tenir mes clients. Je me disais que je savais quel était leur intérêt. En outre, je regrette de l'avouer, j'aimais les voir se débattre. C'était le prix psychologique qu'ils devaient payer, selon moi, pour obtenir mon assistance. Après tout, ils étaient en général coupables jusqu'à l'os.

Ayant appris l'espagnol très jeune, je traitais souvent des affaires dont j'étais chargé par les tribunaux et le service des commissions d'office quand, pour une raison ou une autre, leurs clients refusaient d'accepter avec reconnaissance les propositions généreuses du procureur. Un matin d'hiver, plusieurs semaines après le massacre de la bijouterie, je descendais Temple Street en direction du palais de justice, pour apporter de mauvaises nouvelles à un de mes clients. L'ami d'enfance qui, jurait-il, confirmerait sa présence au bar Las Cortinas au moment où une transaction impliquant de la drogue était censée avoir eu lieu, avait quitté le pays depuis longtemps. De plus, les employés du service de contrôle des débits de boissons avaient fermé l'établissement peu après, compte tenu du fait que l'on y pratiquait des paris clandestins, selon la prose ronflante de la plainte déposée contre le patron, un nommé Tiburcio Perez, de Los Cochis, près de Culiacán, dans la province de Sinaloa, au Mexique, évidemment.

J'étais désolé pour mon client, mais trouvai un peu de réconfort dans le spectacle magnifique des monts San Gabriel couverts de neige, qui dominent le centre de Los Angeles. C'était une matinée claire après deux jours de pluie qui s'était muée, au-dessus de mille mètres, en cette matière

44

blanche dont rêvent les skieurs. Je me souvins de mon premier séjour à Los Angeles, à l'époque où je n'y vivais pas encore. Alors qu'il faisait quarante degrés en plein février, debout au croisement de Dayton Avenue et de Rodeo Drive, à Beverley Hills, j'avais aperçu la tête et les épaules énormes, couvertes de neige, du mont Baldy, à quatre-vingt-dix kilomètres de là. Je m'étais juré alors de vivre un jour dans ce pays magique où la neige et la chaleur du soleil, le feu et la glace cohabitent en une étreinte scandaleuse. Bon, j'avais tenu cette promesse, mais les résultats ne correspondaient pas tout à fait à ce que j'espérais.

Au carrefour de Broadway et de Temple Street, des centaines de suppliants de la justice se rendaient en hâte aux rendez-vous fixés par les gardiens de la sagesse juridique. Noirs, marron, jaunes, beiges, blancs ; grands, maigres, obèses, petits, laids ; modestes et orgueilleux, fanfarons et timides ; vieillards avec les vêtements donnés par l'Armée du Salut et filles de la vallée en cuir italien souple ; membres des bandes de Chicanos en pantalon de toile, T-shirt et Hush Puppies ; leurs régulières, leurs *rucas* dont la crinière, crêpée au maximum, encadrait des yeux dégoulinants de Mascara ; pasteurs noirs de South Central vêtus de costumes bon marché et de dignité, accompagnant leurs ouailles, la foi et la Bible entre les mains ; parents blancs incestueux, abattus, fumant à la chaîne, poussant devant eux leurs marmots blonds et pleurnichards ; jurés désorientés arrivant tout droit de la banlieue : Pasadena et Palos Verdes ; l'avocat alcoolique ; le procureur corruptible ; les justes, les sombres, les rusés, les imbéciles, les joyeux, ceux qui souffraient, tous s'engouffraient dans le mausolée obscur au sol de marbre que l'on nomme palais de justice. Je regardai une dernière fois le mont Baldy, certain qu'à midi, quand je sortirais, les contreforts et les pics sublimes, d'un blanc virginal, seraient d'un brun jaune pisseux, souillés par la brume crasseuse qu'exhalait la vie, dans la vallée, et que ni moi ni personne au monde ne pourrait arrêter la marée poisseuse qui stagne en altitude et tombe, avec la force solennelle de la pesanteur, sur nous tous, les purs et les impurs, ceux qui espèrent et ceux qui dérivent, ceux qui cherchent et ceux qui meurent. Je pris une profonde inspiration et suivis le flot.

— Charlie, Charlie Morell! appela une voix masculine, dans le hall d'entrée, tandis que j'attendais l'ascenseur.

Une masse de boucles brunes grisonnantes flottait au-dessus des têtes, nez large et lèvres minces dilatées en un sourire qui éclaira la peau pâlie par les journées passées dans les salles d'audience et les parloirs des prisons, les nuits dans les bibliothèques de la Deuxième Rue. La serviette de Jim Trachenberg, qu'il portait en bandoulière, pendait à la hauteur de sa hanche. Il me rejoignit rapidement, traversant le hall en quelques longues enjambées. Comme toujours, il semblait un peu hébété, incapable de croire vraiment qu'il faisait un mètre quatre-vingt-quinze et qu'il était bien, pour de vrai, avocat. Il agita *El Diario* sous mon nez.

— Comment ça va, Jim?
— Tu as vu ça?

Il frappa sur le journal de sa main libre, en une manifestation vigoureuse d'autosatisfaction.

— On a trouvé de l'or dans le barrio ?

— Je suis dans le journal, mon vieux. Je suis sur l'affaire Schnitzer.

En première page de la feuille de chou se tenait Jim dans toute sa splendeur gauche, ange du bon droit et de la justice, engagé à quatre cents dollars par jour afin de protéger les droits constitutionnels immanents de deux meurtriers. La photo était floue et je ne pus distinguer, outre Jim, que deux hommes en uniforme de détenu, un Noir de haute taille, à la peau claire, et un autre plus grand, plus large d'épaules, et noir comme seuls peuvent l'être les enfants de purs Africains. La légende, rédigée dans le style excessif des journaux d'Amérique latine, proclamait : « Les accusés du massacre horrible perpétré dans une luxueuse bijouterie du centre affrontent la justice pour la première fois. »

— Tu manges toujours dans l'auge de l'opinion publique, à ce que je vois.

— Ouais, sûr, j'ai été commis d'office, mais c'est une bonne affaire. Tu veux en être ?

— Bonne à quoi, Jimmy ? Ils sont indéfendables. Ils étaient sur les lieux, ils ont dévalisé le magasin, ils ont tué les otages. Ça vaut les circonstances aggravantes. Quoi que tu fasses ils finiront dans la chambre à gaz de Quentin. Qu'est-ce que tu vas faire, plaider la folie ?

— Charlie, Charlie, tu es trop blindé. Tu parles comme le procureur.

— Je parle comme un homme raisonnable.

— Il y a toujours des circonstances atténuantes.

— Ouais, d'accord, voyons, c'était une belle journée, exact? Et un des deux types était en voyage et l'autre, merde, il ne savait pas ce qu'il faisait, c'est ça? Non, attends, j'ai mieux, il était saoul et il ne se souvient de rien.

La sonnerie grêle de l'ascenseur retentit et des dizaines de corps qui sentaient la peur, l'alcool et le tabac, ainsi que la laque et l'eau de toilette bon marché, se précipitèrent vers les portes. Jim, totalement inconscient de sa taille et de sa masse, se fraya un chemin dans la foule, qui s'écarta comme des plaques de glace devant une déferlante. Je pris son sillage.

— Je ne comprends pas, dis-je tandis que nous nous entassions dans la cabine et qu'il se collait contre une grosse dame à la chair débordant de sa robe en satin rouge. Comment se fait-il que tu aies été nommé? Ce n'est pas le service des commissions d'office qui s'occupe de ce genre d'affaires?

— Étant donné les circonstances, le juge Chambers a disqualifié le service. J'ai hérité d'un des accusés, un cabinet privé se charge de l'autre.

— Pourquoi elle a fait ça?

— Hé, Charlie, qu'est-ce qui se passe, tu ne lis pas les journaux? dit une voix au fond de l'ascenseur.

Je pivotai sur moi-même et vis Ron Lucas, l'avocat de Santa Monica qui a fait fortune grâce à la clientèle colombienne, secouer sa tête impeccablement coiffée.

— Le courrier de Medellín a du retard en ce moment, Ron.

— Suffit de lire le *Times,* Charlie. Notre ami ici

présent a fait son petit numéro. Il a affirmé que les relations personnelles entre le responsable des commissions d'office et l'accusé constituaient un conflit.

— Je suppose que je devrais envisager de lire les journaux, après tout. Quelles relations ?

Les portes s'ouvrirent au neuvième étage. Lucas sortit, serviette en croco à la main et Rolex au poignet. Il cria :

— Ces types ont tué l'oncle de Dick Forestmann. Tu connais Dick, n'est-ce pas ?

Il prit le chemin de la 55e division, où il devait une fois de plus défendre un enfant du pays natal de Bolivar.

Dick était *le* spécialiste des commissions d'office, petit homme rébarbatif, avec une grosse moustache sans doute censée compenser son crâne presque totalement chauve qui luisait sous les lampes jaunes des salles d'audience. Il n'y avait pas plus gentil tant qu'on ne le contrariait pas mais, quand cela arrivait, il se muait en harpie surgie des enfers. Compte tenu de son tempérament colérique, il n'était pas surprenant que le juge eût frappé l'ensemble du service d'incapacité. Dick n'aurait été que trop heureux de se charger lui-même des accusés.

Jim descendit au dixième étage, où se trouvait le salon des magistrats.

— Tu viens déjeuner avec moi chez Untermann ? Il faut vraiment qu'on discute.

— Sûr.

Tout bien considéré, mon client, ce jour-là, prit plutôt les choses du bon côté.

Je compatis quand il gémit sur l'injustice du destin, affirma qu'il n'était vraiment pas ce type qui avait caché six sacs en plastique contenant une substance blanche ressemblant à de la cocaïne derrière un orme de MacArthur Park, avant de prendre la fuite dans une Ford Thunderbird bleue de 1979 immatriculée 3, Adam Roger Nancy, 746, quand les agents en civil avaient tenté de l'appréhender. Oui, naturellement, c'est terrible que ces saloperies de flics soient remontés jusqu'à vous grâce à la plaque d'immatriculation, et c'est un vrai *fregada,* un vrai merdier, puisque vous aviez déjà vendu la voiture à Manuel (oui, je me souviens que c'était le nom de l'acheteur et je ne sais que trop bien qu'il ne vous a jamais donné son nom de famille) ; comme vous dites, c'est simplement *muy triste,* très triste que vous ayez oublié de prévenir le service des cartes grises, merde, au fait, je n'ai même pas fait changer celle de la mienne alors que le crédit est terminé depuis plus d'un an. Après tout, pour une affaire entre hommes, une poignée de main suffit, *no?*

Qu'est-ce qu'ils ont comme preuves, gémit-il, les mots se bousculant, ils ne m'ont même pas bien vu, il n'y a même pas d'empreintes digitales sur le sac et j'ai mes témoins !

À regret, je lui rappelai que ses témoins avaient disparu et que ce n'était pas son coup d'essai, que sa première arrestation datait de 1979, dix jours après qu'il eut franchi la frontière dans le logement agrandi de la roue de secours d'une camionnette Dodge conduite par un coyote qui l'avait débarqué au coin de Broadway et de la Première Rue, juste en face du centre administratif et du *Los Angeles Times*.

Alors, un nouvel avocat commis d'office fut chargé de son cas et le procureur lui proposa une peine de quatre ans maximum, pour cette affaire et deux violations de liberté conditionnelle, ce qui signifiait qu'il ferait deux ans, moins les cinq mois de détention préventive et deux mois et demi pour bonne conduite, si bien qu'il y avait de fortes chances pour qu'on le vire de Chino au bout d'un an, à cause du surpeuplement. Au bout du compte, il parut presque content, adressa des signes à ses quatre mômes et à sa femme, une petite grosse au sourire aurifié qui était venue, avec tout le clan, assister au départ de papa pour la prison de l'homme blanc.

Ce jour-là, je n'allai pas déjeuner avec Jim. L'idée d'ingurgiter un sandwich au mouton gras en affrontant son expression d'enthousiasme hébété, tout en regardant les miettes de nourriture tomber sur sa cravate qui en avait vu d'autres, me parut insupportable. Tout le monde a ses limites.

Je restai deux semaines sans mettre les pieds au palais de justice. Je m'installais en effet dans un nouvel appartement, à Los Feliz, ancien quartier italien de Griffith Park, et enquêtais sur une affaire extraordinairement compliquée d'escroquerie au chèque en bois montée, au détriment d'une compagnie d'assurances, par une famille de Nigérians au visage couturé de cicatrices rituelles.

J'étais à mon bureau, ayant finalement élucidé le circuit des dépôts, retraits, avis de crédit et autorisations, quand le téléphone sonna.

— Charlie, c'est Jim Trachenberg.

— Salut, quoi de neuf ? Je croyais que tu avais mis tous tes talents d'orateur au service de ces deux Cubains.

— C'est pour ça que je t'appelle. Ce fumier m'a viré après la première audition.

— Sans blague ? Quel idiot. Il est incapable de comprendre qu'il n'y a pas mieux que toi ?

— Ce n'est pas tout.

— Quoi ?

— Il veut que tu me remplaces.

— Qu'est-ce que tu dis ?

— Il va assurer lui-même sa défense. Et il veut que tu sois son enquêteur nommé par le tribunal.

3

Le shérif adjoint, un colosse roux, lisait une bande dessinée quand j'arrivai devant le guichet. Le deuxième adjoint présent dans la cabine, un Noir maigre, regardait un match de football sur un poste de télévision portable et me dévisagea du coin de l'œil. Du coude, il poussa le roux qui leva la tête, contrarié d'être interrompu en pleine activité intellectuelle. Je lui donnai ma carte, n° 56774 LQ, délivrée par les autorités. Il regarda la photo, puis me regarda. J'avais une expression douloureuse sur ce cliché, due au curetage effectué le matin du jour où il avait été pris par mon dentiste de Beverly Hills qui travaille au burin.

— Vous avez un flingue ? Si oui, veuillez le mettre dans le placard, dit Lurch, sa voix nasillarde amplifiée par l'interphone.

— Je n'ai rien.

— Montrez-moi votre serviette.

Je l'ouvris sous le regard scrutateur du géant. Il grogna, ayant constaté avec satisfaction qu'elle ne contenait que des dossiers et des documents, papiers sans importance qui n'empêcheraient jamais ses semblables de rendre la justice à l'américaine.

— Passez au détecteur de métaux.

Pour voir, je contournai l'appareil. Il avait déjà appuyé sur le bouton qui ouvre la porte. Ce serait tellement facile, me dis-je.

La grille, barreaux et barres transversales vert foncé, coulissa avec une succession de claquements. J'entrai dans le couloir séparant les deux portes. L'adjoint aurait dû attendre que la première grille soit fermée pour ouvrir la deuxième, mais il craignait sans doute de perdre le fil de l'histoire de sa bande dessinée, car il manœuvra immédiatement l'interrupteur de la deuxième porte. Beaucoup trop facile.

Quand j'entrai dans le parloir, je fus assailli par l'odeur douce-amère, mélange de peur et de détergent au pin, commune à toutes les prisons de Californie. Un après-midi calme à la prison du comté. Assis sur les deux longs bancs, quelques avocats et agents de liberté conditionnelle jetaient un dernier coup d'œil sur leurs dossiers en attendant que leurs clients apparaissent, menottes aux poignets, à l'autre extrémité de la pièce. J'adressai un signe à l'adjoint installé derrière le bureau proche de l'entrée et montrai une cabine vide, à gauche. Je fermai la porte, m'assis sur la chaise métallique et ouvris mon dossier en attendant l'arrivée de Ramón de la Concepción Armas Valdez, cerveau présumé du massacre de la bijouterie.

Le pedigree de Ramón, jusqu'à ce déchaînement de violence sanglante, était tout à fait représentatif de celui des délinquants marielitos qui font honneur à nos côtes depuis 1980. Les cinq à dix mille déments et gibiers de potence que Castro a intégrés à la masse de ses ennemis politiques en fuite formaient une bande, suspecte et difficile à digérer, de Noirs et de mulâtres sans éducation, ainsi que de Blancs réfractaires. Pour les membres des forces de l'ordre, le terme de « Marielitos » en est venu à désigner les criminels les plus endurcis, qui recourent à la force d'une façon complètement disproportionnée, prennent un plaisir sadique à démolir leurs adversaires, n'importe quel adversaire, truffent les gens de plomb quand ils menacent de leur donner un coup de poing, coupent la langue de ceux qui parlent à la police, jettent de l'acide au visage de leur petite amie parce qu'elle regarde un autre homme, et autres gracieusetés. Ramón était quantitativement différent, pas qualitativement.

Il était officiellement arrivé dans le pays à Key West, à bord du *Jason,* bateau de pêche tellement bourré de réfugiés que le plat-bord n'était qu'à quelques centimètres au-dessus de l'eau. Le fonctionnaire de l'Immigration avait indiqué : « Délinquant possible, internement recommandé. » Ramón reconnut qu'il avait fait de la prison, à Cuba, oui, mais seulement pour des délits politiques, catégorie élastique de comportements illégaux qui, à Cuba, s'applique pratiquement à tout, depuis le fait de critiquer son patron à celui de se faire prendre en flagrant délit de sabotage. Selon les dossiers de l'Immigration, Ramón ne s'était guère montré enclin à fournir des précisions sur sa vie et n'avait pas expliqué pourquoi il avait jugé nécessaire d'exprimer son opposition à Castro. Ancien combattant d'Angola, il avait un emploi tranquille dans une usine de munitions, une femme et une fille ainsi qu'un appartement, modeste mais confortable, près d'El Prado, à La Havane. Mais, après avoir nargué le régime d'une manière qui restait à définir, il perdit emploi, logement, femme et enfant, si bien qu'il n'eut plus le choix qu'entre la délinquance et le suicide ; c'est alors qu'on ouvrit le port de Mariel. L'Immigration émit des doutes sur Ramón, mais finit par l'accepter, estimant qu'il n'était sans doute pas pire que des milliers d'autres arrivants.

— Señor Morell ? demanda une voix grave, avec l'accent épais, pâteux, des Noirs cubains.

Je levai la tête. Un colosse noir, d'environ cent vingt kilos et un mètre quatre-vingt-cinq, se tenait devant moi, semblable à une statue nubienne, son ombre attentive tombant sur moi.

— Oui ?

Il y avait quelque chose de respectueux chez ce géant. Son expression était paisible, un espoir de pardon semblait briller dans ses yeux marron. Une telle puissance tranquille émanait de lui que je me dis qu'on ne m'avait pas envoyé le bon détenu ou bien qu'il avait trouvé Jésus en prison. Je cherchai la petite croix métallique typique des prisons autour de son cou, ou le Nouveau Testament serré entre des mains moites, mais ne trouvai ni l'une ni l'autre.

— *¿ Habla español ?* demanda-t-il d'une voix presque tremblante, comme si la question en elle-même était une sorte d'abus risquant de provoquer l'hostilité d'un gardien.

J'eus du mal à croire que c'était un des hommes accusés du meurtre de six personnes.

— *Sí, cómo no, siéntate.*

Je lui fis signe de s'asseoir. Ses mains étaient grosses, calleuses, avec encore, ancrées sous les ongles, l'huile de moteur et la graisse du travailleur manuel. Mécanicien ? Vérifier son dossier.

— Mon nom est José Pimienta. On m'appelle Bobo, dit-il avec un sourire bienveillant. C'est Ramón qui m'envoie. Il dit qu'il veut que vous parliez d'abord avec moi.

— Comment ? Quoi ? Une minute. Vous comprenez de travers, les gars. Ce n'est pas vous qui décidez. Vous avez besoin de moi, je n'ai pas besoin de vous. Et si je veux voir l'un d'entre vous, c'est lui que je veux voir. Ce n'est pas vous qui tirez les ficelles, c'est moi. Gardien !

— Non, écoutez. Il ne peut pas venir.

— Pourquoi ?

Il hésita. Son visage d'ébène frémit d'émotion contenue, sa souffrance intérieure suinta par toutes ses rides noires. L'adjoint arriva en toute hâte, le tintement des menottes évoquant une clochette au cou d'un bouc. José s'empressa de répondre.

— Il est malade.

— Comment ça, malade ? Qu'est-ce qu'il a ?

— Enfin, il prie.

— Quoi ? Allons, décide-toi, qu'est-ce qui lui arrive ?

— Il est malade, il est malade à force de prier. C'est un homme de Dieu.

— Terrible, manquait plus que ça. Un prêtre meurtrier.

— Non, vous ne comprenez donc pas?

L'adjoint s'était immobilisé derrière José, ses muscles gonflés tendant le tissu brun de sa chemise, une matraque dans la main droite.

— Un problème? demanda l'adjoint, avec le même frémissement nerveux qu'un doberman sur le point de bondir.

— C'est un *santero,* ajouta José. Il prie et il ne peut pas parler, il est malade.

Je fis signe à l'adjoint de s'en aller.

— Ça va, il se tiendra tranquille.

— Vous êtes sûr?

— Pas de problème, Ray. Ça va.

Yemayá. Ecué. Shango. Oggún. Yamba-O. Noms polyphoniques des divinités africaines de la *santería,* culte mystérieux qui se réclame de millions de fidèles et de pouvoirs inimaginables.

— Est-ce que c'est pour ça qu'il vous a envoyé en premier?

— Oui. Il veut que je vous raconte d'abord son histoire.

— Est-ce que j'ai le choix?

— Je peux partir.

— Ça m'étonnerait. D'accord, allez-y. Mais soyez bref.

José raconta que Ramón et lui s'étaient rencontrés lors d'un rituel d'initiation à Regla, banlieue de La Havane située de l'autre côté de la baie, presque exclusivement peuplée de Noirs et centre de la *santería* dans la province. Le gouvernement cubain avait interdit le culte, qu'il qualifiait de superstition contre-révolutionnaire, de sorte que

Ramón et José s'étaient retrouvés au milieu de la nuit, dans un endroit secret, à l'abri des regards inquisiteurs des *comités de vigilancia*, comités de quartier qui surveillent les allées et venues de tous les habitants de tous les secteurs de toutes les villes. L'initié, un enfant noir de dix ans, aveugle et albinos, drapé dans un manteau multicolore, avait rendez-vous avec son dieu dans le sous-sol d'une boulangerie abandonnée, près des quais, en présence de deux cents hommes et femmes qui risquaient leur emploi et leur liberté pour jouir du privilège de voir la divinité posséder un de ses fidèles. Après les roulements de tambour, les danses et la possession, quand la peur et la méfiance eurent cédé la place au vertige de la communion et de l'exaltation, José et Ramón furent présentés par une vieille femme, Macucha, qui connaissait leurs familles respectives. Elle prédit qu'ils deviendraient inséparables, comme les dieux jumeaux Ibeyi, messagers du panthéon yorouba.

José était sur le point de faire son service militaire tandis que Ramón était déjà un ancien combattant d'Angola, où il s'était battu contre les forces de Jonah Savimbi, contrôlées par l'Unita. Tous les deux occupaient des emplois précaires de cuisinier et de cordonnier quand les portes de l'ambassade du Pérou furent enfoncées et que des milliers de personnes se précipitèrent à l'intérieur. Ramón compta parmi les premières centaines de réfractaires qui escaladèrent les grilles et sautèrent sur ce carré précieux de sol péruvien. José, en revanche, se rendait tranquillement à son travail, dans la cuisine du restaurant La Estrella, quand les membres du comité de quartier, qui connaissaient ses opinions contre-révolutionnaires, le firent monter dans une vieille Jeep américaine, lui dirent : « Tu pars » et l'emmenèrent directement à Mariel, où ils le larguèrent parmi la foule nerveuse en attente d'embarquement.

Après leur arrivée, sans famille, amis ou garants susceptibles de les faire sortir des camps de réfugiés, José et Ramón furent les invités involontaires des services d'immigration et de naturalisation pendant une année entière. Ils furent finalement libérés quand le Secours catholique dénicha une parente lointaine, une tante maternelle de José qui habitait Caguas, à Porto Rico, et accepta à contrecœur de subvenir à leurs besoins. Ils ne gagnèrent jamais l'île. Une fois libres, ils vécurent à Miami Beach, avec les autres réfugiés, dans les hôtels art-déco délabrés du front de mer. Comme les Cubains aiment les diminutifs, c'étaient désormais des Marielitos, les petites gens de Mariel, parias de deux nations. La prophétie facile d'une vague de crimes ne devint que trop vraie.

— Ouais, mais ce n'est pas une excuse, José. Il y a des tas de gens qui sont au bout du rouleau et ne deviennent pas des criminels.

— Vous, les Américains, vous ne comprenez pas. Permettez-moi d'expliquer.

Le premier contact de Ramón et José avec la loi américaine fut la conséquence d'une transgression mineure, un couteau trouvé à l'intérieur de leur tente, dans le camp de réfugiés installé sous les échangeurs du centre de Miami. Un agresseur non identifié avait poignardé plusieurs résidents du camp, volant leur argent et leur nourriture. Le service de l'immigration suspecta Ramón et José mais, comme aucun témoin ne se présenta, l'affaire fut classée.

Lors de leur deuxième contact, ils furent soupçonnés et arrêtés après l'attaque d'une épicerie proche de Tamiani Trail. Un informateur raconta aux flics que José pleurait dans sa bière, rongé par le remords au souvenir de ce que Ramón et lui avaient fait au patron d'El Cebollón. Il apparut que le propriétaire avait été ligoté pendant une nuit entière, alors qu'il était seul dans la boutique, puis froidement exécuté dans la réserve, parmi les caisses de bananes pourries. Des détectives maladroits interrogèrent José et Ramón séparément — maladroits dans la mesure où les suspects eurent la malchance de faire une chute dans les locaux de la police, incident au terme duquel José eut des côtes cassées et Ramón le nez écrasé — mais les deux hommes n'avouèrent pas. Ils furent remis en liberté et l'affaire fut classée peu après, quand on découvrit l'informateur flottant à plat ventre non loin des quais proches de Miami River Bridge. On lui avait cousu la bouche, apparemment alors qu'il était encore en vie.

Ensuite, José et Ramón furent régulièrement inculpés. Agression, attaque à main armée, détention de marchandise volée, paris clandestins, possession de substance réglementée, vente de substance réglementée, agression sexuelle, détournement de mineur, une litanie d'inculpations que José attribuait aux préjugés, à la rancune et à des erreurs d'identité. Toutefois ils ne furent jamais condamnés, personne ne portant plainte ni n'acceptant de témoigner. Mais les forces de l'ordre eurent finalement leur chance quand la Brigade des stupéfiants les coinça tous les deux sur la banquette arrière d'une voiture conduite par Anníbal Gutiérrez, amateur d'art très connu et gérant des restaurants Pizza Man locaux. Pendant la fouille, les fonctionnaires constatèrent que Ramón et José avaient des mitraillettes Sten ; dans le coffre, à l'intérieur de sacs de supermarché en papier kraft, les représentants de l'ordre trouvèrent cinquante kilos de cocaïne en briques proprement enveloppées dans du plastique sur lequel on pouvait lire : « Bolivar's Best ». Les avocats de Gutiérrez parvinrent à faire annuler l'inculpation de détention de drogue sous prétexte qu'il n'y avait pas de raison objective d'arrêter la voiture et que, de ce fait, les fonctionnaires n'avaient pas le droit de fouiller le véhicule. Gutiérrez retrouva ses Degas, son blé et sa drogue pratiquement sans souci. Mais Ramón et José furent condamnés tous les deux à seize mois et, quand ils eurent purgé leur peine, ils furent transférés à la prison fédérale d'Atlanta en attendant leur expulsion à Cuba.

Leur destin prit un tour nouveau quand l'administration Reagan dénonça l'accord relatif aux expulsions et indiqua aux détenus qu'ils ne tarderaient pas à regagner le pays de leurs cauchemars. Les prisonniers se mutinèrent et, après avoir pris des dizaines d'otages, incendièrent les bâtiments. Au cours des négociations qui suivirent, le ministère de la Justice accepta de réexaminer tous les cas et, dans la confusion qui présida à l'accomplissement de cette tâche, José et Ramón passèrent entre les barreaux.

Ils regagnèrent Miami, mais ce n'était plus la même chose. Gutiérrez était mort dans un accident, son hors-bord ayant capoté et explosé au large de Lauderdale. Les Marielitos avaient quitté Miami Beach, les vieux hôtels et immeubles art-déco ayant été repris par les yuppies, qui flashaient sur leurs courbes modernistes et leurs fenêtres aux vitres biseautées. Les autorités elles-mêmes avaient changé. Un maire cubain avait été élu à Miami et il était fermement décidé à chasser ses compatriotes indésirables. La police qui, auparavant, n'intervenait qu'en cas d'urgence, patrouillait désormais continuellement. C'est alors que Ramón et José, toujours ensemble après leurs épreuves, décidèrent de partir pour l'Ouest, pour la métropole des rêves, au bord du Pacifique.

Je regardai la pendule. Trois heures s'étaient écoulées et je n'avais pas encore interrogé José sur leur nouvelle vie, ni sur le crime dont on les accusait.

— Écoutez, tout ça c'est bien joli, mais parlons de ce qui s'est passé ce jour-là, José.

— Bon, d'accord, mais il faut que je vous dise une chose.

— Quoi donc ?

— Je ne me souviens de rien.

*

— C'est sa défense, tu comprends, dit l'avocat de José, ses doigts manucurés posés sur le bord de son bureau Biedermeier, ses ongles vernis luisant dans le rayon de soleil qui entrait par la baie vitrée.

Dehors, un faucon solitaire tournait au-dessus des canyons de Bunker Hill, chassant la musaraigne dans les gravats des chantiers.

Clayton Finch Whitmore Smith III semblait à l'aise dans son éther juridique, parmi les Hockney, les Rusha et les Diebenkorn. Près de la porte, un petit Fragonard accentuait encore son chic californien. La laine fine du tissu de son costume sur mesure tombait avec autant d'élégance que les arguments qu'il avançait dans les salles d'audience, lorsqu'il défendait sa clientèle ordinaire d'hommes d'affaires prospères et de vedettes de Hollywood.

— Nous allons demander que la cour se déclare incompétente dès que les psy l'auront examiné. À mon avis, ce type est cinglé, tous ces trucs vaudou...

— *Santería,* dis-je. Le vaudou c'est à Haïti.

— Peu importe, l'effet est le même : démence temporaire amenant le participant à croire qu'une divinité se manifeste.

— Exactement comme à la messe.

Cela l'arrêta net. Il caressa sa courte barbe roussâtre et sourit.

— C'est juste, marrant, hein ?

Il eut un rire étouffé. Son sourire éclatant et les rides gracieuses qui entouraient ses yeux gris conféraient à Clay un air d'adolescent séduisant. Il n'était pas surprenant que les jurés, surtout les femmes, succombent à son éloquence. Il devint grave, pointa son Mont Blanc sur moi pour donner du poids à ses paroles.

— Ce que nous avons, dans le cas de la *santería*, c'est un culte préhistorique, anti-occidental, qui possède ses adeptes, les prive de l'usage de la raison et les pousse à commettre des délits dont l'idée ne leur aurait jamais traversé l'esprit dans leur état normal. Pour moi, c'est une des meilleures définitions de la folie jamais proposée et c'est pourquoi nous l'utilisons.

Il s'appuya contre le dossier de son fauteuil en cuir, espérant un compliment hypocrite.

— Veux-tu dire que je devrais conseiller à Valdez d'adopter la même solution ?

— Charlie, je n'ai pas l'intention de te dire ce que tu as à faire, c'est entre toi et lui. À propos, quand a lieu la notification des charges ?

— Mardi prochain. Juge Chambers.

— Bon.

Il nota rapidement sur son agenda, puis leva la tête.

— J'ai entendu dire que jamais elle ne l'autorisera à se défendre lui-même pendant le procès. Je suppose que tu vas expliquer à ce type qu'il ne se rend pas le meilleur des services.

— Si je réussis à le voir. Je suis allé deux fois à la prison. La première fois, il a prétendu qu'il était malade mais, apparemment, il priait à la chapelle. La deuxième fois, impossible de le trouver. Ils ont tout bouclé, tout fouillé. Il n'avait pas quitté son lit mais, bizarrement, les gardiens ne l'ont pas vu.

— Drôle de type. Je pense à quelque chose. Ton

gars ne peut pas utiliser la même défense que nous. C'est le prêtre, celui qui met les gens en transe, alors il a agi en connaissance de cause, renoncé à sa rationalité pour invoquer les forces obscures. Le mal. Pas seulement l'intention criminelle, la préméditation.

— Très spectaculaire. C'est pour ça que tu travailles pour rien, Clay? Tu vas vendre ça au cinéma?

Clay abattit si violemment la main sur son bureau que l'attache de sa Rolex s'ouvrit.

— Merde, Charlie, tu ne prends donc rien au sérieux? dit-il, rattachant sa montre. Je te connais très bien. Je sais comment tu es arrivé ici après avoir fui le comté de Dade la queue entre les jambes. Tu étais au sommet et tu as déconné.

— Et la politesse? fis-je. Tu jures.

Le visage de Clay s'assombrit et je vis apparaître sur ses traits la strate de silex qui lui a permis de sortir de l'ombre de la raffinerie de sucre de Vallejo, où il est né, l'a propulsé jusqu'à Stanford, Harvard et le Département d'État, puis lui a permis d'obtenir, à trente ans, un poste d'associé au sein de Manuel, Caesar, Brewer et Smith, et d'être multimillionnaire à quarante ans.

— Ne joue pas au con avec moi, dit-il. Tu sais parfaitement bien pourquoi nous avons pris cette affaire. Notre cabinet applique cette politique de service gratuit et tout le monde, de Caesar au plus petit stagiaire, la met en œuvre. C'est mon tour, voilà tout. Et non, je ne vends pas ça au cinéma. Et toi?

— Si je peux, je le ferai. J'ai des factures à payer.

4

C'était un de ces dimanches où tous les habitants de L.A. regrettent de ne pas avoir une résidence secondaire à Malibu. Sauf ceux qui en ont une : ceux-là regrettent de ne pas avoir une villa dans le sud de la France. Bien que ces quelques privilégiés, propriétaires du bord de mer, détestent devoir supporter les rangées de boutiques de surf en parpaings, les fast-foods éclairés au néon et les kilomètres d'embouteillages quand toute la vallée de San Fernando va passer le week-end à Zuma Beach, ils savent au moins qu'ils ont ce que tout le monde désire : leur océan privé. L'azur des eaux balayées par le vent, caressant le pied des dunes jaunes, les surfers glissant sur les rouleaux, quelques spinnakers dressés sur l'horizon, les parfums des embruns salés et du jasmin, telles sont les raisons précieuses qui les ont persuadés de débourser un million de dollars pour dix mètres de plage, tels sont les trésors pour lesquels ils ont menti, triché, menacé et escroqué.

Dans mon coin de Los Angeles, les collines paysagées et les terrasses de Los Feliz, nous sommes pratiquement dans la même situation que Griffith Park. La différence est que, à la place de la plage, nous avons des vallons avec des tables de pique-nique et, au lieu de l'océan, une rivière étroite et polluée serpentant entre les routes parsemées de détritus et les parkings encombrés, et que les privilégiés sont les milliers d'émigrés d'Amérique centrale qui prennent le parc d'assaut avec leurs Datsun et leurs Toyota. Ces réfugiés de la guerre et de la pauvreté s'entassent à six ou huit dans leurs japonaises déglinguées, rafistolées au papier collant, roulant sur des pneus lisses, postes criards réglés sur Radio Amor ou K-Love, chansons d'amour pleurnichardes de Julio Iglesias, José José ou Emanuel sortant par les vitres ouvertes tandis qu'un pompon rose flotte au sommet de l'antenne et que deux dés en polyester, suspendus sous le rétroviseur, se balancent devant le pare-brise. Des files de voitures de plusieurs kilomètres de long se dirigent vers le parc où les familles (ce sont toujours des familles ; même si le groupe se compose de six hommes réunis par la pauvreté et les circonstances, c'est une *familia*) garent les voitures, sortent les glacières contenant la viande ou le poulet qu'elles feront griller sur les barbecues, près des tables, décapsulent quelques *cervezas* et lancent le ballon de football. Quelques instants plus tard, la partie commence, Salvadoriens, Guatémaltèques, Mexicains, Honduriens, groupes mélangés de peau brune et de joie de vivre qui recréent, dans le parc, l'antique jeu de bola que pratiquaient leurs ancêtres indiens dans les jungles de Petén, Tikal et Tazumal.

Ce sont ceux qui ont eu de la chance. Ce ne sont pas ceux qui ont traversé les champs de bataille, franchi les déserts, évité les gardes-frontières, affronté les coyotes et échappé aux propriétaires terriens pour arriver à El Lay et trouver un emploi au salaire minimum. Il y en a plein comme ça, des centaines de milliers, peut-être des millions de miséreux qui font tourner l'économie du Sud. Dans le parc, ce sont ceux qui ont déjà un peu réussi, pensent famille, sorties, racines, qui envisagent un avenir dans ce pays, avec leur *mercado* et leur *casita* à Pacoima. Et à présent, le week-end, ils embarquent Juan, Enrique, Josefina, Fernando, Miguel, Eleazar, Aurora et leur femme dans la Datsun et vont au parc.

J'ai toujours été jaloux de leurs rêves, bien qu'ils puissent sembler modestes et étroits. Même déréglée, leur boussole indique toujours la même direction. Moi, en revanche, je me sentais à la dérive, je n'avais pour moi qu'une éducation dans les grandes universités de l'Est et un travail ingrat qui m'obligeait à m'agiter, tournoyer sans raison, dans une cage dont le doré s'écaillait.

Ce dimanche-là, je frappai, au rez-de-chaussée, à la porte de mon propriétaire, encadrée par les feuillages frais et odorants du lilas et du chèvrefeuille. Mais Enzo Baldocchi passa sa tête de Ligure par le battant entrebâillé et refusa mon invitation, souffle pâteux empestant encore la vodka et l'amaretto, tandis qu'une voix féminine s'enquérait en sicilien de l'identité du connard qui ne savait pas quelle heure il était. Alors, seul, j'attaquai la colline en petites foulées. Depuis une semaine, la température montait régulièrement de quelques degrés chaque jour si bien que, ce dimanche-là, à huit heures, l'air était aussi torride et perfide qu'une étreinte latine. Un vent faible venu de Santa Ana, après avoir traversé le désert, avait dégagé le ciel dont le bleu tendre évoquait celui des tableaux d'O'Keeffe. Les systèmes d'arrosage, sur les pelouses luxuriantes des demeures méditerranéennes proches du sommet de la colline, formaient des nuages de vapeur qui apportaient des bouffées odorantes de genévrier et de citronnier.

À cinq cents mètres de mon immeuble, la route tourne à gauche en un virage serré, s'élève d'un demi-kilomètre en quelques dizaines de mètres. Je me penchai et balançai alternativement les bras, le buste presque parallèle au sol. Je sentis travailler mes quadriceps, mes fesses, mes genoux se mirent à trembler et les gouttes de transpiration, sur mon T-shirt, se muèrent en grandes taches de sueur. Le souffle court, j'arrivai au coin et regardai la ville qui se dressait contre le ciel, quinze kilomètres plus loin, les tours de bureaux évoquant des boîtes à chaussures debout dans le croissant de Baldwin Hills. Je ne les voyais pas, mais je savais que, derrière ces collines, les derricks pompaient interminablement, échassiers mécaniques inlassables tirant du sol le pétrole qui avait fait la richesse de la ville avant Hollywood, les industries spatiales et le travail clandestin.

Je tentai d'apercevoir la prison du comté, où se trouvaient Ramón et José mais, alors que de l'endroit où je me trouvais, je voyais à plus de soixante kilomètres à la ronde, je fus incapable de distinguer le bunker trapu et gris situé au pied de Chinatown. Ils étaient convoqués mardi au tribunal, où leur seraient notifiées les charges qui pesaient contre eux et où ils pourraient présenter leurs requêtes, mais je n'avais pas encore pu m'entretenir avec Ramón. Deux semaines s'étaient écoulées depuis qu'il avait demandé au tribunal de me nommer. Pendant cette période, je n'avais pu qu'étudier le dossier, empêché d'agir par son refus de me donner les indications susceptibles de justifier une enquête. J'ignorais comment il avait l'intention de s'y prendre et quel rôle je jouerais dans sa défense. Peut-être changerait-il d'avis, mardi, et demanderait-il finalement un avocat. Peut-être passerais-je simplement l'affaire à quelqu'un d'autre.

Cette idée éclaira ma journée. Je sortis sur Longfellow puis m'accroupis et me glissai sous la clôture en fil de fer barbelé rouillée dont la pancarte, indiquant ENTRÉE INTERDITE, était couverte par les graffitis bleus des voyous blancs du quartier, les Stoners, puis courus dans les broussailles. La poussière jaunâtre tourbillonna autour de moi tandis que je gravissais péniblement le chemin nettement tracé conduisant au sommet. Je heurtai un chêne mais ne sentis pas la douleur, regardai avec un détachement étrange la façon dont la branche brisée m'égratigna l'avant-bras, puis le sang rouge foncé qui suinta. Finalement, essoufflé et jurant à mi-voix, je fis un dernier effort et arrivai au sommet de la colline, dans la clairière poussiéreuse qui domine toute la vallée

Un parfum de fleurs d'oranger et d'eucalyptus

m'enveloppa tandis que j'admirais, immobile et haletant, le spectacle de la métropole qui s'étendait à mes pieds. Je donnai quelques coups de pied dans de vieilles boîtes de bière, souris à un rouge-gorge bleu qui picorait un préservatif usagé. Los Angeles, ville de l'amour.

Le téléphone sonnait quand je regagnai mon bureau. Je décrochai avant la quatrième sonnerie, pour court-circuiter le répondeur.

— Allô, fis-je, essoufflé.

— Tu étais allé courir, je parie, dit Livie, et la pièce fut plongée dans le noir.

Sans doute retins-je mon souffle pendant quelques instants car elle s'enquit :

— Tu es toujours là ?

— Évidemment.

Je jetai un regard circulaire dans le bureau, espérant faire cesser l'impression de vertige, m'accrocher à la sécurité morne du quotidien. Documents et dossiers, un agenda aux feuilles cornées, une pendulette dont la pile était usée, un porte-stylos, une agrafeuse, un dictionnaire rarement utilisé. Je regardai ma montre. Fin de matinée à Miami. Une goutte de sang tomba de mon écorchure sur le téléphone blanc.

— Bonjour, poursuivis-je. Comment ça va ? Comment va Julian ?

Comme toujours, la réponse fut brutale et douloureuse.

— Je n'appelle pas pour faire des politesses, Charlie. Je vais comme la dernière fois qu'on s'est vus : je suis furieuse et je me sens abandonnée.

— On ne va pas recommencer.

— Non, on ne va pas. Les types à la dérive sont comme les alcooliques, tu peux leur faire la morale jusqu'à demain, ça n'aide personne, ni eux ni toi. Mais ils te brisent tout de même le cœur.

— Je t'en prie. On dirait une chanson country. Qu'est-ce que tu veux ? Tu n'as pas reçu mon chèque ?

— Je l'ai eu, pas de problème. Mais tu ne crois pas que tu as oublié quelque chose ?

Une question piège. Je m'efforçai de chasser mille choses de mes pensées. La plupart du temps, ce que je tentais d'exorciser revenait me hanter et me narguer, se postait aux portes de mon esprit, prêt à se jeter sur moi comme un encaisseur disant : faut qu'on cause.

— Non, quoi ?

— On est le 17 avril. Quelqu'un veut te parler.

Elle passa l'appareil et, alors que mon interlocuteur n'avait pas encore pris la ligne, je sus qui c'était et mon cœur se mit à cogner sous les effets conjugués de la douleur et de la joie.

— Salut, papa.

— Bonjour, Julian. Bon anniversaire. As-tu reçu mon cadeau ?

Julian poussa un cri de joie.

— Tu n'as pas oublié ! Maman disait que tu étais peut-être trop occupé.

— Comment pourrais-je t'oublier, mon gars ? Je suis sûr que tu l'auras dans un jour ou deux. Parfois, la poste a du retard.

— Ouais, papa, c'est ça, la poste a du retard.

Julian. Boucles d'or, yeux noisette, peau humide

sentant le savon à la poire et le talc. Julian, turbulent, plein de vie, qui a sept ans aujourd'hui.

— Alors qu'est-ce que tu vas faire, champion ? Tu vas à des surprises-parties ?

— Maman a fait un gâteau et mes amis vont venir. Philie, Bobby, Carlos, René et Donna. Après, on va aller à Lucaya. C'est super !

— Je n'en doute pas.

— Qu'est-ce que tu m'as envoyé, papa ? Je voudrais savoir parce que j'ai déjà eu tout plein de cadeaux mais pas ce que je voulais, ce que je voulais vraiment.

C'est bien le fils de Livie, me dis-je, il compare déjà les magasins.

— Et qu'est-ce que tu veux ? C'est peut-être ce que je t'ai envoyé.

— Un Robocop. Un jeu vidéo des Tortues Ninja !

— Bon, dans ce cas, mes cadeaux vont peut-être te plaire.

Julian poussa un cri de joie.

— Terrible ! Tu es le papa le plus formidable ! Quand tu viens à Miami ?

— Je ne sais pas, mon gars. Mais je vais te dire un truc, tu pourrais peut-être venir bientôt à Los Angeles. On pourrait aller à Disneyland...

— Je ne sais pas, papa. Tout le monde dit que Disney World est mieux et maman m'y a déjà emmené trois fois.

— D'accord, alors on ira visiter les studios Universal ; tu pourras voir *King Kong* et *Les Dents de la mer.*

— Ça serait chouette !

Julian se tourna vers Livie, qui devait être près de lui, prête à protéger son enfant contre son propre à rien sans cœur de père.

— Est-ce qu'on peut aller à L.A. et visiter les studios, maman ? Est-ce qu'on peut ?

Je l'entendis répondre mais ne compris pas ce qu'elle dit. Julian revint sur la ligne, déçu.

— Maman dit qu'elle ne sait pas.

Puis, dans un souffle :

— Elle est toujours fâchée.

— Ça ne fait rien. Les choses changent.

— Maman veut te dire quelque chose, alors il faut que je te laisse.

— D'accord, champion. Bon anniversaire.

Un craquement puis la voix sérieuse, posée, de Livie, si magnifiquement chaude quand elle présente le journal du soir.

— Ne te mets pas dans l'idée que tu pourras le prendre.

— Juste pour des vacances.

— Pas question. Si tu veux le voir, viens. Je n'ai pas confiance en toi et nous savons tous les deux pourquoi. À propos, je me marie. Je t'écrirai. Au revoir.

— Avec qui ? Quand ?

Je ne demandai pas pourquoi parce que c'était évident. Mais Livie raccrocha sans me laisser le temps de poser d'autres questions, le bourdonnement de la tonalité semblable à un vide que devaient combler mes erreurs passées.

*

La veuve Chambers était de mauvaise humeur. Un avocat de San Diego, qui eut le malheur d'arriver avec vingt minutes de retard à la reprise d'une audience, fut inculpé d'outrage à magistrat et condamné à cent dollars d'amende. Comme il protestait contre ce traitement inhabituellement sévère, sachant que, alors que les audiences débutaient officiellement à huit heures trente, on n'ouvrait jamais les portes avant neuf heures, la veuve ordonna au garde de traîner l'avocat hurlant et déconcerté en cellule, où il pourrait préparer ses arguments jusqu'au moment où une audience d'outrage à magistrat serait organisée, dans le courant de la journée. Son client, qui ne comprenait plus rien, pivota sur lui-même et cria :

— Je vous tirerai de là, maître, je vous tirerai de là !

Un sourire ironique aux lèvres, Bill Smith, le shérif adjoint, revint des cellules, son visage brun animé à l'exquise pensée de la revanche prise sur l'un de ceux qui seraient les premiers à être fusillés quand viendrait la révolution.

— Il aurait dû se méfier, confia-t-il. Maintenant, c'est lui qui réclame un avocat.

— Je me demande quel effet ça lui fait d'être tout près des gens qu'il défend d'habitude.

— Les détenus ne sont pas encore arrivés, les bus qui viennent de Wayside sont en retard, alors il est tout seul. Vous êtes ici pour qui ?

— Hé, pour vous voir, parler du bon vieux temps, tailler une bavette.

— Vous vous foutez de moi. Vos gars, les jumeaux cubains, ne sont pas arrivés.

— Merci. Alors, comment vont les affaires ?

Bill gérait une petite société de vidéo ; en dehors de ses heures de travail, il filmait les mariages et les anniversaires des citoyens de Moreno Valley, ville nouvelle à deux heures de Los Angeles, au centre du nœud de serpent de la Californie du Sud, dans le comté de Riverside.

— Ça marche. J'ai fait le bal du Lion's Club, l'autre jour.

Le greffier, un brun nommé Curtis Franklin Burr et descendant direct du petit homme taciturne qui tua Alex Hamilton, m'adressa un signe.

— Le juge voudrait vous voir dans son cabinet.

— Tout de suite.

Le nom du juge, Connie, était brodé entre deux cœurs fuchsia, derrière son fauteuil en cuir à haut dossier. Sur son bureau, dans un cadre, il y avait les portraits de ses trois filles. Sur l'étagère suédoise en teck, que tous les juges ont dans leur cabinet, d'autres portraits des filles, la première en toge et bonnet, la deuxième en uniforme blanc d'Annapolis, la troisième avec un bébé rose et un mari obèse. Aux murs lambrissés étaient accrochés des diplômes de plusieurs facultés de droit, des plaques datant de l'époque où le juge Chambers était district attorney, une photo d'elle dans les bras de l'ancien flic des rues qui devint le premier maire noir de L.A. Il n'y avait pas trace de l'homme à qui elle devait son nom et sa situation, John Chambers, ancien juriste de Pasadena si populaire parmi les bons citoyens blancs de ce trou plein de brouillard que le gouverneur s'était cru obligé, à sa mort, de nommer sa veuve à son poste. Mais il y avait déjà six ans de ça, autant dire une génération selon les critères californiens.

Le juge, penchée sur un volume du *California Jurist,* leva la tête. Blonde, robuste, les joues rebondies, un chérubin adulte, qui aurait pris quelques kilos et subi une opération pour changer de sexe. Elle eut un rire bref, pour cacher le malaise qu'elle éprouvait à voir son sanctuaire envahi par un étranger.

— Bonjour, Charlie. Asseyez-vous, asseyez-vous.

J'obéis. Je n'avais pas l'intention de la contredire.

— Oui, madame.

— Je voudrais vous parler de votre affaire, Valdez et Pimienta.

— Eh bien, madame le juge, je ne m'occupe que de Valdez. Pimienta est représenté par Clay Smith.

— Je sais, fit-elle sèchement, sa voix perdant brutalement toute prétention à la bonhomie. Mais nous savons tous les deux que Pimienta ne chie pas sans l'autorisation de Valdez, pardonnez-moi l'expression.

— Je ne peux rien affirmer, mais il semble bien que ce soit le cas, oui.

— Bien, alors permettez-moi de vous dire que je n'accepterai pas de scandale dans ma salle d'audience pendant ce procès, vous comprenez ?

— Je ne vois pas très bien ce que vous voulez dire.

— Je ne veux pas de drames, de comédies ou de bouderies. J'ai déjà expliqué à Clay ce que je suis en train de vous dire : quels que soient mes arbitrages, ils seront respectés. Je ne veux pas de grandes déclarations destinées au jury, de reformulations sur des points sur lesquels j'ai déjà pris une décision, de questions risquant *accidentellement*, je souligne, de fournir des informations injustifiées au jury, compris ? Je veux une procédure correcte, pas de jury incapable de conclure, pas de vices de forme, pas d'annulation. On commence par le commencement et on finit à la fin, comme quand on prend le train. Vous montez, c'est tout, compris ?

Chambers eut le même rire bref que précédemment. Je m'appuyai contre le dossier de mon fauteuil.

— Parfaitement, madame le juge, mais je ne suis pas l'avocat de Valdez, il se défend lui-même. Je ne suis qu'un détective privé.

Le juge ne répondit pas immédiatement. Elle fit pivoter son fauteuil puis se dirigea vers le classeur sur lequel était posée une cafetière électrique.

— Vous en voulez ? demanda-t-elle.

— Noir, s'il vous plaît.

Elle me donna une tasse également ornée de cœurs fuchsia. Je me demandai un instant si l'abondance de cœurs trahissait les regrets ou la mauvaise conscience, mais ne pus décider. Le juge frôla la robe noire suspendue à la patère, regagna son bureau d'une démarche mal assurée, puis se laissa tomber dans son fauteuil. Elle souffla sur sa tasse fumante, fronça les sourcils et m'adressa un sourire espiègle.

— Savez-vous qu'on m'a parlé de la Floride ?

— C'est un grand État, madame le juge. Que vous a-t-on dit ?

Chambers but une gorgée de café, son sourire gonfla ses joues déjà volumineuses.

— On m'a parlé d'une affaire et de vous, dans le comté de Dade, quand vous exerciez encore. Vous avez eu un blâme, n'est-ce pas ?

— À dire vrai, j'ai été suspendu pendant un an par le barreau. C'est à ce moment-là que j'ai décidé que j'aurais intérêt à repartir à zéro en Californie. Mais je n'ai été reconnu coupable de rien. Et si je l'avais été, vous savez que l'on peut appartenir au barreau et exercer en Californie même quand on a purgé une peine de prison. Cependant, je n'exerce pas, alors excusez-moi, mais je ne vois pas où vous voulez en venir ni en quoi cela vous regarde.

— Bon, d'après ce que j'ai entendu dire, et ce ne sont que des on-dit, remarquez, sans valeur devant un tribunal, j'ai appris que vous aviez été inculpé mais que vous aviez des amis au gouvernement de l'État. Des amis qui se sont arrangés pour que l'affaire soit classée.

— Marrant, mes souvenirs sont différents.

— Enfin, peu importe. (Elle posa sa tasse, ayant confirmé ses soupçons.) Je vous dis tout cela parce que, à mon avis, votre client a besoin des conseils d'un avocat.

Enfin sauvé. Mais pourquoi commençais-je à voir cette affaire en termes de salut et de damnation dans les flammes de l'enfer ?

— Cela signifie-t-il que vous allez refuser qu'il se défende lui-même ?

Chambers se pencha, tout son poids reposant sur le coude posé sur le buvard vert.

— Pas pour le moment. Peut-être plus tard. Cela dépendra de l'efficacité de sa défense. Je ne veux pas que ce procès soit une comédie, que Valdez se mette à hurler hors de propos. C'est pourquoi je veux être sûre que vous le conseillerez convenablement. Je sais que ce n'est pas orthodoxe, mais je ne crois pas qu'il soit nécessaire de nommer des avocats d'office, c'est gaspiller l'argent des contribuables. Si cet homme veut se pendre, eh bien, laissons-le faire. Mais je veux que ce soit fait dans les règles. Légalement. Je crois que c'est la seule façon de veiller à ce qu'il soit convenablement représenté. Il ne veut pas d'avocat commis d'office, il ne veut pas d'avocat privé et, dans notre système juridique, il a le droit de se défendre lui-même. S'il sait ce qu'il fait. C'est à moi d'en être juge.

Elle s'aperçut qu'elle venait de faire un jeu de mots sans s'en rendre compte et eut un rire étouffé.

— Naturellement, conclut-elle, c'est pour ça qu'on me paie.

Nous étions enfin arrivés au cœur du sujet.

— Je regrette, madame le juge, je renonce.

Elle se redressa brusquement.

— Que voulez-vous dire ?

— Que je refuse cette nomination.

— Pour quelle raison ?

— Je n'ai même pas pu voir cet homme, il ne coopère pas. En outre, c'est une affaire perdue d'avance.

81

— Depuis quand les enquêteurs choisissent-ils les affaires en fonction de leur issue ? Jamais, dans toute ma carrière, je n'ai reçu une réponse aussi cavalière. Vous accepterez.

— Madame le juge, rien ne m'y oblige.

— Détrompez-vous. Dans trois mois, je prendrai la présidence du tribunal. Si vous n'acceptez pas cette affaire, je veillerai personnellement à ce que votre nom disparaisse de notre liste. Et je verrai également Orange et Ventura. Vous n'aurez plus qu'à trimer pour les moins que rien qui frapperont à votre porte, un privé minable, voilà ce que vous serez. Et je m'arrangerai pour que tout le monde sache pourquoi. Je suis également convaincue que le *Times* aura envie de s'entretenir de votre passé avec vous.

Un bref silence tandis que je regardais par la fenêtre, smog gris tombant sur les files de voitures.

— Est-ce que c'est une menace ?

Elle respira profondément puis permit à son sourire de réapparaître.

— Non, Charlie. Parlons simplement de persuasion judiciaire. Écoutez, je vous aime bien. En fait, je crois que vous devriez vous inscrire au barreau et rejoindre le club. Je vous demande seulement, comme un service personnel, de vous charger de cette affaire. Acceptez-vous ?

Elle souriait ironiquement.

— Bon, puisque c'est ce que vous voulez. J'ai toujours eu un faible pour les causes perdues.

— Levez-vous !

Les avocats, les familles nerveuses et les membres cyniques du personnel du tribunal, gobelet en plastique de café au lait trop sucré éternellement à la main, se levèrent sous la lumière jaune, funèbre, des panneaux lumineux crasseux du plafond. Le juge Chambers, à l'extrême droite de la salle d'audience, sortit de son cabinet et s'immobilisa près du greffier, les mains croisées sur son ample taille. Le shérif adjoint Smith, que je n'avais jamais vu aussi grave, psalmodia, répondant judiciaire :

— Devant le drapeau de notre pays et les principes qu'il représente, l'audience du département 179 de la cour criminelle de Los Angeles débute sous la présidence de l'Honorable juge Constance Chambers. Asseyez-vous et faites silence.

Dans un murmure, le public reprit place sur les bancs en bois tandis que les avocats et le personnel du tribunal s'installaient dans les fauteuils en cuir vert et que le juge gravissait les trois marches tapissées conduisant à son siège. Elle se laissa tomber dans son fauteuil et adressa un regard méfiant à la pile de dossiers qui montait jusqu'au niveau de ses yeux.

— Bonjour, dit-elle.

— Bonjour, répondit le personnel du tribunal.

— Les prévenus sont arrivés, Votre Honneur, annonça l'adjoint Smith.

— Bien ! Faisons...

Le juge fut interrompu par un petit avocat rouquin qui se dressa d'un bond, comme si une guêpe venait de le piquer.

— Votre Honneur, je demande à passer en priorité. Je dois plaider devant la 37e division dans cinq minutes.

Chambers regarda le petit homme propret de la

tête aux pieds, son costume couleur de céleri, sa chemise et sa cravate orange, un bracelet en or à chaque poignet et une chevalière avec un rubis si voyante qu'elle aurait tout aussi bien pu proclamer HOMO en capitales.

— Monsieur Veal, je vous prierai d'attendre que le tribunal ait réglé quelques questions de la plus haute importance.

— Mais, Votre Honneur, mon audience !

— De quoi s'agit-il ? D'une affaire de détention de marijuana, maître, ou bien d'un cas plus grave, un excès de vitesse, peut-être ?

Mais Veal, bien que pédé, n'était pas une femmelette.

— Je suis certain, Votre Honneur, que si vous étiez dans les baskets de mon client, vous ne prendriez pas à la légère les charges dont il doit répondre. Le juge Reinholdt m'a demandé de me présenter à la 37e division et de commencer sur-le-champ dans... (Veal regarda sa montre)... trois minutes. Du fait que, comme vous le savez, l'ascenseur met cinq minutes pour descendre du quinzième étage...

Chambers ne pouvait pas en supporter davantage. Elle abattit son marteau.

— Suffit ! Asseyez-vous, monsieur Veal. Le greffier avertira le juge Reinholdt de votre retard. John, faites entrer Valdez et Pimienta.

— Oui, madame le juge.

Veal s'assit près de moi.

— Elle verra, quand j'aurai averti le barreau, marmonna-t-il.

J'entendis Smith appeler les noms, dans les cel-

84

lules, puis il y eut un bref instant de silence tandis que les prévenus sortaient, le claquement de la grille, le tintement des clés, menottes et chaînes. Un deuxième shérif adjoint entra par la porte donnant sur le couloir et prit position derrière le dernier banc, bras croisés, les yeux fixés sur la porte proche du bureau de Smith. La porte s'ouvrit.

Pimienta sortit le premier, vêtu de l'uniforme bleu de la prison, les poignets attachés à une chaîne couverte de plastique jaune qui lui enserrait la taille, de sorte que ses mains étaient en permanence immobilisées contre ses flancs, coudes écartés. Ses chevilles étaient entravées par une chaîne jaune identique qui ne lui permettait de faire qu'un demi-pas, comme un esclave gagnant l'estrade de la vente aux enchères. Ses bras puissants frémirent, quand il s'immobilisa près de la table de son avocat; sans s'en rendre compte, il ouvrait et fermait les mains, comme pour saisir une liberté désormais hors d'atteinte. Jetant un regard circulaire dans la salle d'audience, il me vit au premier rang et sourit, m'adressa un léger signe de tête. Je répondis de la même façon.

Il y eut du bruit du côté des cellules; une voix de ténor cria, avec l'accent cubain :

— Me pousse pas, mec !

Un instant plus tard, Ramón sortit en trébuchant, dans un tintement de chaînes, et faillit tomber à plat ventre. Il se redressa, pivota sur lui-même et foudroya du regard un adjoint trapu qui voulut se saisir de lui, mais interrompit son geste quand il s'aperçut que le juge le fixait, les sourcils froncés. Smith entra à la suite de son collègue tout en muscles et s'arrêta près du prisonnier. Alors Ramón, le souffle court, regarda la salle d'audience avec méfiance. C'était la première fois que je le voyais en chair et en os. Il était plus grand et plus corpulent que sur les photos que j'avais vues dans son dossier, comme s'il avait consacré ces derniers mois à travailler ses pectoraux et pas sa défense. Alors que José était d'un noir d'onyx, Ramón avait la peau marron clair, comme une noix, un mulâtre, en réalité, dans tous les pays sauf aux États-Unis.

Les yeux noisette de Ramón se posèrent sur moi, son regard froidement analytique tempéré par un large sourire cubain quand il me reconnut. C'est à cet instant que je remarquai un filet de sang sur son menton, sous sa lèvre fendue.

— Qu'est-il arrivé à cet homme, monsieur Smith ? s'enquit Chambers.

Smith parvint presque à étouffer un ricanement.

— Votre Honneur, M. Valdez a accidentellement heurté la barrière en sortant de la cellule.

Ramón adressa un regard méprisant à Smith.

— Est-ce vrai, monsieur Valdez ?

Silence.

— Est-ce vrai ?

Toujours pas de réponse. Chambers se tourna vers Burr.

— A-t-il besoin d'un interprète ?

Burr haussa les épaules et se plongea dans le dossier.

— *¿ Necesita intérprete ?* demanda le juge.

Ramón regarda Chambers, secoua la tête.

— Non merci, madame le juge. Ça ira.

86

Il avait un accent, les coups de glotte de l'Américain étant remplacés par un flot liquide, non accentué, qui chantait à la fin des phrases, mais il savait ce qu'il faisait.

Des gouttes de sang tombèrent sur la table.

— Que vous est-il arrivé ?

Silence. Ramón respira profondément puis soupira, certain qu'il paierait mille fois dans l'enceinte de la prison la petite victoire qu'il remporterait devant le tribunal.

— J'ai trébuché et je me suis cogné.

— Que l'on donne un Kleenex à cet homme. Est-ce grave ?

C'était une ouverture qu'il pouvait utiliser et, comme je m'en aperçus plus tard, Ramón ne laissait jamais passer les occasions.

— Pas vraiment, Votre Honneur, répondit-il, les dents et les lèvres couvertes de sang. Mais je demande que l'on me retire les chaînes, Votre Honneur, afin que l'accident ne se reproduise pas. Il est difficile de marcher, dans ces conditions, et de préparer sa défense lorsqu'on est enchaîné comme un animal sauvage.

Chambers manifesta son assentiment d'un signe de tête.

— Vous avez probablement raison. Monsieur Smith, veuillez lui retirer ses entraves.

— Votre Honneur, dit Smith, ce sont des mesures destinées à assurer la sécurité du tribunal. Le shérif estime que ces hommes sont extrêmement dangereux.

— Monsieur l'adjoint, vous n'allez pas m'apprendre mon métier. Retirez ces chaînes !

— Oui, madame le juge.

Smith sortit sa clé et, en quelques gestes rapides, libéra Ramón qui, soulagé, écarta les bras. L'adjoint trapu lui donna ensuite un Kleenex.

— Merci, monsieur l'adjoint, dit Valdez.

— D'après le dossier, il n'a pas besoin d'interprète, intervint Burr, qui avait fini par trouver le document nécessaire.

— Mille mercis, Curtis. Peut-être pourrions-nous passer à l'audience. Le ministère public est-il prêt ?

Dick Williams, adjoint du D.A. affecté au tribunal, se leva et posa son moignon de main gauche sur ses dossiers. Grand, maigre, noir et élégant, Williams refusait de parler de son infirmité, si bien que les gens se demandaient si son appendice dépourvu de doigts était la conséquence d'une malformation congénitale ou bien si, pour une fois, le bras démesuré de la justice s'était fait prendre dans l'essoreuse.

— Votre Honneur, je remplace l'adjoint qui sera chargé de cette affaire. Je ne viens qu'aujourd'hui, pour l'inculpation. Comme vous le savez, je suis transféré à Santa Monica et nos services n'ont pas encore nommé l'adjoint chargé de cette affaire.

— Très bien. Et la défense ? Prêt à commencer l'audience de notification des charges, monsieur Valdez ?

Les bras désormais libres, Ramón entra avec assurance dans son rôle juridique.

— Prêt.

— Bien, poursuivons donc. Non, un instant, où est l'avocat de M. Pimienta ?

— Ici, Votre Honneur !

Clay Smith entra précipitamment dans la salle d'audience à ce moment, serviette en bataille, costume à fines rayures fripé par ses activités extra-juridiques. Un Asiatique de petite taille le suivait, une caméra vidéo sur l'épaule. Derrière lui, entra un preneur de son d'âge mûr, ventripotent et, enfin, comme une pensée venant après coup, le journaliste, un jeune homme aux cheveux frisés.

— J'ai amené des amis, dit Clay, posant sa serviette sur la table de l'avocat.

L'équipe de télévision gagna le côté de la salle et entra respectueusement dans la loge vide du jury.

— Pas si vite, dit Chambers. Messieurs, avez-vous présenté une demande au tribunal ?

Le journaliste se tourna vers le preneur de son, qui haussa les épaules et regarda le cameraman. L'Asiatique grassouillet eut un sourire rassurant, fouilla dans ses poches, puis sortit un morceau de papier plié en huit.

— Oui, Votre Honneur ! la voilà.

Il tendit le morceau de papier au juge.

— C'est parfait. Il arrive que le service responsable ne les transmette pas, c'est tout. Vous pouvez filmer cette audience, mais n'interrompez pas les débats.

— Bien sûr, Votre Honneur.

Le cameraman prit son trépied, le déplia et installa sa Sony, après avoir posé l'autorisation sur une chaise. De l'endroit où je me trouvais, je constatai que le document qu'il avait montré était la carte des plats à emporter du Hong Kong Seafood Restaurant de Monterey Park.

Les portes de la salle d'audience s'ouvrirent à nouveau et, cette fois, un flot de caméras et de journalistes se précipitèrent à l'intérieur, prêts à prendre leurs positions de combat.

— Mesdames, messieurs, dit Chambers, je n'autorise qu'une équipe dans la salle d'audience, et c'est celle de... de quelle chaîne êtes-vous ?

— La treizième, Votre Honneur, KCOP, répondit le journaliste d'une voix haut perchée.

— Bon. J'aime bien Hal Fishman. Bien, les autres, vous devrez demander une copie de la bande à ces messieurs lorsque les débats seront terminés.

— Oh, mais, Votre Honneur...

— Rien à faire. Quittez immédiatement la salle d'audience avec vos caméras. Merci beaucoup. Le ministère public peut notifier aux prévenus les charges qui pèsent sur eux.

L'équipe de KCOP s'installa dans la loge du jury, satisfaite de l'écrasement de la concurrence, même si le juge l'avait affublée du mauvais présentateur.

La procédure de notification dura moins longtemps qu'on aurait pu le prévoir compte tenu du fait que Ramón et José étaient tous les deux confrontés à six accusations de meurtre, six accusations d'enlèvement, deux accusations de vol à main armée et, théoriquement, douze accusations d'usage d'arme à feu. José suivit les débats calmement, avec l'affabilité détachée d'un enfant qui regarde les adultes signer le contrat d'achat d'une maison. Ramón, en revanche, ne fut que concentration studieuse et sortit une paire de petites lunettes à fine monture métallique pour lire la prose compacte de la note d'information. Il rectifia l'orthographe de son nom et de celui de José, puis déclara d'une voix sonore :

— Non coupable !

À la fin de l'audience, presque comme à la réflexion, Williams annonça que le ministère public requerrait la peine capitale pour les inculpés, puisque les crimes comportaient des circonstances aggravantes : meurtre pendant une attaque à main armée. Clay contra en disant que son cabinet déposerait une requête s'opposant à ce type d'action. Lorsque Chambers demanda à Valdez s'il avait l'intention de s'associer à cette requête, Ramón répondit :

— Nous admettons avec le ministère public que, si un tel crime avait été commis, les circonstances aggravantes seraient justifiées. Mais comme contester cette classification révélerait la défense, nous ne nous y opposons pas.

Clay regarda attentivement Valdez, troublé par ce qu'il venait d'entendre, puis se tourna vers le juge et leva les mains en un geste d'exaspération feinte. Chambers décida également de ne pas tenir compte du commentaire et fixa la date de la réunion préparatoire du procès trois semaines plus tard. Ramón reprit la parole :

— Votre Honneur, avant que l'audience soit levée, je voudrais vous avertir oralement que je vais déposer... (il regarda une feuille de bloc sur laquelle un texte était rédigé à la main) des requêtes en incompétence et annulation, supplément d'enquête, recours et autres concernant la date de la réunion préparatoire et la date du procès.

— Combien d'autres ? s'enquit ironiquement Williams. En avez-vous une idée ou bien les prenez-vous au hasard dans les livres à mesure que vous les lisez ?

— Monsieur Williams, ne vous adressez pas à l'avocat, pardon, à l'inculpé qui assure lui-même sa défense, mais au tribunal, dit Chambers. M. Valdez vous notifiera par écrit dix jours auparavant, sans aucun doute. Exact, monsieur Valdez ?

— Bien entendu, madame le juge.

— Eh bien, ce sera tout.

Cette fois, je n'eus pas besoin d'attendre pendant que Ramón décidait s'il voulait ou non me voir. Il était déjà installé dans la cabine vitrée lorsque j'arrivai au parloir de la prison.

Il me reçut avec un sourire chaleureux mais une certaine méfiance dans l'attitude, le torse incliné, les bras sur la table, un chef d'entreprise discutant les subtilités de sa politique avec un expert en marketing. Les affaires courantes, rien de personnel.

— Comment avez-vous pu faire ça ? demandai-je sur un ton neutre.

Le sourire disparut mais, alors que je m'attendais à une réplique hostile, Ramón parut simplement étonné, comme si ma question représentait un défi intellectuel qu'il avait du mal à cerner.

— Comment ai-je pu faire quoi ? répondit-il en anglais.

— Comment avez-vous pu tuer tous ces gens ?

— *Oye,* mon vieux, je ne l'ai pas fait.

— Alors qui l'a fait ?

Il s'appuya contre le dossier de sa chaise métallique, inclinant la tête pour me dévisager plus à son aise.

— Pimienta. Je l'accompagnais, c'est tout.

*

Clay n'apprécia pas tellement la nouvelle. Il leva ses sourcils épilés et raccrocha brutalement son téléphone, faisant trembler le vase en cristal contenant des tulipes noires. Il était sur le point de réserver une table dans un restaurant de Flower Street. Compte tenu de sa réaction, je supposai que je n'avais plus droit au déjeuner gratuit.

— Alors c'est sa stratégie, à présent, n'est-ce pas ? Eh bien, tu peux lui dire que ça ne marchera pas. Bon sang, ce type est cinglé. C'est *lui* qu'il faudrait faire analyser, tu devrais peut-être y songer. Est-ce que tu te rends compte que j'étais sur le point de traiter avec le D.A. dans cette affaire ?

Je tentai de garder un air indifférent. Je ne pouvais pas obtenir que les services du D.A. m'indiquent qui serait chargé de l'affaire, mais je ne voyais pas pourquoi cela aurait dû me contrarier. L'efficacité, après tout, était une des raisons qui amenaient les gens à engager Manuel, Caesar, Brewer et Smith.

— Quel est le marché ?

— S'ils acceptent le meurtre, ils laisseront tomber l'attaque à main armée.

— Ça supprime les circonstances aggravantes.

— Exact. Pas de chambre à gaz. Avec un peu de chance, ils sortiront dans une trentaine d'années.

— C'est un marché du tonnerre, Clay. Je suis impressionné.

Malgré ses talents de négociateur, Clay aurait été plus à sa place dans le rôle de procureur que dans celui d'avocat : il croyait que le sens de l'humour est un signe de faiblesse. Il prit ma réflexion au sérieux.

— Je crois que c'est un excellent marché. Je me suis dit que la démence ne tiendrait pas le coup, alors j'ai sauté sur cette proposition quand ils me l'ont faite. Mon gars est prêt à l'accepter si le tien est d'accord.

Je secouai la tête.

— Alors qu'est-ce que tu vas faire, petit malin ? Continuer de te battre contre un dossier qui leur vaudra un aller simple pour l'enfer ?

— Comment peux-tu en être aussi sûr ?

— Allons, sois réaliste. Ils ne seraient pas davantage dans la panade si les flics avaient tout filmé. À propos, j'ai vu le rapport sur les premières constatations et ils ont effectivement une bande vidéo des événements.

— Négatif, dis-je. Enfin, il y en a une mais elle n'est bonne à rien.

— Comment ça ? Toutes les bijouteries sont censées enregistrer ce qui se passe dans leurs locaux.

— J'ai vérifié. Soit nos gars ont eu de la chance, soit ils sont très malins.

— Explique.

— D'abord, la caméra cachée, dont tous les

magasins sont équipés, ne fonctionnait pas chez Schnitzer. Ils voulaient la faire réparer, mais ils remettaient ça à plus tard. Ensuite, il s'est passé quelque chose de bizarre avec les deux autres, qui sont visibles.

— Ne me fais pas languir.

— Les flics ne savent pas exactement comment, mais ils croient que pendant le siège, alors que l'électricité était coupée, un de nos gars est allé dans l'arrière-boutique, où se trouvent les magnétoscopes. Apparemment, il a appuyé sur le bouton de rembobinage. Alors, quand on a rétabli l'électricité, les caméras ont rembobiné puis se sont remises automatiquement à enregistrer.

— Ça signifie que tout a disparu, qu'un nouvel enregistrement a été fait dessus ?

— Exactement. Irrécupérable.

— Bon, peu importe. Il nous reste six cadavres, un témoin qui les a vus entrer, un arsenal d'armes à feu, un sac plein de bijoux, un autre témoin qui a tout entendu depuis l'arrière-boutique, leurs empreintes digitales partout, enfin, c'est incroyable !

— Une minute. Nous savons qu'ils sont entrés avec des armes, c'est vrai. Mais, et c'est un mais capital, nous ne savons pas qui a tiré. Les flics... enfin, la police de Los Angeles, dans son infinie sagesse, a négligé de rechercher les traces de poudre sur nos gars et les empreintes digitales sur les armes.

— Arrête.

— De plus, le témoin qui était au fond a entendu des trucs mais, comme il le dit lui-même

95

dans le procès-verbal, il ne distinguait ni qui parlait ni ce qui se disait.

— D'accord. Et le sac avec la marchandise ? Je suppose que tu peux l'écarter sans problème... Qui s'intéresse à ce genre de détail ?

— Eh bien, nous ne savons pas pourquoi les bijoux y ont été mis ni, en fait, comment les vitrines ont été cassées. Tout ce que nous savons, c'est ce que nous disent ces deux gars. Tous les autres sont morts. Alors si Valdez dit que c'est Pimienta et si Pimienta dit que c'est Valdez, qui peut affirmer le contraire ?

— Il faut bien que ce soit quelqu'un, nom de Dieu, il y a six cadavres.

— C'est peut-être personne.

— D'accord, alors qui a tué ces gens, Dieu ? Est-ce que c'était la colère de Dieu ?

— Peut-être.

— Arrête, par pitié ! Retourne à tes enquêtes, mon gars, tu es sur la touche depuis trop longtemps.

— Tu sais, tu as peut-être raison.

5

J'avais vu la maison cent fois, chaque fois que je prenais Sunset Crest pour aller de Beverly Hills à Brentwood. Dans ce quartier verdoyant où les demeures sont conçues pour apaiser l'insécurité de leurs occupants, cette propriété était aussi agaçante que le parc du prince arabe qui a fait peindre les toisons pubiennes des statues qui ornent son parc. Mais, tandis que ce fantasme musulman choquait par sa lascivité, celui-ci gênait par son réalisme perverti. Des dizaines de statues en bronze, grandeur nature, de personnages venus de tous les horizons étaient disséminées dans la propriété, toutes d'un réalisme si époustouflant que, si leur peau n'avait été métallique, on aurait pu les croire réelles. Un agent de police en cuivre sale, debout parmi les azalées, donnait une contravention à un cycliste en bronze ; deux touristes en bermuda, intimidés, braquaient leur appareil photo ; un jardinier japonais binait les clématites et deux gamins effrontés escaladaient le mur pour regarder à l'intérieur. J'eus l'impression d'être un gnome de plus quand le portail s'ouvrit et que j'engageai ma 944 poussiéreuse sur le chemin gravillonné.

À l'origine, la maison était sans doute une de ces demeures néo-Tudor que les immigrants du Midwest ont construites par milliers à leur arrivée dans l'Ouest, où ils ont vraiment fait fortune. Apparemment, l'essentiel avait été démoli. Un bâtiment moderne, long et bas, tout en verre et en angles, avait été posé sur le reste des fondations, enfant de Neutra[1] chevauchant Stanford White.

D'énormes massifs de plantes exotiques bordaient le chemin dallé où me précéda le valet guatémaltèque. Parmi les branchages, dans de rares clairières, se trouvaient d'autres bronzes occupés à des activités typiquement bucoliques : observer les oiseaux, peindre, faire l'amour.

L'épouse, vêtue d'un bas de bikini presque symbolique, était allongée sur un transat, au soleil, près d'une piscine aux formes irrégulières et à fond noir. Elle était grande, anguleuse, avec le dos trapézoïdal et les deltoïdes fermes d'une femme qui fait de son gymnase le temple de sa beauté. Les longues boucles blondes qui lui couvraient obligeamment les épaules, n'osaient pas rompre la symétrie parfaite qui leur était imposée. Au repos, elle avait l'attitude concentrée du chasseur fixant sa proie. Un homme brun, aux larges épaules,

---

1. Richard J. Neutra (1892-1970), architecte autrichien dont la carrière américaine a débuté en Californie en 1929. Son style se rapprochait de celui de Frank Lloyd Wright. Stanford White (1853-1906) appartenait à la génération précédente et s'inscrivait dans un mouvement historiciste (*N.d.T.*).

plongea depuis la planche, de l'autre côté de la piscine, en un saut de l'ange parfaitement acceptable compte tenu de la chaleur humide.

— M. Morell, *señora,* annonça le valet d'une voix aiguë.

Mme Schnitzer ouvrit les yeux, se tourna vers moi, hocha la tête.

— *Cracias,* Alberto.

Elle se leva, enfila un peignoir en tissu-éponge blanc, me serra la main énergiquement et efficacement.

— Merci d'être venu, ajouta-t-elle avec un accent sec de l'Est.

— De rien, madame Schnitzer. Je vous présente mes condoléances.

Nous gagnâmes la table blanche en fer forgé et les quatre chaises assorties, antiquités que l'on voit généralement dans *Architectural Digest,* sur fond de vagues énormes se brisant sur des rochers noirs. Discrètement et de son propre chef, Alberto posa une théière Villeroy et Boch sur la table. Le nageur aux larges épaules traversa méthodiquement la piscine, fit demi-tour sous l'eau puis repartit sur le dos.

— Merci. Barry me manque beaucoup. Il m'a donné tout ce que j'ai.

Ses yeux bleu-gris me fixèrent intensément pour donner davantage de poids à ses paroles. Je ne pus m'empêcher d'adresser un bref regard au nageur. Elle sourit.

— Du thé? demanda-t-elle. C'est un vieux truc indien. Quand il fait chaud, le thé est beaucoup plus rafraîchissant qu'une boisson glacée. Je ne

supporte pas l'air conditionné, ça me conges-
tionne les sinus.

Je fis non de la tête. Lorsqu'elle se servit, son peignoir s'ouvrit sur son sein gauche au bout brun.
Elle posa sa tasse, ferma son peignoir. S'étant
appuyée contre le dossier de sa chaise, elle regarda
le nageur. Lorsqu'elle reprit la parole, ce fut avec
un mélange glacé de mépris et de dédain.

— Delmer n'est qu'une mesure d'hygiène,
monsieur Morell. C'est un ami de la famille et il en
a toujours eu envie. La solitude est difficile à supporter. Au moins, je sais exactement ce qui intéresse Delmer. C'est une attitude que j'apprécie. Il
faut toujours savoir ce qu'on veut et ne pas tenter
de le cacher. Même quand on le fait, les gens
devinent.

Delmer atteignit l'extrémité opposée de la piscine, s'arrêta et adressa un signe à Mme Schnitzer.
Elle répondit avec un sourire tiède. Delmer sortit
de l'eau en un mouvement rapide, gagna un
transat sur lequel il prit une serviette puis
s'éloigna, séchant son large dos poilu.

— Je comprends, madame Schnitzer. La fran-
chise a son charme, mais il arrive qu'on l'use jusqu'à la corde. Alors, dites-moi, pourquoi au juste
vouliez-vous me voir ?

Elle tourna la tête, se dérobant délibérément.

— Je suis une amie de l'ex-épouse de Clay
Smith, Darlene. Il paraît que vous allez représenter
un des hommes qui ont tué mon mari.

— Je ne suis pas son avocat, seulement son
enquêteur.

— Oui, je suis au courant. Eh bien, monsieur

Morell, je vais aller droit au but. Je suis prête à vous donner cent mille dollars si vous renoncez à cette affaire. Avec ça, vous devriez pouvoir prendre un nouveau départ. Ou bien vous aurez peut-être envie de retourner à Miami.

Au loin, j'entendis le bourdonnement d'un avion, seul bruit étranger dans ce séjour de la haine.

— Vous savez que ce que vous faites est totalement illégal.

— Monsieur Morell, je vous en prie, soyons sérieux. C'est très simple. Je veux que ces hommes meurent. Je préfère y parvenir légalement, mais je suis prête à employer d'autres moyens en cas de nécessité. Si vous renoncez à l'affaire, je suis sûre qu'ils iront à leur perte.

— Qu'est-ce qui vous fait croire que je peux éviter cela ?

— Je sais de quoi vous êtes capable quand vous en avez envie. C'est pourquoi je vous fais cette proposition, pour stimuler votre envie.

Elle s'interrompit, puis m'adressa le Pâle Sourire Numéro Cinq, sorti tout droit de la méthode Strasberg. Le soleil fit étinceler le gros diamant de sa bague de fiançailles.

— Je pourrais me laisser convaincre d'ajouter des bénéfices annexes.

Je secouai la tête, flatté et amusé. Compte tenu de l'efficacité avec laquelle j'avais réussi à cacher mon passé, j'aurais aussi bien pu faire passer un spot à la télévision.

— Merci, madame Schnitzer, mais je ne chie pas à l'endroit où je mange.

Imperturbable, elle but une gorgée de thé.

— Bon. Et en ce qui concerne le corps de la proposition ?

— Je suis curieux. Pourquoi êtes-vous prête à offrir autant d'argent pour éliminer l'homme à qui vous devez la liberté ?

Elle posa sa tasse, passa la main dans ses cheveux, respira profondément.

— J'ai l'impression que vous ne me croyez pas. J'aimais vraiment beaucoup Barry. Cela vous semblera usé, mais il m'a sauvée. Voici les faits. Je suis une courtière en Bourse qui se retrouve nettoyée et dépendante de la coke après le krach de 87. Ma dépendance me coûte cinq cents dollars par jour. Après avoir perdu mon travail, je deviens hôtesse, vous voyez le genre. Prostituée de luxe, pour financer ma dépendance. La femme de Barry vient de mourir et, un soir, il a besoin de compagnie pour aller à l'opéra. Il ignore tout de ces choses et trouve le numéro de notre agence dans l'annuaire. J'ai de la chance et c'est moi qu'on envoie. Il s'attache à moi, prend conscience de mon problème, me fait entrer dans une clinique spécialisée. Finalement, il me demande de l'épouser. Il ne me touche pas avant notre nuit de noces. Me traite comme une dame d'un bout à l'autre, comme si j'étais une créature divine. Puis on l'abat comme un chien. Fin des faits. Je n'ai aucun moyen de rembourser Barry. J'ai fait mon possible en m'occupant de nos investissements et en veillant à ce que la fondation qu'il a créée me survive. Mais ça ne suffit pas. Je veux me venger, monsieur Morell. C'est aussi simple que ça. Je veux être sûre que les salauds qui ont eu Barry auront ce qu'ils méritent, capital et intérêts.

À regret, je me levai.

— Il va falloir que vous trouviez quelqu'un d'autre, madame Schnitzer. Je ne sais pas si je garderai cette affaire mais, même si j'y renonce, ça ne sera pas à cause de votre argent, bien qu'il soit très tentant. Croyez-moi si vous voulez, je m'efforce toujours d'agir selon ce qui me semble bien. Et je ne ferai pas la pute, quel que soit le prix.

Mon refus ne la contraria pas. Elle se servit du thé puis alluma une cigarette avec un briquet Cartier en or massif.

— On n'a pas toujours le choix, monsieur Morell. J'espère que cela ne vous arrivera jamais. Merci de m'avoir écoutée.

— Merci pour le spectacle. Je veillerai à transmettre à Clay une critique enthousiaste. Quatre étoiles, le spectacle le plus chaud de l'été. Nudité et moralité ambiguë. Classé P, comme pigeon.

Finalement, elle craqua.

— Foutez-moi le camp.

— Et la grossièreté en plus. Je m'en vais.

J'aurais dû les repérer immédiatement, mais mon esprit s'attardait chez Schnitzer, passant d'un sujet à l'autre dans cette transe méditative que les Angelenos apprennent à maîtriser pour supporter les longs trajets en voiture. Je montai Benedict Canyon Road, chaussée à deux voies qui prend derrière cette folie rose qu'est Beverly Hills Hotel, gravis les trois cents mètres de la colline et aboutis dans la vallée de San Fernando. Je ne dirai pas que je me traitais d'imbécile parce que j'avais refusé les cent mille dollars, néanmoins je ne me félicitais pas. Il est difficile de rester honnête dans une ville où tout le monde cherche à se vendre. Après tout, Los Angeles est la capitale des marchés. Rends-moi service et je ne t'oublierai pas, gratte-moi le dos et, un jour ou l'autre, on te grattera le tien. Clay était prêt à accepter un marché, les services du D.A. avaient envie de traiter, merde, Ramón lui-même aurait probablement négocié s'il avait pu. Mais j'en avais assez des marchés, propositions, partages et participations, comme si le monde n'était qu'une succession inépuisable de bénéfices à venir. J'avais envie de solide, d'une valeur dépassant l'argent, dépassant les sens, éternelle. C'est à ce moment-là que le pare-chocs avant de la Continental heurta, sans la moindre hésitation, ma 944 et la poussa presque dans le ravin.

Mes roues avant patinèrent sur le gravier du bas-côté ; l'arrière de la voiture chassa sur le goudron craquelé. Je freinai, tournai brusquement le volant du côté opposé au ravin. J'aperçus, trois cents mètres plus bas, dans les plis de la vallée, le toit d'une demeure rustique à un million de dollars. Le mastodonte noir, dans le rétroviseur, arrivait à nouveau sur moi, fonçait dans l'intention de me faire basculer dans le vide. Derrière le pare-brise teinté de la Lincoln, je crus distinguer deux Noirs portant le T-shirt blanc et le bandeau bleu de la bande des Crips. L'un d'entre eux leva la main, l'index et l'auriculaire dressés, les autres doigts repliés : les cornes de la sorcière. Pourquoi veulent-ils me tuer ? me demandai-je. Je rétrogradai en deuxième et sortis de la courbe en accélération, remerciant le bon Dr Porsche d'avoir si efficacement conçu son enfant. La Lincoln parvint à me toucher au moment où j'arrivais dans la ligne droite. La violence du choc me projeta au milieu de la chaussée et je faillis perdre le contrôle du volant. Je parvins à regagner la voie de droite alors qu'un camion de livraison de pain était sur le point de m'écrabouiller. J'aurais voulu fuir en quatrième vitesse, mais les virages en épingle à cheveux me contraignirent à ralentir. La Lincoln fonça à nouveau sur moi.

C'était comme un mauvais feuilleton télévisé. Une idée absurde me traversa soudain l'esprit : à L.A., même les tueurs regardent trop la télévision. Je vis soudain ma chance devant moi, au sommet de la crête : une section à trois voies bordée de glissières métalliques.

Je fonçai dans cette direction, la Lincoln toujours à mes trousses. Je ralentis pour entrer dans la courbe, puis m'arrêtai. Croyant que j'avais l'intention de fuir à pied, les occupants de la Lincoln accélérèrent afin de me pousser pour de bon dans le ravin. Je les épiai dans le rétroviseur, char d'assaut noir fonçant sur moi ; au dernier moment, alors qu'une fraction de seconde d'hésitation m'aurait doté une paire d'ailes indésirables, je me mis debout sur l'accélérateur et tournai le volant à gauche jusqu'à la butée. La 944 pivota comme un étalon bien dressé et je dégageai à toute vitesse. Voyant sa proie lui échapper, la Lincoln, moins maniable, tenta de s'arrêter et de changer de direction, ses roues projetant des nuages de gravier et de poussière. Malheureusement pour mes poursuivants, l'élan de l'accélération fit déraper leur véhicule, le mit en tête-à-queue si bien que l'arrière heurta et défonça la glissière. La voiture vacilla au bord du ravin, les roues arrière tournant follement dans le vide. Soudain, la portière du conducteur s'ouvrit, mais cela ne fit que rompre l'équilibre précaire de la Lincoln et, sans laisser aux occupants le temps de sortir, la voiture bascula et tomba, heurtant dans sa chute le flanc du ravin. Des cris et des hurlements couvrirent le vacarme de l'impact, quand elle toucha un chêne puis se fracassa sur le sol, masse désarticulée de plastique, d'acier et de mauvais goût, qui explosa en une boule incandescente. Je m'arrêtai sur le bas-côté, descendis de voiture et rendis mon petit déjeuner.

Le responsable de l'enquête, sergent joufflu et chauve nommé Porras, déclara qu'il faudrait quelques jours pour trier les restes du véhicule et déterminer à qui appartenaient les corps mutilés, calcinés qui se trouvaient à l'intérieur. Il me congédia quand je lui eus expliqué que j'ignorais qui et pourquoi. Le pire était que je ne mentais pas. Je n'en avais vraiment pas la moindre idée. Aucune des affaires sur lesquelles j'avais travaillé n'avait mal tourné au point que mon client puisse vouloir ma mort et, dans le cas de Valdez, les choses étaient si floues que personne ne pouvait vouloir me buter, du moins pas encore. J'aurais dû enquêter plus sérieusement, j'aurais dû voir cela de plus près, mais je ne le fis pas. Violence aveugle, aléas de la vie dans cette jolie ville.

La semaine suivant l'«accident», j'allai voir Ramón. Je ne sais pas pourquoi il avait envie de jouer au *tártaro*, au mariole cubain, au fêtard invétéré qui baratine et fait le malin face aux tempêtes, aux malédictions, et même à la mort.

— *Qué pasa*, mon frère? furent ses premiers mots quand je m'assis sur la chaise pliante en aluminium du parloir. On raconte que vous avez eu un petit problème de voiture, il y a quelques jours?

— Les bonnes nouvelles vont vite. Comment l'avez-vous appris?

Il parut tenté de garder le secret sur ses sources mais, étant d'une humeur tropicalement expansive, il agita les mains comme s'il avait des roulements à billes dans les poignets.

— Un petit oiseau. Un oiseau en cage, vous voyez?

— Très drôle.

— Pimienta, mon vieux. Son avocat le lui a dit.

— Vous vous parlez encore?

Il eut un sourire si large que ses dents évoquèrent des crocs.

— Évidemment, mon vieux. On est comme des frères.

— Dans ce cas, pourquoi voulez-vous lui faire porter le chapeau?

— Je l'aime, mais ça veut pas dire que je vais mourir pour lui. Il comprend.

Je secouai la tête face à cette manifestation d'affection fraternelle, puis sortis un bloc.

— Comme vous voulez. Permettez-moi de vous dire que l'avocat de votre frère n'est pas tellement d'accord pour que vous prétendiez que c'est votre *hermano* le responsable. Franchement, je ne vois pas comment vous arriverez à faire passer ça, mais comme je ne suis pas votre avocat, je m'en branle. Vous avez fait appel à moi, mon gars, je serai donc votre enquêteur. Mais rien de plus, *no más, entiendes* ? Je ne vous expliquerai pas comment conduire votre affaire et je ne répondrai à aucune question juridique. Si vous vous y prenez de travers, ce n'est pas mon problème. Dans ce cas, engagez un avocat. Moi, je ne connais pas le droit et même si je l'ai connu autrefois, croyez-moi, j'ai oublié. Bon, maintenant, si vous me disiez qui sont vos témoins et ce sur quoi vous voulez que j'enquête ?

À la réflexion, je me rends compte que j'en ai probablement fait un peu trop. Mais cette sortie ne parut pas troubler Ramón. Il s'appuya contre le dossier de sa chaise, en équilibre sur les pieds de derrière, puis croisa les mains derrière la tête et fixa la laque verte du plafond.

— Extra, mon frère. Je sais d'où vous venez. Vous avez besoin d'espace pour vous reprendre en main et tirer les conséquences, alors j'ai rien contre. Je vais vous dire : il y a quelques personnes qu'il faudra contacter, pour des questions de crédibilité.

— Demandez-vous un supplément d'enquête ?

Il m'adressa un regard sardonique, les sourcils levés.

— Vous avez dit : pas de questions juridiques.

— Il faut que je sache, pour voir si j'ai toutes les infos nécessaires.

La boutique où Ramón m'envoya se trouvait dans une des parties les plus sordides de Temple Street, trois kilomètres à l'ouest du palais de justice. BOTÁNICA DEL SABIO INDIO indiquait l'enseigne, près du portrait d'un Cherokee aux pommettes saillantes, en grande coiffure de plumes. Trois cents mètres plus loin, des flics en civil, débraillés, sortaient du poste de police de Rampart Street, exemple d'architecture massive des années cinquante et seul immeuble du quartier dépourvu de graffitis. De l'autre côté de la rue, l'All-American Dance Hall, boîte salsa où, tous les soirs de la semaine, la moitié de la clientèle était composée de flics des Stups et l'autre moitié de revendeurs à trois sous, n'avait pas encore ouvert ses portes. Elle le ferait au crépuscule, alors que débuterait le dîner dansant dans la boîte disco chic de la rue voisine. Propriété d'une ancienne actrice de série B, le *Baby Boîte* se trouvait dans ce quartier parce que cela lui conférait automatiquement un certain cachet, cette *nostalgie de la boue*[1] des habitants surmenés des quartiers ouest, qui croient que Los Angeles cesse de vivre vraiment à l'est de Crenshaw Boulevard. Le soir, trois vigiles armés patrouillaient dans le petit parking du club, retranché derrière sa grille blanche, protégeant les Ferrari, Mercedes et Rolls contre les intrusions des habitants du barrio, qui auraient pu faire vivre leur

1. En français dans le texte *(N.d.T.)*.

famille pendant un mois avec un seul enjoliveur d'un de ces véhicules de luxe. Le quartier, comme une vieille prostituée, était beaucoup plus acceptable sous le couvert de la nuit. Les lampadaires au sodium laissaient de grosses poches d'obscurité qui cachaient les poubelles débordantes posées sur le trottoir, les boîtes de bière cabossées gisant dans le caniveau, les bidons d'huile vides et les quelques seringues couvertes de sang éparpillées dans l'herbe desséchée des cours et des parkings. Mais, de jour, on ne pouvait éviter de voir, autour de la boutique, les maisons brûlées, les étalages de T-shirts à un dollar cinquante-neuf proposés par des Salvadoriennes nerveuses devant les magasins de soldes, les vitrines couvertes de suie de la boulangerie guatémaltèque du minuscule centre commercial, cette pauvre existence difficile et suppurante du quartier, desperado prenant le passant par les épaules et le secouant pour lui dire : fais quelque chose, fais quelque chose ! Je tournai le dos à tout ça et entrai dans la boutique.

À l'intérieur, il y avait des statues partout : entassées sur les étagères, posées sur les comptoirs, groupées par terre et sur des présentoirs près de la porte, serrées les unes contre les autres comme autant de pèlerins sur le chemin de Santiago. Représentant théoriquement des saints — sainte Barbara, saint Lazare, saint Pierre — elles possédaient des pouvoirs spirituels beaucoup plus puissants que ceux des fidèles du Nazaréen. Les figurines étaient les apparences chrétiennes d'antiques divinités africaines — Shangó, Yemayá, Ochá — équarrisseurs de l'éclair, sculpteurs du soleil qui, comme de nombreux immigrants, avaient changé de nom et d'identité en abordant les rivages américains. Entassés par terre, se trouvaient les livres de prières qui permettent d'entrer en contact avec ces êtres puissants, d'invoquer les Sept Pouvoirs, Notre Dame des Eaux, le Grand Saint Pierre, gardien des clés du paradis. Il y avait aussi des potions, en bombe aérosol, censées apporter à coup sûr le bonheur, l'argent, l'amour, la réussite, immuables désirs de l'humanité, lorsqu'on les utilise au moment opportun. Exposés derrière des portes en verre et empilés jusqu'au plafond couvert de toiles d'araignée, s'entassaient les baumes et onguents capables de ramener l'amant infidèle, chasser le mauvais œil, faire chanter les cartes et apparaître l'as, le roi ou la reine à volonté, d'apporter les bénédictions toutes-puissantes de la Sainte Trinité sur la tête de ceux qui souffrent. Finalement, pour les véritables spécialistes, des pots en verre contenaient les ingrédients nécessaires à la confection d'incantations et de remèdes secrets : racine de salsepareille, basilic séché et frais, camomille, raicilla, cascarille, mandragore, racines moisies et poudres granuleuses promettant toutes la possibilité d'échapper aux taudis surpeuplés du quartier où l'« herboristerie du sage indien » ouvrait ses portes de midi à vingt heures tous les jours, sauf le dimanche.

Derrière le comptoir, un jeune homme barbu buvait une tasse de soupe aux nouilles en regardant un jeu télévisé sur un poste portable. Il ne tint tout d'abord aucun compte de moi, puis me foudroya du regard quand je me mis à tripoter le tas

de piécettes et de cigares déposés devant une figu-
rine représentant un mendiant sur des béquilles,
entouré de chiens qui léchaient ses plaies.

— Vous désirez ? demanda-t-il en espagnol, avec
l'accent monocorde de Cuba.

— Je cherche Juan Alfonso.

Il ne répondit pas et se tourna vers l'écran, où le
présentateur tentait de mettre un candidat recalé
sur la voie du mot qui aurait pu lui rapporter dix
mille dollars ou un séjour à Acapulco, tous frais
payés.

— Savez-vous où je pourrais le trouver ?

Il ne quitta pas l'écran des yeux.

— Il est en train de construire une vie meilleure.

— N'en sommes-nous pas tous là ?

— Non, *chico*, lui, il le fait.

— Bon. J'espère que ça lui rapporte. Puis-je tout
de même interrompre ses prières et m'entretenir
avec lui ?

Le jeune homme répondit, la bouche pleine de
nouilles :

— Il est là-bas. Au centre social. Ça s'appelle :
« Une vie meilleure ». C'est au carrefour de Mari-
posa et de Rayo.

— Et il construit aussi ?

— Ce magasin c'est pour les saints, pas pour le
profit. Nous avons notre entreprise de construction. Indio Construction Company.

Il tourna la tête, sortit une carte d'un tiroir, me
la tendit.

— Nous ?

— C'est mon père.

112

L'homme de haute taille, à la peau claire et aux yeux bleus qui dirigeait les ouvriers n'avait absolument rien d'un Indien. Les seuls véritables indigènes américains du chantier étaient les Salvadoriens et Guatémaltèques bruns et maigres qui allaient et venaient avec des seaux de peinture, des échelles, des truelles et des sacs de plâtre. Mais Juan Alfonso, possible témoin de moralité que Ramón m'avait demandé de rencontrer, avait visiblement des ancêtres espagnols.

— L'Indien est dans ma tête, expliqua-t-il.

— Pardon ?

Il s'en prit à un ouvrier qui ne passait pas le bon jaune sur l'encadrement d'une porte, puis se tourna à nouveau vers moi.

— Ma tête, vous savez, mon guide spirituel. Je deviens son interprète pendant les séances.

Il s'éloigna et engueula un autre ouvrier parce qu'il transportait un pistolet à clous vide. Debout au milieu du chantier, je regardai le ciel, les encadrements de porte, le soubassement en dalles obliques et me demandai pourquoi on s'imaginait que les enquêteurs mènent une existence prestigieuse. J'étais en train de réfléchir aux mauvais côtés du métier de maître nageur quand Juan Alfonso revint.

— Est-ce que c'est mon fils qui vous envoie ? Ce petit salaud peut pourrir en prison. Dites-lui que je ne le sortirai plus du pétrin. Il peut flanquer sa vie en l'air, je m'en fiche.

— Votre fils ?

— On joue aux devinettes ou vous êtes sourd ? Ce n'est pas Roberto qui vous envoie pour que je paie sa caution ? Je lui ai dit d'arrêter de prendre

113

ces saloperies, elles vont le tuer. Il n'a qu'à rester au trou pendant quelque temps. Est-ce qu'il croit qu'on est venus ici pour qu'il puisse gaspiller, se droguer et courir les filles ? Je ne l'aiderai pas, alors dites-le-lui, un point c'est tout.

— Excusez-moi, je viens à cause de Ramón Valdez.

Juan Alfonso changea de registre, mais à peine.

— *Coño*, encore un salaud. Vous savez, vous m'avez l'air aimable, mais on ne peut pas dire que vous apportiez de bons souvenirs. Qu'est-ce qu'il veut ?

— Il veut savoir si vous témoignerez en sa faveur à son procès.

— Est-ce que vous êtes fou ? Vous savez ce qu'il a fait ?

— Non.

— Écoutez, il faudrait la journée pour vous raconter ça et j'ai du travail.

Il nota une adresse sur une carte de visite et reprit.

— Venez chez moi ce soir, on discutera. Je vous raconterai tout sur ce salaud, puisse la foudre le mettre en petits morceaux !

Il me donna la carte et demanda :

— Vous êtes son avocat ?

— Son enquêteur.

— Vous avez de la chance parce qu'il va falloir que vous enquêtiez beaucoup.

Il s'interrompit et me dévisagea, les paupières plissées.

— Alors, dites-moi, est-ce que c'est vrai que les femmes ont un faible pour les détectives ?

— Seulement quand elles croient qu'on a des preuves contre elles. Et dans ce cas, on ne veut pas d'elles, c'est trop compliqué.

— Me parlez pas de complications. À votre avis, comment j'ai fait pour avoir dix enfants ? Je vais vous dire, c'est sans arrêt des casse-tête. C'est donne-moi ça, *papá* j'ai besoin d'argent pour acheter une voiture, *papi* une maison neuve, *viejo* sors-moi de prison. Et ils ne remercient jamais, c'est comme pisser en plein vent.

La deuxième personne que je devais rencontrer pour le compte de Ramón s'avéra aussi insaisissable qu'un jour sans smog en août. Lucinda Luz, une parente qui l'avait logé lorsqu'il était arrivé à Los Angeles, ne travaillait plus chez la couturière d'Alvarado Street. La patronne de la boutique, vieille femme au visage carré avec une verrue poilue sur le front, dit qu'elle transmettrait le message mais n'espérait guère la voir dans un avenir proche. D'après ce que j'avais compris, Luz s'était portée garante de Ramón et de Pimienta à leur libération d'Atlanta mais, à en juger par l'endroit où elle habitait, un immeuble surpeuplé, bruyant, donnant sur une grande cour encombrée d'enfants à demi nus et de linge étendu sur des fils, ils s'y étaient sûrement sentis aussi à l'étroit que dans leurs cellules. Luz n'était pas chez elle, si bien que je glissai ma carte sous sa porte puis allai déjeuner chez Enzo.

Mon propriétaire possédait le Baldocchi, célèbre restaurant italien de Los Feliz, le genre avec des serveurs qui chantent, des pâtes qui sentent fort l'origan et, oui, des bouteilles paillées suspendues au treillis du plafond, sur lequel rampe du lierre en plastique poussiéreux. Enzo fut très heureux de me voir.

— Salut Charlie, assieds-toi. J'arrive.

Je m'installai donc devant un panneau mural représentant un petit port italien typique, avec ses bateaux multicolores et ses maisons brunes sur fond de collines aux courbes harmonieuses. Enzo s'assit en face de moi avec un verre de frascati.

— Des problèmes, Charlie ? dit-il dans le dialecte toscan qu'il a appris sur les genoux de sa *nonna*.

—Pour changer. Comment ça va ?

Ma question ouvrit la porte au sujet de conversation préféré de l'Italien : lui-même. Enzo commença avec délectation.

— Les affaires sont formidables, je ne peux pas me plaindre, mais la main-d'œuvre, *Dio Santo*, je vais finir par avoir une crise cardiaque ! Tu sais, ces gens... (D'un signe de tête il montra l'aide-serveur mexicain qui débarrassait une table.) Ils n'ont pas la fierté du travail bien fait, ils n'ont pas envie de progresser. Tout ce qu'ils veulent, c'est avoir terminé, *e via*, rentrer chez eux. Comme en ce moment, regarde Sergio.

Nous nous tournâmes vers le maître d'hôtel, un type aux joues creuses, avec une fine moustache et un anneau en or à l'oreille gauche, qui traînait autour d'une table occupée par deux étudiantes blondes.

— Il devrait garder un œil sur la salle, pas sur les filles. Il se trompe dans les réservations, oublie de placer les gens comme il faut, c'est du meurtre. Je suis complètement découragé.

— Pourquoi ne fais-tu pas venir des Italiens?

Enzo m'adressa un regard indigné.

— Tu blagues? Il ne se passerait pas une semaine avant qu'un restaurant chic des quartiers ouest les débauche.

— Tu veux dire que seuls les Mexicains veulent faire ce travail?

— Écoute, je n'ai pas de préjugés. Salvadoriens, Guatémaltèques, Honduriens, je me fiche d'où ils viennent du moment qu'ils travaillent. Tu connais peut-être quelqu'un?

— Si j'entends quelque chose, je t'appelle.

La maison de Juan Alfonso, dans les collines proches de Silverlake, datait du début du siècle : deux colonnes en grès, sous le porche, soutenant un toit qui avait tendance à s'affaisser. Il avait planté un océan de fleurs dans la cour : lis, clématites, calendules, pavots, jacinthes, glaïeuls poussaient dans un désordre volontaire tout autour de la maison. Je me garai une centaine de mètres plus loin, sous un magnolia aux senteurs citronnées, dont les fleurs blanches étaient répandues sur le trottoir. L'eau du lac de retenue luisait, rouge orangé, sous les rayons mourants d'un soleil agonisant, lorsque je gagnai la maison. À la fenêtre d'une maison voisine déglinguée, une vieille femme aux longues boucles grises me foudroya du regard, puis ferma brutalement les volets. Un hibou ulula à quelque distance. La porte était ouverte. J'entrai.

Dans le salon, deux couples installés sur un canapé à fleurs recouvert d'une housse en plastique regardaient un feuilleton à la télévision. Le fils de Juan Alfonso, affalé au milieu du canapé, mangeait des amandes salées qu'il prenait dans un bol coincé entre ses genoux. Le premier couple, avec la peau jaune et le front bas des Nicaraguayens, était entièrement vêtu de blanc ; la femme portait une robe collante qui soulignait sa lourde poitrine, l'homme, en simple *guayabera*, fumait le cigare. L'autre couple était mulâtre, avec le nez épaté, le front bas et les petits yeux des Noirs des Caraïbes. Vêtue sans recherche, la femme massait lentement les épaules de l'homme. Ils levèrent la tête lorsque j'entrai et me regardèrent avec curiosité, mais sans hostilité.

J'entendis un éclat de rire, à ce moment-là, et Juan Alfonso sortit de la cuisine, au fond de la pièce, une boîte de Sprite à la main. Près de lui apparut une jeune femme, presque encore une adolescente, à la peau cannelle, aux pommettes saillantes et aux grands yeux noisette. Une cascade de cheveux noirs, décolorés çà et là par le soleil, couvrait ses épaules. Elle portait une robe en tissu imprimé vert et jaune, couleurs de feuilles mortes. Grande et mince, elle sourit comme si elle me connaissait, les yeux brillant d'un mélange d'espièglerie et d'innocence. Juan Alfonso me serra la main.

— *Chico, coño*, vous en avez mis un temps. On allait commencer sans vous.

— Qu'est-ce que vous faites ?

— Je croyais vous l'avoir dit. On va avoir une petite conversation avec les dieux.

— Pas un *bembé*?

— Ça, c'est un mot des Blancs. Nous, les initiés de couleur — car, malgré ma peau blanche, mon âme est aussi noire qu'un esclave évadé —, nous appelons ça conversation, visite si vous préférez. Permettez-moi de vous présenter quelqu'un que vous avez sûrement envie de connaître.

Avec un sourire satisfait, il se tourna vers la jeune femme.

— Lucinda, voici l'homme qui est allé chez toi, Charlie Morell.

Elle tendit la main. Je perçus la douceur parfumée du jasmin. Pour la première fois depuis des années, mon cœur se serra. Attention, me dis-je.

— Avez-vous eu ma carte?

À peine eus-je prononcé ces paroles que je me rendis compte que la question était ridicule, mais elle joua le jeu, collégienne se moquant de l'idiot de la classe.

— Quelle carte?

— Vous auriez dû me téléphoner. Je voudrais vous interroger. Quand pourrions-nous parler?

— Nous pouvons parler tout de suite.

Elle se tourna vers Juan Alfonso comme pour lui demander conseil. Pensant peut-être à ses dix enfants, il haussa les épaules et s'éloigna.

— N'oublie pas qu'Albertico ne va pas tarder, dit-il avec indifférence.

Il gagna la table du salon, saisit un vase empli de fleurs puis s'engagea dans l'escalier grinçant de la cave.

Lucinda me prit par la main et me conduisit

jusqu'à une causeuse, au fond de la pièce, où le vacarme de la télévision était moins gênant. Elle s'assit tout près de moi, peau lisse et os denses, poupée sombre et parfumée, gaie et complice.

— Qui est Albertico ? demandai-je, serrant sa main fine dans la mienne.

J'éprouvai le désir irrésistible du joueur fasciné par le paradis de feutre vert de la table de jeu — un coup de chance, c'est tout ce qu'il me faut pour être heureux, Seigneur.

— Oh, c'est le tambour. Juan Alfonso tient toujours à commencer par les roulements de tambour de l'invocation de Notre Dame, Yemayá. Il est toujours en retard.

De près, je constatai que l'impression de jeunesse était due à l'attitude et à la minceur, qu'un réseau de petites rides, autour de ses yeux, la situait plus près de trente ans que de vingt, contrairement à ce que j'avais cru. Son parfum me frappa comme une déferlante, la caresse d'une maîtresse.

— Que vouliez-vous me demander ? Demandez-moi tout ce que vous voulez.

— Pas si vite, ça risque de ne pas vous plaire. C'est à propos de Ramón Valdez et José Pimienta.

Elle plissa le nez comme si elle avait perçu une odeur désagréable.

— Ces deux-là ? Je vais vous dire, ils ne m'ont valu que des ennuis depuis que je me suis portée garante d'eux. J'aurais sans doute mieux fait de les laisser à Atlanta.

— Quels ennuis ?

Elle ne répondit pas immédiatement, reprit ma main.

— Qu'est-ce que vous faites exactement pour eux ? Vous n'êtes pas flic, n'est-ce pas ?

— Je suis leur enquêteur nommé par le tribunal. C'est Ramón qui m'a demandé de vous contacter. Il croit que vous pourriez témoigner en sa faveur, Juan Alfonso et vous. Vous seriez ses témoins de moralité.

J'avais partiellement dissipé sa méfiance, mais un tourbillon d'émotions passa sur son visage.

— Et quelle moralité !

Elle s'interrompit, puis poursuivit :

— C'est incroyable, ce qui s'est passé dans ce magasin. Ces pauvres gens. Et cette petite fille. C'est terrible. Vous savez, tout ça c'est à cause de la drogue.

— Que voulez-vous dire ?

— Ils ont été très bien jusqu'au moment où ils ont commencé à se droguer. Ensuite, terminé, ils sont devenus impossibles.

— La cocaïne ?

— Est-ce qu'il y a autre chose ? Écoutez, quand ils sont arrivés, j'étais domestique chez une Cubaine de Pasadena. Elle habitait une grande maison dans les collines. Une très belle propriété, comme une plantation de canne à sucre. Murs blancs, tuiles rouges, *muy linda*. Enfin, elle a dit qu'elle pouvait les loger dans la petite maison des invités. Elle croyait qu'elle devait aider les réfugiés cubains, vous voyez ? Alors j'ai affirmé que Ramón était bien, qu'il avait compris la leçon. Bon, tout s'est bien passé pendant quelque temps. Vous savez que Ramón domine complètement José, à un point incroyable, et que tout ce que dit Ramón est parole d'évangile. Savez-vous qu'il a obtenu deux diplômes universitaires à Cuba ?

— Non.

— Psychologie et génie civil. Il parle russe, et aussi français. Enfin, la vieille dame a été vraiment impressionnée et lui a trouvé du travail sur un chantier. Elle et son mari — elle est veuve, lui est mort d'un cancer — ont fait fortune dans le bâtiment, quand ils ont quitté l'île et se sont installés ici, dans les années cinquante, alors elle a des relations. C'est comme ça que Ramón a rencontré Juan Alfonso. Ils ont gagné pas mal d'argent en rénovant des maisons, et ils en ont acheté quelques-unes à Altadena. Mais il s'est mis à fumer cette came et ça l'a rendu fou. Il a perdu son travail et les maisons qu'il avait achetées, puis l'un d'entre eux, je ne sais pas lequel, s'est introduit chez la dame et a volé des bijoux et de l'argenterie. Le jardinier les a vus s'enfuir. Alors, la vieille dame en a eu assez et elle les a jetés dehors, puis elle m'a virée, moi aussi, parce qu'elle croyait que j'étais dans le coup. C'est à partir de ce moment-là qu'ils sont vraiment devenus fous.

— A-t-elle averti la police ?

— Non. Elle a pensé que ça ne valait pas la peine d'aller devant le tribunal, de témoigner et tout ça. Elle a dit qu'elle avait compris.

— Compris quoi ?

— Qu'il ne faut jamais faire confiance à un compatriote cubain, surtout un Marielito.

Le martèlement rythmique d'un tambour primitif couvrit le vacarme de la télévision et notre
conversation. Je me tournai vers la porte et vis un
homme de petite taille, trapu, qui arborait un large
sourire et portait un petit *batá* sculpté retenu par
une lanière dorée passée autour du cou. Tout le
monde se tourna vers lui et le salua dans un brouhaha de voix.

— Albertico ! Il est plus que temps.

— Où étais-tu passé ? Tu crois que les saints
n'ont pas mieux à faire ?

Le tambour entra d'une démarche légère mais
perdit son sourire conquérant quand il me vit assis
près de Lucinda.

— Qui est-ce ? s'enquit-il.

Elle se leva et le prit par la main.

— Ne sois pas jaloux. C'est Charlie, il vient à
propos de Ramón et José.

— Ceux-là ? De mauvais fils d'Oggún, ils ont ce
qu'ils méritent. Qu'est-ce que vous allez faire pour
eux ?

— Je ne suis pas sûr de pouvoir faire quelque
chose.

— C'est leur détective, ajouta Lucinda.

— Enquêteur, dis-je.

— Il veut parler avec les gens qui les connaissent, poursuivit-elle.

— J'ai déjà parlé à la police, dit Albertico, dont
le visage se ferma.

— Mais c'est différent, c'est pour eux, pas
comme la police, *chico*, insista Lucinda.

— On verra, fit-il, nous tournant ensuite le dos.
Tout le monde est prêt ?

La tête de Juan Alfonso apparut dans l'escalier de la cave.

— *¡ Vamos, vamos !*

Ainsi, Albertico prit la tête et s'engagea sur les marches grinçantes, tambour-major conduisant un défilé spirituel.

L'autel était dressé à l'extrémité nord-est du sous-sol, ancienne salle de jeu aux murs couverts de plaques d'aggloméré façon bois précieux, au sol de moquette orange fatiguée. Dans un seau en plastique plein d'eau trempaient des bouquets de verveine, de basilic et de douce-amère, offrandes à saint Lazare. Près du faux saint désavoué par l'Église catholique, se dressait un portrait encadré de sainte Barbara, amazone couronnée et armée d'une épée qui représente la déesse dionysienne Shangó. À ses pieds, des paniers d'offrandes : bananes, épis de maïs, pommes de pin, feuilles de laurier, un vase de géraniums rouges. D'autres statuettes encombraient l'autel : une grande poupée noire vêtue de calicot, saint Georges sur son destrier, l'enfant sacré d'Atocha, une profusion d'objets destinés au culte, le tout éclairé par douze cierges votifs, seule source de lumière dans la pièce fraîche et humide.

Nous nous assîmes en demi-cercle, sur des chaises métalliques pliantes, face à l'autel. Juan Alfonso sortit une bouteille de rhum et nous bûmes au goulot les uns après les autres. Puis il distribua des cigares afin que nous fumions. Le mien fut un Old Dutch, sec et cassant dans son emballage en cellophane. J'envisageai de partir à ce moment-là, de laisser ces ignorants aux bénédictions de leur rituel, et de revenir plus tard, quand la lumière du jour serait favorable aux questions précises et aux réponses claires, enfin aussi claires que possible de la part de ces gens. Mais je commis le plus grave péché qu'un enquêteur puisse commettre : je me laissai entraîner par la curiosité au-delà des exigences du travail.

On prend des risques quand on se laisse pousser par la curiosité à ouvrir les paquets qui devraient rester fermés, à nettoyer les vitres et pousser les portes collées par la peinture pour le simple plaisir du spectacle. Néanmoins, je ne pus m'en empêcher. Je me persuadai que ma participation à ce rituel me rapprocherait de ces gens, que je gagnerais ainsi leur confiance et obtiendrais les réponses que je cherchais. Je n'avais fondamentalement pas de questions valables à poser et leurs réponses éventuelles n'auraient pu que partiellement résoudre le mystère des deux assassins dont la présence en prison était amplement justifiée, mais peu importait. Ce n'était pas seulement cela. J'avais envie de mieux connaître ces gens et, de ce fait, mieux me connaître moi-même, les morceaux de moi-même qui étaient éparpillés parmi ces exilés des Caraïbes, semblables aux branches d'une étoile de mer qui, arrachées au corps, produisent un nouveau centre en remplacement de celui qui a disparu. J'avais envie d'entendre mon histoire, je suppose, et elle me fut bientôt racontée, d'une voix rendue pâteuse par l'alcool, parmi les martèlements du tambour et les nuages de fumée nauséabonde.

La petite femme aux vêtements quelconques fut

la première à prendre la parole. Presque comme si elle voulait se libérer d'un fardeau particulièrement pesant, quelques minutes après que nous eûmes partagé le rhum et les cigares, tandis que le tambour d'Albertico tissait une toile de sons venus du fond des âges, son visage fut déformé par des grimaces semblables à celles que font les enfants quand ils veulent effrayer leurs camarades de jeu. Ses sourcils se levèrent, puis descendirent, sa bouche s'ouvrit comme celle d'un poisson, puis se ferma, les lèvres entre les dents ; ses narines se dilatèrent et frémirent, les muscles de son visage tressautèrent, puis son corps se mit à trembler, couvert de sueur, comme pendant une crise de malaria.

Elle tendit les mains, repoussant un obstacle invisible, puis agita les bras en l'air. Les autres attendirent, les yeux fixés sur elle, tandis qu'Albertico battait sur son tambour les rythmes des Yoroubas. Lucinda était plongée dans une sorte d'extase, large sourire et yeux étincelants, pommettes hautes soulignées par un film de transpiration et le rouge de la passion. La femme se leva et, d'une démarche saccadée, gagna le demi-cercle situé devant l'autel, tandis que les autres frappaient dans leurs mains et l'encourageaient dans une langue inconnue. Puis elle devint rigide, raide comme un piquet, et tourna sur elle-même comme une toupie, de plus en plus vite jusqu'au moment où elle parut quitter le sol, décoller sous l'effet de la force centrifuge. Elle s'effondra ensuite à plat ventre, avec un bruit tel que je fus persuadé qu'elle s'était cassé quelque chose, mais elle se retourna, sourit, se releva d'un bond et ondula des hanches, les bras levés.

— *Shangó, Shangó, aché, awó, aché*, cria Juan Alfonso.

— Qu'est-ce que c'est? soufflai-je à Lucinda.

— C'est le dieu Shangó, c'est sa danse. Il est descendu ce soir et il va parler.

La femme fit le tour de la pièce en dansant, emplit sa bouche de rhum et nous aspergea. Elle s'immobilisa près de moi et je me préparais à être éclaboussé quand elle avala, yeux ronds et possédés fixés sur moi, puis révulsés de sorte que seul le blanc demeura visible. Elle ricana, avec une méchanceté pure, colossale..

— Tu es là, Carlitos, dit-elle d'une voix masculine qui ne correspondait en rien à son apparence.

Je ne sus que répondre ni si, en parlant, je m'adresserais à la femme ou au prétendu dieu qui semblait avoir pris possession d'elle. Je restai silencieux.

— Explique à l'assistance pourquoi tu es venu, Carlitos, pourquoi vraiment tu es venu. Dis qui tu es.

Albertico cessa de jouer du tambour. Je sentis tous les regards posés sur moi.

— Où voulez-vous en venir? Je suis moi, qui d'autre pourrais-je être?

Elle ricana à nouveau.

— Tu parles en hypocrite parce que c'est ce que tu es. Je suis Shangó et je connais ta duplicité. Tu es venu chercher la clé qui fera sortir Ramón, *el negro*, et José, cette vermine marica[1], de leur donjon. Ha!

1. Homosexuel. Terme extrêmement insultant *(N.d.T.)*.

Elle dansa pendant quelques instants, agitant les bras, cria :

— Musique, musique !

Albertico se remit à jouer. J'eus chaud et froid en même temps, ma respiration se fit saccadée et pénible, comme si je gravissais en courant une pente très abrupte et dangereuse.

Elle se planta devant moi, les mains sur les hanches.

— Tu ne sais donc pas que ce sont des adorateurs de mon ennemi, Oggún ? Ce forgeron boiteux, ha, j'ai baisé sa femme par-derrière. Mais toi, tu veux aider ces deux-là. Comment pourrais-tu les aider, Carlitos, alors que tu ne peux pas t'aider toi-même ?

Les mots refusèrent de sortir, restèrent collés contre mon palais.

— Ne sois pas timide, Carlitos, dis à ces gens d'où tu viens.

Je craquai, me levai.

— Tu m'emmerdes, sale petite connasse, et vous, bande de crétins, avec vos danses idiotes, qui croyez pouvoir tromper tout le monde. Vous ne m'aurez pas ! Vous n'êtes que des singes qui rêvent de grandes choses, qui voudraient être ce qu'ils ne sont pas.

La femme eut un sourire entendu.

— Alors pourquoi as-tu honte, Carlitos ?

— Honte de quoi ? Oh, à quoi bon, je refuse de discuter avec une folle.

Je fis un pas ; puis ses paroles me clouèrent sur place. Elle colla son visage au mien.

— Raconte-leur comment tu es né à La Havane.

Raconte-leur comme tu as honte d'être cubain.
Raconte-leur comment tu as tué ton père.

Avec dégoût je regardai le visage noir, dégoulinant, difforme, qui me faisait face, chimpanzé moqueur, lubrique. Je la jetai par terre et m'enfuis. Le ricanement de la femme me poursuivit dans l'escalier grinçant, dans la nuit désormais éclairée par la lune, dehors. Je courus jusqu'à ma voiture, m'effondrai sur le capot. Je pleurai.

6

— Vite, elle fait une crise cardiaque !

Doreen, l'assistante du greffier, trépignait comme un enfant que l'on vient de priver de son jouet. Nous nous précipitâmes, le shérif adjoint Smith, une D.A. débutante, et moi.

Le juge Chambers gisait sur le sol, pratiquement immobile. Son visage, généralement rouge, était parfaitement blanc, sa respiration faible et spasmodique. Un escarpin en daim vert, tombé de son pied, gisait à l'envers sur le tapis persan. J'ignore pourquoi je me suis dit que la talonnette était usée et qu'il faudrait rappeler au juge de la faire changer.

Bill s'agenouilla près du juge et lui prit le pouls, juste sous l'oreille. Il secoua la tête.

— Elle a dit qu'elle avait des brûlures d'estomac, et puis elle s'est effondrée ! glapit Doreen, debout près de nous.

Je levai la tête et vis la D.A., sortie de la faculté de droit depuis deux mois, tripoter nerveusement une mèche de cheveux noirs bouclés.

— Hé, Charlie, j'ai besoin de vous ! dit Bill.

Il ne faut pas que ça recommence, Charlie, fais attention. Ne commets pas d'erreur. Une vie, c'est suffisant.

— Appelez une ambulance, ne restez pas sans rien faire ! criai-je.

À genoux, je posai l'oreille contre le nez du juge et tentai de percevoir sa respiration. Rien. Je regardai Bill, secouai la tête.

— Bon, ensemble, dit-il.

J'acquiesçai. Je connaissais la technique. Il posa les mains sur la poitrine du juge et appuya tandis que je lui ouvrais la bouche, abaissais la langue, pinçais les narines et entreprenais de souffler de l'air dans ses poumons. Ses lèvres minces étaient froides et molles, comme celles d'une poupée en plastique.

Les minutes s'écoulèrent. Des gens entrèrent dans la pièce, mais pas l'infirmier en blouse blanche qui aurait pu mettre un terme à mon douloureux devoir. Pendant un instant, je me retrouvai à Miami et la personne entre les lèvres de qui je soufflais la vie, trop peu et trop tard, était mon père, Adriano, raide et froid.

Le juge sursauta, émit un bref gémissement et vomit dans ma bouche. Je crachai le liquide vert et blanc, l'estomac retourné.

— C'est bien, elle est vivante ! dit Bill.

Avec ma cravate, je lui essuyai la bouche et continuai de souffler avec, sur la langue, la bile amère de la vie.

Bill lui reprit le pouls.

— Il bat, dit-il. N'arrêtez pas !

Je respirai rythmiquement. Elle sembla se

réchauffer, de minuscules taches rouges apparurent sur sa peau d'albâtre. Elle ouvrit des yeux bleus et vagues, me fixa sans comprendre, puis baissa à nouveau les paupières. Soudain :

— Dégagez, dégagez !

Un Noir en chemise blanche et pantalon foncé m'écarta, posa un masque à oxygène sur son visage. Le deuxième infirmier poussa Bill, déchira le chemisier en soie du juge, dégrafa son mince soutien-gorge puis posa deux défibrillateurs sur son minuscule sein gauche. Le bruit fit dans la pièce l'effet d'une détonation. L'infirmier regarda son collègue, qui hocha la tête. Le défibrillateur ramena le juge à la vie, son corps se cambrant sur le sol.

— Ça va maintenant, elle est revenue, dit l'homme au masque à oxygène, qui lui prenait le pouls avec un appareil fixé à son poignet.

— Allons-y !

Les deux jeunes hommes l'installèrent sur un chariot et se frayèrent un chemin dans la foule de vigiles et d'employés qui avaient assisté à ce combat imprévu contre la mort.

— Beau travail, Charlie, dit Bill, me serrant énergiquement la main.

J'allai aux toilettes et me rinçai la bouche. Je regardai par la fenêtre la brume qui couvrait le centre administratif et s'enroulait, en traînées empoisonnées, autour de la tour de l'horloge du *Times*, de l'autre côté de Mirror Square. J'entendis ma sœur m'appeler, ce jour-là, à Kendall, près du canal où, un jour, un alligator s'était égaré. *Carlitos, Carlitos, viens, viens !*

*

J'avais seize ans et cette cruauté des adolescents qui n'a d'égale que leur altruisme. Celia, ma sœur, pleurait, le maquillage outrancier de ses treize ans emporté par les larmes de frayeur qui coulaient sur ses joues rebondies.

— Qu'est-ce qu'il y a? demandai-je, faisant démarrer ma moto, la petite Peugeot que j'avais été obligée d'acheter avec mon argent parce que mon père s'était refusé à me l'offrir.

— *Papá* est en train de mourir, il était au téléphone et il a eu une attaque! *Mamá* est chez tante Julia et je ne sais pas quoi faire!

J'enfourchai ma moto, emballai le moteur sous le soleil impitoyable de Floride. L'air sentait les algues et le sel. Je levai la tête. Deux nuages, en altitude, dessinaient un château fort dans le ciel.

— Je vais chercher de l'aide, dis-je, puis je partis.

— Qu'est-ce que je dois faire? hurla Celia.

— Trouve quelque chose! Sers-toi de ta tête, pour changer.

Aujourd'hui encore, je ne me souviens pas pourquoi j'en voulais à mon père, quelles disputes ou querelles sans importance nous avaient opposés dans la guerre continuelle que nous nous livrions depuis mes treize ans. Depuis que nous avions quitté La Havane, alors que j'avais dix ans, notre vie était une succession de conflits, ma mère et ma sœur jouant en vain le rôle d'intermédiaires apaisants. Peut-être était-ce dû aux réactions opposées qui suivirent notre arrivée aux États-Unis, au conflit prévisible entre les exilés d'âge mûr, qui n'oublient jamais l'éclat de l'existence qu'on leur a volée, et les jeunes immigrants, qui se sentent obligés de profiter des plaisirs fugaces de l'instant, avant qu'ils ne se muent en fantômes dans les rêves des autres.

Bobby Darin, Sandra Dee, les Beatles, John F. Kennedy, les cheveux longs, tout cela n'était qu'abomination pour un homme qui rêvait jour et nuit d'un retour triomphal au pays des dominos, des cigares et des *guarachas*. Je n'étais pas le fils qu'il espérait, le combattant courageux qui, avec une vigueur juvénile, brandirait l'étendard de la démocratie et rendrait la liberté à la patrie tyrannisée. Il n'était pas le père que je souhaitais, l'homme calme qui nous emmènerait voir les matches, nous apprendrait à nager et plonger, me donnerait des trucs pour séduire les filles. Malheureusement, cette incapacité à nous montrer à la hauteur des niaiseries que chacun attendait de l'autre nous séparait. Il ne vit pas que j'étais un enfant troublé, sans but, avec trop d'intelligence et trop peu de perspicacité. Je ne compris pas que c'était un homme accablé, travaillant dans une station-service et parlant espagnol dans un pays où les Hispaniques ne valent guère mieux que les nègres, même quand ils ont la peau blanche et les yeux bleus. Nous étions «nos frères cubains au tempérament de feu, aux yeux pétillants, avec leur amour de la musique et de la danse, qui attendent le jour où leur patrie sera enfin débarrassée de l'oppression communiste». Nous étions une cause, pas des gens. Il adoptait cette cause, la faisait sienne, et la vivait. Je lui tournais le dos, convaincu qu'elle ne recelait que la stérilité et la mort. Je n'avais pratiquement pas de passé, ma vie était un paysage d'horizons toujours plus lointains. Mon père croyait qu'il n'avait pas d'avenir, que tout ce qui l'entourait ne faisait que lui rappeler ironiquement son déracinement, son aliénation, voulue certes, mais pas moins horrible pour autant.

Je ne restai pas absent longtemps, trois ou quatre minutes peut-être, le temps de m'apercevoir que je devais affronter la situation et ne pouvais me contenter de fuir, que même si j'allais jusqu'à l'hôpital, distant de quelques kilomètres, *Papá* serait peut-être mort à l'arrivée de l'ambulance. Je fis demi-tour au milieu de la circulation et repris le chemin de chez nous.

Lorsque j'arrivai, Celia pleurait près du corps immobile. Je me souviens, aujourd'hui, et ne puis comprendre la fureur glacée qui s'empara de moi à ce moment-là, mon indifférence totale à ce que les autres éprouvaient. Je les voyais comme des faibles et, Savonarole plein de fureur, considérais leur désespoir comme la conséquence de leur incapacité à satisfaire les critères exigeants de l'existence.

— Cesse de brailler, dis-je. Est-ce que tu as téléphoné ?

— J'ai essayé d'appeler tante Julia, mais c'est occupé. Qu'est-ce que nous allons faire ?

Un amour désespéré, dont j'ignorais l'existence, déformait son visage. J'empoignai le téléphone et appelai l'opératrice. La femme qui répondit avait été aide-soignante pendant la Deuxième Guerre mondiale et, après avoir demandé à une collègue d'envoyer une ambulance, elle me donna des indications précises qui me permirent de faire le bouche-à-bouche à mon père. Lorsque je posai mes lèvres sur les siennes, j'eus l'impression d'être l'Iscariote faisant ses adieux au Seigneur et frémis, prenant finalement conscience de la monstruosité de ma fuite. Sa barbe fit sur mon menton l'effet d'une brosse métallique. Il avait repris connaissance quand l'ambulance arriva. Ses yeux injectés de sang demeurèrent fixés sur moi tandis qu'on le posait sur la civière. Il savait.

— Il est sauvé, hein, Charlie ? demanda Celia.

— Oui. Évidemment. Tout le monde a des crises cardiaques. Il est sauvé, tu verras.

Des fils sortaient du corps de mon père, tentacules de concentré de vie, lorsque je lui rendis visite dans la chambre d'hôpital. Celia, hésitant entre pleurs et applaudissements, balbutiait l'histoire avec un sourire noyé de larmes.

— *Dale un beso a su padre,* dit *Mamá*, le visage grave et accusateur, petite femme aux cheveux striés de blanc qui rassemblait son courage en prévision des années à venir.

Fille d'un gros éleveur de bétail dans la province de Camagüey, son existence protégée devait lui sembler aussi lointaine, à cet instant, que l'épisode du feuilleton diffusé en silence par le poste de télévision au-dessus du lit.

J'obéis à ma mère et embrassai mon père.

— Salut, papa, dis-je machinalement.

Il battit plusieurs fois des paupières, énergiquement, l'effort qu'il fit pour parler crispant les
muscles de sa mâchoire. Je me tournai vers *Mamá*.

— Qu'est-ce qui lui arrive ?

— *Lo que has hecho, mi hijo*[1], soupira-t-elle.

Comme toujours, nous parlions deux langues,
confrontions deux univers, aucun d'entre nous
n'admettant l'existence de l'autre, alors que nous
en comprenions toutes les composantes. Les mots
devenaient des barricades, des armes.

— Je n'ai rien fait, répondis-je.

Ma dénégation tomba à plat dans la pièce, ma
mère posant un regard glacial sur mon visage
effrayé, se demandant d'où venait cette créature
étrangère qui prétendait être son fils.

— Tu n'as rien fait, répéta-t-elle en espagnol.

Au moins, les médecins furent plus charitables
que ma mère. Si je n'avais pas agi, même trop tard,
mon père serait mort. Mais la privation d'oxygène
au cours des étapes initiales, de ces quelques
minutes pendant lesquelles j'avais traîné en moto
dans les rues écrasées de soleil en quête d'une
issue, avaient prélevé leur tribut. L'attaque laissa
Papá paralysé du côté gauche et spasmodique à
droite ; ses facultés mentales, apparemment aussi
aiguës que précédemment, étaient désormais pri-
sonnières d'une carcasse qui bavait irrépressible-
ment et ne contrôlait qu'occasionnellement son
sphincter.

Pendant les deux années qui suivirent, l'odeur

---

1. Ce que tu as fait, mon fils *(N. d. T.)*.

des excréments humains imprégna notre vie. Si nous fûmes au début, Celia et moi, désespérés, dépassés par la tragédie, si nous réconfortâmes *Mamá*, l'aidant même à changer les draps, vider le pot, pousser au soleil le fauteuil roulant de ce corps souillé, au bout d'un moment nous nous révoltâmes contre cette servitude, ce dévouement à un souvenir déclinant. L'assurance de *Papá* n'accepta de couvrir que les factures d'hôpital, alors *Mamá* prit un avocat et attaqua la compagnie pour obtenir le paiement du reste. Pratiquement privée de revenus, *Mamá* vendit d'abord la station-service, puis la maison, et nous retournâmes vivre dans le ghetto cubain proche de la Huitième Rue, boîtes en stuc grouillantes de réfugiés, retardataires de la course à la prospérité dans un pays étranger.

Je n'avais jamais vraiment bien travaillé à l'école auparavant, mais je devins un élève exceptionnel : je m'installai aux premières places et obtins finalement une bourse qui me permit d'entrer à Brown University. Je fis mon droit et sortis du barrio pour de bon. Il serait plaisant et héroïque de dire que je me suis plongé dans les livres avec l'espoir de redresser les injustices subies, que je suis devenu avocat pour défendre un jour la cause de ma famille, détruire ceux qui nous avaient attaqués et plongés dans la pauvreté. Mais ce sont les mots qu'emploierait le fils de mon père. Pas moi. Je ne suis ni un héros ni un ange vengeur. Entre mes mains, l'épée du bon droit ne serait qu'une pâle allumette japonaise. Les livres et le savoir furent simplement le meilleur moyen de forcer la seule chance qui passa à ma portée. Si j'ai choisi le droit, c'est parce que je pressentais qu'il me serait plus facile de me cacher derrière les piliers de la justice que dans toute autre profession. Rien ne m'obligerait à me dévoiler, à ouvrir ma chemise sur la blessure béante. Je me savais froid, renfermé, dominateur, calculateur, manipulateur, sans principes ni conception claire du bien et du mal autre que ce que je pouvais faire sans en supporter les conséquences. Pourtant, comme tout le monde, je désirais l'approbation de mes contemporains, et quel meilleur moyen de l'obtenir que de baigner dans le prestige lié à la profession la plus en vue de notre société légaliste ? À un moment donné, j'envisageai même d'élever mon incompétence — personnelle, pas professionnelle car je perdais rarement un procès — aux niveaux de l'État et de la nation, de me présenter aux élections et de rejoindre la coterie d'avocats frustrés, en quête de reconnaissance, qui dirigent le pays depuis sa création, premier Cubain brillant au firmament de la vie politique américaine.

Celia, en revanche, n'avait pas de démon intransigeant devant lequel elle eût pu capituler. Elle s'abandonna donc à une succession de Lucifers sans envergure nommés Tony, Joey et Chulo, qui ne réussirent qu'à la mettre enceinte et lui créer des difficultés à l'école (dans ce domaine, comme dans tous les autres, il faut aller jusqu'au bout). Elle se mit à sécher les cours pour participer à des réunions où l'on sniffait de la colle et où, après avoir bu, on baisait à la hâte dans les placards, les toilettes et sur les toits. Puis elle cessa complètement d'aller à l'école, passa tout son temps avec sa bande, sa *pandilla* de paumés du collège Madison, qui attendaient impatiemment leurs seize ans parce qu'ils pourraient alors quitter l'école et être libres. Par trois fois, je dus la conduire chez l'avorteur de Sweetwater, le vieux juif cubain qui avait rencontré Emma Goldman quand, expulsée des États-Unis, elle donnait des conférences sur les droits des femmes en Amérique du Sud. L'avortement était encore illégal et, chaque fois, les poings serrés et le visage crispé, Celia jurait qu'elle ne se ferait plus jamais mettre en cloque, mais, quelques mois plus tard, elle se laissait une nouvelle fois séduire par des lèvres boudeuses et des hanches étroites.

Les absences de Celia entraînèrent de nombreuses visites de M. Upham, conseiller d'éducation au visage rubicond, qui passait faire ses recommandations à *Mamá* en vue d'une solution introuvable. *Mamá* parlait à Celia, je tentais également de la raisonner, mais seule une ceinture de chasteté aurait été efficace. Elle ne tenait pas compte de moi, m'ordonnait de m'occuper de mes affaires. Mais, avec *Mamá*, Celia se lançait dans une kyrielle d'accusations, toutes centrées sur notre existence sordide, notre vie au jour le jour, la chaleur étouffante et l'avenir bouché de La Petite Havane, le monstre couvert de merde dans son fauteuil roulant, qui refusait de mourir et nous empêchait ainsi de toucher le reste de l'assurance. *Mamá* traitait Celia de putain, d'âme perdue, de fille du diable, tandis que Celia la traitait de vieille sorcière, de salope au cœur de pierre qui refusait d'organiser la fête de sa *quinceañera* parce que nous n'avions pas d'argent.

— Comment puis-je annoncer au monde que je suis devenue femme si je n'ai pas de *quinceañera*?

— Ne fais pas la vierge effarouchée avec moi, avec toutes les bites qui rentrent entre tes cuisses, tout le monde sait que tu es une femme... une femme publique, une fille des rues qui écarte les jambes pour trois sous!

— Au moins, j'y trouve du plaisir, ce qui ne t'est sûrement jamais arrivé avec ce tas d'ordures dans son fauteuil roulant.

— Je t'interdis de parler ainsi de ton père!

— Tu n'as qu'à m'en empêcher, si tu peux! À ta place, je le sortirais, dimanche, pour que les éboueurs l'emportent! Mais, avec notre chance, ils le laisseraient sûrement sur le trottoir!

D'un bout à l'autre, *Papá* suivait la dispute depuis son fauteuil roulant, de ses yeux bleus terrifiés, qui s'étaient progressivement décolorés au fil des années et étaient désormais du même bleu pâle que le lait gâté, tentait vaillamment de bouger les lèvres pour articuler un son, mais ne parvenait qu'à baver et mettre ses entrailles en mouvement.

À la fin de ces diatribes, Celia et *Mamá* pleuraient dans les bras l'une de l'autre, se demandaient pourquoi Dieu avait jugé bon de les punir et se pardonnaient mutuellement leurs injures respectives. Elles scellaient leur réconciliation en lavant mon père, la mère et la fille nettoyant les dégâts dont elles étaient la cause, *Papá* heureux d'être dans son bain moussant, puis talqué et changé, bébé de cinquante ans à la barbe grise. *Mamá* roulait *Papá* dans leur chambre, où il dormait et elle récitait son chapelet, tandis que Celia attendait la nuit, quand la maison n'était plus éclairée que par le cierge dédié à la Vierge de Covadonga, pour sortir en cachette et retrouver son petit ami du moment, si bien que le cycle recommençait sa ronde fétide.

Quand je fus admis à l'université, je restai deux ans sans rentrer à la maison. À mon retour, je constatai que *Papá* avait eu une nouvelle attaque et n'était plus désormais capable que de rouler des yeux et mastiquer sa nourriture. *Mamá* me serra dans ses bras quand je posai mon sac dans le salon, qui me parut plus petit et plus étouffant que dans mes souvenirs.

— Tu as grandi, dit-elle en espagnol. Je parie que tu seras aussi grand que ton père. Tu sais que nous descendons des Huanches, les premiers habitants des Canaries. Ils étaient tous comme toi, grands et blonds. *Que bonito, mi hijo.*

— Merci, maman, dis-je, gêné par cette démonstration inhabituelle d'affection. Et Celia ?

Sa bouche se crispa, comme si elle venait de mordre dans une goyave verte.

— *Por ahí anda, puteando.*

— Que veux-tu dire, qu'elle se prostitue ?

— Je veux dire que c'est ce qu'elle fait à présent, cette petite traînée, répondit ma mère dans un espagnol qui semblait sorti tout droit de la plaine de Castille. Elle a abandonné l'école et elle est serveuse dans une boîte de nuit. Elle gagne davantage en une soirée que ton père, quand il travaillait, en une semaine, et elle dépense tout. Viens voir.

Elle me prit par la main et me conduisit jusqu'au placard de Celia, plein de robes légères et de chemisiers en soie, de dizaines de paires de chaussures et de bottes, même de visons et de renards dont les poils coûteux tombaient sur le sol carrelé.

— Regarde ça ! Dis-moi, comment une fille qui travaille honnêtement peut gagner assez pour avoir tout ça ? Une *puta,* voilà ce qu'elle est devenue, Dieu lui pardonne.

Je regrette parfois que *Mamá* n'ait pas eu raison, que Celia ne se soit pas prostituée. En réalité, elle était tombée amoureuse de la plus grosse maque-relle du peuple cubain après la politique : la drogue. Elle ne prit pas la peine de me le cacher, persuadée que, appartenant à la même généra-tion, je comprendrais et approuverais. La première chose qu'elle fit, après nos retrouvailles, fut de fermer la porte puis de sortir une petite boîte en cuir ouvragé contenant un miroir minuscule, une paille, deux flacons pleins et une lame de rasoir plaquée argent. Elle mesura la coke puis la divisa en deux lignes qu'elle réduisit en une poudre fine, avec la concentration qu'elle apportait autrefois à la confection des tartes à la meringue et au citron.

— Qu'est-ce que tu es en train de faire ? deman-dai-je.

— À ton avis ?

Elle aspira les deux lignes avec gourmandise, puis plongea le doigt dans un verre d'eau et fit tomber les gouttes dans ses narines.

— Je tente d'oublier tout ça. Seigneur, je déteste cet endroit.

Elle s'assit au bord du lit, se balança d'avant en arrière, contemplative.

— Tu te souviens de notre jardin à La Havane,

Charlie ? J'y pense souvent, depuis quelque temps. Je ne sais pas pourquoi. Tu te souviens qu'Ignacio cultivait des anémones et des tulipes ? Tout le monde disait que les tulipes ne poussent pas à Cuba, mais il y arrivait. Je lui ai demandé, un jour, et il m'a donné son secret : il mettait les oignons dans le réfrigérateur. Nous avions le plus beau jardin de l'île, n'est-ce pas ? Parfois, le soir, je me souviens que je m'enfuyais et me cachais sous les buissons, derrière le treillis ou près du puits. C'est le meilleur moyen de m'endormir. Je fais des rêves merveilleux. Puis je me réveille et tout est pire. Il vaudrait mieux oublier ; chasser cette foutue saloperie d'île de notre esprit.

Elle s'interrompit, tira sur sa cigarette, fit tomber la cendre puis conclut :

— Seigneur, je déteste cet endroit.

C'était un après-midi d'août. *Papá* faisait la sieste, *Mamá* était à l'église. Un camion passa dans la rue avec un grondement qui fit trembler les vitres. La brume torride et humide stagnait dans l'air, comme des mots jamais prononcés, comme les regrets et l'infini.

— Pourquoi ne retournerais-tu pas à l'école ?

— Tout le monde ne peut pas être aussi intelligent que toi, Charlie. Nous autres, nous devons nous accommoder de nos cerveaux limités. Je fais ce qui me convient le mieux, tout comme tu as fait ce qui te convenait le mieux.

— Travailler dans une boîte de nuit est la solution ?

Elle rit, la drogue pinçant à présent les cordes du bonheur.

— C'est ce qu'elle croit. Qu'est-ce que je dois lui dire, que je deale?

— Pardon ?

Elle m'adressa un regard méprisant. Ses yeux ronds et marron étaient devenus profonds et scintillaient. Elle toucha sa chevelure aux mèches décolorées.

— Ne sois pas si naïf. De toute façon, je n'ai pas l'intention de rester longtemps ici. Je vais passer quelque temps en Colombie. Tony veut que je rencontre sa famille.

— Alors tu vas te marier.

Elle rit à nouveau.

— Tu es jeune, même si tu es plus âgé que moi. Ce sont strictement les affaires, tu sais. Bon, d'accord, on a aussi joué un peu la sérénade, mais seulement parce qu'il est très mignon. Tu sais, tu devrais le rencontrer. Il dit que ses amis paieraient tes études si tu acceptais de travailler pour eux plus tard.

Je me levai brusquement, écœuré.

— Je ne veux pas entendre parler de ça.

— C'est ça, va-t'en, hurla-t-elle soudain. Fuis, comme tu fais toujours, c'est ta spécialité. Carlos Morell, licencié en cavale ! Toi et Houdini !

— Rien ne m'oblige à écouter ça.

Je sortis de la chambre, traversai le salon, descendis l'escalier jusque dans la rue. Elle me poursuivit.

— Oui, il faut bien que tu écoutes parce que c'est de ta faute, Charlie, c'est à cause de toi qu'on en est arrivés là. C'est toi qui ne savais pas quoi faire, c'est à cause de toi que notre vie est merdique, tout est de ta faute, de ta faute !

Je m'enfuis dans la rue, les passants qui faisaient leurs courses tournant la tête, les vieillards qui, attablés, jouaient aux dominos cessant de fixer leurs mains, les couples qui sirotaient leur *cafecito* au café du coin me dévisageant.

— Reviens, *maricón*! Sois pas si lâche! Prends ça comme un homme! Tu n'as pas envie d'entendre la vérité, n'est-ce pas? Eh bien, tu l'entendras tout de même, reviens!

Je traversai la rue, me faufilant entre les voitures, le parking du bureau d'aide sociale et la cour de l'école, puis disparus dans la foule. À quoi bon discuter? Elle avait le droit d'éprouver du ressentiment, de refuser la culpabilité, l'âme brûlante d'indignation. Je portais le poids de la responsabilité, le savoir douloureux du péché. Je n'aurais pas hésité à changer de place avec elle. Néanmoins, je ne voulais pas le savoir, je ne voulais pas en entendre parler, je ne voulais pas y penser. J'avais creusé un trou et y avais enterré l'enfant. Je ne voulais pas le revoir.

Après cela, nous nous évitâmes, Celia et moi, et ne mentionnâmes jamais l'incident. Quelques semaines plus tard, je partis pour Jacksonville, où je cueillis des oranges pour gagner un peu d'argent avant la reprise des cours. Celia partit pour la Colombie cette année-là, quelques brefs mois avant son dix-huitième anniversaire. Elle était théoriquement mineure et *Mamá* prétendit qu'elle allait la faire rapatrier, mais ses menaces restèrent sans effet. Lorsque je revins à Miami, *Mamá* avait abandonné le salon aux nombreux saints de l'Église catholique et, comme la prêtresse d'un culte punique, ne portait que du noir parmi ses images. Elle allait à la messe deux fois par jour et disait son chapelet après chaque repas. Assise près de la fenêtre, elle regardait passer les voitures, tripotait les grains sacrés, se balançait dans son rocking-chair en bambou et acajou, récitait mécaniquement la prière à la Vierge : *Santa María, Madre de Dios, ruega por nosotros, pecadores, ahora y en la hora de nuestra muerte.*

Lassé par la torpeur qui régnait dans la pièce, somnolant à cause de la chaleur ainsi que des haricots et du riz du déjeuner, je fermais les yeux et l'imaginais telle qu'elle était autrefois, quand nous habitions encore La Havane, que *Papá* dirigeait la plus grosse raffinerie de pétrole du pays, que nous vivions dans notre grande demeure aux murs gris du Vedado, que *Mamá* présidait une dizaine d'associations de bienfaisance et que nous avions deux femmes de chambre, un majordome, un jardinier, une cuisinière et une gouvernante dans un paradis dont j'étais certain d'hériter, aussi sûrement que le soleil se lève, que la canne à sucre pousse et que l'Oncle Sam vit. Mais c'était sans importance. En fait, ce regret des vies jamais vécues m'apportait une sorte de paix, puisque nos beaux projets d'avenir avaient été écrasés par un maelström de politique et de violence. (Y a-t-il eu un jour une différence entre les deux, à Cuba ?) À La Havane, je serais devenu ce que les communistes appellent un parasite de la société, c'est-à-dire une version modeste et tropicale de Mellon ou Du Pont, gaspillant sa vie en femmes, Mercedes-Benz et voiliers au pont en teck, s'emparant des rouages du pouvoir aussi aisément qu'un individu ordinaire fait tourner les roulettes d'un cadenas à combinaison. Ces nuits-là, tandis que l'air de Miami, qui sentait le moisi et les marécages, me bouchait le nez, que le vacarme de la circulation et les jurons en espagnol assaillaient mes oreilles, dans le logement de ma famille, à La Petite Havane, je m'imaginais à La Havane, la vraie, vieille métropole blanche et grise qui se dressait à cent vingt kilomètres de moi. Vêtu d'un costume de coton blanc, je gisais dans un caniveau, le dos truffé d'une douzaine de balles tirées par un tueur révolutionnaire. Mon sang se mêlait aux détritus de la rue, les feuilles mortes et les paquets de cigarettes froissés, les crachats et les ordures flottant sur le filet pourpre de ma mort qui coulait dans l'égout. Et bizarrement, j'étais heureux.

Le dernier coup de gong du destin, dans cette histoire, retentit alors que je faisais ma dernière année de droit et passais chez moi une de ces brèves périodes de torture qui tenaient lieu de vacances. Celia était revenue de Medellín, son bref mariage avec Tony s'étant écroulé quand elle avait décidé que les Colombiens, et surtout son mari, étaient sûrement les gens les plus dégoûtants du monde, même quand ils appartenaient à la classe sociale dominante. Jamais en mal de compagnie masculine, Celia vivait avec Adolfo, que l'on appelait aussi Pipo, le concessionnaire Nissan qui lui avait vendu la Silver Z que Tony lui avait offerte en cadeau de mariage.

Je tentai de vivre à la maison mais n'avais plus la

148

patience (ou l'énergie) de supporter les prières continuelles de ma mère et l'odeur de décomposition de mon père. Avec l'argent gagné l'année précédente, grâce à un emploi de bureau dans un cabinet juridique de Newport, je louai un studio minuscule à Fort Lauderdale. Un camarade me procura un emploi dans un bar qui présentait une fois par semaine des concours de beauté en T-shirt mouillé pour le prix d'une chope de mauvaise bière tiède. J'allais chez moi aussi rarement que possible et rêvais de ma famille toutes les nuits. Je ne sais pas si Celia rêvait au sale tour que nous avait joué le destin. Je ne sais pas si Celia avait encore des rêves.

Pourtant la situation, malgré son apparence sordide, s'était en fait améliorée. La compagnie d'assurance avait réglé notre dossier et *Mamá* avait de quoi payer de temps en temps une infirmière qui allégeait un peu sa tâche. L'état de *Papá* s'était stabilisé, si bien qu'il ne se souillait involontairement qu'une fois par jour et ne bavait plus en abondance. Il pouvait même marmonner quelques mots, des mots qui n'étaient pas essentiels à son existence mais avaient sans doute un sens caché, des mots tels que pain, lait, eau et liberté.

C'était un samedi après-midi. J'étais sur la scène du bar, présentais un de ces concours de beauté en T-shirt mouillé et ne parvenais pas à quitter des yeux une petite rousse nommée Donna, aux seins en poire parfaits, quand le téléphone sonna. Tandis que les concurrentes défilaient en bas de bikini, les maillots trempés leur collant impitoyablement au torse, je décrochai le téléphone du bar.

— Qu'est-ce que c'est ? aboyai-je dans le vacarme du dernier disque des Doobie Brothers.

— Charlie, Charlie, ça recommence ! dit une voix féminine.

— Celia ? Qu'est-ce qui se passe ? Je travaille ! criai-je pour couvrir le bruit.

Donna, attendant que je la présente, se versa de l'eau sur les épaules et me fit de l'œil.

— C'est *Papá*, Charlie. Il est en train de mourir.

Le même réseau de fils sortant du corps de mon père, les mêmes visages figés par le chagrin, l'odeur de désinfectant, la baie plongée dans la brume derrière la fenêtre de la chambre. Seul le sol est différent de celui de la fois précédente.

— Je ne savais pas, comment aurais-je pu savoir qu'il était allergique aux crevettes ? proteste ma tante Julia dans la salle d'attente, ses paroles aussi hérissées d'autorité que son cou de caroncules.

— Je lui ai fait des *frituras*, tout le monde aime la friture. Je n'ai jamais entendu parler de ça. Il a bien mangé, pas de problème.

Elle s'interrompt, nous regarde : Celia, mon cousin Alvaro et sa femme, Magdalena, mon oncle Rafael, Virgilio, l'ami de mon père, succession de visages qui entrent et sortent, chœur des lamentations de la journée. Je sens les grains de sable dans mes mocassins parce que je suis venu directement de la plage à l'hôpital. Je me force à écouter ce qu'elle raconte.

— Et puis, cinq minutes après, il s'est mis à faire

ces bruits : uggh, uggh, aggh, aggh, comme s'il étouffait, et son visage est devenu rouge, comme s'il ne pouvait plus respirer. Je ne sais pas quoi faire. J'essaie d'appeler tout le monde, mais je ne peux joindre personne. Alors j'ai appelé une ambulance.

Pendant toute la journée et toute la soirée, Julia répète l'histoire aux nouveaux arrivants, vieux marin reprenant interminablement le récit du malheur de la famille, confession publique visant à obtenir l'absolution de ceux qui sont réunis, lesquels hochent la tête et disent que oui, la pauvre, qu'aurait-elle pu faire, qu'ils auraient agi de même, que ce n'est pas sa faute, que c'est simplement le destin, la volonté de Dieu, dont le sens échappe aux hommes.

Celia et moi allons fumer une cigarette dans le couloir, regardons les îles de la baie de Biscayne, qui miroitent dans la chaleur torride de la fin d'après-midi.

— Est-ce que tu la hais ? demande Celia.

— Il n'y a pas de raison. C'est ce qui peut arriver de mieux.

Elle tire sur sa Marlboro. Elle est plus maigre, mais plus dure, comme si les kilos perdus révélaient la mince tige d'acier dressée au plus profond d'elle-même. Ses yeux marron, légèrement noisette sous l'effet de l'épuisement, semblent énormes dans son visage creusé.

— Le médecin dit qu'il ne se rétablira pas. Je ne sais pas. *Mamá* a passé toute la journée à prier dans la chapelle. Elle est persuadée qu'il y aura un miracle. Je ne crois plus aux miracles.

Celia rit, nerveuse.

— J'ai cessé de croire aux miracles le jour où j'ai vu *Papá* mettre les cadeaux des Rois Mages dans la boîte pleine de paille que nous cachions sous le lit, tu te souviens?

— C'étaient des journaux déchirés.

— C'est aussi un de tes problèmes. Aucune imagination.

Nous sourions.

Il est quatre heures du matin et tous les visiteurs sont partis. Celia dort dans la salle d'attente du service des urgences, *Mamá* est toujours, comme la religieuse qu'elle rêvait autrefois d'être, en prière à genoux dans la chapelle. Personne ne bouge, l'hôpital semble fermé, vide, en vacances. Le tapis rouge passé s'étend devant moi comme le chemin très fréquenté de l'étroite vallée des espoirs déçus. Les deux battants de la porte du service s'ouvrent automatiquement. J'entre, passe devant le bureau de la surveillante. Vide. Les malades, emmaillotés comme des momies tachées de sang, gisent sur leurs lits, silencieux, plongés dans un sommeil chimique.

Mon père est branché sur un respirateur. Éveillé. Il me reconnaît, quand j'approche, et ses paupières battent sur ses yeux bleus. Nous sommes les seuls êtres éveillés, et nous nous regardons, séparés par l'abîme de la vie et de la culture. Pendant un bref instant, tout semble basculer autour de moi, j'ai l'impression de me trouver à sa place et me vois debout au pied du lit, cheveux blonds décolorés par le soleil, short taché, jeune homme venu tout droit de la plage. Je me vois et je comprends ce qu'il veut. Mon père bouge les lèvres, tente de parler. J'approche, j'essaie de déchiffrer ce qu'il veut dire. Il jette un coup d'œil sur le côté, les yeux frénétiquement vifs (jamais je ne les ai vus aussi vifs depuis que nous avons quitté La Havane) ; son envie de parler est douloureuse à voir. Je secoue la tête. Ses lèvres bougent et un souffle les franchit, un souffle qui se voudrait un mot. Je secoue une nouvelle fois la tête. Tendu, il fait une nouvelle tentative, le souffle passant cette fois entre les cordes vocales, formant ce mot que notre peuple aime tant, que le peuple espagnol aime tant, cet éternel compagnon du péché.

— *'uerte*, fait-il.

Puis les lèvres finissent par obéir, après toutes ces années, et, grâce aux efforts conjugués du larynx et de l'âme, le mot splendide s'épanouit.

— *Muerte*.

Il jette un nouveau coup d'œil sur le côté. Je le dévisage, il hoche lentement la tête. Il n'y a pas de doute. Je l'embrasse puis gagne le respirateur. Je ne sais pas quel interrupteur manœuvrer. Il en fixe un qui se trouve près du lit, à trente centimètres de sa main. Je le bascule. Mon père frémit, l'air n'arrive plus.

Assis au pied du lit, je regarde *Papá* dont la peau vire au rouge, puis au bleu, pendant que ses poumons s'emplissent de liquide. Nous nous regardons dans les yeux. Je ne pense à rien, ne puis penser à rien, le temps est un fluide qui se solidifie autour de moi tandis que l'asphyxie lui déforme le visage. Il cesse de respirer.

Une minute passe. Qu'est-ce que je fais ? Qu'est-ce que j'éprouve ? Je ferme la porte, je coupe le cordon, je libère l'esprit, je permets à l'homme de voler vers l'île aux yeux verts de son âme, qu'il n'aurait jamais dû quitter. Je ne sens rien, seulement un vide dans la poitrine, puis une douleur qui, je le comprends, ne disparaîtra jamais. Je suis étrangement détaché, je ne suis pas là, un autre occupe mon corps, je suis ailleurs.

Deux minutes. Trois, quatre, cinq. Je me lève, regarde une dernière fois mon père. Je l'embrasse sur la joue.

— Bénis-moi, *Papá*. Je t'aime.

Je remets le respirateur en marche et sors silencieusement de la chambre. Je longe le couloir, descends l'escalier en courant, sors par-derrière, gagne la baie et plonge dans l'eau, l'eau noire et froide de la nuit. Je nage, nage, et oublie, oublie, oublie.

7

C'est tout juste si les roues de la Dodge Colt cabossée restèrent sur la chaussée quand elle tourna au carrefour de la Cinquième et de Broadway. La foule des passants, qui occupaient une partie de la chaussée — vieilles femmes grasses en guenilles portant de lourds cabas, jeunes filles en robe de rayonne imprimée de fleurs criardes, jeunes hommes en jean et cuir, tous parlant l'espagnol caressant d'Amérique centrale[1] —, reflua comme les vagues devant le bâton de Moïse. La Colt contourna les voitures arrêtées au feu rouge. Le chauffeur, jeune, brun de peau et l'air traqué, se cramponnait au volant sous l'effet de la terreur, tandis que ses trois compagnons l'encourageaient. Puis, jaillissant d'une ruelle, une Ford Monarch tout aussi cabossée s'engagea sur Broadway à la poursuite de la Colt. Un jeune Noir à la moustache frisée conduisait d'une main et parlait dans le talkie-walkie qu'il serrait dans l'autre. La Monarch

1. Broadway, que l'on pourrait appeler le « centre historique » de Los Angeles, est complètement colonisé par les « Chicanos » (*N.d.T.*).

passa à toute vitesse devant moi tandis qu'une troisième voiture, une Chrysler Le Baron, apparaissait à un autre carrefour, un gyrophare amovible à la Kojak, sur le toit, braquant son œil rouge sur la foule, la sirène de la voiture de police banalisée gémissant comme la trompette de Josué. Soudain, la Chrysler s'arrêta devant moi et la portière du passager s'ouvrit.

— Grimpez, Charlie ! Venez !

Je jetai un œil à l'intérieur. Sur la banquette avant, près d'un policier asiatique très inquiet, se trouvait Anthony Stuart Reynolds, le juge qui avait hérité de l'affaire Ramón après la crise cardiaque de Chambers. Reynolds portait un jean et aurait eu besoin de se raser, ce qui contrastait brutalement avec l'élégance que je lui connaissais au tribunal : costumes italiens, cravates Missoni, chemises Charvet et chaussures anglaises faites main.

— Allez, mon vieux, on va les perdre ! ajouta-t-il avec son fort accent de Charleston.

Pourquoi pas ? Je montai. La voiture partit à tombeau ouvert sur Broadway alors que je n'avais pas encore claqué la portière. Nous étions tous les trois serrés sur la banquette avant qui sentait la cigarette et la pizza, regardant les piétons nous jeter des regards inquiets tout en s'écartant de la trajectoire du véhicule.

Surexcité, le juge Reynolds remonta ses lunettes en écaille sur son nez. Il avait l'air d'un vieux chien qui vient de trouver un os tout neuf.

— Nom de Dieu, c'est exactement comme le Viêt-nam. J'étais pilote d'hélicoptère, vous savez ? Maintenant, je comprends pourquoi il y a des gars

156

qui ne veulent pas quitter les Mœurs. Avez-vous fait le Viêt-nam, Charlie ?

— Désolé, monsieur. Quand je suis sorti de l'université, la conscription n'existait plus.

— Vous avez manqué quelque chose, Charlie.

— C'est ce qu'on dit, monsieur.

Les narines de son gros nez, sur lequel saillait une veine unique gonflée par le sang, se dilatèrent puis il passa la main dans sa chevelure blonde et clairsemée. Je l'imaginai dans vingt ans, rose, grassouillet et chauve, nez crevassé par l'éclatement des capillaires, vissé sur son fauteuil dans un procès où l'accusé risquerait la peine capitale, tout enthousiasme disparu, sa toge noire cachant à peine sa bedaine, attendant avec impatience seize heures trente et le premier scotch de la journée tandis que l'avocat tenterait d'obtenir justice.

— Voici l'agent Nakamoto, de Rampart.

— Ça va ? fit-il, puis il reporta son attention sur la chaussée, contournant un bus sur la Septième.

Le talkie-walkie crépita ; les responsables de l'opération transmirent des informations aux voitures engagées dans la poursuite.

— Comme je rencontre très souvent ce genre d'affaire, expliqua le juge, j'ai pensé qu'il fallait que je sache comment ça se passe. Eh bien, croyez-moi, c'est... savez-vous que presque 80% de nos affaires sont liées à la drogue ? Je me suis dit, bon sang, avec ça et tout, superbe, si vous me permettez l'expression, vraiment superbe. On a une bonne équipe, pas de problème.

Je songeai qu'il ne dirait sûrement pas ça s'il savait quels trésors d'imagination les Stupéfiants étaient capables de déployer pour arracher des aveux aux revendeurs : leur frotter les yeux avec de la cendre, les pousser la tête la première dans l'escalier, poser des fils électriques sur les blessures béantes, leur appliquer, sur les tempes et les oreilles, des aiguillons électriques utilisés pour le bétail. Mais il était peu probable que nous assistions à cela pendant cette visite guidée.

La poursuite nous avait à présent entraînés loin du centre. Nous descendions la Sixième, en direction de l'est et du refuge le plus proche des miséreux, le barrio de Boyle Heights. Les indications que crachait le talkie-walkie se firent plus impatientes, les responsables tenant absolument à arrêter les suspects avant qu'ils aient pu atteindre leur territoire.

— Voiture vingt-six. La Colt se dirige vers l'est, passe sur le viaduc de la SP à la hauteur de la Quatrième. Avons-nous une autre unité dans ce secteur ? Terminé.

La réponse fut partiellement couverte par les parasites tandis que nous foncions dans les rues désertes et misérables où, sur les trottoirs, clochards, cinglés et ivrognes s'installaient pour la nuit.

— Unité quarante-sept à proximité. Gagnons le secteur. Terminé.

— Le frisson de la poursuite, fit le juge, rougissant, heureux comme un chasseur dans un champ plein de cailles. Bien, puisque je vous tiens, Charlie... Whoops !

La voiture décolla sur quelques dizaines de centimètres lorsque nous passâmes à toute vitesse sur un dos-d'âne, puis nous nous engageâmes sur le viaduc qui franchit les voies de la Southern Pacific. La toile d'araignée en acier des voies s'étendait sur des kilomètres, répandait le fléau du commerce dans toute la plaine.

— Comme je disais, puisque je vous tiens, il faut que nous parlions de ce Valdez. J'ai été chargé de cette affaire par le juge Obera, qui préside actuellement le tribunal ?

Comme beaucoup de Sudistes, ses affirmations se terminaient souvent par des questions, stratagèmes rhétoriques ne laissant pas le temps à l'interlocuteur de répondre, seulement celui d'acquiescer par un hochement de tête déférent.

— Apparemment, le juge Chambers sera encore hors circuit pour un bon bout de temps. Il paraît qu'il faut beaucoup de repos pour se remettre de ces attaques. J'ai donc étudié l'affaire et il me semble qu'il y a des problèmes de procédure qu'il faut régler. Comme vous jouez simplement le rôle de conseiller juridique de Valdez, je pense que vous devriez lui exposer ces problèmes parce que je veux un procès dans les règles...

— C'est ce que disait Chambers.

— Eh bien, moi aussi, je n'ai pas envie que les andouilles de la Cour d'appel reviennent sur mon... Nom de Dieu, les voilà !

La Colt stoppa, après un dérapage, au bout du long viaduc, la route coupée par une voiture de patrouille noire et blanche dont les gyrophares jetaient des lueurs jaunes, blanches et bleues sur le sol. Deux agents en uniforme, penchés sur un corps tassé sur lui-même, couvert de sang, qui gisait sur la chaussée, levèrent la tête. Les portières de la Colt s'ouvrirent et ses quatre passagers s'enfuirent dans des directions différentes. L'unité des Stups qui avait engagé la poursuite arriva, nous dépassa et s'arrêta dans un hurlement de pneus. Deux agents en civil descendirent, l'un d'entre eux brandissant son insigne à bout de bras.

— Police ! Brigade des stups ! cria-t-il, puis il se lança à la poursuite du chauffeur, qui disparut dans une ruelle.

Un des agents en uniforme pivota sur lui-même et, avec une rapidité étonnante, poursuivit et captura le plus âgé et le plus gras du groupe qui, plié en deux, vomit sur les chaussures du flic, disant entre deux hoquets :

— *¡ Perdón, perdón !*

— Voilà notre homme ! cria le juge Reynolds, l'index braqué sur une silhouette rapide qui descendait en courant l'escalier conduisant à la Los Angeles River. Allons-y !

Nakamoto freina brutalement puis, dans le même mouvement, ouvrit la portière, sortit son arme et se précipita dans l'escalier. Le juge Reynolds voulut ouvrir notre portière, mais elle était coincée. Il sortit du côté du chauffeur, hurla :

— Hé, attendez-moi !

J'hésitai un bref instant, haussai les épaules puis fonçai. Je ne pris même pas le temps de me demander ce qui pouvait justifier ma participation à cette chasse au suspect. Du point de vue du juge Reynolds, poursuivre un revendeur de drogue était le prolongement naturel de son dévouement à la loi et l'ordre, sans parler d'une bonne occasion de jouer aux cow-boys et aux Indiens. Mais de mon point de vue? Je n'avais pas de raison. Je me contentai de suivre aveuglément. La réponse allait m'être apportée par la suite des événements. Nakamoto et Reynolds descendirent précipitamment l'escalier raide aboutissant sur la rive pavée de la rivière. Cette rivière, cours d'eau sale large d'un mètre cinquante à cet endroit, se traînait jusqu'à un tunnel passant sous la chaussée, sur le chemin de son lit de mort : le port de Long Beach. Devant nous, le suspect, petit et maigre avec de longs cheveux noirs, sauta du dernier palier sur la berge pavée et atterrit à quatre pattes, comme un chat. Il se redressa, resta une seconde immobile, puis s'engagea sur les six mètres de pente menant au lit de la rivière. Nakamoto trébucha sur les dernières marches et lâcha son arme, qui tomba sur le gravier, sous l'escalier. Le juge Reynolds heurta le policier et ils roulèrent tous les deux sur le sol. J'arrivai en bas de l'escalier derrière eux, juste à temps pour voir Nakamoto se dégager, ramasser son arme puis la braquer sur le fuyard.

— Rangez ça ! ordonna le juge, qui se releva et s'engagea sur la pente en poussant un cri de guerre.

Nakamoto, gêné, rengaina son arme et suivit.

Le revendeur, bras et jambes en rythme, courut le long du fleuve, visant l'ombre du pont de chemin de fer qui franchissait le cours d'eau cinq cents mètres plus loin. Convaincus qu'ils le perdraient s'il réussissait à atteindre le pont, le juge Reynolds et Nakamoto accélérèrent, chiens traquant un lièvre terrifié. Je suivais, une cinquantaine de mètres en arrière, jambes en feu, poumons dilatés, respirant l'air sulfureux, métallique.

Reynolds craqua le premier. Plié en deux, il tomba à genoux, le visage rouge sous l'effet de l'essoufflement. Nakamoto s'arrêta dans l'intention de l'aider, se disant qu'un juge vivant était plus important que de nombreux revendeurs de drogue en liberté. Lorsque je passai près d'eux, j'entendis le juge me crier :

— Allez, mon gars, rattrapez-le !

L'absurdité de ses paroles n'eut d'égale que le ridicule de mes actes. Je n'avais aucun intérêt à cette poursuite, ce n'était que moi et un pauvre type qui fuyait pour sauver sa peau sous la lune cachée par les nuages. Mais je ne réfléchissais plus, j'étais prisonnier de l'impérieuse nécessité de triompher, de rentrer avec le trophée.

L'homme remonta sur la rive, ses chaussures de sport lui permettant de négocier aisément la pente abrupte. Je l'avais presque rejoint quand je glissai sur mes semelles de cuir. Il fila vers l'escalier menant au pont. Je me redressai, quittai mes chaussures et gravis la pente jusqu'à la rive, décidé à gagner la course à tout prix ; je le saisis au moment où il arrivait au pied de l'escalier.

Nous roulâmes sur le sol. Je le serrai entre mes bras. Soudain, comme un animal capturé, il s'immobilisa ; son visage brun et effrayé me fixa comme un grabataire face à la mort. Je sentis battre son cœur sous son T-shirt trempé de sueur. Je pris conscience de ses grands yeux sombres, de ses dents tachées, de sa peau crevassée.

— ¿Como te llamas ? demandai-je.

— *Jesús,* répondit-il.

Instant de silence inanimé, mondes en équilibre. Les nuages bougèrent, la lune réapparut, un train manœuvra au loin, sur les voies. J'entendis au-dessus de nous le grondement d'un hélicoptère de la police. J'ouvris les bras.

— *Vete, corre.*

Il me dévisagea brièvement puis eut un large sourire, une dent en or brillant dans l'obscurité.

— *Gracias,* dit-il, puis il disparut dans le noir.

Je respirai profondément, restai assis pendant quelques instants, puis me levai et fis signe à l'hélicoptère de la police, afin qu'il braque son projecteur sur moi et que Jesús puisse regagner son univers.

*

— Vous êtes un homme cultivé, Charlie. Alors, qui a dit que la loi est bonne ? Est-ce le Christ ?

Les murs verts semblaient vibrer dans la lumière des puissantes ampoules du parloir. Derrière la vitre, les prisonniers, vêtus de combinaisons orange et bleu, LOS ANGELES COUNTY JAIL PROPERTY en lettres noires sur le dos, étaient alignés, enchaînés sur leur siège, face à leurs visiteurs officiels : agents de liberté conditionnelle, avocats, enquêteurs. Les détenus étaient des modèles de courtoisie, sourires et bonne éducation en évidence tandis qu'ils discutaient viols, drogues, incendies volontaires et vol. Le mal, bien caché, n'apparaissait qu'occasionnellement dans un sourire froid ou un regard fuyant de tueur.

— Non, c'est saint Paul.

— Qu'est-ce que le bien ? demanda Ramón.

— Eh bien, il y a des gens qui disent que le bien est ce qui donne aux gens l'impression d'être complets et épanouis, dis-je, me frayant prudemment un chemin entre les mines, que c'est la condition qui domine toutes les autres. Puis il y a ceux qui disent que le bien ne peut jamais être atteint, que le bien est un état auquel nous aspirons mais auquel nous ne pouvons accéder dans sa totalité, qu'il s'agisse du paradis ou de l'idéal platonicien. C'est parce qu'ils croient que le bien est la contemplation de l'éternité — même si ce n'est que pendant un très bref instant —, de la chose cachée derrière toute chose.

Ramón sourit, constatant que, presque contre ma volonté, sa question, tel un serpent, m'étouffait.

— Écoutez, je ne crois pas que le juge Reynolds vous laissera l'occasion de recourir aux digressions philosophiques. Il veillera à ce que vous vous en teniez à l'aspect concret de l'affaire : avez-vous oui ou non commis ces meurtres ?

Ramón se pencha sur la table, sourcils ostensiblement levés, cheveux frisés comme un buisson de perplexité.

— Mais ma position, ma position est une position philosophique.

— La loi ne le permettra pas. Et le juge veillera à l'application de la loi. Il vous l'a déjà dit hier, quand il vous a rappelé que vous aviez droit à un avocat.

Ramón s'appuya contre le dossier de sa chaise.

— Qu'est-ce qu'une loi qui n'admet pas la mise en question de ses critères ? Ce n'est pas mieux qu'à Cuba, où Fidel et le parti disent : c'est la loi, un point c'est tout, fin de la discussion.

— Vous aurez beau rouspéter jusqu'à demain, telles sont les lois et vous ne pouvez pas les changer.

— On verra.

Se redressant, il mit ses lunettes et se pencha sur son bloc, marqua d'une croix quelques-uns des points notés.

— Avez-vous vu Juan Alfonso ?

— Oui, mais il ne témoignera pas en votre faveur. Il ne peut pas vous sentir.

— Bien. C'est ce qu'il me faut. C'est un témoin hostile, donc je peux le convoquer.

— C'est ridicule.

Il secoua la tête, indulgent.

— Sa haine confirmera mon implication dans la religion. Elle légitimera mon statut.

Il fit une nouvelle croix sur sa liste.

— Le rapport de police ?

— J'oubliais.

Je pris un exemplaire du document dans ma serviette et le posai sur la table. Il faisait quinze centimètres d'épaisseur et exhalait une odeur de vie gâchée, comme un parfum néfaste. Ramón retira la bande élastique qui entourait les centaines de pages de procès-verbaux, interrogatoires, analyses et croquis.

— Les photos ? demanda-t-il.

— À la fin. J'ai fait tirer les meilleures. Peut-être devrais-je dire les pires. Je ne sais pas lesquelles ils montreront au jury.

Il sortit les dix pages de clichés où s'étalaient la mort et la désolation puis les examina attentivement, analytiquement, pesant le pour et le contre de chaque photo lorsqu'on la montrerait à un jury sensible composé de ses pairs présumés. J'éprouvai soudain envers lui une bouffée de haine, un dégoût si intense que je ne pus m'empêcher d'enfoncer mes ongles dans la paume de ma main et d'appuyer jusqu'au moment où le sang coula. Qui suis-je, Seigneur, pour aider ce monstre, cette créature hideuse qui, d'un geste de la main, élude avec une telle légèreté les tortures et les souffrances dont il est la cause ? *Pourquoi suis-je ici ? Pourquoi ?*

— Qui est le procureur ? Ont-ils pris une décision ?

Je sortis un mouchoir, l'enroulai autour de ma main pour arrêter le sang. Ramón regarda sans commentaire.

— Ouais, la décision est prise. Elle s'appelle Phyllis Chin. Je ne la connais pas encore.

— *Una china.* Ils veulent vraiment que ce soit un cirque. Comment est-elle ?

— Elle est nouvelle. Elle vient du comté d'Alameda. Elle était première adjointe du D.A., mais son patron a perdu la dernière élection et on l'a rétrogradée : elle s'occupait des excès de vitesse à Pleasanton. Elle avait l'intention de se présenter aux élections, mais un chauffard ivre, qui roulait à contresens sur l'autoroute, a démoli le break familial. Elle a été la seule survivante. Une femme extrêmement forte. On l'a autorisée à poursuivre le chauffard.

— C'est sans précédent.

166

— Exactement. Je ne sais pas comment elle a obtenu ça. Mais elle y est arrivée et a envoyé le type au trou à perpétuité. Puis, tout de suite après, elle a vendu sa maison, tout ce qu'elle avait, et a obtenu d'être mutée ici.

— Une dure à cuire.

— Ça y ressemble. Ce n'est pas tout.

— Vraiment ?

— Apparemment, elle a insisté pour avoir cette affaire, pratiquement supplié.

— N'est-il pas exceptionnel qu'un nouveau venu soit chargé d'une aussi grosse affaire ?

Ramón dit cela sans la moindre gêne, convaincu que la portée de ses actes était un fait indiscutable.

— Exact. Mais Pellegrini veut se ménager une porte de sortie.

— Que voulez-vous dire ?

Ça peut être drôle, après tout, songeai-je.

— Il est convaincu qu'ils vont avoir votre peau. Il est impossible qu'ils perdent ce procès. Mais au cas où, par extraordinaire, ils seraient battus, il pourra retourner sa veste et faire porter le chapeau à Phyllis. Ce sera l'agneau sacrifié. Elle passera le reste de sa carrière à Pomona et Pellegrini ne risquera pas de perdre la prochaine élection. En fait, tout le monde sait qu'il vise le poste de gouverneur depuis qu'il est inscrit au barreau.

Ramón resta un instant silencieux.

— Elle n'aurait pas dû se charger de ça.

Puis :

— J'ai hâte de la rencontrer.

— Elle aussi. Au tribunal, quand le procès débutera.

*

Le shérif adjoint, grosse femme dont les bourrelets de graisse débordaient sur le ceinturon, m'adressa un sourire crispé en me faisant entrer dans le bureau du juge Reynolds. Au mur, des affiches touristiques suisses montraient les sommets enneigés de Zermatt. Sur le bureau du juge, la photo d'une petite fille au sourire édenté, déguisée en sorcière comme le font les enfants pour Halloween.

Le juge m'indiqua un fauteuil. En face de lui était assise une Asiatique petite et jolie, aux os fins, aux cheveux et aux yeux noirs, vêtue d'un tailleur de coton rose.

— Bien, je suis heureux que tout le monde soit enfin là. Charlie, je vous présente Phyllis Chin.

Elle me serra la main avec une fermeté que sa stature ne pouvait laisser prévoir. Son sourire ne fut ni chaleureux ni froid, seulement d'une politesse mesurée.

— Enchantée, dit-elle.

— Je voudrais régler les détails ici avant de passer à l'essentiel, la sélection du jury ? dit le juge. Donc, Charlie, il faut que je sache si votre client va présenter quelques-unes de ces saletés de requêtes qui ne font que nous retarder, ou bien si nous allons procéder comme il faut.

— Monsieur le juge, vous savez que je ne peux pas prendre position là-dessus.

— Vous n'êtes pas son avocat ? demande Phyllis, sincèrement étonnée.

— Je croyais vous avoir avertie, Phyllis. Charlie est *de facto* le conseiller juridique de l'accusé, qui se défend lui-même.

Le pâle visage couleur d'ivoire de Phyllis rougit.

— Monsieur le juge, je vais devoir exiger la désignation d'un avocat. Cette affaire est trop importante et nous ne pouvons pas la laisser entre les mains d'un criminel ignorant. La population de notre État exige que la justice soit rendue, que nous ne gaspillions pas notre énergie dans des simulacres que la Cour d'appel annulera par la suite.

Reynolds, amusé par les affirmations de Phyllis, joignit les mains en un V inversé, Richelieu à la cour du Roi-Soleil.

— Eh bien, madame Chin, fit-il d'une voix traînante, je vous félicite pour le souci que vous prenez de la régularité de la justice dans cette affaire, ainsi que pour l'attention authentique et sincère que vous portez aux droits intrinsèques du ministère public dans le cadre de ce procès. En réalité, je suis si impressionné que je me demande vraiment s'il est bien raisonnable d'autoriser M. Valdez à se défendre lui-même.

— Exactement le point que je soulève, dit Phyllis, attentive, légèrement penchée vers lui.

— Mais il y a une petite chose que tout le monde oublie, reprit Reynolds, calme et glacial. Je suis le juge. Je détermine les règles de base. Je décide s'il est capable de se défendre lui-même, moi et personne d'autre, ni vos services ni le district attorney Pellegrini ni le gouverneur ni la Cour suprême ni même, Dieu le protège, le président

169

des États-Unis. Je suis le juge de ce tribunal et je déclare qu'il est capable de se défendre lui-même. Cela peut vous déplaire, aucune règle ne stipule que les décisions prises par le magistrat doivent vous plaire. Mais vous vous conformerez à ce que je décide. Comprenez-vous ?

Phyllis demeura droite comme un i, les mains croisées sur les genoux, dans l'attitude d'une bonne élève à la distribution des prix.

— Oui, monsieur le juge, je comprends, répondit-elle, battant rapidement des paupières.

— Parfait. Charlie, la communication des informations a-t-elle été satisfaisante ?

— À ma connaissance, monsieur, les éléments demandés n'ont posé aucun problème.

— Et les services du shérif ? Je sais comment ils fonctionnent. Autorisent-ils Valdez à se rendre à la bibliothèque juridique de la prison comme il l'entend ? Je ne veux pas qu'il me raconte des conneries.

— Oui, monsieur, les services du shérif font tout leur possible pour que M. Valdez puisse accéder sans restriction à la bibliothèque. Nous avons engagé un employé chargé des copies et du travail administratif qui doit être accompli.

— Très bien. Cela me convient parfaitement. Bon, va-t-il présenter des requêtes, oui ou non ?

Je regardai par la fenêtre les monts San Gabriel baignant dans la brume, le mont Baldy, chapeau de joker, au loin.

— Tout ce que je peux dire, monsieur le juge, c'est que je le ferais, à sa place, simplement pour qu'elles figurent au procès-verbal.

— Très bien, répondit Reynolds en se levant. Dites-lui qu'il a jusqu'à la fin de la semaine pour présenter ses requêtes par écrit, parce que je veux commencer le plus tôt possible. Il s'est déjà écoulé trop de temps. Quelqu'un veut du décaféiné ?

Reynolds gagna la cafetière électrique posée sur une crédence près de la fenêtre. Phyllis secoua la tête et je fis de même. Reynolds se servit une demi-tasse.

— Maintenant, passons à la sélection du jury. À supposer que M. Valdez demande le renvoi devant une autre juridiction sous prétexte que la publicité dont l'affaire a bénéficié risque de lui porter préjudice, et à supposer — attention, je ne dis pas que c'est ce que je ferai parce que nous savons tous que ce n'est pas kascher, comme on dit à Harvard — mais à supposer que je refuse cette requête, je voudrais un panel de six cents jurés.

Il porta la tasse à ses lèvres, but une gorgée.

— Parce que je crois, et j'espère que vous serez d'accord, que le même jury devrait s'occuper de l'étape de la culpabilité et de celle de la condamnation. C'est plus rapide de cette façon. Compte tenu de la situation, je crois que tout ça va prendre au moins six mois. Partagez-vous mon opinion, madame Chin ?

— Cela me semble raisonnable, monsieur le juge.

— Bon. Alors nous sommes tous d'accord. Madame Chin, je suppose que vous allez dissocier le cas de M. Pimienta, puisqu'il va témoigner pour le ministère public ?

Phyllis s'accorda le plaisir d'un sourire.

— Non, monsieur. Nous allons rédiger des actes d'accusation contre les deux inculpés. L'affaire ne sera pas dissociée.

Le juge reposa sa tasse.

— Nom de Dieu, pourquoi ne l'avez-vous pas dit avant ? À présent, il va falloir convoquer l'autre avocat et reprendre tout ça à zéro.

— Désolée, monsieur le juge, vous n'avez pas posé la question.

Une veine se dilata, sur le front de Reynolds, mais il sourit.

— Petite coquine. Bon. Eh bien, nous nous reverrons. Nous allons téléphoner à M. Smith et le convoquer demain matin. Voilà, bonne journée à tous les deux.

Dans le couloir, je suivis Phyllis, qui gagnait énergiquement l'ascenseur.

— Pauvre juge, fis-je.

— C'est un con incompétent, dit Phyllis. Nous allons obtenir que l'affaire passe devant un autre tribunal.

— Vous allez le récuser ?

— Nous accepterons n'importe qui. Il est manifestement de parti pris.

Les portes de l'ascenseur s'ouvrirent.

— Vous montez ? demanda Phyllis.

Les quinze personnes entassées dans la cabine acquiescèrent avec résignation. Phyllis entra. Je la suivis jusqu'à l'entrée des services du district attorney.

— Quand avez-vous décidé d'accuser également Pimienta ? Je croyais qu'il était passé de votre côté ?

Phyllis composa le numéro de la serrure à code et la porte s'ouvrit.

— Ce matin. Il a refusé de dire que Valdez était le meurtrier. Il prétend qu'il ne se rappelle pas qui a tiré. À présent, il ne nous sert plus à rien.

Elle entra dans le couloir, tandis que des procureurs en bras de chemise passaient devant nous, des piles de dossiers dans les bras.

— On se revoit à l'audience, conclut-elle.

*

Par les fenêtres ouvertes de l'appartement d'Enzo sortait un air d'opéra, une aria à la familiarité agaçante, dont le nom se cachait dans ce coin de la mémoire où la musique et le sentiment partagent le même lit. J'ouvris la porte-fenêtre, m'assis à mon bureau et contemplai les collines pelées de Griffith Park.

En tant qu'enquêteur, je ne pouvais plus faire grand-chose. Comme je n'étais pas responsable de l'affaire, je ne pouvais décider de convoquer d'autres témoins ni rechercher des indices supplémentaires sans instructions de Ramón. Je dressai la liste dans mon esprit. Je m'étais rendu à la bijouterie, désormais fermée et vendue à un promoteur. J'avais entendu tous les témoins de l'accusation qui devaient témoigner, sauf le gardien de parking qui les avait vus entrer et le journaliste qui les avait interviewés. Ils étaient en voyage. Puis les prétendus témoins de la défense : Juan Alfonso et Lucinda. Lucinda. Qu'était-elle devenue ? Je décrochai le téléphone et appelai chez elle. Pas de réponse. Je posai le combiné, changeai de position sur mon fauteuil. Un faucon pèlerin plongea vers le sol. Lorsqu'il remonta, il emportait entre ses serres un pigeon qui bougeait encore. Le téléphone sonna.

— Allô, Enquêtes Morell.

— Ne venez-vous pas de m'appeler? C'est Lucinda.

En entendant sa voix aiguë, enfantine, toutes les sensations de désir et d'affection qu'elle suscitait dansèrent devant mes yeux. Je respirai son parfum, sentis la peau souple et douce de ses mains.

— Comment avez-vous deviné?

— J'étais sous la douche. Tout d'un coup, j'ai pensé à vous, c'était comme si vous étiez près de moi.

Je l'imaginai nue : long cou, petits seins ronds, taille fine, jambes minces et lisses aboutissant au triangle noir du désir.

— Est-ce que ça vous plaisait?

Elle eut un rire étouffé.

— Ça semblait tout à fait naturel, dit-elle, comme s'il n'y avait plus qu'à vous demander de me savonner le dos ou quelque chose de ce genre.

— Ça ne me déplairait pas.

— Mais je sors de la douche.

— Dans ce cas, il faudra trouver un endroit plus confortable. Voulez-vous passer chez moi? Il faudrait que nous parlions.

— Du moment que vous promettez que nous ne ferons pas que ça.

— C'est une promesse facile à tenir. Avez-vous des projets concrets?

— Eh bien, on verra. Quelle est votre adresse?

174

Je lui donnai les indications. Elle dit qu'elle en aurait pour environ une demi-heure parce qu'elle devait prendre de l'essence. Quand j'eus raccroché, je m'aperçus que je ne lui avais pas parlé depuis que j'avais fui la maison de Juan Alfonso et que, pourtant, je me sentais lié à elle comme si nous nous connaissions depuis longtemps.

Je rangeai l'appartement, ouvris les fenêtres, changeai hâtivement les draps et les serviettes. Un bref instant plus tard, me sembla-t-il, la sonnette retentit. J'ouvris. Lucinda : pommettes hautes, yeux noisette, peau cannelle, sourire éclatant, robe blanche, chapeau de paille et foulard à pois.

— Salut, fit-elle.

— Salut, dis-je.

Elle entra. Je fermai la porte. Mordillant sa lèvre inférieure, elle se tourna vers moi. Tremblant comme un chiot, je lui retirai son chapeau. Je l'embrassai. Sa langue glissa dans ma bouche comme une amie enfin retrouvée, ses bras m'enlacèrent, petits poings frappant légèrement sur mon dos, son corps mince se serra contre le mien. Ma main monta et descendit sur son corps, caressa ses épaules, ses seins, ses fesses. Je soulevai sa robe et écartai sa culotte soyeuse, glissai le doigt entre ses fesses. Elle déboutonna ma chemise avec impatience, m'embrassant le cou, les épaules, la poitrine. J'étais au paradis, j'étais en enfer, j'étais partout, peu m'importait, j'étais en elle.

8

Le téléphone sonna près du lit, le lendemain matin, faisant voler en éclats le rayon de chaleur et de lumière qui barrait la pièce. Une brise venue du Pacifique faisait légèrement bouger les stores. Lucinda, endormie, son dos mince se resserrant en une taille de deux mains de large, remua un bras comme pour chasser une mouche. J'étais réveillé depuis quelque temps, réfléchissais à Ramón et à ma vie, traçais le corps de Lucinda en imagination parce que je n'avais pas de toile et ne savais pas dessiner, mais la rêverie fut interrompue.

— Allô.

— Monsieur Morell? Ici le sergent Porras, des services du shérif. Nous voudrions que vous veniez au quartier général, nous avons quelques questions à vous poser.

Porras jeta une petite poupée de chiffon sur le bureau. Colorée, vêtue d'une jupe écossaise, la poupée n'avait pas de visage, simplement une boule en guise de tête, un collier de petits coquillages à la place du cou.

— Nous avons trouvé ça dans l'épave de la voiture qui a tenté de vous tuer l'autre jour, expliqua Porras d'une voix indifférente, presque écœurée.

Il me dévisagea tranquillement, habitué à lire sur les visages comme les chauffeurs routiers lisent les cartes.

— Savez-vous ce que c'est ?

Je pris la poupée. Tissu grossier, remplie de sable. Aimant de prières et de malédictions, symbole pré-humain des puissances surnaturelles présentes parmi nous.

— Je n'en ai aucune idée. Une poupée de petite fille. Est-ce à cause de cela que vous m'avez fait venir ?

Porras sortit une cigarette ultra-légère de son paquet puis glissa le cylindre déjà insipide dans un filtre. Il alluma son Zippo, souffla un nuage onéreux de fumée de carton.

— C'est la représentation d'un des dieux de la *santería*. D'après un de mes collègues, il s'agit de Yemayá.

— Et alors ?

— Vous avez dit que vous ne saviez pas qui étaient les gars qui ont tenté de vous rentrer dedans.

— Rectification. Ils ne me sont pas rentrés dedans. Ils ont tenté de me tuer.

— Peu importe. Avez-vous des liens avec cette connerie de *santería* ?

Je tombai presque dans le piège, mais pas tout à fait.

— Pas personnellement. Je connais des gens qui en font partie. Mais je connais aussi des juifs. Et quelques-uns de mes meilleurs amis sont chrétiens.

177

Vous savez, ceux qui suspendent la Vierge de Guadalupe à leur rétroviseur ?

Porras fronça les sourcils. Il fourra la main dans le tiroir de son bureau et jeta plusieurs objets sur le sous-main : perles, écorces de coco, crucifix, bracelets, une statuette de saint Lazare.

— On a aussi trouvé ça.

— Que puis-je dire ? Ils étaient peut-être sur le point d'ouvrir une *botánica* et voulaient faire un petit sacrifice pour apaiser les dieux. Merde, sergent, qu'est-ce que je suis censé savoir ?

Je refusai de les prendre au sérieux en sa présence, d'accorder à ces avatars le respect qu'ils désiraient, de reconnaître les nombreux visages de Dieu sous leurs enveloppes souillées.

— Vous savez, vous avez un problème. Et une drôle d'attitude.

— Je n'ai pas de problème. Mon attitude me plaît telle qu'elle est. Ce sont vos insinuations qui me déplaisent un peu.

— Bon sang, Morell, on est en train d'essayer de vous aider et vous prenez tout ça à la blague.

— Et alors, est-ce que je suis censé me mettre à pleurer parce que vous me montrez des poupées ? Qu'est-ce que vous êtes, le croque-mitaine ?

— Vous n'appréciez que ce que vous faites vous-même, pas vrai ? Bon, ce n'est pas une blague, *amigo*. Ces deux voyous savaient exactement qui vous étiez, où vous alliez. Regardez.

Porras sortit une pochette en plastique de sous une pile de dossiers et de rapports. Il en tira deux polaroïds aux bords noircis.

— C'est vous à l'entrée au palais de justice, de

178

l'autre côté de la rue. C'est vous avec votre voiture, le numéro d'immatriculation bien lisible, sur le parking dix-sept. À propos, je ne savais pas que vous aviez un passe pour ce parking.

— J'ai des amis partout.

— Très drôle. Ils vous avaient repéré, mon gars. Vous étiez censé tomber dans ce ravin, dire *adios* à L.A. Alors, maintenant vous voulez me dire de quoi il s'agit ou vous voulez continuer à vous conduire en *pendejo*?

— Pardon?

— Ça veut dire connard.

— Monsieur Connard, vous-même.

— D'accord, Señor Connard.

Je levai la main, feignant l'ébahissement.

— Je ne comprends rien à tout ça. Pourquoi ne me dites-vous pas qui étaient ces types?

— Merde, les gars du service m'ont parlé de vous. Ils avaient raison.

— Que disent-ils?

— Que vous méritez de mourir. Que vous avez bousillé des tas de bonnes arrestations en fourrant votre nez dans les trous.

— Vous mélangez les métaphores. Qui étaient ces types?

Contrarié, Porras soupira et écrasa sa cigarette.

— Nous n'avons encore rien sur eux. Ce n'est pas une affaire prioritaire. Mais on trouvera. On vous avertira.

Je me levai, m'étirai.

— Bien, merci. J'ai toujours eu envie de voir le sixième étage du palais de justice à midi.

Si je me dépêchais, j'avais le temps de passer à KQOK et de prendre les copies des cassettes enregistrées par Cookie Bongos, le journaliste, lorsqu'il s'était entretenu avec Ramón et Pimienta dans la bijouterie. En montant dans ma voiture je me dis, comme cela m'arrivait souvent, que tout vieillit très vite en Californie du Sud, qu'immeubles et structures construits, semble-t-il, pour durer des siècles sont rapidement dépassés et rendus inutilisables par le boum continuel de la population, le magnétisme sans cesse croissant d'une terre qui n'a pas été conçue pour accueillir plus de quelques milliers d'âmes sur des places poussiéreuses et dans des *pueblos* isolés.

Dans un tel pays, me dis-je, seuls les rêves sont réels, l'artificiel est la norme, tout ce qui compte, c'est la conviction de pouvoir imposer son point de vue aux autres. Le terrain y a toujours été fertile pour les visionnaires — Upton Sinclair Louis B. Mayer, Michael Milken — et il était donc logique que Ramón y eût apporté son interprétation personnelle de la *santería* Un culte qui, désormais, menaçait apparemment ma vie. Mais c'était incompréhensible.

L'appartenance de mes deux assassins potentiels à la *santería* ne me troublait guère ; tout le monde pouvait pratiquer cette religion : le juge aux tempes blanches, en toge noire, le promoteur immobilier véreux ou le flic des rues aux épaules de déménageur. Comme le sang juif ou espagnol, on pouvait la rencontrer chez les personnes les plus improbables. Mais la présence dans leur voiture de photos qui me représentaient était infiniment plus grave. Cela signifiait que j'étais dans le collimateur de quelqu'un qui me connaissait bien, qui avait donné des instructions précises sur le moyen de me trouver et ce qu'il fallait faire. Et si cette personne avait fait une tentative, il y en aurait très certainement d'autres.

Je tentai de deviner qui pouvait vouloir me tuer. J'avais traité de nombreuses affaires, depuis mon arrivée à L.A., mais je ne me souvenais vraiment pas d'avoir été une seule fois menacé de mort. Cela signifiait que le 664/187, comme disaient les flics — tentative de meurtre sur ma personne par deux suspects non identifiés à l'aide d'un véhicule — était lié à l'affaire de Ramón. De toute évidence, quel qu'il soit, le commanditaire ne voulait pas que j'assiste Ramón ou que je fasse des découvertes sur l'affaire. S'agissait-il d'une personne précise? Était-il possible qu'on eût tenté de me faire assassiner pour m'empêcher de contacter un témoin susceptible d'influencer radicalement l'issue du procès?

Je l'ignorais et il était peu vraisemblable que je réussisse à le savoir tant que les services du shérif n'auraient pas établi l'identité des assassins potentiels. En attendant, tout n'était que suppositions, rêveries aussi futiles et troublantes que les interrogations sur le prochain tremblement de terre; il se produirait le moment venu, ni avant ni après, et s'en inquiéter n'empêcherait pas le sol de trembler.

La station de radio était installée au cœur de Hollywood, à quelques centaines de mètres de l'ancien émetteur de RKO, dont la tour Eiffel miniature se dressait toujours au-dessus de l'immeuble décrépi. Je me garai dans un parking parsemé de bouteilles de bière cassées et glissai trois billets d'un dollar dans la fente du parcmètre. Au carrefour de Hollywood Boulevard, des jeunes gens et des jeunes filles aux cheveux raides, au visage luisant et aux bras constellés de marques de piqûres partageaient des assiettes de frites que vendait le cuisinier indonésien d'un stand de plats mexicains à emporter. Une voiture de patrouille passa à toute vitesse, slalomant dans la circulation du milieu de journée, qui refusait de s'arrêter pour une simple urgence policière.

Le hurlement d'une ambulance me suivit quand j'entrai dans l'immeuble. L'air sentait vaguement le cumin et le vinaigre. Le vieux réceptionniste déballa son sandwich, mordit prudemment dans la viande froide. Il me dévisagea brièvement, décida que j'étais inoffensif puis se pencha à nouveau sur le journal des courses. Je regardai le tableau d'affichage, constatai que la station était près du Conseil fiscal Rothman et gravis le large escalier en marbre jusqu'au troisième étage.

Pour une station aussi écoutée, les locaux de KQOK étaient étonnamment petits : quatre pièces aux murs en faux bois, y compris une minuscule réception où une *chola*[1] de Guadalajara se faisait les ongles en lisant *Cosmopolitan en español*. D'une main délicate et brune, elle me montra le couloir où se trouvait le studio.

1. Métisse *(N.d.T.)*.

182

Bongos insérait une cassette avec les effets sonores spéciaux qui avaient fait son renom — bêlements suivis du tintement d'une cloche de vache, d'un pet sonore puis d'une vieille femme criant : *Aee, aee, aee!* — quand il m'aperçut derrière la vitre. Il me fit signe d'entrer, m'adressa le sourire que l'on voyait sur les affiches d'Echo Park, de Pico Union et du centre. Il était petit et sa tête semblait disproportionnée, beaucoup trop grosse et imposante compte tenu de la maigreur et de la fragilité de son corps.

— Je suis à vous tout de suite, dit-il, dans son anglais teinté de l'accent de son Salvador natal associé au phrasé chantant d'East L.A.

Il prit sur une étagère proche de son fauteuil une publicité pour le café de Colombie, posa un disque sur chacune des deux platines puis, sur sa lancée, se pencha sur le micro recouvert de mousse en plastique.

— *Híjole,* quel café ! De la dynamite ! Tu es sûr qu'il n'y a pas autre chose dedans ? Il vient de Colombie, le pays de...

À partir d'une autre bande, il fit passer un reniflement, puis une sirène, une rafale de mitraillette et une voix bourrue disant en anglais : « Vous êtes en état d'arrestation. »

— *¡ Aee, aee, aee, aee!* hurla à nouveau la vieille dame.

— Mais ne vous inquiétez pas, reprit Bongos, ce n'est que du café, *señor.* Tenez, voilà de la musique pour vous faire danser et éliminer cette... *cafeína.*

Il mit la platine en marche, passant une rapide *cumbia* de Medellín, puis se tourna vers moi.

— Que puis-je faire pour vous ?

Je lui exposai le but de ma visite. Il fronça les sourcils, tripota sa grosse moustache.

— Ah oui, le lieutenant McCloskey m'a dit que vous passeriez.

Il me tourna une nouvelle fois le dos, ouvrit un tiroir, en sortit deux cassettes. Il me les lança, puis se leva à l'arrivée d'un petit homme, à la peau plus foncée et aux épaisses lunettes, qui prit sa place, posa un disque sur la platine et approcha les lèvres contre le micro, prêt à l'avaler.

— Bonjour, amoureux de l'amour, dit-il d'une voix grave, rauque et rocailleuse, le moment des transports amoureux angéliques et divins qui vous emporteront vers les étoiles de l'émotion est de retour avec votre « programme d'amour ».

Boitant légèrement, Bongos me précéda dans son bureau, un placard où il avait installé deux classeurs, une planche dessus, et une chaise.

— Où avez-vous été blessé ? demandai-je.

— Souvenir des partisans de d'Aubuisson, au Salvador. Mes reportages sur le parti Arena ne leur ont pas plu et ils m'ont cassé les jambes en quatre endroits.

— Vous avez eu de la chance d'en sortir vivant.

— Comme vous dites. Surtout qu'ils m'ont aussi tiré une balle dans la tête. Ça, je m'en suis remis, mais je n'ai jamais complètement récupéré ma jambe gauche.

Il s'assit, ouvrit un des classeurs puis posa deux autres cassettes sur le bureau.

— Tenez, rendez-moi celles que je vous ai données. Le son est meilleur sur celles-ci. Vous comprenez les Cubains? Il y a des gens qui les trouvent incompréhensibles.

— Je suis cubain moi aussi.

— Ah bon? Je vous prenais pour un *gabacho,* un Argentin. Enfin, voilà.

— Merci.

— Vous pouvez les garder. Mais permettez-moi de vous dire une chose sur ces types. Tout n'est pas là-dedans, vous le savez. Dans cette bijouterie, il s'est passé quelque chose qui n'a rien à voir avec une attaque à main armée. C'est comme s'ils avaient vu quelque chose, comme s'ils avaient plongé le regard dans un abîme puis battu en retraite parce qu'ils avaient peur pour leur âme. Mais quand ils en sont remontés, il était trop tard, ils avaient déjà été entraînés jusqu'au fond. Je ne sais pas si je m'explique bien. Comprenez-vous ce que je vous dis?

— Je crois.

Lorsque je rentrai chez moi, la porte n'était pas fermée à clé, les fenêtres étaient ouvertes et le lit encore chaud. Sur la commode, d'une écriture enfantine, avec les fautes d'orthographe et les erreurs grammaticales que commettent les élèves du cours élémentaire, Lucinda avait laborieuse-ment rédigé un mot. Je lus, en espagnol :

«Je pars. Chercher du travail. Un homme dit qu'il m'en trouve aujourd'hui. Avec ta compré-hension. Lucinda. »

Elle avait commencé à écrire «Je t'aime», mais n'avait pas terminé, ne traçant que le *te q* de *« te quiero »,* puis le barrant, n'osant pas présumer de liens durables sur la base d'une nuit de passion.

185

Je pris une douche mais renonçai à me sécher, laissai le vent de Santa Ana absorber l'humidité comme une éponge invisible. Je me fis du café, ouvris la porte-fenêtre du balcon, m'assis et fixai l'observatoire.

J'ai quinze ans et j'habite Opalocka. Une famille mulâtre, exceptionnelle parmi les Cubains à l'époque, s'est installée dans la maison voisine, venant de New York. La fille, mince et gaie, est de mon âge ; elle m'attend chaque jour, quand je rentre de l'école. Nous nous asseyons sous l'oranger de sa cour dont les fleurs attirent les abeilles en quête de nectar. Je chasse une abeille, caresse les petits seins de mon amie. Nous nous embrassons, mon premier baiser.

— Carlos, viens ! crie mon père, rentré exceptionnellement tôt du garage.

Je m'en vais sur la pointe des pieds, pris en flagrant délit d'acte d'amour.

J'ouvre la porte de chez nous, il me gifle si fort que je heurte le mur.

— Je ne veux pas que tu traînes avec des gamines de couleur !

Ébahi, je ne puis que répondre :

— Pourquoi, papa ?

— Parce que tout ce qu'elles veulent, c'est être enceintes pour te mettre le grappin dessus, parce que tu es trop jeune pour gâcher ta vie, parce que je te l'interdis !

Je glisse contre le mur, m'assieds par terre, luttant toujours contre le vertige. Je lèche le sang de ma lèvre fendue. Je m'aperçois qu'il a raison, que derrière cet amour se dresse le spectre d'un engagement que je ne souhaite pas, celui du mariage, de devoirs et d'obligations sans com-

mune mesure avec ce que je puis envisager ou désirer. Je
vais à la cuisine et pose un cube de glace sur ma lèvre.
Après l'éclat, papa s'éloigne en silence. Je ne la revois pas.
Je n'explique pas, je ne lui parle plus. Un mois plus tard,
nous nous installons à Kendall, déménagement précipité
qui, je le comprends à présent, était directement lié à cet
incident. Est-ce pour cette raison que je suis attiré par
Lucinda ? N'est-elle qu'un round de plus dans notre
interminable combat ? Pourrai-je un jour lui échapper ?

Un livre tomba, dans mon bureau. Je sursautai.
Je visualisai l'espalier du jardin d'Enzo, échelle
propre à séduire les cambrioleurs. Je posai ma tasse
de café, me levai silencieusement et me dirigeai
vers la cuisine. Je pris mon .38 dans le pot de spa-
ghetti.

Un autre livre tomba avec un bruit sourd. J'entendis glisser le tiroir d'un classeur, le grincement
de ses roulettes rouillées. Je levai mon arme et
avançai d'un pas rapide jusqu'au mur opposé, me
demandant si l'intrus sortirait. Le bruit continua
dans le bureau. Mon cœur était un train fou descendant une pente abrupte. Encore du bruit. Je
gagnai la chambre et jetai un coup d'œil à l'intérieur. Personne. J'allai jusqu'à la cloison et y posai
ma main humide. Dehors, dans l'eucalyptus, un
oiseau chantait sa mélodie ensoleillée. Un hoquet,
puis un gémissement, comme si l'intrus s'était
blessé.

Je tournoyai sur moi-même dans une danse de
peur, puis franchis le seuil, tenant mon arme à
deux mains, la braquant sur la pièce. Un homme
corpulent, au large dos et à l'abondante chevelure

grise, était penché sur mes dossiers, feuilletait les documents, le souffle torturé et rauque.

— Ne bougez plus, ou je vous fais éclater la tête !

L'homme leva les bras. Son profil avait quelque chose de familier. Qu'est-ce que c'était ? Qui était-ce ?

— Retournez-vous, lentement.

L'homme pivota, les documents tombèrent par terre, au ralenti. Je sursautai, le souffle coupé, comme si je venais de plonger dans un lac glacé.

Un masque respiratoire, en plastique transparent, un masque de malade d'hôpital pendait sous son nez, un spasme figé déformait son visage, sa peau avait la pâleur de la mort, ses paupières baissées cachaient presque complètement ses yeux. Mon père me regarda avec gravité, depuis l'autre côté de la tombe, silencieux, sans amour et sans haine, sans affirmer et sans nier, se contentant d'être à cet instant, d'exister dans ce moment figé. Puis ses traits commencèrent à se dissoudre, à s'estomper comme sous l'action d'une gomme invisible, jusqu'au moment où seuls deux yeux tristes me fixèrent encore, qui disparurent à leur tour, ne laissant dans la pièce qu'une brume glacée et une odeur d'allumettes brûlées.

9

Le 7 décembre, date à jamais marquée d'infamie, fut le jour où débuta enfin notre procès. Plus de deux années s'étaient écoulées depuis le carnage de la bijouterie, pourtant l'affaire de Ramón n'avait jamais réellement quitté mes pensées, malgré les autres enquêtes dont je fus chargé. Vingt-quatre mois de reports, réunions, subrogations — procédure rapide compte tenu des performances de la justice de Los Angeles, d'autant plus que l'accusation était convaincue qu'il lui suffirait de se montrer à l'audience pour gagner puisque, au bout du compte, à quelle défense pouvait-on recourir ? Je n'en voyais effectivement aucune et Ramón ne m'avait rien confié. Est-ce véritablement ce que cherche Ramón, me demandai-je, devenir une version perverse de l'agneau sacrificiel, une créature coupable tuée pour... Mais c'est ridicule, me dis-je. Absolument insensé.

La nuit précédente, le vent de Santa Ana avait balayé la vallée avec la puissance d'un cyclone, atteignant cent cinquante kilomètres à l'heure, suggérant avec une netteté inquiétante la puissance terrifiante de la nature déchaînée. Des semi-remorques s'étaient mis en portefeuille sur l'auto-route de San Bernardino, les lignes électriques de Palos Verdes étaient tombées sur Glendale, des feux de broussaille qui, ordinairement, se seraient rapidement épuisés faute de combustible avaient noirci des centaines d'hectares dans les montagnes de Santa Susana et San Gabriel, menaçant des habitations à Malibu, Monrovia et Pacific Palisades. Les volets de ma chambre avaient claqué toute la nuit, sous l'effet de la puissance frustrée qui tentait de les arracher tandis qu'au loin, les sirènes des ambulances et des camions de pompiers retentissaient en un chœur d'urgence. Au lit, j'avais suivi le passage capricieux des heures, le cœur cognant, croyant que l'immeuble allait s'effondrer, attendant la fin. Mais, dans un calme surnaturel, une aube de lilas s'était levée, comme le dément qui a massacré sa famille et, au matin, descend faire son café, indifférent aux cadavres gisant près de la cuisinière.

Au palais de justice, les jurés convoqués encombraient les couloirs, centaines de personnes faisant les cent pas, comme autant d'enfants attendant la sonnerie pour entrer en classe.

Le jour est arrivé, me dis-je, poussant les portes de la salle d'audience du juge Reynolds, les escarmouches sont terminées, nous voilà à nouveau sur la brèche.

Peut-être aurais-je dû quitter la salle d'audience à ce moment-là, renoncer à cette comédie d'avocat sans dossier, de conseil sans cause, mais la force centripète de l'événement m'avait impliqué de plus en plus profondément. En outre, il me semblait que j'avais un rôle à jouer, un rôle obscur mais capital que je découvrirais au fil des événements, un devoir allant au-delà de l'aide que j'apportais aux nécessiteux, indifférent à l'opprobre personnel, conçu de toute éternité par un être supérieur hors des limites du système judiciaire. Ma dernière possibilité de fuite s'évapora quand le shérif adjoint fit entrer Ramón et José dans un tintement de chaînes.

Ils portaient tous les deux des vêtements civils. José avait un costume beige léger, trop large, une chemise froissée, une large cravate à fleurs, et on avait l'impression qu'il s'était contenté de changer d'uniforme. Ramón portait mon vieux costume gris à veste croisée, qui lui allait parfaitement ; avec un frisson, je pris conscience du fait que nous étions effectivement de la même taille.

Le shérif adjoint ouvrit les menottes. José alla près de Clay Smith et s'installa sur la chaise en bois réservée à l'inculpé. Une interprète blonde lui parla à l'oreille.

Ramón s'assit et m'adressa un signe de tête.

— Belle journée pour une pendaison, dit-il en espagnol, presque sans sourire.

— En Californie, on gaze.

— Détail, détail. Il faut apprendre à s'élever au-dessus des circonstances. Viser le sommet. C'est ça le secret.

— C'est pour ça que vous êtes ici, exact ?

— Pas pour longtemps.

Ramón regarda la salle d'audience, hocha la tête

191

avec satisfaction à la vue du public attentif, des journalistes alignés au fond de la pièce et des shérifs adjoints supplémentaires ostensiblement postés tous les deux mètres. Jim Ollin, étoile montante dans la guerre des informations télévisées, était près de son cameraman, derrière la balustrade de séparation, pointant son bloc sur nous comme une lance, ordonnant un zoom avant. Ramón lui adressa un large sourire puis se tourna vers moi.

— Dites à Ollin que je le verrai à la prison cet après-midi, si ça l'intéresse.

— Levez-vous! psalmodia un shérif adjoint, annonçant l'entrée du juge.

— Vous êtes fou, soufflai-je à Ramón, il peut vous faire beaucoup de tort.

— Nous verrons, dit-il, posant la main sur son cœur quand le shérif adjoint mentionna le drapeau de notre pays.

Dans son coin, comme un boxeur entouré de son entraîneur et de son soigneur, Phyllis était entre l'enquêteur en chef, le détective Ron Samuel, et son collègue Phil Hammond, D.A. adjoint. Elle regarda calmement Reynolds, en dépit de la colère qu'elle devait éprouver à l'idée d'avoir à le supporter. Pellegrini avait refusé sa proposition de changer de juge, ne voulant pas échanger une quantité connue, même déficiente, contre un magistrat inconnu qui risquait de gâcher leurs chances solides de victoire par des exigences juridiques imprévisibles.

Reynolds s'assit sur son fauteuil en cuir bleu, s'éclaircit la gorge, jeta un bref regard sur le dossier posé devant lui, comme s'il avait momentanément oublié de quelle affaire il s'agissait. Il leva la tête.

— Le ministère public contre Valdez et Pimienta. Les parties sont-elles prêtes ?

— Le ministère public est prêt, répondit Phyllis, qui se leva.

— Prêt pour l'accusé Pimienta, dit Clay, qui se leva également.

— Nous sommes prêts, annonça Ramón, qui se contenta de croiser les mains sur la table.

— Levez-vous ! soufflai-je.

Il secoua la tête. Reynolds fronça les sourcils, les yeux brillants derrière ses lunettes à monture de corne.

— Monsieur Valdez, veuillez vous lever quand vous vous adressez au tribunal.

Ramón eut un sourire contrit, donnant l'impression qu'il regrettait sincèrement ce qu'il était sur le point de faire.

— Votre Honneur, rien n'oblige légalement l'avocat à se lever lorsqu'il s'adresse au juge. Comme je suis mon propre avocat...

— Faux !

— Pourriez-vous m'indiquer, monsieur le juge, où je peux trouver cette obligation légale ? Elle ne figure pas dans les ouvrages dont j'ai pu disposer.

— Peu importe, c'est la tradition de notre système.

— Qui dit que l'on doit suivre aveuglément la tradition, sauf votre respect ?

Furieux, le juge Reynolds abattit son marteau.

— Moi, je le dis ! Ceci est mon tribunal et dans

mon tribunal, monsieur, vous vous conformerez à mes critères !

Ramón secoua la tête, inflexible.

— Monsieur le juge, me lever devant vous, c'est me lever devant un homme et me soumettre à un homme, pas à un principe. Je ne puis me soumettre qu'à la loi et au drapeau, symboles sacrés de notre pays. Si vous vous levez quand vous vous adressez à moi, je me lèverai quand je m'adresserai à vous. Vous n'êtes qu'un homme, vous n'êtes pas la loi.

— Monsieur, je suis la...

Reynolds hésita pendant un bref instant, s'apercevant que les caméras étaient braquées sur lui et que les journalistes notaient la confrontation mot à mot. Mais l'orgueil l'emporta.

— Gardes, évacuez cet homme jusqu'à nouvel ordre. Messieurs les avocats, approchez.

Ramón se leva finalement.

— Monsieur le juge, je suis avocat et ne puis être expulsé sans une bonne raison !

— J'ai une bonne raison. Vous êtes inculpé d'outrage au tribunal, monsieur. Gardes, mettez-le en cellule en attendant qu'une décision soit prise à son sujet !

Ramón se débattit pendant quelques instants, de quoi en donner pour leur argent aux téléspectateurs du journal télévisé.

— C'est un abus de pouvoir, Votre Honneur, cria-t-il tandis que les shérifs adjoints l'entraînaient. Vous n'êtes pas la loi, aucun homme n'est la loi. Vous ne pouvez pas agir comme le roi Georges dans notre pays, comme le commissaire du peuple communiste, nous vivons dans un pays de droit !

La porte de la cellule claqua derrière lui. J'entendis le choc du corps de Ramón contre le mur, puis les bruits sourds des matraques.

— Ne me frappez pas ! hurla-t-il.

— Venez aussi, monsieur Morell, dit le juge.

Je répliquai :

— Oui, monsieur.

— On n'a jamais vu aussi culotté que ce salaud ! dit le juge quand nous fûmes près du tribunal, Phyllis, Clay et moi.

— Totalement injustifié, Votre Honneur, dit Clay dans l'espoir de s'attirer la sympathie de Reynolds.

— Ce nègre, me traiter de roi Georges ! Enfin, alors que ma famille chassait les tuniques rouges de Caroline pendant que la sienne poursuivait encore les zèbres dans la jungle !

Phyllis s'engagea sur la voie de la prudence.

— Monsieur le juge, nous devrions peut-être nous réunir dans votre cabinet. On risque de nous entendre.

— Bonne idée.

Le juge abattit son marteau.

— L'audience est suspendue, dit-il, puis s'adressant à nous : Il faudra voir si l'animal de la jungle a raison. À vos livres.

Dans l'après-midi, lèvres gonflées, joues enflées et entaillées, yeux réduits à de minces fentes, Ramón me reçut comme s'il venait de remporter le match de l'année.

— Je ne les ai pas loupés, n'est-ce pas ?

— À mon avis, eux non plus ne vous ont pas loupé.

Notre entretien se déroulait dans une cabine du quartier de haute sécurité de la prison, loin de la population carcérale ordinaire. L'isolement convenait à Ramón, qui étendit fièrement ses bras raides, autant que le lui permettaient les deux chaînes cadenassées.

— Qu'espérez-vous obtenir ?

Il sourit. Une de ses incisives était cassée, si bien qu'il faisait penser à un enfant de sept ans, innocent et touchant.

— Ce procès ne sera pas gagné dans la salle d'audience, Carlitos. Il faut que le monde extérieur devienne mon jury. C'est lui qui décidera de mon destin.

— Vous croyez vraiment que le juge vous laissera contrôler le procès ?

— Que peut-il faire d'autre ? J'ai déjà posé les règles de base. Il a donné l'image d'un tyran et, à présent, le monde entier le sait.

— C'est votre opinion. Il y a sans doute des gens qui diront qu'ils ont vu un assassin qui ne respecte pas notre système judiciaire. En fait, vous vous mettez peut-être les gens à dos.

Ramón agita les mains.

— Ces gens-là sont déjà contre moi depuis longtemps. Ce sont ceux qui croient automatiquement que vous avez volé la mangue quand ils vous voient passer devant la *bodega*. C'est une question de droit, dans mon cas. Il faut que je m'arrange pour que tout le monde suive strictement le sens du droit et de la justice, parce que si je ne réussis pas, je suis fichu.

Cette dernière affirmation fut accompagnée par le mouvement démonstratif de la main, de bas en haut, qu'employaient Castro à la télévision, mon père dans les discussions politiques, tous les Cubains quand le bruit et l'esbroufe prennent le pas sur la logique et le raisonnement : l'extrémité du pouce contre l'extrémité de l'index, les autres doigts dressés, comme si l'orateur calibrait un anneau, mesurait le goulot d'une bouteille de lait ou se préparait à branler son interlocuteur.

Le droit et la justice. Ramón ne perçut pas l'ironie de ses paroles car il me regarda en espérant une confirmation, l'assurance d'avoir touché la sensibilité de son auditeur. J'eus envie de vomir, j'eus honte de moi et de ce que je faisais, comme un enfant qui ne peut renoncer à craquer des allumettes et à les approcher de la queue du chat du voisin.

— Nous verrons ce qui se passera. J'ai dit à Ollin qu'il pouvait vous voir. Il a failli faire dans son pantalon.

Il sourit, ses dents restantes brillant avec éclat.

— Je sais. Je lui ai téléphoné.

Cela m'étonna. Détenu au quartier de haute sécurité, Ramón était théoriquement surveillé en continu et, surtout, privé d'accès aux moyens de communication aussi bien avec les autres prisonniers qu'avec l'extérieur. Il était seul dans une cellule de trois mètres sur trois. Son unique lien avec la vie, en dehors des murs vert clair de sa cellule et de la salle d'audience surpeuplée, était ses visites à la bibliothèque, où il était accompagné par deux gardiens.

— Comment avez-vous fait ?

Il secoua la tête, évasif, refusant de se laisser entraîner à découvert.

— Des amis. Des frères dans la foi.

— Des *santeros* ? Ici ?

Il me foudroya du regard ; seul le poids de sa duplicité égalait ses sautes d'humeur kaléidoscopiques, chaque attitude étant une comédie, un masque propre à obtenir l'effet désiré.

— Nous sommes partout, *mi hermano*. Là où on s'attend le moins à le trouver, il y a un *santero*, ou quelqu'un qui ne pratique pas, mais croit ou bien se dit : bon, j'ai intérêt à marcher, on ne sait jamais. C'est ainsi que nous survivons.

Je ne pus m'empêcher de demander :

— Mais, Ramón, si vous êtes si nombreux et si la *santería* est si puissante, que faites-vous sur cette chaise ?

Il sourit, posa la main sur la mienne.

— Voici une leçon qu'il faut retenir. Un jour Ochosi, le roi des cieux, a réuni les dieux inférieurs et leur a annoncé qu'il y avait un champ qu'il fallait ensemencer afin que poussent les fruits de la terre. Il a demandé qui le retournerait. Alors Shangó l'orgueilleux, maître de la foudre, a lancé ses éclairs, mais ils n'ont fait que brûler le champ et rien n'a poussé. Puis Yemayá, déesse des flots, a couvert le champ d'eau. Mais les plantes se sont noyées et rien n'a poussé Alors finalement Oggún, le forgeron, est allé dans sa forge, a modelé le fer sur son enclume et fabriqué une charrue. Et,

198

avec cette charrue, il a retourné le champ afin qu'Ochosi puisse répandre les graines, et une belle récolte d'ignames a poussé. Savez avec quoi la charrue est faite ? Des épées et des boucliers. Regardez comment le christianisme s'est répandu, regardez comment les musulmans ont vaincu : à cheval, avec le tranchant de l'épée.

— Et vous êtes le Christ de cette nouvelle religion ?

— Je ne suis pas le nouveau sauveur parce que nous n'avons pas besoin d'être sauvés. Il n'y a pas de péché originel. Les saints sont nombreux et nombreux sont les chemins qui conduisent aux cieux. Mais j'apporte le message des saints sur la terre.

Cela m'exaspéra.

— Écoutez, il y en a marre de ces conneries. Vous n'aviez pas la moindre raison de tuer ces gens et vous tentez de vous faire passer pour un messie dans l'espoir de sauver votre cul. Bon, d'accord, racontez ça aux journaux, racontez ça aux médias, au juge, au jury, mais épargnez-moi ces conneries. Je ne veux pas les entendre.

Je me levai ; la chaise bascula et tomba. Je sortais au pas de charge quand Ramón s'écria, moqueur :

— Et si j'avais raison, Charlie, si je disais la vérité ?

Ramón souriait de toutes les dents qui lui restaient. Sur le chemin de la sortie, je rencontrai Jim Ollin et son équipe dans la salle d'attente.

— Il est prêt à tourner, dis-je, puis je m'en allai.

*

Quand j'arrivai chez moi, Lucinda était au lit, vêtue de ma veste de pyjama, et regardait un de mes vieux albums de photos. Elle avait posé un verre à moitié vide de jus de goyave sur le dessus en marbre de la table de nuit et des traces de rouge à lèvres rubis marquaient le bord du verre. Il y avait de l'humidité dans la pièce, car la porte de la salle de bains était restée ouverte ; j'aperçus la baignoire encore pleine de bain moussant. Des odeurs de jasmin et de verveine flottaient dans l'air, « Sketches of Spain », de Miles Davis, passait sur le lecteur de compact-discs.

— Tu as tout de la geisha, dis-je en posant ma serviette sur la commode.

Elle sourit.

— Qu'est-ce que c'est ?

— Ce sont ces Japonaises qui prennent si bien soin de leur homme.

Je m'allongeai, posai la tête sur ses cuisses. Ses mains fraîches me caressèrent le front.

— Ce n'est pas la peine d'être japonaise pour être comme ça. Mais en fait, *mi amor*, je ne fais presque rien pour toi. Tout ce que je fais, c'est traîner dans l'appartement. Je ne travaille pas, je ne fais rien.

Elle dénoua ma cravate, m'aida à retirer ma veste.

— Ce n'est pas vrai, ta présence suffit, le simple fait que tu sois là.

J'ouvris la veste de pyjama, caressai un sein, suçai son extrémité brune.

— Oh, chéri, dit-elle en anglais. Ma vie, mon cœur, dit-elle en espagnol.

Plus tard, alors que Lucinda était dans la salle de bains, je me penchai hors du lit et feuilletai l'album de photos. Il y avait mon grand-père, maigre et sévère, qui préférait le noir austère de ses ancêtres catalans aux costumes de coton blanc des hommes d'affaires prospères des années vingt, à Cuba. Mon père, petit garçon blond en costume marin blanc, fixait l'objectif dans un portrait de groupe réunissant tous les gros négociants en tabac de La Havane. Près de cette photo, une autre de mon père en cadet de l'école militaire, les cheveux foncés par l'adolescence, l'étrange tache de vin en forme de cœur, qu'il avait sur la joue, nettement visible. Ma mère en robe du soir lors de son premier bal, au Biltmore, à quinze ans. Puis me voilà, nu et joyeux sur la plage de Varadero, pissant comme un putto de fontaine romaine. Ma sœur, avec sa robe lilas préférée, souffle les bougies de son dixième anniversaire, entourée de douzaines d'enfants et de ma mère en chapeau. Puis les deux dernières photos de notre famille sur l'île, prises dans notre ranch de Camagüey : mon père, une carte dépliée sur le capot de la Jeep, son fidèle .45 au côté, dans son étui, posant comme un explorateur en Afrique. Sur le dernier cliché, je monte mon cheval préféré, Pinto, un appaloosa que mon père avait acheté dans le Kentucky. Mon chapeau de paille est posé haut sur ma tête et je souris paisiblement au photographe. C'était en juin 1959 et le monde entier souriait à Cuba.

Je sursautai et levai la tête. Un hélicoptère de la police de Los Angeles fila dans la nuit, frôlant presque l'appartement. Le grondement des pales taillada l'air en rubans de vibrations sonores, et l'urgence des nécessités de l'histoire entra dans la pièce. Un faisceau d'un blanc intense, comme un projecteur de théâtre, passa devant ma fenêtre. En bas, sur le trottoir, un petit homme à la peau brune courut entre les buissons de notre jardin, renversant les pots de cyclamens et de bégonias, tentant d'échapper à la lumière.

— Ne bougez plus ! Vous êtes en état d'arrestation ! rugit l'hélicoptère, trente mètres au-dessus de l'immeuble.

L'homme ne tint pas compte de l'avertissement et, comme un chat dans une cour close, chercha une issue.

— *Cazzo di Dio, cosa fa questo stronzo* [1] ! cria Enzo, ouvrant brutalement ses volets.

Au même moment, l'homme leva la tête vers moi. Nous nous regardâmes dans les yeux. Je ne le reconnus pas, mais il aurait pu compter parmi les milliers de personnes avec qui j'avais travaillé ; sur ses traits minces et aigus, passa comme l'ombre d'une reconnaissance, une demi-mesure de complicité, mais il ne dit pas un mot. Puis il sauta par-dessus le mur du fond du jardin et disparut dans le noir. L'hélicoptère le poursuivit, continuant à lancer des avertissements, mais l'homme ne renonça pas à fuir, refusa de se rendre simplement parce qu'il était repéré. Je regagnai le fond de la chambre.

— Qu'est-ce qui faisait tout ce bruit dehors ?

1. Nom de Dieu, qu'est-ce que c'est que ce bordel ? (*N.d.T.*).

demanda Lucinda, le visage luisant de l'eau qu'elle y avait passée.

C'est à ce moment que je compris que la scène n'avait duré que quelques secondes et, l'instant suivant, je m'aperçus que l'homme et moi ne faisions qu'un. Mais qui était l'ennemi et quel était le crime... et y aurait-il vraiment une issue ? Cesse, me dis-je, chasse immédiatement ces obsessions ridicules. Tu ne peux pas renoncer, tu dois tenir.

— Rien, répondis-je à Lucinda, les flics qui poursuivaient quelqu'un. Sans doute un cambrioleur pris sur le fait.

Cela parut la rassurer ; elle regagna la salle de bains.

— C'est vraiment de pire en pire, dit-elle, une fois réinstallée dans la baignoire, la délinquance est partout, en ce moment. On ne peut jamais être sûr de ne pas se faire prendre le peu qu'on a. Ce n'est pas juste, on travaille dur et puis quelqu'un arrive et, simplement parce que ça lui plaît, il prend. Comme ça. Qu'est-ce que c'est que ce monde ? Ils devraient trouver du travail, voilà ce qu'ils devraient faire. Ces *vaquetas,* ces bons à rien.

Elle passa la tête dans l'encadrement de la porte au moment où je m'assis sur le lit.

— C'est la faute du gouvernement socialiste, tu sais. Ils sont habitués à tout avoir pour rien.

— Les voleurs ne sont pas tous cubains, encore moins marielitos.

— Non, mais ils donnent le mauvais exemple et c'est pour ça que les autres volent. De toute façon, aucun Cubain qui se respecte ne devrait être délinquant, tu ne crois pas ?

— Je croyais que tous les Cubains qui se respectent étaient morts ou en prison pour des délits politiques.

— Oh, toi !

Les yeux joyeux de l'enfant à cheval me fixaient par-dessus des dizaines d'années d'oubli. Était-ce vraiment moi, ai-je un jour cru aux choses, au monde, en Dieu ?

Lucinda apparut et prit ses affaires dans les tiroirs, son slip en dentelle, son body en soie, un gros pull bleu.

— Où vas-tu ?

— Voir mon amie Martha. Je te l'ai dit l'autre jour, tu te souviens ? Elle habite Miami et vient passer quelques jours ici.

— Je ne me souviens pas.

Lucinda posa les mains sur les hanches.

— Allons, Carlos, ne commence pas. Je t'ai demandé si tu voulais venir et tu as dit non, que tu avais du travail. Mais tu peux venir, si tu veux.

— J'ai sûrement oublié. Tu ne rentreras pas tard, n'est-ce pas ?

Elle vint m'embrasser.

— Non, chéri, tu sais que je ne peux pas rester longtemps loin de toi. On dîne au Candilejas. Tu peux venir, si tu as envie.

— Non, ça va. Je suis fatigué. Je dois couver un rhume. Vas-y. Je vais me coucher.

Elle m'embrassa sur le front.

— Prends bien soin de toi. Tu sais que je ne pourrais pas vivre sans toi.

— Menteuse.

— C'est vrai. C'est écrit dans les étoiles, tu vois. Lucinda et Carlos s'aimeront toujours, jusqu'à la mort, pour l'éternité. Amen.

Je me réveillai le souffle court, oppressé, certain que j'avais commis une erreur terrible, que mon existence était une abomination passible d'une rectification immédiate. L'oreiller était trempé de sueur et, couvrant le bourdonnement de mes oreilles, je pouvais encore entendre les dernières paroles de mon rêve : « Prends garde à la marée rouge. » Je frissonnai, soudain glacé. Je me levai, pris une douche, mis un pyjama propre, allumai la télévision, retournai au lit.

Vingt-trois heures. Je passais d'une chaîne à l'autre quand un visage familier apparut sur l'écran. Je repris cette chaîne : Ollin interviewait Ramón. C'était un plan soigneusement élaboré, éclairé par-derrière, avec la lumière uniforme des films de Spielberg.

Le visage de Ramón occupait tout l'écran, la caméra mettant en relief sa dent cassée, ses narines dilatées, ses yeux noisette étincelants, dont l'intensité indiquait le degré d'importance des propos qu'il tenait. Pour la première fois, grâce au filtre de la caméra, il fut convaincant ; pour la première fois, il cessa d'être un hâbleur à la grande gueule ou un meurtrier au cœur de pierre et donna l'image d'un être informé, lucide, conscient de sa place dans le contexte de l'histoire américaine.

Ollin n'aborda pas directement le sujet des charges retenues contre lui et Ramón ne proposa naturellement pas d'en parler, préférant concentrer son attention sur ce qui pouvait avoir poussé un individu tel que lui, avec son passé et la situation dans laquelle il se trouvait, à vivre dans le crime.

— Oh, c'est très simple, monsieur, ronronna Ramón. La tentation est tout autour de nous et il est très facile d'y succomber. Prenez mon cas. J'ai fait des études mais, après mon arrivée ici, j'en ai été réduit à accepter des choses que je n'aurais jamais imaginées, simplement pour rester en vie.

— Quelles choses, Ramón ?

Ramón secoua la tête, la honte presque insupportable.

— De mauvaises choses, des choses dont je préfère ne pas parler.

— Étaient-elles contraires à la loi ?

— Comment auraient-elles pu ne pas être contraires à la loi, puisque tout est contre les gens comme moi ? (Ramón fixa l'objectif de la caméra.) Nous venons ici, nous sommes prêts à travailler dur, et tout ce que nous trouvons, c'est des gens qui nous trompent, abusent de nous, volent notre argent et nous allèchent, puis nous jettent en prison parce que nous nous conformons à l'image qu'ils ont de nous. Vous savez, vous nous faites jouer le rôle de votre reflet noir, puis vous nous punissez parce que c'est ce que nous devenons. Notre pays doit comprendre qu'on a pris ce continent aux gens comme nous, et que projeter ses peurs et ses angoisses sur nous ne rendra pas cette terre plus sûre. Nous sommes une marée montante, monsieur, une marée montante qui emporte tous les bateaux vers la haute mer et nous ne serons pas exclus.

Mais Ollin eut une réaction totalement imprévisible : il manifesta de l'intelligence.

— Ramón, ce n'est pas vrai. Notre société est la plus ouverte du monde. Des gens de toutes couleurs et de toutes origines s'élèvent et prospèrent, ici. En outre, tout le monde n'est pas victime de discrimination — et il y a même des lois contre ça — et tous ceux qui souffrent de discrimination ne sombrent pas dans le crime. Vous cherchez à vous disculper.

— C'est parce que vous êtes blanc, que vous avez fait des études et appartenez à la classe moyenne. Vous ignorez complètement ce que l'on ressent quand on est brun ou noir, que l'on est considéré comme un idiot simplement parce qu'on ne parle pas couramment la langue. Vous ne savez pas ce que l'on ressent quand on sait qu'on a possédé ce pays et qu'on se l'est fait prendre. Vous ne savez pas ce que l'on ressent quand on a continuellement peur de l'Immigration, de s'égarer dans un endroit où tout ce que l'on peut espérer c'est quarante dollars par semaine, si on peut trouver du travail. Vous ne savez pas ce que l'on ressent quand on sait qu'on n'est même pas de deuxième zone, qu'on est de troisième zone, que les Noirs américains eux-mêmes sont dans une meilleure situation, qu'il y a Beverly Hills et qu'on vit là, à Echo Park ou South Central, pendant que les autres s'enrichissent.

— Mais les juges, policiers, hommes d'affaires et fonctionnaires qui sont latinos ?

— Ce sont les marionnettes des maîtres anglos.

Ollin secoua la tête, exaspéré.

— D'accord, supposons que vous ayez raison... on croirait entendre les extrémistes noirs des années soixante...

— Les Panthers étaient bien.

— Il n'y a aucun rapport avec la loi et le massacre de la bijouterie. Deux mauvaises actions n'en font pas une bonne.

— Le rapport est évident. Je suis au-delà de votre bien et de votre mal.

10

Le juge Reynolds ne perdait pas son temps en débats théoriques. Fortement influencé par sa formation militaire, il croyait à la vertu des arguments simples et à celle d'une interprétation classique de la loi. Avec lui, on savait exactement où on en était.

Ramón avait rédigé une requête où il demandait au juge de se déclarer incompétent parce qu'il était de parti pris. Lorsque je la remis à Curtis, le greffier, je compris que, désormais, le procès susciterait toutes sortes d'empoignades juridiques, serait une succession de tactiques déloyales dans l'espoir d'obtenir la victoire la plus tirée par les cheveux de l'histoire judiciaire du comté de Los Angeles. Curtis parcourut la requête, rédigée en lettres d'imprimerie sur du papier jaune rayé, et eut un rire étouffé.

— Est-ce que c'est pour de vrai ?
— Posez-lui la question.
— Je vous crois sur parole.

Curtis quitta son bureau, près du banc du juge, et entra dans le cabinet. J'entendis un juron contenu, le choc sourd d'un livre tombant par terre et un bruit de verre brisé. Le greffier revint, livide, s'assit puis alluma une cigarette, les mains tremblantes.

— Je déteste ce boulot, dit-il. Si je n'avais pas des enfants...

— Je sais, Curtis.

La salle d'audience était à nouveau bourrée. Une quantité non négligeable de greffiers, avocats et district attorneys étaient venus assister au spectacle en dehors de leurs heures de service. Les habitués, quatuor de retraités rougeauds et mal habillés qui hantaient le tribunal pour passer le temps, occupaient une extrémité du premier rang, près des dizaines de reporters des journaux, agences de presse et stations de télévision. Au fond, des *santeros* avec bracelets et colliers de coquillages tripotaient nerveusement leurs chapelets aux couleurs vives. J'entendis le bourdonnement des caméras quand je regagnai la table de l'avocat et m'assis près de Ramón. Il s'était procuré des lunettes en corne semblables à celles du juge, ce qui, avec mon costume et ma cravate, lui donnait l'apparence d'un professeur noir de Howard University.

Il me sourit de toutes ses dents.

— C'était une couronne, le dentiste de la prison l'a simplement remise, dit-il en espagnol. J'ai des fausses dents depuis que je suis môme, *chico*. Parce que je me suis nourri de canne à sucre, après le débarquement de la baie des Cochons.

— Je ne comprends pas.

— La police politique a arrêté ma famille, souffla-t-il d'une voix neutre. Mon père a été fusillé

210

pour activités contre-révolutionnaires et ma mère a passé cinq ans dans un camp. Je me suis enfui et j'ai vécu dans la campagne pendant un an. J'ai perdu presque toutes mes dents à cause de la malnutrition. Finalement, des membres de la milice m'ont retrouvé et envoyé dans un orphelinat politique. Mais c'est une autre histoire. Comment l'autre connard a-t-il réagi ?

— Vous jouez avec le feu.

— Pourquoi pas ? L'échafaud est déjà prêt. Autant s'amuser un peu. On ne mérite pas de vivre si on n'est pas capable de rire au nez de la mort.

— Épargnez-moi l'espagnol imagé.

Il revint à l'anglais.

— Charlie, Charlie, c'est une étape et chacun joue son rôle, vous comprenez ?

Derrière nous, un faible brouhaha s'éleva parmi les spectateurs. Nous nous retournâmes et vîmes Claudia Weil, correspondante d'une des grandes chaînes de télévision, vêtue d'un tailleur Chanel en soie bleue et suivie par son équipe. Elle sourit à Ramón. Il lui fit signe de la main.

— Hé, gronda le shérif adjoint.

— Ça va, mon vieux, ça va, répondit promptement Ramón.

Il se pencha vers moi.

— Dites-lui que je la recevrai pendant le weekend. Il faut que je voie comment marche le procès.

— Vous avez l'intention de faire juger votre affaire dans les médias ?

— Quelque chose comme ça.

À ce moment-là, Lucinda entra dans la salle d'audience, apparemment égarée et inquiète. Elle

m'aperçut, sourit et accepta la place que lui proposa un des habitués.

— Ça attire vraiment tout le monde, dit Ramón.
Je ne l'ai pas vue depuis...

— Levez-vous !

Tout le monde se leva tandis que le shérif adjoint
annonçait l'arrivée du juge. Je regardai Lucinda à
la dérobée. Puis j'eus l'impression qu'on m'enfon-
çait un poignard dans le cœur. Au dernier rang,
parmi les curieux, se tenait un homme qui avait le
visage de mon père et me fixait comme pour dire :
Non, ce n'est pas un rêve. Puis il sortit de la salle d'audience. J'eus envie de le poursuivre, de le serrer
dans mes bras, de le supplier de cesser, de parler,
de me bénir, de me dire que j'étais complètement
pardonné.

Ce n'est pas vrai, me dis-je, en m'asseyant. Ce
n'est pas réel, ce n'est pas lui, ça ne peut pas être
lui, non, pas lui. Fais attention, fais attention, fais
attention.

— Bonjour, dit sèchement le juge.

— Bonjour, répondit le chœur des acteurs et
des spectateurs, à l'exception de Ramón.

— Avant de reprendre le cours de l'affaire
opposant le ministère public à Valdez et Pimienta,
il faut régler quelques petits problèmes domestiques. Monsieur Valdez, vous avez refusé, hier, de
vous lever pour vous adresser au tribunal, prétex-
tant l'absence de précédent juridique...

— Votre Honneur, si vous me permettez...

Reynolds abattit son marteau.

— Non, monsieur, laissez-moi terminer sinon je
vous renvoie en cellule.

— Oui, monsieur, répondit Ramón, qui buvait du petit lait. Reynolds ne voyait-il pas que Ramón le manipulait ?

— Si vous croyez que vos écarts de conduite et votre refus de vous conformer à la politesse habituellement observée devant les tribunaux conduiront ce tribunal à commettre une erreur réversible, monsieur, vous vous trompez lourdement. Je ne suis pas né d'hier, ni dans un autre pays. Je sais ce que vous faites. Permettez-moi de vous rappeler, monsieur Valdez, que je suis le juge, que vous êtes l'accusé et que je connais les pièges juridiques de ce type de manipulation. Vous ne dirigerez pas ces débats, je les dirigerai. Par conséquent, puisque vous refusez de vous lever lorsque vous vous adressez au tribunal, vous resterez assis pendant toute la durée des débats. Si vous vous levez, vous serez inculpé d'outrage au tribunal et jugé sur ce point au terme du procès.

Il prit la requête de Ramón entre le pouce et l'index, comme s'il s'agissait d'une couche sale.

— En ce qui concerne cette requête demandant au tribunal de se déclarer incompétent, elle est rejetée.

Il la jeta dans la corbeille à papier du greffier.

— Faites entrer le jury, conclut-il.

Le greffier appuya sur la sonnette, avertissant les douze jurés réunis dans une pièce voisine. La porte s'ouvrit et Mme Inez Gardner, Noire obèse, entra, découvrant les caméras avec étonnement.

— Tout le monde en scène, dit-elle aux autres jurés qui entrèrent en file indienne derrière elle. Le public éclata de rire et le juge lui-même esquissa un sourire. Seule Phyllis, le menton entre les mains, demeura impassible.

La jovialité disparut quand les autres membres du jury, majoritairement composé de femmes blanches et d'âge mûr, prirent place sur les fauteuils pivotants couverts de vinyle bleu. Nous nous étions opposés sur la composition du jury, Ramón et moi, pendant la phase de sélection. Il était vrai que je n'avais aucune intention d'y prendre part mais il y avait eu, dans sa façon de choisir les jurés, un aspect contradictoire qui m'avait pratiquement contraint à jouer un rôle actif. Les nombreuses années passées à peser le pour et le contre de la personnalité des gens, ce qu'ils aimaient et détestaient, leurs préjugés cachés et partis pris visibles, leur religion, leur origine ethnique ainsi que les mille et un détails qui font un bon jury — c'est-à-dire un jury qui vote comme on le souhaite — m'empêchèrent pratiquement de rester passif tandis que Ramón choisissait, presque perversement, précisément ceux qui avaient envie de l'envoyer à Saint-Quentin.

Monstrueusement orgueilleux, Ramón refusa systématiquement toutes les minorités représentées dans le panel. Phyllis se trouva dans la situation exceptionnelle où le procureur se voit contraint de déposer une requête contre la défense, du fait que Ramón manifestait un préjugé favorable vis-à-vis des jurés d'origine britannique. Les trois derniers jurés de couleur furent rapidement désignés, un compromis ayant été trouvé après que Reynolds eut menacé de rejeter la totalité du panel et de reprendre la sélection à zéro.

Clay, qui avait laissé Ramón prendre la direction de la sélection du jury comme s'il était devenu, à l'instar de Pimienta, un fidèle docile du prêtre *santero*, avait fortement encouragé Ramón à laisser le juge mettre sa menace à exécution. J'étais du même avis. Dans les affaires de meurtre, les retards profitent toujours à l'accusé. Les preuves peuvent être altérées ou perdre leur pertinence, les témoins peuvent mourir ou cesser d'être disponibles et ceux qui viennent témoigner risquent de constater que leurs souvenirs ne sont plus aussi nets et convaincants. Mais Ramón refusa d'en entendre parler, tomba amoureux de ses neuf chrétiens britanniques craignant Dieu, se persuada qu'eux seuls pourraient le sauver. Alors, regardant leurs visages, qui fixaient le public et nous-mêmes avec inquiétude, je secouai la tête sous l'effet de l'exaspération professionnelle... mais aussi de la satisfaction personnelle. Il s'était pratiquement passé le nœud coulant autour du cou. Son privilège, pas de problème.

Le juge Reynolds scruta les visages des jurés, vérifiant qu'il s'agissait bien des personnes désignées. Il baissa la tête, s'éclaircit la gorge, puis lut l'énoncé de la plainte et le numéro de l'affaire.

— Bonjour, mesdames et messieurs. Cette journée est l'aboutissement de longs mois de travail. Vous devrez décider, au vu des faits qui vous seront présentés, si les inculpés, Ramón Valdez et José Pimienta, sont coupables ou non des crimes dont ils sont accusés. C'est une énorme responsabilité mais je suis certain que vous l'assumerez parfaitement. Pour prononcer la culpabilité des inculpés, vous devrez être convaincus, au-delà de tout doute raisonnable, de la réalité des charges retenues contre eux. Maintenant, vous savez tous ce que signifie : doute raisonnable ?

C'était une question rhétorique, mais le juge commit l'erreur de laisser passer une seconde de silence avant la phrase suivante.

— Je sais, s'écria Mme Gardner, levant la main.

— Merci, madame, je n'en doute pas. Mais je dois m'assurer que tout le monde est dans ce cas et, de ce fait, je vais vous lire la définition que la plus haute juridiction du pays, dans sa sagesse, donne au principe qui s'applique ici. Bien. Le doute raisonnable n'est pas le doute ordinaire, parce que tout ce qui concerne les affaires humaines est susceptible de susciter des doutes imaginaires, mais plutôt, dans notre État...

Je changeai nerveusement de position sur mon siège, cessai d'écouter le fatras de conceptions fumeuses sur le doute, que tous les juges californiens sont obligés de présenter avant le début des procès, alors qu'ils savent très bien que le jury peut être convaincu aussi bien par le sourire de l'accusé que par les arguments raisonnés d'un avocat passionné. Si le jury est séduit par le client, il trouvera une raison de le libérer mais, dans le cas contraire, toute la logique et la persuasion de Daniel Webster ne parviendront pas à le sauver.

— Les deux parties, dans cette affaire, souhaiteront peut-être présenter leur point de vue avant le début des débats proprement dits, ajouta Reynolds. Cependant n'oubliez pas que les propos des avocats ne constituent pas des faits. Les faits, la vérité est ce qui se produit à la barre des témoins ou ce qui est présenté aux jurés afin qu'ils puissent l'examiner personnellement. Les arguments et les questions des avocats ne peuvent être pris en considération que dans la mesure où ils dirigent la lumière de la vérité sur les faits. Bien. Le ministère public est le premier à présenter sa déclaration préliminaire. La défense peut présenter ensuite la sienne, si elle le souhaite, néanmoins... (il adressa un regard d'avertissement à Ramón, qui relisait ses notes)... dans la plupart des cas, la défense se réserve de recourir à ce droit lorsque le ministère public a exposé sa version des faits. Un des accusés, M. Valdez, comme vous avez pu le constater, a décidé de se défendre lui-même, ce qui est son droit constitutionnel. Je vous rappelle que vous ne devez tirer aucune conclusion, positive ou négative, du fait que M. Valdez se défende lui-même. Toutefois, pour des raisons de sécurité, M. Valdez ne sera pas autorisé à quitter sa place. L'accusation souhaite-t-elle présenter sa déclaration préliminaire ?

— Oui, Votre Honneur.

Phyllis se leva, un mètre cinquante-cinq de rouge flamboyant. Le détective Samuels la regarda, admiratif, espérant de grandes choses. Elle s'éloigna de la table et, sans préambule, passa derrière nous puis se planta derrière Ramón et José.

— Voici les inculpés. Ces hommes sont accusés de crimes qui comptent parmi les plus horribles de l'histoire du comté de Los Angeles, de crimes où s'est manifesté le mépris le plus total pour la vie, les biens d'autrui et les souffrances humaines. Je veux que vous vous souveniez de cela, mesdames et messieurs, chaque fois que vous poserez les yeux sur eux. Je veux aussi que vous vous souveniez de ceci.

Elle gagna énergiquement un chevalet dressé devant les jurés, et dévoila des photos agrandies de six cadavres.

— Voici les victimes de ce crime. Trois hommes, deux femmes et une petite fille de sept ans, réfugiée du Viêt-nam, tuée dans des circonstances directement liées aux actes des inculpés, tuée alors qu'elle ignorait encore tout de la vie. Chaque fois que vous regarderez les inculpés, je veux que vous pensiez à ces victimes et que vous vous souveniez qu'ils sont responsables de ces morts.

Clay réagit, se leva, posa brutalement la main sur les documents étalés devant lui.

— Objection, Votre Honneur! Ceci est tendancieux et repose sur des faits qui ne sont pas prouvés!

— Maître, vous n'avez pas la parole, dit Reynolds. Ce n'est qu'une déclaration préliminaire, après tout. L'accusation a le droit de dire ce que bon lui semble à ce stade.

— Mais, Votre Honneur, c'est sans fondement, il n'a été présenté aucun fait permettant de lier les personnes présentées sur ces clichés à mon client. Mon client a droit à un jury impartial et cela revient à le lui refuser.

Ramón regarda l'échange avec indifférence. Pimienta, comme il le faisait depuis le début de l'audience, fixa le dessus de la table, n'osant lever les yeux sur le monde. Les jurés et le public écoutèrent attentivement le jargon; leurs sourcils levés et leurs expressions inquiètes indiquèrent qu'ils savaient qu'il se passait quelque chose d'important mais ne parvenaient pas à déterminer précisément ce que c'était.

— Maître, votre objection figurera au procès-verbal. Madame Chin, poursuivez, je vous prie.

Clay leva les bras en un geste de dépit destiné également à manifester théâtralement son impuissance.

— Votre Honneur, je dois supplier le tribunal...

Reynolds se tourna vers Clay, presque incapable de contrôler sa colère.

— Monsieur Smith, si vous prononcez encore un mot sur...

Un grondement grave, comme si un train de marchandises était entré dans la salle d'audience, interrompit brutalement l'ire du juge. Il se tut, regarda avec inquiétude autour de lui. Des spectateurs, mieux informés des traditions californiennes, coururent vers les sorties. Des dizaines de personnes les suivirent et les portes furent bientôt bloquées par des spectateurs hurlants qui n'avaient pas imaginé qu'ils étaient venus à leur enterrement. Le plancher se mit à trembler, comme si l'immeuble était monté sur un vibromasseur géant ; les murs gémirent.

— *¿Qué coño es esto, chico ?* demanda Ramón. Merde, qu'est-ce que c'est ?

Le gémissement se mua en rugissement, comme un troupeau de lions, de taureaux et d'éléphants hurlant de terreur, chœur épouvantable de destruction. Les murs craquèrent, les lustres du plafond se balancèrent, puis ceux qui se trouvaient dans les coins tombèrent. Mme Gardner était debout, les mains jointes, les yeux levés vers le ciel.

— Je regrette, Seigneur, je vous en prie, pardonnez-moi, Seigneur, sanglota-t-elle, puis elle fut jetée à terre, près des autres jurés, qui se protégeaient la tête avec les mains.

Le juge Reynolds, pétrifié, resta sur son fauteuil, incrédule et le regard fixe. Lucinda se fraya un chemin dans la foule, sauta par-dessus la séparation et se dirigea vers moi. Je lui saisis le bras et l'entraînai sous la table avec moi. Ramón nous rejoignit.

— ¡ *Terremoto !* criai-je.

Le bruit grandit en un crescendo insupportable, le tonnerre et les hurlements unis en une force qui refusait de s'épuiser. Je sentis le plancher osciller d'un seul bloc, l'immeuble jouant sur les poutres flexibles montées entre le quatrième et le cinquième étage, qui protestèrent bruyamment sous l'effet des pressions et tensions inhabituelles qu'elles subirent.

Un autre lustre tomba, cette fois juste à l'endroit où nous étions quelques instants plus tôt. Jetant un coup d'œil sur ma droite, je vis Pimienta, Clay et le détective Samuels également accroupis sous la table. Derrière nous, tous les journalistes et cameramen avaient fui, à l'exception d'un cameraman maigre de CNN qui, avec un calme incroyable, continuait de tourner comme s'il avait été dans la cabine de presse d'un stade et filmait le Rose Bowl. Une cloison s'effondra dans un nuage de plâtre et de poussière. La fontaine d'eau potable, au fond de la salle d'audience, fut arrachée du mur, le tube

projetant un jet d'eau qui se transforma en ruis-
seau sale sur la moquette grise. Le vacarme de destructions indéterminées retentit tout autour de
nous, objets volant en éclats, écrasés dans la confusion démente qui s'installa.

Puis, au moment où il sembla que la puissance
du tumulte ne pouvait plus augmenter et que les
murs n'en supporteraient pas davantage, les trem-
blements cessèrent. Un vide et un calme immenses
tombèrent du ciel, comme si un juge tout-puissant
avait pris sa décision. Tu peux aller jusque-là, mais
pas plus loin. J'entendis la clameur de centaines,
de milliers de sirènes dans toute la ville, avertissement tardif et inutile. Je jetai un coup d'œil dans la
salle puis me levai, encore méfiant, prêt à me jeter
à nouveau sous la table si les secousses reprenaient.
Mais cela n'arriva pas ; leur fureur était épuisée.
Puis je vis Phyllis Chin debout à l'endroit où elle se
trouvait quand l'objection avait été soulevée, le
bras toujours levé, comme si le déchaînement des
éléments l'avait automatiquement désactivée. Les
jurés reprirent leurs places, brossant leurs vêtements couverts de poussière, puis Clay, Pimienta,
Samuels et tous les autres sortirent des endroits où
ils s'étaient réfugiés. Phyllis se tourna vers le juge
Reynolds et demanda calmement :

— Puis-je reprendre mon exposé ?

Pendant les deux jours qui suivirent, les gens
ne parlèrent que du tremblement de terre : où ils
étaient quand il s'était déclenché, avec quelle force
ils l'avaient ressenti et était-ce la catastrophe que
l'on prévoyait depuis cinquante ans ? Ce ne fut que

lorsque le procès reprit, des semaines plus tard, que les sismologues de l'université parvinrent à en localiser précisément l'épicentre : un point délimité à l'ouest par Broadway, à l'est par Spring Street, au nord par l'autoroute et au sud par la Cinquième Rue. En d'autres termes, à une centaine de mètres du palais de justice.

Tout le monde avait les nerfs à fleur de peau. La nuit, le moindre bruit inhabituel me réveillait, terrifié que j'étais à l'idée de percevoir à nouveau ce grondement grave. Rien, apparemment, ne pouvait empêcher Lucinda de dormir, néanmoins elle se montrait nerveuse et irritable pendant la journée. Pour la première fois depuis qu'elle s'était installée chez moi, nous nous disputâmes pour des raisons que nous savions, au moment même où nous échangions des propos déplaisants, insignifiantes et exclusivement destinées à lutter contre l'exécrable prémonition d'une catastrophe prête à s'abattre sur nous d'un instant à l'autre.

Le tremblement de terre fut favorable à Ramón sur un point : le palais de justice resta fermé pendant une semaine. Cela me permit d'aller interroger les témoins que Phyllis avait prévu de citer. Elle avait l'intention de nous communiquer sa liste de témoins la veille du début des auditions, nous les imposant sans me laisser le temps de localiser les cadavres dans les placards, qui les amenaient à rechercher l'indulgence de l'accusation. Mais, grâce à ce répit imprévu, j'eus tout le temps d'exhumer les cadavres.

Le premier nom de la liste de Phyllis était Remigio Flores, l'employé de parking qui avait vu

222

Ramón et José entrer dans la bijouterie. Il habitait El Sereno, quartier d'East Los Angeles dont le nom est tout à fait approprié puisqu'il signifie « le gardien ». Mais, d'après les voisins, l'homme que je recherchais avait déménagé, sous la protection de la police, depuis un mois. Sa propriétaire, une femme à la peau couleur de miel, aux boucles jaunâtres et au sourire plein de dents gâtées, expliqua que deux agents en uniforme étaient venus au milieu de la soirée et avaient aidé Flores à sortir toutes ses affaires de la petite chambre qu'il lui louait. Les flics avaient même payé ses deux derniers mois de loyer : 345,50 dollars.

— Il n'a rien fait de mal, n'est-ce pas ? demanda-t-elle.

— Pas à ma connaissance.

— Est-il encore en vie ? Dans mon pays, quand la police vient chercher quelqu'un après la tombée de la nuit, on ne le revoit jamais.

— De quel pays venez-vous ?

— Du Guatemala, d'une petite ville qui s'appelle Huaquexchipotl, dans les montagnes.

Elle se tenait sur le seuil de sa maison, une épaule grasse appuyée contre le chambranle. Derrière elle, deux gamins bruns et grassouillets, le visage taché de chocolat, se disputaient un camion miniature sur un canapé déchiré. Une odeur de haricots bouillis sortait par la porte. Au mur, était suspendue une tapisserie froissée représentant la Cène, où Judas répand le sel et Jean demande : « Est-ce moi ? »

— Eh bien, voyez-vous, dans notre pays, c'est l'inverse. Quand la police vient chercher quelqu'un, il ne disparaît pas, il est indéfiniment conduit d'un endroit à l'autre. Il est comme une âme errante qui ne peut trouver le repos.

— *Aee, Dios mío,* quel destin horrible. Il vaut mieux être mort et connaître la paix.

— Oui, c'est horrible, je suis d'accord. Savez-vous où je peux le trouver ?

Les tribunes du terrain de football de Griffith Park étaient pleines quand j'y arrivai, océan de visages bruns brandissant les drapeaux des deux équipes en présence : bleu et blanc pour les Colons d'Antigua, noir et jaune pour les Sénateurs de Guatemala City. Les mères donnaient des sodas à leur progéniture, ainsi que des tacos tirés de grandes boîtes métalliques ; rieuses et timides, bonnes et femmes de ménage en congé montraient leurs joueurs préférés. Les vieux aux mains calleuses discutaient de la stratégie des champions du monde en titre ; quelques marchands ambulants passaient entre les rangées, vendant des boules de sucre à la noix de coco et ces grains de maïs épicés qui tachent les doigts de jaune. Sur le terrain, des jeunes gens qui, en semaine, étaient laveurs de voitures, pompistes, serveurs de restaurant, jardiniers et ouvriers à la journée, s'échauffaient vêtus de leur tenue de satin scrupuleusement propre, profitant du soleil de l'admiration que les tribunes faisaient briller sur eux.

Le capitaine des Colons appela un jeune homme d'une vingtaine d'années, aux cheveux noirs et frisés, à la peau claire et aux yeux marron profondément enfoncés.

— Remigio Flores ? demandai-je.

Il me dévisagea, méfiant, félin nerveux sur-
veillant la fenêtre ouverte.

— Si c'est oui, qu'est-ce que ça peut vous faire ?
répliqua-t-il en espagnol.

— Je suis enquêteur nommé par le tribunal,
chargé de l'affaire de Valdez et Pimienta.

— Qui ? Quoi ?

— Les meurtres de la bijouterie, dis-je.

— *Ah, no,* pas question. Je ne dirai rien,
répondit-il, s'éloignant.

Je le suivis.

— Pourquoi ? À cause de la police ?

Il pivota sur lui-même, cracha par terre devant
moi, si près que plusieurs gouttes tombèrent sur
ma chaussure.

— Je n'ai peur de rien. Mais ils sont cinglés, ces
gars, ils ont le diable au corps. J'ai vu ce qu'ils ont
fait, une fois à l'intérieur.

— Qu'avez-vous vu ?

— Je les ai vus entrer avec leurs armes, complètement défoncés, comme s'ils débarquaient d'une
autre planète, *mano.* Et leur voiture, elle sentait la
coke et le crack. Ils ont même laissé leur pipe en
verre sur la banquette avant. C'est des *locos.* Je les
ai vus entrer et descendre tout le monde, comme
on coupe un bananier d'un seul coup de machette,
whack ! Voilà !

— Les avez-vous regardés par la vitrine, quand
ils étaient à l'intérieur ?

— Bien sûr. Ils avaient tout prévu. Ils ont commencé par casser les présentoirs, puis ils se sont
mis à tirer.

— Le vigile a-t-il sorti son arme le premier ?

— Je ne veux plus parler de ça, d'accord ?

— A-t-il dégainé le premier, oui ou non ?

Une lourde main se posa sur mon épaule.

— Ce gars ne veut pas causer avec vous, mon gros.

Je pivotai sur moi-même et me trouvai confronté aux pectoraux impressionnants d'un surfer type : un mètre quatre-vingt-dix, blond, bronzé, le dos aussi large qu'un bouclier africain.

— Et vous, mon gros, vous êtes qui ?

Je repoussai sa main posée sur mon épaule. Le surfer me montra un insigne réglementaire de la police de Los Angeles.

— Détective Moat. Il est sous protection, laissez-le tranquille.

N'ayant pas l'intention de me laisser faire, je sortis ma carte. Moat regarda attentivement la photo où j'ai une expression douloureuse, me rendit le document avec un sourire.

— D'accord, mon gars. Privé. Et alors ?

— J'ai le droit de l'interroger.

— S'il accepte de répondre. Il vient de dire qu'il ne veut pas.

— Pas du tout. Vous n'en savez rien.

— *¿ Andale, pues, me tomas por otro gabacho, pendejo ?* dit Moat avec un accent mexicain très net.

— Vous vous prenez peut-être pour un connard de Blanc. Je viens de dire que je veux l'interroger et vous m'en empêchez. Je vais devoir transmettre un rapport au tribunal.

— Mon gars, vous pouvez vous fourrer votre rapport dans le cul.

— Vais-je pouvoir l'interroger, oui ou non ?

Moat hésita, puis demanda à Remigio.

— *¿ Tù quieres hablar con este gringo ?*

— Je ne suis pas un gringo, dis-je.

— Non, mec, je parle pas.

Moat se tourna vers moi, écarta les bras.

— Des fois, c'est dur.

Remigio me foudroya du regard et cracha à nouveau. Sur ma chaussure, cette fois.

— *Excusa,* ironisa-t-il.

C'est alors que j'aperçus, sur son avant-bras gauche, un tatouage représentant le serpent et les étoiles, symboles du culte d'Abakuá, compagnon de Shangó.

— Remigio, criai-je tandis qu'il s'éloignait, *Shangó kuramá, ya kurumamá, ya kurumá.*

Il se retourna et me fixa, complètement terrifié, puis il détala. Moat secoua la tête, découragé.

— Nom de Dieu, qu'est-ce que vous avez fait ?

Il se lança à la poursuite de Remigio, ne le rattrapa que près de la fontaine Mullholland de Los Feliz. J'avais repris ma voiture et le chemin de chez moi. Je les vis se disputer violemment, Remigio secouant la tête, inflexible. Moat le gifla et Remigio finit par se calmer. Je pris Los Feliz à gauche et m'engageai dans la côte.

J'avais eu l'intention de faire peur à Remigio en répétant les paroles rituelles que prononce Shangó chaque fois qu'il possède un de ses fidèles : *Tu sais que je ne parle pas de moi.* J'étais convaincu qu'elles lui feraient peur. Mais j'aurais dû prévoir qu'il aurait encore plus peur de la police de Los Angeles.

11

La maison brûlait, les murs lançaient de longs doigts rouges de feu qui voulaient se saisir de moi et me précipiter à jamais dans la souffrance. J'entendis les gémissements et les cris de ceux qui avaient été surpris avant moi dans les pièces en flammes, le tumulte de leurs souffrances et leurs insupportables hurlements de douleur. Les issues étaient fermées, derrière moi, et les fenêtres avaient disparu ; des murailles de feu, lisses et hautes, dansaient autour de moi. Une fumée nauséabonde de soufre et de cheveux grillés, en masses gris et bleu, flottait dans la pièce, étouffante, écœurante. J'ignorais où se trouvait la sortie, je savais seulement que je devais continuer d'avancer, un mur de feu de six mètres de haut, crépitant et chuintant les crachotements d'existences consumées, tourbillonnait derrière moi, shiva de destruction. Seul le sol, couvert d'un liquide visqueux, porphyrique, ne brûlait pas, refroidi par un torrent qui jaillissait de nulle part devant moi. Je ne me souvenais pas comment j'étais arrivé dans cette pièce en flammes, ni pourquoi je m'y trouvais, je savais seulement, intimement et mystérieusement, que je devais accomplir une action d'éclat, transmettre un message, laisser ma marque. J'avançai pénible-

ment dans le couloir ; les flammes se jetèrent dans ma direction, tentèrent de se saisir de moi, les cris devinrent plus forts et plus présents. Le couloir se fit plus étroit, si bien que les flammes me touchèrent presque, leur chaleur roussissant mes vêtements, me brûlant les poumons. Je tombai, progressai à quatre pattes et me rendis compte que le liquide était du sang. Je levai la tête. Un autre mur me barrait la route. Sortant de l'holocauste déchaîné, je vis mon père, lié sur une croix, des tubes médicaux se balançant devant son corps, condamné — je le compris — à brûler éternellement. Je hurlai de souffrance, de douleur, de dégoût et de terreur, je hurlai jusqu'à l'épuisement, mais aucun son ne sortit, mes mots étouffés, volés par les flammes rouge et jaune, moqueuses, qui m'écrasaient...

*

— Charlie, Charlie !

Lucinda était sur moi, les genoux sur mes épaules, le front ridé par l'inquiétude, les yeux dilatés et stupéfaits. Elle s'écarta, je m'assis. La taie d'oreiller était trempée de sueur, mon T-shirt mouillé. Mon cœur cognait désespérément, distançait les rythmes de la vie, cherchait toujours une issue. Une aube grise et rose apparaissait au-dessus des collines de Griffith Park.

— Tu criais comme un dément, dit-elle. J'ai été obligée de te tenir tellement tu te débattais.

— Ce n'est rien, juste un cauchemar, dis-je, tentant de retrouver mon calme.

Mes oreilles bourdonnaient toujours et je sentais encore la caresse brûlante des flammes sur ma peau.

— Qu'est-ce que c'était ?

— Rien. Je... je rêvais que j'étais en enfer, voilà tout.

— En enfer, répéta-t-elle avec gravité.

Puis elle ajouta :

— As-tu encore vu ton père ?

— Il était dans les flammes. Sur une croix.

Elle s'allongea près de moi, silencieuse, tandis que le lent tic-tac de la démence s'estompait.

— Il faut que tu ailles voir Juan Alfonso, dit-elle. On t'a jeté un sort, j'en suis sûre, quelqu'un te veut du mal.

— Ne sois pas ridicule, c'est de la superstition.

Je me levai, pris une douche, revins, la serviette à la main.

— En outre, qui aurait intérêt à faire ça ?

J'ai quinze ans et je tente de vendre des abonnements à une revue, pour acheter la mobylette que mon père refuse de payer. Le directeur a conduit le groupe dont je fais partie à Homestead, où nous devons tirer les sonnettes. Le soleil est brûlant, au milieu de l'après-midi ; de hautes herbes, à l'extrémité de la chaussée qui s'interrompt brusquement à la lisière d'un champ. Je frappe à la porte de la dernière maison de la rue. Une femme d'une trentaine d'années, aux yeux francs et aux cheveux noirs, ouvre. Je récite mon boniment. Mes hésitations la font sourire et elle dit qu'elle va acheter Vanidades. *Elle m'invite à entrer. Une grande maison blanche, en parpaings, au sol dallé, aux grilles peintes. J'entre dans le salon tandis qu'elle va chercher son chéquier dans la chambre et ce que j'y vois me stupéfie. Un autel, du plancher au plafond, occupe toute la largeur de la pièce, orné de fleurs blanches, de fruits,* d'images de saints, d'objets magiques, le tout brillant et neuf, comme des milliers de petites créatures rassemblées sur l'autel et qui me dévisagent avec curiosité. La femme revient, un chèque à la main, constate que je suis fasciné par les offrandes. Elle sourit, puis fronce les sourcils et se touche la tête.

— Viens, dit-elle, me tendant la main, on t'a jeté un sort, tu dois être purifié. Viens, n'aie pas peur, les jolies femmes ne te feront jamais de mal. Viens.

Elle me conduit dans une autre pièce, me fait asseoir sur un fauteuil en rotin, m'asperge d'eau bénite puis, avec des ciseaux en or, elle découpe l'espace tout autour de moi en récitant des paroles incompréhensibles, les yeux fermés. Elle prend un cigare allumé — allumé quand, par qui ? — puis souffle la fumée sur moi. Finalement, elle dit :

— Un être ténébreux te veut du mal. J'ai fait de mon mieux. Tu n'as rien à craindre. Ta mère perdra sa fertilité. Ton père...

— Mon père ?

— Ton père sera toujours à tes côtés. Tu seras riche, puis tu seras pauvre, puis tu seras riche à nouveau et ton nom ne sera pas oublié.

Elle sourit, bat des paupières, puis me donne le chèque.

— Maintenant n'oublie pas, deux années pour le prix d'une, exact ?

Je rentre chez moi et, pendant plusieurs mois, hante les botánicas de La Petite Havane, collectionne les timbres, les livres et les prières, apprends la divination avec les noix de coco magiques, les pierres sacrées, les statuettes jusqu'au jour où, revenant chez moi, je trouve mon chaudron à la poubelle, les pierres éparpillées et un prêtre catholique occupé à bénir la maison.

— Plus jamais, dit ma mère, plus jamais.

Deux mois plus tard, on diagnostique un cancer, elle subit l'ablation de l'utérus. Plus jamais.

Le chef était gros, le visage marqué par la petite vérole, vêtu de blanc, son tablier taché par le beurre et les herbes qu'il mettait sur les focaccias[1]. Il jetait la pâte à pizza sur la table de travail en marbre, puis la bourrait de coups de poing pour la mettre en forme. Sachant qu'on le regardait, il donnait un peu plus de relief à ses gestes, une révérence apparemment involontaire par-ci, l'esquisse d'un faux mouvement par-là, pour le bénéfice de son public, afin que tout le monde comprenne que, bien que brun et mexicain, son art n'avait rien à envier à celui des *gabachos* à la peau blanche comme le lait qui, à ses côtés, préparaient les centaines de pains consommés quotidiennement au restaurant Crocker. Quelqu'un fit tomber un verre par terre et le chef leva la tête. Il me vit, sourit.

— *¿ Hola, Pancho, cómo estás ?*

— Très bien, Señor Morell. Et vous ? répondit-il en anglais, fier de montrer sa connaissance récemment acquise de la langue.

La dernière fois que j'avais vu Pancho, on venait de l'arrêter pour trafic de cocaïne alors qu'il n'était sorti de prison que depuis deux jours, après avoir purgé trois ans à Chino pour attaque à main armée. Je fus seul à croire sa version, selon laquelle la police s'était trompée de personne et qu'il buvait simplement une bière dans la salle de

1. Galettes *(N.d.T.)*.

billard quand les Stups étaient arrivés. Je réunis trois témoins qui affirmèrent que Pancho venait d'arriver, ce jour-là, et que le vrai revendeur, un autre homme également nommé Francisco, s'était enfui par la porte du fond. Le juge classa l'affaire et reprocha aux flics leur « excès de zèle », expression codée signifiant qu'ils coinçaient les innocents pour atteindre leur quota d'arrestations.

— Carmen, elle va bien ?

— Oui, merci. Elle est sur le point d'accoucher.

— Félicitations ! Ça vous en fera combien ?

— Quatre filles et trois garçons. On a déjà choisi son nom. Adolfo Fidel.

— Puisse-t-il devenir grand et fort.

— Merci, monsieur Morell.

Je donnai mon nom au réceptionniste. Il vérifia sur sa liste, prit une carte et me guida dans l'océan des tables occupées par les cadres supérieurs descendus en troupeaux de leurs repaires dans les tours de béton et d'acier du complexe.

— Êtes-vous un ami de Francisco ? demanda-t-il.

— C'est un de mes clients. Comment s'en sort-il ?

— Eh bien, je regrette de devoir le dire, mais c'est affreux. Il croit qu'il fait des tortillas, pas des focaccias, alors c'est très sec et trop cuit. On le lui a expliqué plusieurs fois, mais il n'écoute pas. Malheureusement, on ne pourra pas le garder. Voilà votre table.

Assis sur la banquette, un Martini dans un grand verre sur la table à dessus en marbre, Clay lisait un rapport. Il me fit signe de m'installer.

— Jette un coup d'œil, dit-il, me tendant le rapport. Ça vient du coroner. Apparemment, la petite fille portait des traces de violences sexuelles au moment de sa mort. Chin l'a appris cette semaine. Ils vont modifier l'acte d'accusation en conséquence. Les meurtres, et une tentative de viol par-dessus le marché, ces types n'ont plus aucune chance de s'en tirer.

— Qu'est-ce qui leur permet d'affirmer que c'est arrivé dans la bijouterie ?

— Allons, Charlie, je ne vais pas t'apprendre qu'ils se fichent de savoir si l'accusation tient ou non. Ils cherchent seulement à rendre le jury encore plus partial. Même s'il avait l'intention de les reconnaître non coupables de meurtre au premier degré, il ne remettra jamais des violeurs d'enfants en liberté.

— Qu'a dit Reynolds ?

— Il est obligé d'accepter, que peut-il faire ? Ils peuvent modifier l'acte d'accusation jusqu'à l'os. Je suis sûr que nos gars n'ont pas fait ça. Qu'est-ce que ça change ? Apparemment, la petite fille a une infection vaginale depuis qu'elle a quitté son camp de réfugiés, en Malaisie. Et je ne serais pas étonné si la mémé la prêtait par-ci, par-là.

— Explique-toi.

— Pour de l'argent, quoi d'autre ? Il y a des tas de vieux dégueulasses qui adorent tripoter les petites filles. Tu veux commander ? Je meurs de faim.

Clay leva le bras. Un grand serveur mince, tout de blanc vêtu et portant un nœud papillon rose, s'immobilisa près de notre table, annonça qu'il s'appelait Chuck et s'occuperait de nous, puis récita une litanie de plats du jour exagérément chers. Les propos de Clay sur la petite fille m'avaient coupé l'appétit, si bien que je commandai simplement du minestrone.

Un aide-serveur arriva.

— *¿ Señor Morell ?*

— *Si.*

— De la part de Don Francisco.

Il posa sur la table un panier de focaccias fraîches. Des parfums de romarin et d'ail me chatouillèrent les narines. Pancho souriait, de l'autre côté de la salle.

— Dis-lui que je n'ai jamais eu de meilleur *bolillo.*

L'aide-serveur secoua joyeusement la tête. J'adressai un signe à Pancho, qui répondit avant de se remettre au travail.

— Je peux goûter ? fit Clay. Hé, c'est bon ! Bien, poursuivit-il, entre les bouchées de galette et les gorgées de Martini, l'avenir de nos gars semble de plus en plus sombre.

— Personne n'a dit que ce serait facile.

— Ouais, mais à présent, c'est impossible. Alors, mon gars, collabore.

— Encore ?

— Tu connais le proverbe chinois : le sage change toujours d'avis. Je viens de tomber d'accord avec Chin. Ils vont recommander l'homicide au second degré.

— Mais c'est sept ans maximum.

— Ouais, exact. Il a des chances de sortir après le procès, avec les remises de peine et tout. Naturellement, il faudra qu'il dise que seul Valdez a tiré, qu'il a tout préparé, que c'était une attaque à main armée, à l'origine, et que c'était ce que Pimienta avait accepté de faire, mais que Valdez a craqué et descendu tout le monde.

— Seigneur !

— Ça non plus, ça ne marche pas. Il affirmera que ça n'avait rien à voir avec la religion, qu'ils n'appartenaient pas vraiment à la *santería*, ni rien, que c'était une magouille pour arnaquer les gens. C'est comme ça qu'ils trouvaient de l'argent, depuis leur arrivée à L.A., ça et la vente de petites quantités de coke.

Clay paraissait heureux en me racontant tout ça, soulagé de pouvoir une fois de plus rejoindre le cercle des gagnants. Chuck apporta un minestrone farineux, petits pois flottant dans un écheveau de pâtes.

— Eh bien, ça change les données du problème, dis-je, tournant ma soupe.

— Ne te laisse pas abattre. Tu sais, si ton gars plaide coupable, il peut encore s'en tirer avec la prison à vie, sans possibilité de liberté conditionnelle Ça vaut mieux que la chambre à gaz.

— Si c'était le cas, il y a longtemps qu'il aurait décidé de plaider coupable.

— Écoute, Charlie, je te connais depuis un bon bout de temps et je crois que tu devrais laisser tomber. Déclare qu'il y a conflit d'intérêts, trouve quelque chose. À quoi ça sert ? Qu'est-ce que tout ça te rapporte ?

Pendant quelques instants, la perspective d'être débarrassé de l'affaire flotta devant mes yeux comme un drapeau jaune vif claquant au vent de la liberté.

— Je ne peux pas. Écoute, sérieusement, je sais que ça va sembler ridicule mais, quoi qu'il ait fait, ce type aura besoin d'aide.

— Tu oublies qu'il se défend lui-même. Tu n'es pas son avocat. Enfin, il y a quelqu'un qui te convaincra plus facilement que moi. La voilà.

Passant entre les tables, Mme Barry Schnitzer, née Barbara Taylor, vêtue d'un tailleur en coton blanc, de gants blancs et d'un chapeau à large bord, traversa le restaurant comme une grande-duchesse russe. Compte tenu de son attitude, il n'était pas difficile d'imaginer des enfants répandant des pétales de rose devant elle, des serfs tenant la traîne de sa robe pour qu'elle ne touche pas le sol. Clay se leva, l'embrassa sur les deux joues.

Elle s'installa sur la banquette, secoua la tête pour que ses boucles blondes tombent en une cascade luisante sur ses épaules. Elle sortit un étui à ses initiales et y prit une cigarette, que Clay s'empressa d'allumer avec un sourire gourmand. Théâtralement, le métronome frappant chaque mesure, elle souffla la fumée puis daigna me regarder.

— Nous nous retrouvons, monsieur Morell.

— Je n'y suis vraiment pour rien. Je n'avais pas l'intention de prendre une *poule sur le divan*[1] au déjeuner.

— Pardon ?

— Mauvaise blague. Depuis quand travaillez-vous ensemble ? Oh, comme je suis bête, j'oubliais, vous fréquentez les mêmes gens, ceux qui achètent

1. En français dans le texte *(N. d. T.)*.

et ceux qui exploitent. C'est comme ça que nous nous sommes rencontrés. Alors, dites-moi, mon destin s'est-il décidé pendant un dîner à l'Orangerie ou autour d'un verre au Riviera Country Club ?

— Laisse-lui une chance, Charlie.

— À quoi bon, je connais le message. C'est à peu près ça : monsieur Morell, j'aimais tellement mon mari que je ne connaîtrai pas le repos tant que je ne vous aurai pas donné tout mon argent pour que vous renonciez à l'affaire. Vous savez, cela montre bien que vous manquez d'imagination. Vous ne m'avez pas donné une seule bonne raison de renoncer, à part l'argent. J'en trouve des douzaines chaque jour. Mais, pour vous, tout ce qui n'est pas standing et argent n'existe pas. *Terra incognita,* tu n'as pas oublié le latin, Clay ? L'espace interstellaire. Dans la vie, il n'y a pas que les gros comptes en banque ou (je pris le revers de la veste de Clay entre le pouce et l'index) les costumes anglais sur mesure. Mais ça, vous ne le comprenez pas. Vous savez, j'ai pitié de vous, sincèrement. Vous êtes prisonniers de vos désirs, aveugles à tout ce qui n'est pas le symbole des dollars.

— Il n'existe rien d'autre, monsieur Morell, dit Mme Schnitzer, secouant la cendre de sa cigarette. Il me semble qu'un certain Marx a autrefois écrit sur le matérialisme et l'économie de marché. Le monde occidental, c'est l'argent.

— Ça devait être le frère disparu de Groucho. Regardez comme ça a bien tourné en Russie. En ce qui me concerne, madame Schnitzer, l'Occident d'autrefois n'existe plus. En fait, parfois, je regarde autour de moi et je me demande si nous sommes

238

toujours aux États-Unis ou bien si, par un caprice du destin, nous ne nous trouvons pas dans un Johannesburg gigantesque. Mais je suis certain que vous ne vous apercevez de rien.

Mme Schnitzer m'écouta patiemment jusqu'au bout.

— Franchement, je ne sais pas ce qui est le plus remarquable, monsieur Morell, le mépris que vous inspire notre système ou la conviction démesurée de votre importance. L'attitude que vous adoptez est démodée, me semble-t-il, depuis Diogène et les Romains. Ou bien êtes-vous l'honnête homme que le philosophe espérait rencontrer à Rome ?

— Mieux, madame Schnitzer, presque dans le mille. Seulement c'était Athènes, pas Rome. Mais, apparemment, vous ne comprenez toujours pas. À l'époque où vous travailliez en Bourse, je suis sûr que vous avez rencontré des situations où les gens faisaient les choses les plus désagréables simplement parce qu'ils en avaient par-dessus la tête de quelqu'un. Alors permettez-moi de me mettre à votre niveau et de vous donner votre premier conseil gratuit depuis des années. Il est absolument impossible que Ramón gagne son procès. Clay, ici présent, vous dira que son gars va se mettre à table, tout déballer et que, puisque c'est le seul témoin du drame, Valdez a intérêt à réciter ses litanies parce qu'il ne va pas tarder à rencontrer le grand serpent mamba qui est dans le ciel. Alors soyez gentille, laissez-moi tranquille, d'accord ? Vous êtes très belle mais vous vous arrangez pour m'insulter chaque fois que je vous vois.

— Je suis sûre que vous connaissez le proverbe

espagnol : il n'y a pas plus aveugle que celui qui refuse de voir. Il est évident que vous ne connaissez pas Valdez.

Je secouai la tête, incrédule.

— Comment se fait-il que vous le connaissiez, si vous me permettez cette question ?

Elle aspira calmement la fumée, ni trop ni trop peu.

— J'ai été en relation avec lui.

— À quel titre ?

— Barbara, je vous conseille de ne pas en dire davantage, intervint Clay.

— Qu'est-ce que cela signifie ? demandai-je.

— Il n'y a pas de danger, Clay. Je me suis intéressée à ces religions tribales.

— Quoi ? Une minute. Vous êtes en train de me dire que vous avez personnellement fréquenté Ramón ?

Elle redressa son chapeau, comme si elle était sur le point de glisser. Elle perdit un peu de son assurance.

— Je n'ai pas dit cela. Je m'intéressais à tous ces trucs vaudou. Après tout, vous savez sans doute que pratiquement tous nos employés de maison croient à ces bêtises et j'ai pensé qu'il serait amusant d'assister à une de leurs cérémonies.

— Laissez-moi deviner. Le défunt vous a accompagnée, n'est-ce pas ?

— Barry est venu une ou deux fois. Nous étions... je sais que ça semble ridicule mais nous étions inquiets parce qu'on tentait de nous racheter contre notre volonté et il a pensé qu'il ne fallait négliger aucune possibilité, pour ainsi dire.

240

— Barbara, je vous recommande de ne rien ajouter, dit Clay, le visage rouge tomate.

— Pourquoi ? Quel mal y a-t-il là-dedans ? Nous vivons dans un pays libre, n'est-ce pas ? La liberté de religion est garantie par le premier amendement.

— C'est sans importance, Clay. Je suis sûr que madame nierait tout cela à la barre. En outre, ce n'est pas moi l'avocat, c'est Ramón. Une seule chose : est-ce que ça a marché ?

Elle écrasa sa cigarette, garda les yeux fixés sur le cendrier en cristal. Lorsqu'elle leva la tête, ses yeux étaient d'un gris irisé, pupilles dilatées, comme si une scène terrifiante venait de passer sur l'écran de sa mémoire.

— Très bien, je dois le reconnaître. L'homme qui voulait nous racheter est tombé dans sa baignoire et s'est fracassé le crâne. Nous avons été sauvés.

— Schnitzer a-t-il payé Ramón ?

— Je ne sais pas s'il a été informé de l'efficacité de ses soins. Mais Barry a dit qu'il avait offert des bracelets à Valdez. Il lui a donné une carte de réduction, me semble-t-il.

Je me tournai vers Clay. Il baissa les yeux.

— Tu le savais depuis le début, salaud.

— J'ai pensé que ce n'était pas important.

— Pas important ? C'est pour cela qu'ils sont allés à la bijouterie. Ils n'avaient pas l'intention de la dévaliser, ils voulaient simplement récupérer ce qui leur appartenait ! Cela élimine les circonstances aggravantes et tu le sais. Jamais on ne les condamnera à mort pour ça.

— Si tu peux le prouver, contra Clay.

— Salauds sans principes.

— Pourquoi ne renoncez-vous pas, monsieur Morell ? Peu importent leurs intentions, il y a eu un bain de sang et mon mari a été tué.

— Aux yeux de la loi, il y a une différence entre une situation qui a dégénéré et un meurtre volontaire.

— Vous voulez dire que six personnes sont mortes par accident ?

— C'est tout à fait possible.

Elle joua sa dernière carte.

— Un quart de million, monsieur Morell. Voilà ce que vous aurez. Deux cent cinquante mille dollars si vous renoncez, immédiatement.

Je me levai, poussai la table.

— Je m'en vais. Vous pouvez garder votre argent. Il faut que je dorme la nuit.

Elle eut un sourire presque tendre.

— Très bien, mais surveillez la route. J'ai entendu dire qu'il y avait beaucoup de chauffards.

Était-ce elle qui avait demandé aux deux types de me pousser dans le ravin ? Ou bien agitait-elle son mépris devant moi, comme la cape devant le taureau ?

— Vous êtes ma police d'assurance, madame. Ne vous étonnez pas si les flics viennent frapper chez vous, au cas où je lâcherais la rampe.

Je m'en allai, passai devant Chuck, le serveur, debout près d'une table, carnet à la main.

— Est-ce que je vous ai proposé les plats du jour ?

Si traverser le barrio hispanique équivaut à une visite dans un no man's land, aller dans le ghetto noir de Los Angeles revient à pénétrer dans une zone de guerre où l'on se bat au corps à corps depuis des années. Il y a l'immobilité de l'esprit qui monte vers le dôme bleu d'un ciel sans nuages, le froid qui apparaît et s'installe quand le soleil orange se couche et que les fusillades crépitent dans la nuit, voitures pleines de membres des bandes, rock aussi fort que le permettent les haut-parleurs, allant et venant dans les ruelles, rats sortant des égouts pour prendre possession de la ville. Des essaims de petits revendeurs s'abattent sur les voitures des clients, proposant des amphés, de l'herbe et des armes tandis que, dans les maisons du quartier, les familles se réfugient derrière les fenêtres barricadées et tentent d'oublier les jurons, les hurlements et les coups de feu au moyen d'une prière nouvelle, d'un nouveau rituel populaire : la contemplation solennelle du poste de télévision stéréophonique grand-écran, avec magnétoscope intégré, où apparaissent les icônes du pays des feuilletons.

Le cœur du ghetto était l'endroit où le sergent Porras m'avait envoyé à la recherche des types qui avaient tenté de me pousser dans le ravin de Benedict Canyon.

— Allez-y, ironisa-t-il, faites cette connerie.

Il me donna une copie des rapports, laborieusement extraits d'un classeur en carton.

— Vous êtes le roi des privés, on verra si vous pouvez trouver qui voulait votre peau.

Je me garai devant le premier endroit mentionné dans les rapports, au milieu d'une longue rangée de commerces près de l'autoroute de Long Beach. J-PAUL'S, indiquait l'enseigne, VOUS ACHETEZ, NOUS FAISONS FRIRE. C'était la seule boutique ouverte à onze heures du matin. Les autres, succession déprimante de magasins de pneus d'occasion, de spiritueux et d'appareils ménagers, étaient encore fermées, rideau baissé, comme si les propriétaires craignaient que les chars nazis n'arrivent d'un instant à l'autre et ne se mettent à tirer.

L'odeur du poisson-chat et du cabillaud cuisant dans de hauts récipients pleins de graisse brune bouillonnante saturait l'air quand je poussai la porte. Une jeune Noire, des rangées de perles sur le front, le visage crevassé, émínçait du chou vert sur la planche à découper. Elle leva la tête.

— Ouais ? fit-elle, méprisante.

— Je cherche Bernice Adams.

— Vous êtes qui ?

C'était le moment de paraître officiel. Je montrai rapidement ma carte, puis la rangeai tout aussi vite.

— Détective privé. Je travaille pour le tribunal de Los Angeles.

Elle interrompit son travail le temps de m'adresser le genre de regard qui s'accompagne généralement d'un coup d'épaule et d'un juron.

— Vous voulez dire un détective, comme à la télé ?

— Quelque chose comme ça. Mme Adams est-elle là ?

— Vous êtes de la police ?

— Non. Je travaille pour les tribunaux. Pourrais-je voir Mme Adams ?

— Qui veut me voir ?

Une petite Noire obèse, avec d'épaisses lunettes et des rouleaux dans les cheveux, vêtue d'une robe verte qui laissait transparaître trois bourrelets de graisse autour de sa taille, sortit de l'arrière-boutique. Elle enfila un tablier propre. Ses nombreux bracelets en or tintèrent quand elle noua les longues lanières sur son estomac.

— Tu es sourde ? Qui me demande ?

— C'est ce monsieur, ma tante. Il est de la police.

Mon tour de donner une réplique intelligente et polie.

— Du tribunal de Los Angeles. Êtes-vous Mme Bernice Adams ?

— Oui. Est-ce que Gerard a encore des ennuis ?

Elle gagna un comptoir et le contourna à tâtons ; du bout des doigts, pour s'orienter, elle caressa les salières et les poivriers, les couvercles des pots, les couteaux de cuisine. Dans une cuvette, elle prit deux longs gants en caoutchouc jaune, les enfila puis gagna l'évier.

— La Tona, le poisson-chat est cuit. Il faut le sortir.

La jeune femme posa son couteau et retira le panier du récipient d'huile, le suspendit pour que les morceaux de poisson s'égouttent. Adams plongea la main dans un seau posé dans l'évier et en sortit un poisson-chat vivant. De l'autre main, elle saisit un hachoir et, d'un coup précis, coupa la tête moustachue.

— Vous pouvez approcher si vous voulez, monsieur. Je ne vois pas très bien, dans cette lumière.

Cette plaisanterie la fit rire tandis qu'elle prenait un couteau et éventrait le poisson, dont les viscères noirs, bleus et sanguinolents se répandirent sur la planche à découper.

Je m'immobilisai près d'elle, respirai son parfum capiteux, à base de violette, et les senteurs salées du poisson vidé. Elle semblait baigner dans une brume de chaleur et de vie, à l'aise dans son corps abondant.

— Je ne sais pas combien de fois je vais être obligée de le sortir des ennuis. Je croyais qu'il aurait compris, après le camp de jeunesse où vous l'avez envoyé, mais il a la tête dure, rien ne rentre, et il veut pas écouter. Je vous le dis tout de suite, il est pas rentré depuis deux jours.

— Je ne viens pas à cause de Gerard.

— Ah bon ? Il faudrait, pourtant ! Il faut que quelqu'un lui fasse comprendre et ça peut pas être moi. Si seulement ma pauvre sœur était encore là, elle le battrait quelque chose de bien, mais moi je peux pas. Tout ce que je peux attraper, c'est les poissons-chats, et c'est parce qu'ils sont déjà dans le seau, hé, hé.

— Non, madame, je voulais vous voir à propos de Rusty Thomson.

Mme Adams secoua la tête d'un air désapprobateur.

— Lui non plus, il sait pas ce qui est bien pour lui. Qu'est-ce qu'il a fait, à présent, volé le sac d'une vieille dame ?

— Le connaissez-vous bien ?

— Rusty ? C'était le meilleur ami de Gerard, pendant un moment. Je l'ai logé quand ses parents sont tombés pour trafic d'amphés. Mais il habite plus ici.

— Quand est-il parti ?

— Il y a six mois à peu près. Il embêtait la Tona et je voulais pas de ça chez moi, alors je l'ai flanqué dehors, voilà ce que j'ai fait.

La Tona rentra la tête dans les épaules et coupa son chou en tranches de plus en plus fines, doucement, pour entendre la conversation.

— Qu'est-ce qui lui est arrivé ? demanda Mme Adams, décapitant et éventrant sans relâche.

— Il est mort dans un accident de voiture.

— *Non !* entendis-je derrière moi.

La Tona posa son couteau et s'enfuit, en larmes. Mme Adams soupira et continua son travail.

— Je me disais bien qu'il finirait mal, ce garçon. Quel dommage, tout de même.

— Quand il est mort, il y avait des objets religieux dans sa voiture.

— Religieux ? Comment ça ?

— Poupées vaudou, colliers, ce genre de choses.

— Des genres de gris-gris, vous voulez dire ? Ouais, je me souviens qu'il s'intéressait à tout ça, il disait que c'étaient des dieux africains, la religion de l'homme noir. Lui et Junior, ils en causaient tout le temps.

— Junior ? Comment s'appelle-t-il ?

— Eric Howard, je crois. Il est toujours au Big Hole, sur Vermont.

— Merci beaucoup. Je vous laisse.

— C'est ça.

Avant de sortir, je me retournai. Parmi les cadavres sanguinolents de dizaines de poissons-chats, Mme Adams tranchait toujours, malgré les larmes qui roulaient sur son visage.

Le Big Hole était un café en forme de champignon géant dont le sommet se trouvait quinze mètres au-dessus de la chaussée, structure de bois et de stuc, sans charme, à quelques centaines de mètres de l'autoroute. À quinze kilomètres de là, au bout de Vermont Avenue, on apercevait la péninsule de Palos Verde baignant dans la brume mais, ici, le soleil était chaud et indifférent. Plusieurs BMW, véhicule préféré des revendeurs de crack, étaient garées autour du bâtiment.

Je m'assis au comptoir de formica écaillé. Deux douzaines d'yeux bruns dans six douzaines de visages noirs me fixaient. Il y a des moments, dans mon métier, où on est obligé de ressembler aux détectives de la télévision : ceux qui posent les bonnes questions aux mauvaises personnes. J'espérais simplement que, comme dans les films, le héros vivrait jusqu'au lendemain.

Je demandai au serveur s'il connaissait Rusty.

— Évidemment. Blood traîne tout le temps ici. Mais il y a un moment que je l'ai pas vu. Vous êtes de la police ?

— Non, je travaille pour le tribunal. Le connaissiez-vous bien ?

— Le frère, il avait dix ans quand je l'ai rencontré. J'ai tenté de lui faire voir la lumière, mais je ne peux pas dire que j'ai réussi.

— Pardon?

— Je suis témoin de Jéhovah. J'invitais Rusty à nos réunions, mais il préférait traîner avec eux.

Il montra une tablée de spectateurs en veste de cuir.

— La drogue est notre tourment, monsieur, le signe que la fin est proche et que nous devons nous préparer.

— Savez-vous s'il pratiquait la *santería* ?

— Qu'est-ce que c'est ?

— Une religion afro-cubaine. Selon elle, les dieux africains nous visitent toujours.

— Et le Seigneur a dit : « Tu n'adoreras pas d'autre Dieu que moi. » Non, monsieur, je ne peux pas...

Un coude heurta mes côtes. Je pivotai sur moi-même et découvris un petit Noir mince, à la peau couverte de boutons, aux cheveux crépus et roux, qui portait plusieurs chaînes en or sur son costume noir. Deux colosses, qui n'auraient pas détonné dans une équipe de football américain, l'enca-draient.

— Tu cherches Rusty, dit-il.

Ses deux sous-fifres sourirent un peu moins ami-calement que lui.

— Il est mort.

— Je sais. Et alors ?

— Il a tenté de me tuer et je veux savoir pour-quoi.

Le Roux se tourna vers ses gardes du corps, leur sourit d'un air de dire : pauvre idiot.

— Tu bosses pour les deux fumiers de Cubains qui ont buté les gens de la bijouterie ?

— Oui.

— Je savais que Rusty n'y arriverait pas. Je lui ai dit : prends un Mac 11 et fais-en de la viande hachée, mais le Blanc a dit non, balance-le dans un ravin. Merde, mec, j'ai dit, merde, mec, c'est de la connerie, mais il voulait que ce soit un accident. Faut que je te serre la main, mon vieux. (Il prit ma main dans sa petite patte à la peau lisse.) Tu as le cul bordé de nouilles.

— Comment était ce Blanc ?

— À peu près grand comme toi, yeux verts, cheveux blonds. Ah, ouais, il avait une tache de vin, en forme de cœur, sur la joue gauche.

Ces paroles me terrifièrent, comme si une lame glacée me tranchait les entrailles ; mon cœur se mit à galoper dans un nuage rouge de peur. J'eus l'impression que j'allais m'évanouir. Je saisis le bord du comptoir et je respirai un grand coup.

— Qu'est-ce qui t'arrive ? demanda le Roux.

— Rien. Regarde, dis-je, sortant mon portefeuille et lui montrant une photo. C'est cet homme ?

— C'est lui. Et le môme, c'est qui ?

Sur la photo, mon père souriait à l'objectif, serrant dans ses bras un garçon de dix ans très heureux.

— C'est moi.

12

Aujourd'hui encore, je ne sais pas comment s'est passé ce week-end. En réalité, je ne sais même pas comment je suis rentré de Compton. Je suppose que la fièvre contre laquelle je luttais finit par se déclarer et que les litres de sueur que produit mon corps chaque fois que j'ai de la température trempèrent les draps. Mais le lundi, je me réveillai comme Lazare, sous un ciel tout bleu. Les geais chantaient dans le jacaranda proche du balcon. Le fantôme de la lune, qui flottait encore au-dessus des collines verdoyantes, adressait un regard triste à son compagnon flamboyant avant de se retirer dans les ténèbres.

Comment est-ce possible ? me demandai-je. Est-ce que l'esprit de mon père... Allons, Charlie, laisse tomber. C'est impossible. Tu es sous pression, c'est tout, et le Roux ne savait pas ce qu'il disait. Les morts ne reviennent pas. Les âmes errantes n'existent pas. Tu as répandu les cendres de ton père dans l'Atlantique il y a presque vingt ans. C'est Los Angeles, ici, et les fantômes de l'Est ne réapparaissent pas dans ce désert. C'est la tension. Oublie. Oublie-le. Oublie.

Depuis plusieurs jours, Lucinda cherchait à déceler en moi les indices du sort dont, selon elle, j'étais victime. Cependant, elle ne se montra pas moins affectueuse. En fait, mon malheur augmenta son inquiétude, si bien qu'elle déborda pratiquement de tendresse, m'apportant mon *café con leche* au lit, disposant des fleurs coupées dans toute la maison, laissant des petits mots cachés dans les plis de mes vêtements pour me dire combien elle m'aimait.

Elle avait toujours été fière d'être une maîtresse ingénieuse et se crut obligée de m'apporter des preuves supplémentaires de sa virtuosité. Elle trouvait continuellement de nouvelles façons d'utiliser mon sexe et ma bouche si bien que, après un bain chaud et une douche froide, au cours desquels nous nous caressions mutuellement, nous nous jetions sur le lit, jouant avec toutes les membranes, tous les orifices et follicules, joignant des parties du corps qu'aucun manuel, à ma connaissance, n'avait proposé de joindre, réalisant des expériences auxquelles, jusque-là, je n'avais fait que rêver honteusement. Jamais je n'aurais imaginé que mon gros orteil et son voisin auraient pu aussi aisément pénétrer en elle, ni qu'un légume ordinaire, glissé derrière alors que je la prenais pardevant, pourrait provoquer de tels glapissements de joie. Je la ligotais et la fouettais avec mes ceintures en cuir, frappant ses fesses jusqu'à ce qu'elles soient brûlantes au toucher, puis glissais mon sexe dans sa bouche de telle façon que, attachée à la tête du lit avec une écharpe en soie bleue sur les yeux, elle ne connaisse du contact sensuel que la douleur et la pénétration. Elle me suçait comme un bébé tète le sein de sa mère, jusqu'à ce que je ne puisse pratiquement plus résister, puis je la prenais par-derrière avant de sortir et d'exploser sur son joli visage aux yeux bandés, sa langue rose dardée tentant de lécher le sperme blanc qui tombait.

Parfois j'étais son esclave, contraint, à coups de tapette à mouche ou de brosse à vêtements, de lécher chaque centimètre carré de son corps, des ongles noirs à paillettes dorées de ses pieds jusqu'à la racine de ses cheveux teints au henné ; puis elle me giflait et me frappait jusqu'à ce que je pleure et poussait ma tête jusqu'au creux de ses jambes, la maintenant à deux mains, guidant ma langue, semblable à celle d'un oiseau-mouche, vers l'endroit exact ; j'ouvrais ses lèvres pour que son petit clitoris dur, pressé d'être caressé, pincé, embrassé et mordillé, puisse sortir entre les poils. Lucinda m'emprisonnait entre ses jambes, cambrait son corps et appuyait de plus en plus fort, son pubis comme un poing dans ma bouche, tandis qu'elle se frottait jusqu'à irriter mes lèvres, puis jouissait en un torrent de jus salé, cinq, six fois de suite. Alors elle me repoussait à coups de pied et je tombais par terre, le souffle coupé, me traînant ensuite près d'elle, lui demandant de me pardonner tandis qu'elle gisait, brûlante, les yeux révulsés, fixant les cieux qui voient tout.

*

En fait, Lucinda était désormais une femme entretenue, ma maîtresse, servante, confidente et conseillère, mon Albertine tropicale à la peau brune. Cela ne la gênait pas. Elle s'épanouit, grâce à mes soins sensuels. Elle perdit cette silhouette anguleuse qui évoquait à mes yeux un mannequin de mode ou une réfugiée d'Amérique centrale, ses hanches et sa poitrine s'arrondirent si bien que, lorsqu'elle se déshabillait, ses deux seins pleins se dressaient sans l'aide d'un soutien-gorge ni d'un bustier, pointes brunes orgueilleusement tendues. Paradoxalement, ses quelques kilos supplémentaires accentuèrent les angles de son visage, ses pommettes plus charnues creusant une fossette permanente qui guidait délicieusement l'œil jusqu'à ses lèvres pleines. J'ouvris des comptes à son intention chez Magnin et Neiman, lui achetai des chaussures sur Melrose et Rodeo, la fis coiffer chez José E., manucurer chez Miss Julie, enfin j'en fis ma Galatée personnelle, une poupée vivante dont la seule tâche consistait à prendre soin de moi. Elle y excellait à un degré tel que j'eus l'impression qu'elle attendait depuis longtemps qu'un homme tel que moi la découvre et lui apporte le vernis ultime qu'elle s'empressa de faire sien.

Mais, malgré nos transports charnels, je ne peux pas vraiment dire que je l'aimais. Chaque fois que je la quittais, son image s'estompait dans ma mémoire, son visage et son corps ne s'imposant à mon esprit qu'au moment où je tournais la clé dans la serrure et qu'elle se jetait dans mes bras avec un baiser et une anecdote, son parfum nous entourant comme une guirlande. Puis je la contemplais et j'étais à nouveau émerveillé, comme le tigre regardant l'ocelot, par sa beauté et sa vigueur aussi saisissantes que lors de notre première rencontre.

Ne vous méprenez pas, je trouvais que j'avais beaucoup de chance de l'avoir. Les rares fois où mes amis et collègues nous virent ensemble, à la terrasse d'un café de Santa Monica ou à la sortie d'un cinéma de Westwood, leur jalousie m'emplit d'orgueil. Mais chaque fois que nous étions seuls, loin du lit, j'évoquais invariablement, en pensée, les petits défauts de sa beauté, des imperfections si minuscules qu'elles méritaient à peine ce nom, peut-être de simples irrégularités, notamment la courbe accentuée de ses narines, les extrémités plates, émoussées, de ses doigts ou ses genoux noueux, et j'avais envie d'être chirurgien, ou Dieu, pour faire disparaître ces imperfections et transformer Lucinda en l'image parfaite de mon désir. Peut-être est-il préférable que j'aie échoué car qui sait quel monstre j'aurais produit, quelle créature terrifiante, jaillie de mes tentatives, j'aurais eu chaque jour à mes côtés. Je cherchais quelqu'un, ou quelque chose, et Lucinda devint l'expression la plus pratique de ce désir informulé, le moyen d'échapper aux arbustes épineux de l'instant, derrière lesquels est tapie la créature féroce qui dévore les sots et les imprudents.

— Daddy, me dit-elle un après-midi, daddy, allons danser, il y a tellement longtemps que je n'ai pas dansé.

Elle choisit l'Alberto's, ancienne usine de conditionnement de riz à la limite de Chinatown, près des voies de chemin de fer. Dès notre arrivée,

Lucinda fut le centre d'un tourbillon de sourires, baisers et danses ; le portier nous fit entrer avant tout le monde, de vieux amis la saluèrent, le barman fit porter des consommations à notre table, le chef d'orchestre lui dédia une version latine de « Love me with all your heart ».

— Je venais ici tous les week-ends, avant de te rencontrer, souffla-t-elle tandis que nous dansions.

— Est-ce que je te garde prisonnière ?

— Ah, *papi*, non, non, daddy, bien sûr que non. C'est seulement que je me dis souvent que je ne voudrais pas que tu sois si préoccupé par ce procès ridicule. Tu te fais trop de souci. C'est à cause de ça que tu es tout le temps malade.

— Alors tu ne crois plus qu'on m'a jeté un sort ?

— Tu es très méchant. Même si on l'a fait, tu peux toujours résister. Comme ça, quand les choses arrivent, tu peux les affronter.

— Quelles choses ?

Ses lèvres caressèrent le lobe de mon oreille.

— Oh, des choses comme ton père qui revient à la vie sous tes yeux ou de croire que des gens l'ont vu. C'est parce qu'il y a quelqu'un qui tente de détruire ton amour-propre, ton centre. Pour se défendre, il faut se purifier. Sinon, il faut beaucoup s'amuser. (Elle rit.) Oui, je crois qu'il faudrait que nous sortions plus souvent, pour briser ce sort.

— Je ne savais pas que je vivais avec une sorcière.

Elle se serra contre moi, la cuisse entre mes jambes.

— Je ne suis pas une sorcière, je suis seulement magique.

Il s'écoula beaucoup de temps avant que ses amis et relations nous laissent seuls à notre table. Elle tripota l'ombrelle de bambou plantée dans son verre, regarda tristement le couple qui dansait sur la piste.

— Je regrette de ne pas être danseuse. Tu sais, comme au Tropicana. Aller sur scène avec tous ces costumes et simplement les montrer. Mais, à Cuba, mon professeur de danse disait que je n'étais pas assez bonne. Tu sais comment ça se passe là-bas, le gouvernement décide ce que tu feras. Nous n'avons plus besoin de danseurs, elle a dit. Elle a dit : toutes les *mulaticas* comme toi veulent monter sur les planches. Ce qu'il nous faut, c'est des professeurs, des professeurs d'éducation physique. Alors c'est ce qu'ils m'ont fait faire. Crois-moi, j'étais tellement contente, quand j'ai débarqué à Key West, que j'ai presque embrassé la terre.

— Tu ne l'as pas fait ?

— *Ay, chico,* non, elle était trop sale. (Elle se serra contre moi.) Je suis tellement contente de t'avoir trouvé, daddy. Ou que tu m'aies trouvée.

— As-tu envisagé de faire des études, apprendre un métier ? Je t'aiderais, tu sais.

La perspective de travailler sérieusement la fit froncer les sourcils.

— Je ne sais pas. En fait, je ne sais pas quoi faire. Parfois, je regarde la télévision, tu sais, et je regrette de ne pas être avocate, ou médecin, toutes ces choses que font les femmes américaines. Même capitaliste ! Mais je me plonge dans mes *novelas* et je sais que tout ira très bien. C'est à ce moment-là que je comprends que le travail d'une femme, c'est d'aimer son homme, que son bonheur c'est d'avoir quelqu'un près d'elle dans toutes les tragédies que la vie nous inflige.

— Que ferais-tu s'il m'arrivait quelque chose ?

Elle s'écarta légèrement, prenant la mesure de ma question, puis se serra à nouveau contre moi.

— Rien. Je mourrais, c'est tout.

J'étais aux toilettes, caverne de carreaux de faïence blancs, haute de plafond et pourvue d'un urinoir tout en longueur, quand l'ivrogne entra. Il vacillait, sous les effets de Dieu sait combien de bières et *aguardientes*, quand il gagna péniblement la cuvette des toilettes, où il vomit rapidement et efficacement. Ensuite il se moucha et vint pisser.

— Mauvaise soirée ?

— *Coño, chico,* c'est sûrement le *tamal* que j'ai mangé au Gallego. La viande était mauvaise, pas de doute.

Son sexe était long, foncé et pas circoncis, comme celui de nombreux Cubains. Il le secoua soigneusement, plusieurs fois, le remit dans son pantalon, ferma sa braguette. Il se passa de l'eau sur le visage, devant le lavabo ; ses cheveux raides et ses traits rudes luirent dans la lumière jaune.

— Alors, comment va Palito ?

Il parlait d'une voix épaisse, pâteuse, l'intonation cubaine d'origine ayant été modifiée par un accent rapide que je ne parvins pas à identifier.

— Pardon ?

Je gagnai le distributeur de serviettes en papier, en tirai une.

— Palito. Ramón Valdez, *Coño*. Comment il va ?

C'était nouveau. Palito ? Ramón avait des amis ?

— Ouais, on était copains, dit-il. On s'est rencontrés à Mariel. Tu as de ses nouvelles ?

— Il va bien, sauf qu'il risque la chambre à gaz.

— Tu me racontes des conneries. Il est encore dans la merde ? Ce salaud ne comprendra jamais.

— Tu n'es pas au courant ? C'était dans tous les journaux.

— Je viens de rentrer. J'ai passé plusieurs années en Amérique du Sud, je travaillais dans le bois, tu vois ? Il n'y a pas beaucoup de journaux dans la jungle.

— A-t-il toujours été fou ?

— Ramón ? Comme je disais, ce salaud ne comprendra jamais. Un jour, dans une engueulade, je l'ai vu égorger un type. Faut pas l'emmerder, ça c'est sûr. Le plus bizarre, c'est qu'il dit toujours qu'il n'a rien fait, que c'est les dieux, que c'est Oggún. Oggún a fait ci, Oggún a fait ça. Il revenait toujours à ses conneries de sorcellerie. On a travaillé ensemble pendant un moment, tu vois ce que je veux dire, à Miami.

Il roula la serviette en papier en boule, la lança dans le bidon qui tenait lieu de poubelle. J'entendis l'orchestre se préparer, sur la scène, les plaintes des cuivres, les accords de guitare électrique et de basse.

— Comment as-tu deviné que je le connaissais ? demandai-je tandis que nous regagnions la salle.

— *Coño*, mec, tu es avec Lucinda, je t'ai vu.

— Et alors ?

Il s'arrêta, sourit. L'orchestre entama une *merengue* et les couples de danseurs envahirent la piste.

— Ils étaient mari et femme, tu ne savais pas ?
Muchacho, elle ne te raconte rien, pas de doute. Tu
devrais lui poser quelques questions, tu vois ce que
je veux dire ?

*

Nous rentrâmes à quatre heures du matin, couverts de sueur, fatigués et un peu ivres. Nous nous
arrêtâmes dans l'escalier pour nous embrasser,
moi suçant sa langue, caressant ses seins, elle glissant la main entre mes jambes, pinçant mon sexe,
ses ongles griffant le tissu du pantalon. Je la portai
jusqu'à l'étage. Elle rit à chaque marche, perdit
une chaussure sur le palier. J'ouvris péniblement la
serrure, poussai la porte, posai Lucinda sur le
canapé et, sans même fermer derrière moi, sans
l'embrasser, la caresser ou dire un mot, je lui arra-
chai son slip et la pris. Elle était prête, son sexe brûlant et mouillé, comme une main sortant d'entre
ses jambes qui me saisit et me serra. Elle se mit à
bouger dès que je l'eus pénétrée, passa les bras
autour de mon cou, emprisonna ma taille entre ses
jambes, cacha la tête au creux de mon cou. Elle frissonna quand elle jouit et que j'éjaculai. Nous nous
séparâmes. Je tombai lourdement sur la moquette.
Elle a émis alors une sorte de ronronnement
rauque de ravissement. Elle tendit le bras, passa la
main dans mes cheveux. J'entendis un oiseau
chanter ; il annonçait une aube torride.
— Tu es vraiment formidable, Charlie.
— Aussi bon que Ramón ?
Elle tourna brusquement la tête.

— D'où sors-tu ça?

Je me levai, remontai mon pantalon. Elle ne chercha pas à cacher sa nudité. Je m'assis sur le petit repose-pied capitonné qu'elle avait trouvé chez un antiquaire.

— Pourquoi ne m'as-tu pas dit que tu étais mariée avec Ramón?

— Ramón qui?

— Arrête tes conneries. Ramón Valdez.

Elle baissa sa robe, s'assit sur le canapé. Puis elle se pencha, m'embrassa sur la joue.

— Tu es un enfant, vraiment. Je suis trempée. Laisse-moi aller dans la salle de bains.

J'étais toujours au même endroit quand elle revint. Je n'avais pensé à rien pendant son absence.

— Alors? demandai-je.

— Alors quoi? répliqua-t-elle, s'asseyant et croisant les jambes. Je ne vois pas où est le problème.

— As-tu été mariée avec lui, oui ou non?

— Peut-être.

— Qu'est-ce que c'est que ce baratin? Tu l'as été ou tu ne l'as pas été... et, si oui, pourquoi ne m'as-tu rien dit?

— Je t'ai dit qu'il a habité chez moi, après sa sortie d'Atlanta.

— Mais ce n'est pas la même chose quand on est marié avec quelqu'un, tu ne crois pas? Enfin, tu t'en souviens forcément.

— Tu m'ennuies. Quel est ton problème? Je ne vois pas pourquoi tu t'inquiètes pour une chose qui est peut-être arrivée il y a des années.

Je me levai et approchai mon visage du sien, respirai l'odeur sucrée de la vodka, les parfums de

261

l'amour et de l'eau de toilette française. Je luttai contre un désir fou de l'embrasser et de lui faire à nouveau l'amour.

— Parce que tu vis avec moi, voilà pourquoi. Parce que je participe à la défense de ton ancien mari, si tu étais mariée avec lui. Parce que tu me prends pour un con et que tu veux me faire croire que le soleil ne brille pas. Parce que, et c'est la raison principale, tu ne m'as pas dit la vérité. Alors explique tout de suite parce que, demain, je n'aurai pas de mal à trouver. Je veux l'entendre d'abord de ta bouche.

Elle me regarda dans les yeux. Les paillettes dorées de ses iris brillèrent dans la lumière du couloir. J'y découvris une émotion que je n'avais jamais vue, un sentiment qui devint d'autant plus fort qu'elle tenta désespérément de le cacher. Les causes possibles de cette peur jaillirent de l'humus de mon imagination.

— *Ay, mi amor,* je m'excuse. Je ne voulais pas te faire du mal. Il y a tellement de choses que nous faisons par amour, quand nous sommes amoureuses, et que nous regrettons plus tard. On se souvient alors de leur stupidité mais pas du délire qui nous a poussées à les faire. Est-ce que tu me comprends ?

Je m'éloignai sans répondre, le visage aussi neutre que possible tandis que la passion et l'orgueil se livraient bataille en moi.

— Non, tu n'es pas une femme, tu ne peux pas comprendre. Tu ne peux pas imaginer ce que nous faisons pour ceux que nous aimons. Quand Ramón est sorti d'Atlanta, il n'était pas comme il est aujourd'hui. Il était très heureux d'avoir retrouvé la liberté, le monde lui semblait plein de possibilités. Il voulait reprendre sa carrière d'ingénieur, commencer une nouvelle vie. La première chose qu'il a faite, c'est apprendre la langue. Quelques mois plus tard, il parlait couramment anglais. J'étais émerveillée. Il semblait décidé à faire son chemin. C'est à ce moment-là que nous avons commencé à sortir ensemble, il était si gentil. (Elle s'interrompit, m'adressa un sourire indifférent.) Si ça peut te rassurer, tu fais mieux l'amour. Tu es plus inventif. Il ne s'intéressait qu'aux choses ordinaires. Mais le sexe n'est pas tout, c'est l'amour qui compte.

Elle respira profondément, revivant ces moments comme pour s'assurer qu'aucun aspect important ne serait négligé.

— Puis il s'est passé quelque chose. Il travaillait, vendait des ustensiles de cuisine au porte-à-porte, des poêles, des casseroles, ce genre de chose. On lui a dit qu'il était licencié parce qu'on réduisait l'équipe de vendeurs. Mais il a cru que c'était parce qu'il était noir et que les ménagères d'Amérique centrale refusaient de lui ouvrir la porte. Il a tenté de travailler avec d'autres Cubains, mais les Cubains qui sont venus juste après la révolution, comme toi, ne voulaient pas davantage de lui. C'était un Marielito, un criminel ordinaire, et il était noir. Alors il a tenté de trouver du travail dans une société américaine dirigée par des Noirs qui vendaient des produits capillaires. Mais ils ont dit qu'il était hispanique et ils ont refusé de le prendre. Il s'est rabattu sur la drogue. Le plus drôle, c'est qu'il s'est mis à gagner de l'argent à ce moment-là, avec Juan Alfonso. Ils retapaient des maisons et les revendaient. Mais c'était trop tard à ce moment-là, vendre de la drogue était plus facile.

« Après le cambriolage chez la dame de Pasadena, j'ai été licenciée, alors je suis allée vivre avec lui. Je ne me souviens pas bien de cette époque. Ça n'a été qu'une succession de fêtes, de nuits passées à attendre des livraisons, de journées où nous dormions d'un sommeil inquiet.

« Nous nous sommes mariés. Nous trouvions que c'était une idée amusante, alors nous avons pris l'avion pour Las Vegas. Nous avons prétendu que nous étions portoricains et nous nous sommes mariés dans la chapelle à deux heures du matin. C'est tout ce dont je me souviens. Je ne sais pas combien de temps nous sommes restés là-bas, ni rien. Quand nous sommes rentrés, nous avons averti tout le monde, alors je suis devenue sa femme. Tu sais que le mariage n'est pas valable, puisque nous avons donné des informations fausses. Nous le savions aussi, mais nous voulions croire, alors nous avons fait comme si.

« Il s'était remis à la *santería* parce qu'il croyait que ça le protégerait. Mais il s'y est consacré de plus en plus, comme s'il était quelqu'un d'autre. Les dieux le visitaient chaque jour et ne le lâchaient pas. Quand Oggún s'emparait de lui, il était violent, grossier et baisait d'autres femmes devant moi. Alors, un jour, je suis partie. Juan Alfonso m'a aidée. Il est bon, c'est comme un père pour moi. Puis tu es arrivé.

Elle se tourna vers moi, attendant ma réaction. Je contemplai ses os fins, sa peau brune, ses yeux effrayés. Était-ce la possibilité de notre rupture qui lui faisait peur, ou bien s'agissait-il de tout autre chose ? Elle s'approcha, posa la tête sur mes genoux. Je jouai avec ses cheveux.

— Quand tu es partie, demandai-je, avait-il déjà les bijoux de la boutique ?

— Quels bijoux ?

— Ceux qui décoraient son autel, des bracelets, des pendentifs, ce genre de chose.

— Ah, ceux-là. Il a dit qu'un ami les lui avait donnés. Je ne me souviens pas qui. (Elle m'offrit à nouveau son visage.) Vas-tu me pardonner de ne pas t'avoir dit avant ? J'avais si peur.

— Peur de quoi ?

— De te perdre.

S'il est vrai que les yeux sont le miroir de l'âme, Lucinda s'attendait à une violente attaque frontale et s'était barricadée en prévision de la bataille. La peur avait disparu et ces globes luisants observaient calmement mes réactions.

— Il n'y a rien à pardonner, dis-je, l'embrassant sur le front. Tu as simplement oublié de m'en parler, d'accord ?

Pendant un très bref instant, elle fut stupéfaite.

— Oh oui, daddy, oui, c'est ça. J'ai oublié. J'ai oublié. Bon sang, comme je t'aime !

13

Ramón, qui lisait le dossier des meurtres, leva la tête.

— Vous êtes malade ? demanda-t-il.

La puissante lampe du parloir chassait toutes les ombres.

La sensation bien connue de nausée et de désespoir s'était emparée de moi quand le sas s'était ouvert et que le shérif adjoint m'avait conduit au parloir.

Ramón attendait, plongé dans les livres de droit, préparant les requêtes, étudiant les précédents qui serviraient à sa défense.

— J'ai été plus en forme, reconnus-je.

— Vous n'avez pas l'air bien. Ma mère me donnait toujours une infusion de feuilles de camomille. Vous devriez essayer.

— Votre mère est-elle toujours en vie ?

Les yeux de Ramón se firent tendres pendant quelques instants.

— Non, elle est morte après être sortie du camp de détention, répondit-il sans regrets, distant.

— C'est pour cela que vous vous êtes retourné contre Fidel ?

— Je n'ai jamais été pour Fidel, j'aimais me battre, c'est tout. La révolution a cessé de m'intéresser quand je suis rentré d'Angola. J'étais un héros de la révolution, avec un diplôme universitaire, et tout ce que j'ai pu obtenir, c'est un studio dans la vieille ville de La Havane. Puis ma gosse est morte de la typhoïde, exactement comme si nous vivions dans un pays sous-développé. C'est à ce moment-là que j'ai dit que ce n'était que de la merde. Et puis j'ai décidé que tout ce que je voulais, c'était quitter le pays. Mais, *oye*, assez de conneries, le passé n'a jamais aidé personne. Il faut regarder l'avenir, *mano*, l'avenir.

Ramón ne mentionna plus jamais sa famille. Pour lui, le passé était une succession de pièces autrefois occupées mais désormais condamnées et abandonnées, où la poussière des souvenirs devenait chaque année plus épaisse. Pour lui, tel était l'ordre naturel des choses.

Le pivot de la défense élaborée par Ramón était une proposition très simple et, pourtant, spécieuse. Il reposait sur une version de l'aliénation mentale appelée test McNaughton, qui pose le principe de l'innocence de l'inculpé lorsqu'il est incapable de distinguer le bien du mal au moment où le crime est commis.

— Le pouvoir législatif a changé le test McNaughton après Dan White, rappelai-je à Ramón. Vous ne pouvez pas choisir cette solution parce qu'elle ne marchera pas.

— Vous faites référence à l'aliénation mentale, pas à l'argumentation culturelle que je propose.

267

— Vous croyez vraiment que vous pourrez convaincre un jury américain de vous libérer alors que vous avez…

Je m'interrompis, mais il termina.

— Alors que j'ai tué des hommes, des femmes et des enfants innocents, que la bijouterie ressemblait à une boucherie quand j'en suis sorti ? (Je hochai la tête.) Carlos, ce n'est pas pour ça que nous sommes ici ?

— Je ne vois pas comment vous pourrez les convaincre.

— Je vous ai dit que c'était une défense culturelle. Écoutez, pour prouver le meurtre, il faut pouvoir prouver l'intention criminelle, correct ?

— Oui. Mais si vous croyez que les jurés fermeront les yeux sur les morts et vous acquitteront, vous vous fourrez le doigt dans l'œil.

— Une minute. Nous avons aussi les circonstances aggravantes, d'accord ? Meurtre pendant une attaque à main armée. En réalité, il n'y a pas eu d'attaque à main armée.

— Je sais, c'est ce que vous affirmez.

Je m'interrompis, envisageai de lui parler de ma conversation avec Mme Schnitzer, mais y renonçai. J'étais certain qu'elle nierait tout si on lui demandait de témoigner. En outre, j'avais envie de voir ce qu'il était disposé à révéler. En dernière analyse, c'était son affaire, sa défense, son problème. Pas les miens.

— Ce n'est pas ce que Pimienta dira.

Ramón m'adressa un clin d'œil presque égrillard.

— Je me charge de Bobo. Quand j'en aurai terminé avec lui, le jury aura compris qu'il m'accuse pour sauver son cul et ne le croira pas.

— Vous voulez dire que l'immunité qu'on lui accorde le discrédite automatiquement? N'y comptez pas. Dans une affaire aussi sanglante, les jurés sont systématiquement du côté de l'accusation. Ils se diront probablement que, s'ils ne peuvent pas vous avoir tous les deux, ils se contenteront de vous seul.

— D'accord, on verra qui a raison le moment venu. En attendant, contactez cette dame, demandez-lui quand elle pourra témoigner.

Il me donna un morceau de papier sur lequel figurait le nom de Graciela de Alba.

— L'ethnologue? Allons, Ramón, elle a au moins quatre-vingts ans et elle habite Miami. Si elle n'est pas morte.

— Elle a soixante-dix-sept ans. Elle va bien, ne vous en faites pas pour ça, dit-il avec assurance. Contentez-vous de lui demander quelle période lui convient le mieux et dites-lui que nous ne pourrons probablement la prévenir que quarante-huit heures à l'avance.

— Reynolds va-t-il accepter?

— Il est obligé. Il ne veut pas être cassé en appel. Ce qui est exactement ce qui arrivera si je ne suis pas en mesure de présenter tous les éléments relatifs à l'état mental.

Je m'appuyai contre le dossier de ma chaise, fixai le plafond.

— Ça peut marcher. Vous obtiendrez sans doute le meurtre au premier degré, sans circonstances aggravantes. Merde, vous obtiendrez même peut-être l'homicide et serez dehors dans dix ou douze ans.

Je croyais que cette éventualité le satisferait, mais il y a des gens pour qui seul compte l'absolu.

— Pas question, Carlos. On les bat. On sort libre.

— Ah, ouais, sûr, et je suis Robert Redford. Réveillez-vous, mon vieux, vous aurez de la chance si vous obtenez l'homicide. Il y six morts, dont une petite fille.

— Je ne suis pas responsable de la petite fille.

— Et le reste, Ramón ? Comment pouvez-vous ignorer ces cadavres qui exigent justice ?

— Peut-être, mais ce n'est pas moi.

— D'accord. Donc on en revient à accuser Pimienta, exact ?

— Non, pas du tout. Je ne sais pas qui c'est.

— Allons, on a déjà discuté de ça. Ne jouez pas au plus malin. Si ce n'est pas vous et si ce n'est pas Pimienta, qui est-ce, nom de Dieu ?

— C'est Oggún, ce n'est pas moi. C'est Oggún qu'il vous faut.

*

Le jour de la réouverture des tribunaux, Los Angeles baignait dans un brouillard épais que l'on ne rencontre généralement que dans Central Valley, si bien qu'on ne voyait pas à plus de trois mètres devant soi. Quand j'ouvris les volets, ce matin-là, laissant Lucinda marmonner sous les couvertures, l'épaisse couche d'air marin évoquait de la barbe à papa, dans le jardin. Quelques roses rouges, spectrales, perçaient la brume.

Au centre, près du palais de justice, un artiste du graffiti, sans doute romantique, avait écrit, avec une bombe de peinture rouge, des slogans sur les trottoirs, les poteaux et les boîtes de contact des feux de circulation : « J'aime baiser les femmes parce que leur chatte est toute douce. » Devant le palais de justice, le poète avait changé de chanson : « J'aime baiser les femmes policiers parce que leur chatte est toute douce. » Je me demandai quels dithyrambes il concocterait sur les juges, les procureurs et les shérifs adjoints, et suivis la foule qui entrait dans l'immeuble.

Des ouvriers, sur des échafaudages, plaçaient des barres métalliques à l'épreuve des séismes dans les murs, les perceuses et les marteaux menaçant d'accompagner les joutes juridiques pendant toute la journée.

La salle d'audience de Reynolds était en pleine activité lorsque j'y entrai. Je surpris le juge tandis qu'il faisait la leçon à un prévenu noir, qui vendait encore de la cocaïne à cinquante-deux ans.

— Monsieur Helms, enfin, c'est un délit de jeune homme. Vous avez trop de cheveux blancs pour faire ce genre de bêtise.

— Oui, m'sieur le juge.

— Ce n'est pas la gravité du délit, monsieur, c'est son aspect ridicule. Enfin, que ferez-vous si un jeune homme veut vous prendre votre carrefour ? Vous n'aurez probablement pas la force de le chasser et Dieu sait à quoi vous serez obligé de recourir.

— Oui, m'sieur le juge.

— Cela me fait beaucoup de peine, monsieur Helms, beaucoup de peine. Je ne peux pas vous dire à quel point je suis déçu de voir un homme aussi âgé et expérimenté que vous faire encore ce genre de bêtise.

— Oui, m'sieur le juge.

Reynolds me vit entrer et me fit signe d'approcher.

— Bonjour, monsieur Morell.

— Bonjour, Votre Honneur.

Quand je l'eus rejoint, il dit :

— Charlie, l'audience de votre affaire ne débutera pas avant onze heures. Vous pouvez aller prendre un café. À moins que vous n'ayez envie d'assister à la mise en œuvre de la justice.

— Sans vouloir vous vexer, monsieur le juge, je préfère aller prendre mon petit déjeuner. Je ne me sens pas capable de supporter le spectacle de la justice l'estomac vide.

Puis je le vis. Mon père.

— Monsieur Morell ! cria le juge tandis que je m'éloignais.

J'entendis des pas précipités derrière moi.

Le martèlement rapide de mon propre cœur me fit trembler. Mon père me foudroya du regard pendant une seconde, puis s'enfuit dans le couloir qui conduisait à l'escalier et aux toilettes des hommes. Je vis la porte des toilettes s'ouvrir brusquement.

Luttant contre un courant d'histoire, d'émotion et de réalité qui tentait de m'emporter vers d'autres rivages, persuadé qu'il s'écoulait des heures entre les instants où mes chaussures touchaient alternativement le dallage, je courus lentement, flottant presque, jusqu'aux toilettes.

Nous y étions seuls. Je vis ses jambes sous la porte
d'une cabine. Derrière moi, j'entendis de faibles
bruits de pas et une voix lointaine, inquiète.

— Charlie, Charlie !

Lentement, mais avec détermination, je levai la
jambe et ouvris la porte de la cabine d'un coup de
pied. Son occupant me tournait le dos. Il pivota sur
lui-même et je vis à nouveau le visage de mon père,
cernes noirs sous les yeux, tache en forme de cœur
sur la joue, yeux bleu-gris pleins de douleur et de
sens.

— *Recado para tí.* Un message pour toi, dit-il,
puis il m'adressa un signe et disparut lentement
dans une brume grise qui ne laissa, dans la cabine,
qu'un gros cafard brun sur la cuvette des toilettes,
antennes dressées.

J'écrasai le cafard, puis vis une explosion de
lumière et une voix cria :

— Charlie, Charlie, qu'est-ce qui vous prend ?
Puis le noir.

Je revins brièvement à moi dans l'ambulance.
L'infirmier m'injecta quelque chose dans le bras
et je sentis que je filais dans les rues de la métropole, réconforté par la sirène de l'ambulance. Des
ténèbres denses et apaisantes se refermèrent rapidement sur moi si bien que, pendant un très bref
instant, je fus dans un cocon, rendu au liquide primitif de chaleur, d'amour et de sécurité.

La lumière me fit mal lorsque j'ouvris à nouveau
les yeux. Une infirmière, près du lit, prenait mon

pouls. J'étais le seul malade de la chambre, les autres lits étaient vides.

— Vais-je survivre ?

L'infirmière Pavlovich, comme l'indiquait son badge, peau crémeuse, yeux bleus, cheveux poivre et sel, répondit tout aussi facétieusement :

— Encore une cinquantaine d'années, si vous prenez bien soin de vous.

Elle lâcha ma main, nota quelque chose sur une feuille qu'elle suspendit ensuite au pied du lit, puis s'en alla.

— Vos nerfs ont lâché, monsieur, dit plus tard le Dr Patel.

Visage brun clair, lunettes épaisses et mauvaise peau, il évoquait un apothicaire d'un bazar de Bombay.

— Vous devez tenter de vous détendre, poursuivit-il, il n'est pas bon que le corps soit soumis à de telles tensions. Peut-être avez-vous eu des illusions auditives ?

— Mieux, docteur. J'ai vu des fantômes. Ils me demandaient l'heure.

— C'est très troublant. Votre épuisement physique a sans doute diminué votre énergie psychologique. Vous auriez intérêt à prendre des vacances, à rompre avec la routine. Qui sait ce qui arrivera autrement ? Je ne peux pas être tenu pour responsable de ce qui risque de se produire. Non, monsieur Morell, cela ne dépend pas de moi, en aucune façon. Vous devez vous reposer.

— Sûr, docteur, j'ai sur les bras le plus gros procès pour meurtre depuis l'affaire de l'Éventreur. Je suppose que je peux demander un report d'audience et passer quelques semaines à Acapulco.

— Oh, ça ne serait pas suffisant. Non. Je vous engage fermement à prendre de très longues vacances. Une année sabbatique, peut-être ?

— Êtes-vous sûr que vous ne travaillez pas pour Mme Schnitzer ?

— Pardon ?

— Sans importance. Je ne peux pas.

— Dans ce cas, il ne reste qu'une solution.

— Laquelle ?

— Affronter vos peurs et transformer votre travail en vacances. Tout le monde n'y réussit pas, mais si vous n'y parvenez pas, vous risquez de lâcher la balustrade.

— La rampe, vous voulez dire ?

— Oui, naturellement. Vous vous exprimez bizarrement, monsieur Morell.

Il eut un rire étouffé.

Clay me rendit visite dans l'après-midi, intimidé, comme si l'endroit l'impressionnait. Il n'était pas venu me voir par bonté d'âme, si tant est qu'il en eût une, mais pour savoir si j'étais ou non hors course ; pourtant sa présence me fit tout de même plaisir. Merde, j'en avais par-dessus la tête du duo Pavlovich-Patel.

— Il y a de meilleurs moyens de renoncer à une affaire, dit-il.

— Crois-moi, ça ne m'a même pas traversé l'esprit.

— Tu sais, Reynolds est convaincu que tu fais partie intégrante de la défense.

— Je suis flatté.

— Tu peux. Il a interrompu le procès jusqu'à ce qu'on soit fixé sur ton état. Ramón a rouspété, mais il a refusé de le suivre.

— Comment cela ? Je croyais que Phyllis me pousserait en touche.

— Pas du tout. Elle veut protéger les apparences de l'équité et freine autant qu'elle peut. (Silence. Sourire ironique.) Ce n'est pas ce que veut Ramón. Il veut des erreurs et une Cour d'appel au cas où il perdrait.

— Alors Ramón veut continuer ?

— Ouais, il a dit que tu étais visiblement surmené. Je l'ai soutenu, naturellement. Qu'est-ce que je pouvais faire d'autre ? Tu connais ma position. Je ne peux pas faire un marché si tout le monde n'est pas là.

— Ramón voulait continuer sans moi ?

— Merde, il a dit qu'il faudrait peut-être carrément se passer de toi. Le juge a refusé.

— Dis-leur que je reviendrai lundi. Détends-toi.

Je tentai plusieurs fois de joindre Lucinda, en vain. Elle finit par arriver, essoufflée et inquiète, en fin d'après-midi. Mon propriétaire, Enzo, était déjà passé et nous avions partagé une bouteille de monte albano avec laquelle j'avais fait passer le Démérol prescrit par Patel, si bien que lorsqu'elle arriva, je me sentais excessivement bien et entrepris de la tripoter pour en apporter la preuve. Elle me donna des claques sur les mains.

— *Niño malo*, vilain garçon, tu sais qu'on ne peut pas faire ça ici, attends qu'on soit à la maison.

— *Mañana, domani,* demain, *volare,* oh, oh.

— Tu veux dire qu'on va te laisser sortir demain ?

— *Cantare* oh, oh.

— Tu es vraiment de bonne humeur, pour un malade. J'arrive, certaine que tu as eu une crise cardiaque, et tu chantes, tu as envie de faire l'amour.

— Je suis un homme libre, ma petite, je suis libre, libre. *Libre de todo pecado.* Demain, j'abandonne l'affaire Valdez. Définitivement.

— Pourquoi ?

— Je suis malade, voilà pourquoi, tu sais, *enfermo.* Je ne peux pas continuer.

Pendant une minute, Lucinda parut inquiète, la tête inclinée d'un air interrogateur, comme si elle ne comprenait pas tout à fait ce qu'entendaient ses jolies oreilles.

— Tu en es bien sûr ?

— *Positivo.* Regarde, voilà le reportage.

Le poste de télévision qui, quelques instants plus tôt, présentait les labeurs de l'amour et du pouvoir à Santa Barbara, passa aux histoires vécues de meurtre, corruption et débauche, beaucoup plus fascinantes, du journal télévisé. Je me vis sortir du palais de justice sur une civière, et chargé dans une ambulance comme un pain dans un four.

— Ils devaient manquer de nouvelles, fis-je remarquer.

La présentatrice, jolie rousse au nez retroussé, donna un compte rendu succinct de ma dépression nerveuse désormais célèbre, ce qui me mit encore de meilleure humeur. Puis le retour de bâton arriva.

— Notre reporter, Jim Ollin, suit l'affaire Valdez-Pimienta depuis le début. Dans un reportage exclusif, il a découvert que ce n'est pas la première fois que M. Morell fait l'objet d'une controverse. Il y a quelques années, alors qu'il était avocat en Floride, un grave scandale a éclaté lorsqu'il a fait une dépression nerveuse au beau milieu d'un procès. Jim ?

14

— Est-ce que cela doit être mentionné au procès-verbal ?

La question flotte, désincarnée, éthérée, dans le cabinet inondé de soleil du juge Reynolds, lambeau de brume ayant franchi le double vitrage des fenêtres et laissé sa présence nauséabonde dans la pièce. Je regarde les visages graves, sombres, des gens qui doivent accomplir une tâche désagréable, fermés, concentrés sur les conséquences de leurs actes. Phyllis, en tailleur bleu, est calme et se tient droite sur sa chaise. Clay, appuyé contre le dossier de son fauteuil en tissu gris, déboutonne la veste de son costume sur mesure à fines rayures. Le juge, dans son fauteuil en cuir noir, derrière son bureau en teck, boit du café décaféiné et me dévisage. Tous me dévisagent. La question reste sans réponse.

— Monsieur le juge, cela doit-il figurer au procès-verbal ?

L'origine de la question apparaît finalement. Janine, la sténographe, penchée sur sa machine, braque son nez crochu sur le juge.

— Bien, fait Reynolds, s'éclaircissant la gorge. Il s'agit de l'affaire opposant le ministère public à Valdez et Pimienta. Nous sommes réunis dans mon cabinet, moi-même, juge Reynolds, le procureur Phyllis Chin, l'avocat de la défense Clay Smith et l'enquêteur nommé par le tribunal, Charles Morell. Hors procès-verbal, Janine, ceci sera mis sous scellé après établissement de la transcription. Retour au procès-verbal. Cette audition a pour objectif de déterminer la compétence de M. Morell à la suite d'allégations mettant son intégrité professionnelle en cause. Nous devrons en outre examiner la demande de M. Morell, qui souhaite être déchargé de l'affaire pour raison de santé. Monsieur Morell, si vous nous expliquiez pourquoi vous souhaitez renoncer à cette affaire ?

Mon tour est à présent venu de trouver une issue. J'hésite. Dois-je m'exposer, leur dire que je crois que mon père me hante, que je paie une faute qu'ils ignorent, qu'ils ne peuvent imaginer ? Puis l'occasion passe.

— Votre Honneur, intervient Phyllis, je voudrais que le procès-verbal indique que l'accusation est catégoriquement opposée à cette audition. La prétendue faute professionnelle reprochée à M. Morell, à supposer qu'elle existe, ce qui n'est pas démontré, n'entre pas dans le cadre de la compétence de ce tribunal et n'est pas pertinente dans la conduite de l'affaire en cours. Il s'agit d'événements qui se sont déroulés dans un autre État, il y a plusieurs années, et qui n'exercent aucune influence sur le déroulement de ce procès ni sur le comportement de M. Morell depuis sa nomination. De plus, comme M. Morell est l'enquêteur de M. Valdez, il est clair que seul M. Valdez peut libérer M. Morell de ses obligations, sauf en cas de négligence grossière de la part de M. Morell, ce qui ne s'est pas produit. Comme les allégations de faute professionnelle n'ont pas été démontrées, et comme M. Valdez n'a pas formellement exprimé le désir de renoncer à la collaboration de M. Morell, attendu que nous n'avons reçu aucune requête à cet effet, les services du district attorney estiment que cette audition ne se justifie pas dans la mesure où le problème de la compétence ne se pose en fait pas. En ce qui concerne la demande de M. Morell relative à son état de santé, seul un médecin qualifié peut donner une opinion autorisée. Je fais remarquer que nous ne disposons pas du témoignage d'un tel expert, de sorte que nous réitérons notre demande que cette audition soit close faute de justification.

Reynolds s'embrase soudain comme une meule de paille quand on pose un tisonnier rougi dessus. Clay veut intervenir, mais le juge lui fait signe de se taire. Je reste immobile et regarde, paralysé par la souffrance.

— Objection, Votre Honneur, l'accusation...

— Une petite minute, monsieur Smith. Hors procès-verbal. Phyllis, bon sang, où voulez-vous en venir ? Vous voulez que tout se déroule dans les règles, oui ou non ?

Phyllis, imperturbable :

— Je voudrais revenir au procès-verbal, Votre Honneur.

— Non, nous ne retournons pas au procès-verbal pour le moment. Je veux que vous m'expliquiez pourquoi vous ne voulez pas que ces questions soient examinées en pleine lumière et pourquoi vous refusez que Charlie tire sa révérence pour raison de santé.

— Votre Honneur, je ne répondrai que lorsque nous serons revenus au procès-verbal.

Reynolds tente de la contraindre à baisser les yeux mais Phyllis se contente de soutenir son regard. Le juge renonce. Je me demande comment Ramón pourra vaincre une telle femme.

— Bon, comme vous voulez. Retour au procès-verbal. Madame Chin, ayant écouté vos arguments, je ne comprends toujours pas très bien pourquoi le ministère public pourrait souhaiter voir apparaître, au cours de ce procès, le plus petit soupçon d'irrégularité susceptible de justifier une annulation en appel.

— Votre Honneur, je constate avec satisfaction que le tribunal estime que le ministère public gagnera ce procès, même si je considère que le problème qui nous occupe ne risque pas de provoquer une annulation. La position de notre service est que M. Morell s'est montré aussi compétent que qualifié et que la nomination d'un nouvel enquêteur irait à l'encontre de notre souhait de conclure rapidement cette affaire. Deux ans et demi se sont écoulés depuis les faits et les témoins risquent bientôt de poser des problèmes. Il est inutile d'insister sur le fait que les souvenirs s'estompent avec le temps, je fais simplement allusion à leur disponibilité. Comme je l'ai déjà dit, aucune des parties concernées, ni l'accusation ni M. Valdez ni le tribunal, n'a officiellement demandé le remplacement de M. Morell, c'est pourquoi nous pensons que cette audition ne se justifie pas.

— Objection renouvelée, Votre Honneur.

Une nouvelle fois, Reynolds fait taire Clay d'un geste, comme s'il en avait assez de l'entendre protester.

— Il ne s'agit pas d'une audience officielle, monsieur Smith. Réitérer votre objection ne sert à rien. Bien, madame Chin, j'ai écouté vos arguments et, pour vous dire la vraie vérité de Dieu, ils ne tiennent pas la route. Vous savez sûrement que le magistrat a le pouvoir discrétionnaire, lorsqu'il l'estime nécessaire, de se séparer des parties nommées par le tribunal dans le cadre d'une affaire donnée. Nous sommes en présence d'allégations graves qui ont entraîné la radiation de M. Morell par le barreau de Floride. En outre, il rencontre des difficultés personnelles dont il faut tenir compte.

Il se tourne vers moi, affichant son attitude la plus paternaliste de propriétaire de plantation.

— Je sais à quel point cela vous est difficile, Charlie. Nous sommes tous là pour vous aider.

— Merci, monsieur le juge, marmonné-je.

— Votre Honneur, ajoute Clay, le procès-verbal doit indiquer que, en tant que défenseurs de M. Pimienta, nous sommes opposés au prolongement du mandat de M. Morell auprès du coaccusé.

— J'ai entendu.

— Nous estimons que ses actes sont nuisibles et que les présomptions pesant sur son intégrité ne peuvent...

— Hors procès-verbal. Clay, vous allez la fermer ! C'est par politesse que vous avez été invité et la présence ou l'absence de Charlie ne devrait vous faire ni chaud ni froid. Cela ne peut être qu'à l'avantage de votre client, surtout si le district attorney Pellegrini finit par accepter le marché que vous avez fait, Phyllis et vous. Alors mettez-la en veilleuse, d'accord ? Retour au procès-verbal. Objection notée, monsieur Smith.

Le juge se tourne à nouveau vers moi.

— Alors, Charlie, que s'est-il passé ?

J'avalai péniblement ma salive et sentis les poils se dresser sur mes bras.

*

Elle s'appelait Doris Diaz. Elle était petite, blanche de peau, avec des cheveux brun roux, des yeux noisette et un mignon petit nez retroussé, si bien qu'elle évoquait davantage une Irlandaise qu'une fille d'Espagne. Mais elle était cubaine et c'était tout le problème.

À l'époque, comme tant d'autres hommes, je croyais être heureux en mariage, me consacrais essentiellement au travail et au sport et ne faisais surface que pour recharger rapidement les batteries sexuelles ou scruter l'horizon sentimental. J'avais un cabinet florissant dans le comté de Dade, une maison à Coral Gables et un bungalow dans les Keys, une Porsche neuve, une belle épouse sur le chemin de la gloire et un merveilleux petit garçon dont s'occupaient une succession de nurses. J'étais parvenu à chasser tous les souvenirs de mon père, à tel point que, les rares dimanches où je rendais visite à ma mère dans son appartement étouffant de la Huitième Rue, j'étais troublé de trouver sa photo parmi les cierges et les images pieuses ; son portrait était vide de toute charge sentimentale. Ma sœur, Celia, poursuivait son aventure sud-américaine si bien que j'étais le seul enfant, le fils fidèle.

Je ne me souviens pas exactement quels relations ou clients satisfaits me recommandèrent au frère de Doris, Guillermo, qui m'engagea après l'inculpation de sa sœur. Mais je me souviens de notre première rencontre et de la très forte impression qu'elle fit sur moi.

Avant de poursuivre, je dois avouer qu'une fois adulte, je ne m'étais guère intéressé aux Cubaines. J'estimais qu'il y en avait, en gros, de deux sortes. La plus répandue était la brune opulente à la peau claire, la bombe latine à la silhouette en forme de sablier et aux yeux étincelants. Puis il y avait l'autre, mince et énergique, aux petits seins et aux hanches larges, querelleuse et impérieuse alors que l'autre est tendre et complaisante.

Doris n'appartenait à aucune de ces catégories. Néanmoins elle avait un petit problème : elle avait tué son patron avec un poignard romain.

Doris s'était bien servie du poignard et le cadavre gisait sur la moquette quand la police arriva dans le bureau qui dominait les eaux mauves de la baie de Biscayne, cela ne faisait aucun doute. En fait, c'était elle qui avait appelé la police. Pendant la préparation du procès, j'eus l'occasion d'écouter l'enregistrement de son appel.

— Allô, la police ? Je voudrais signaler un homicide. La victime est Bob Lazo, l'architecte. Dans notre bureau, 2648, Brickell. Non, je crois malheureusement qu'il est mort, j'ai tenté de prendre son pouls. Oui, j'étais présente. C'est moi. Je l'ai tué. Je m'appelle Doris Diaz, je suis son assistante. Oui, je vous attendrai. Merci beaucoup.

Normalement, elle aurait dû être remise en liberté après avoir promis de se présenter au procès ou, dans la pire des hypothèses, contre une caution de cinquante mille dollars puisqu'elle n'avait aucun antécédent, une nombreuse famille prête à l'aider et un parcours professionnel sans taches. Une citoyenne modèle. Mais la politique s'en est mêlée.

À cette époque, Miami connaissait une de ses flambées périodiques de violence raciale, un policier d'origine cubaine, plus borné qu'un péquenot du Mississippi, ayant tabassé un étudiant noir du ghetto d'Overtown. La colère embrasa le quartier noir pendant quatre jours et quatre nuits, laissant dans son sillage de cendres six morts et des dizaines de blessés, conséquences des affrontements avec la police et la garde nationale. Les quelques politiciens noirs de la ville affirmèrent que la cause première du conflit était le système judiciaire inégalitaire du comté de Dade, que des textes juridiques s'appliquaient aux Noirs et d'autres aux Anglos et aux Cubains.

Doris fut présentée au tribunal qui devait l'inculper le lendemain de la fin des émeutes. L'accusation, soumise aux pressions de tous les politicards locaux désireux de se refaire une virginité, refusa de prendre en considération le passé de Doris et le caractère exceptionnel du crime, et exigea son maintien en détention. Le tribunal ayant refusé, le district attorney fixa la caution à un million de dollars.

Le magistrat, qui croyait sincèrement que tous les hommes sont égaux devant la loi (et dont le fils avait failli épouser une Cubaine qui, malheureusement, ne s'était pas présentée à la cérémonie), accepta la requête concernant le million de dollars sans la moindre hésitation. À peine eut-il abattu son marteau que les shérifs adjoints s'emparèrent de Doris et l'emmenèrent, indifférents aux manifestations bruyantes de la colère de ses amis et parents.

Son avocat commis d'office, Chuck Windham, me transmit l'affaire sans le moindre regret.

— Elle est cinglée, Charlie, si tu veux mon avis, dit Chuck, son étroit visage exprimant une consternation qui ne lui était pas habituelle. Elle refuse le marché qu'on lui propose et ne me fournit aucune défense. Elle refuse de parler de ce qui est arrivé. Je ne sais pas ce qu'on peut faire dans une telle situation.

— Je suppose qu'elle te prend pour saint Jude.

— Je suis juif, je ne connais rien aux saints.

— C'est le patron des causes perdues, Chuck. Vraiment, tu devrais être un peu plus œcuménique, tu sais.

— J'ai déjà assez d'œcuménisme chez moi, merci bien.

Quand la gardienne de prison amena Doris dans son uniforme usé et passé, sans maquillage ni bijoux, elle me fit penser à une collégienne fatiguée.

C'est à peine si elle me salua lorsqu'elle s'assit de l'autre côté de la table métallique. Je commençai par me présenter en espagnol, comme le font pratiquement tous les Cubains de Floride. Elle m'interrompit immédiatement, avec l'accent sec de Nouvelle-Angleterre, disant qu'elle préférait l'anglais, chose rare parmi les Cubains, qui s'enorgueillissent de conserver la langue et les traditions de la patrie.

— Avez-vous été engagé par William, mon frère ?

— Vous voulez dire Guillermo ? Oui.

— Quelle prétention ! Je ne sais pas pourquoi il tient tellement à ce qu'on connaisse ses origines cubaines. Son nom de baptême est William, et nous l'avons toujours appelé William. Je me demande quel est son problème.

Si j'avais écouté, vraiment écouté, ce type de propos m'aurait permis de comprendre tout ce que j'avais besoin de savoir sur l'affaire et m'aurait même peut-être amené à la refuser. Mais j'avais les oreilles bouchées et ne réfléchissais qu'avec un organe, celui qui, entre mes jambes, manifestait sa présence. Cette érection spontanée fut le deuxième avertissement, la sirène qui aurait dû me prévenir des périls à venir.

— J'ai déposé une requête en vue d'une nouvelle audience concernant votre caution. Quels que soient les faits, il me semble qu'un million de dollars est une somme excessive. Ce n'est pas comme si vous étiez un trafiquant de drogue prêt à prendre le premier vol pour la Colombie. Est-ce que je me trompe ?

Elle sourit, secoua la tête. Ses yeux reprirent vie, ses joues se colorèrent un peu, timidement.

— Bien, c'est ce que je pensais. M. Windham, votre ancien avocat, m'a communiqué votre dossier. D'après lui, vous refusez la proposition qui vous a été faite : homicide au second degré, de quinze à vingt-cinq ans. Est-ce toujours le cas ?

Elle acquiesça.

— Bon. Dans ce cas, nous irons au procès. Mais, bien entendu, il faut que je sache ce qui s'est passé. Je dois préparer votre défense. M. Windham prétend que vous avez refusé de lui parler des faits et de lui expliquer pourquoi ils s'étaient produits. Je suis sûr que vous comprenez qu'il est impossible de préparer des arguments sur cette base.

— Vous avez sans doute raison, mais je ne peux pas vous dire grand-chose.

— Nous pourrions commencer par vos relations avec Lazo. Était-il seulement votre employeur ?

— Vous voulez savoir si nous étions amants ?

— C'est une possibilité.

Elle tourna la tête, regarda la grosse gardienne qui somnolait sur sa chaise, dans un coin de la pièce.

— Puis-je vous raconter une histoire ?

— Seulement si elle est vraie.

— Vous déciderez quand vous l'aurez entendue.

— D'accord. Allez-y.

*

Elle raconta, je m'en aperçois aujourd'hui, une histoire très fréquente parmi les Cubains, semblable à la mienne sous certains aspects : une jeune

fille que sa personnalité et les circonstances éloi-
gnèrent de sa famille, qui se promit de devenir
architecte à tout prix. Mais Doris trouva sur son
chemin un obstacle apparemment insurmontable :
son sexe. Diplômée d'une école du Nord, elle
entra dans une société où l'architecte en chef vola
son travail sur un projet important, puis la fit
chanter pour coucher avec elle, affirmant que cela
pourrait lui permettre de signer le travail qu'elle
avait effectué. Finalement, l'architecte prétendit
que les plans étaient les siens et la licencia sous prétexte d'incompétence. Après une dépression nerveuse, elle descendit dans le Sud, espérant que ses
compatriotes seraient plus compréhensifs. Mais
son dernier employeur, la victime, le cher défunt
Bob Lazo, lui avait proposé le même marché — pas
de sexe, pas de signature — et tentait de la séduire
le soir où elle s'était emparée du poignard posé sur
une vitrine et l'avait enfoncé cinq centimètres au-
dessus de l'endroit où les omoplates se touchent.

— C'est un récit fascinant, dis-je. Mais il ne vous
sort malheureusement pas du pétrin.
— Pourquoi ?
— Parce qu'il n'y a pas de relation de cause à
effet entre les deux incidents et pas de confirmation de votre état psychologique au moment du
meurtre. Il n'y a pas de preuve du vol des plans par
le premier architecte, seulement votre parole. Mais
supposons que le jury croie que cela s'est effectivement produit, cela ne justifierait pas le meurtre
puisque c'est un autre homme qui a été tué. Et le
défunt n'a pas volé de plans. Le procureur et le

juge refuseront toute allusion au premier incident, estimant qu'il n'est pas pertinent. Vous perdrez toute possibilité de justifier le meurtre.

— Ce système judiciaire ne vaut rien.

— Nous n'en avons pas d'autre. Malheureusement, il n'admet guère les circonstances annexes. Avez-vous été examinée par un psy ?

Elle recula, comme si je l'avais giflée.

— Pourquoi ?

— Parce que c'est sûrement la meilleure solution pour vous sortir de là : plaider la folie temporaire.

Doris fut sur le point de m'envoyer promener, mais elle craqua. Tout d'un coup, j'eus envie de la prendre dans mes bras, de lui dire que tout s'arrangerait, que je trouverais le moyen de la faire acquitter. Je m'aperçus que mon érection avait disparu et que tous mes sentiments se concentraient désormais dans le cœur, que serrait le chagrin.

— Comme vous voulez, répondit-elle. Je ne sais plus quoi faire.

— Très bien, c'est ce que nous ferons. Voyons ce que dira le psy et partons de là. C'est un de mes amis, le Dr Malcolm Richards. Il vous contactera dans les jours qui viennent et s'entretiendra avec vous. Comment vous traite-t-on, ici ?

Elle leva la tête, les yeux pleins de larmes. Elle tenta de sourire, mais ne réussit qu'à grimacer.

— C'est si terrible ici...

Elle ne termina pas.

— Je sais. Je regrette. Je vais tenter de vous faire sortir le plus vite possible. Voulez-vous que je transmette un message à quelqu'un, votre petit ami peut-être.

Elle eut un pâle sourire, s'apitoyant sur elle-même.

— Je n'ai pas de petit ami. Parfois, j'ai l'impression de ne plus savoir aimer, de ne connaître que la haine.

— Ne dites pas ces choses-là. Ça va s'arranger.

— Oui, bien sûr.

Au début, je ne m'aperçus pas que je pensais continuellement à Doris. Je constatai seulement que mon esprit revenait sur notre conversation dans les endroits les plus inattendus : à un match des Dolphins, tandis que je présentais une argumentation à un juge, même en jouant au ballon avec mon fils. Chaque fois que je pensais à elle, je ressentais le même frisson du bas-ventre, le désir de caresser tout son corps avec mes lèvres, et je me demandais ce qu'elle était en train de faire, si elle regardait la même pluie d'orage ou se faisait aussi souvent piquer par les moustiques.

Même après m'être trouvé dans l'incapacité de faire l'amour avec ma femme, je ne compris pas que j'étais dans une situation dangereuse. Mais Olivia s'aperçut immédiatement qu'il y avait un problème.

Elle prit son paquet de Kent Lite sur la table de nuit, alluma une cigarette et souffla, regardant attentivement la fumée qui sortait de ses narines.

— Qu'est-ce qui t'arrive ? demanda-t-elle finalement.

— Qu'est-ce que tu veux dire ? Je m'excuse, chérie, je me fais du souci pour le travail, je suppose.

— Y a-t-il une autre femme ?

Je me tournai vers elle, lui pris spectaculairement la main.

— Tu sais que je ne t'ai jamais trompée. Pourquoi dis-tu ça ?

Elle dégagea brusquement sa main.

— Tu sais qu'il y a des semaines que nous n'avons pas fait l'amour ?

— Je regrette.

— Non, ce n'est pas vrai. Tu caches quelque chose. Je ne sais pas ce que c'est, mais il n'y a que ça qui compte.

— Je suis très occupé, c'est tout.

— Ce n'est pas une raison pour négliger ta famille. Ni ta femme.

Qu'est-ce qu'elle en sait ? me dis-je, me réfugiant dans mon orgueil et mon indécision. Elle se fait sûrement du souci pour les indices d'audience, à la station. Si on parle de négliger les autres, n'oublions pas qui est absente le samedi et le dimanche, qui n'a pas le temps de jouer avec le petit parce qu'elle est trop occupée par sa carrière, qui croit que le mariage n'est qu'une obligation à temps partiel. Pas moi, ça c'est sûr.

Mais je ne dis rien de tout cela, laissai simplement le poison se répandre en moi.

Frieda Kohler, mon enquêteuse, m'apporta son rapport quelques jours plus tard.

— Tu en as trouvé une très jolie, Charlie.

Elle posa brutalement le rapport sur le bureau.

— Ce n'est qu'une cliente, répondis-je, me sentant coupable.

— Je veux dire une très jolie affaire, mon gars. Si tu réussis à la faire sortir, je te tire mon chapeau.

— Personne n'a dit que ce serait facile. Est-ce que son histoire est vraie ?

— Dans l'ensemble. Savais-tu que Doris a provoqué un divorce ? Un nommé Gottschalk. C'était son premier employeur.

— Non, je ne savais pas.

— D'après Mme G., Doris a été sa maîtresse pendant des années. En tout cas, ce n'était pas tellement secret. Elle affirme qu'ils avaient un appartement à San Andres Island. Je n'ai pas pu vérifier.

— Et le reste ?

— Vrai, pour l'essentiel. Elle arrange peut-être un peu la vérité par-ci, par-là. Comme son petit ami. C'est vrai qu'elle n'en a pas en ce moment, mais elle est sortie avec un certain Carlos Montalvez Correa, ici, à Miami, pendant un moment. Tu connais les Montalvez ?

— Tu veux dire *les* Montalvez de Cali ?

— Un parent éloigné, semble-t-il. Celui-ci a un ranch et son fils étudiait les techniques d'élevage des animaux. Il est rentré au pays, depuis.

— Merci. Où est la facture ?

— Ici. Mais, Charlie, sois prudent. C'est une chouette fille, mais il y a quelque chose. Elle sait jouer sur les sentiments. C'est un talent rare, par les temps qui courent, mais elle l'a.

— Merci, Frieda. Et n'oublie pas de téléphoner à Ann Landers, elle a besoin d'aide cette semaine.

Je fus finalement obligé de revoir Doris, je ne pouvais repousser cette nouvelle entrevue plus longtemps si je voulais continuer à la représenter. Elle était plus maigre que la première fois et avait

294

l'œil droit au beurre noir. Elle éclata en sanglots quand elle me vit.

— C'est si horrible ici, dit-elle.

— Que vous font-ils ? Je vais demander au tribunal d'ordonner que cela cesse.

— Ce ne sont pas les gardiennes, ce sont les autres détenues. Elles me tourmentent, elles m'injurient, elles m'obligent à..., oh, mon Dieu, je ne peux pas vous dire ce qu'elles me font faire.

J'aurais dû l'interroger sur son petit ami, j'aurais dû obtenir des précisions sur Gottschalk, le divorce, l'appartement, mais ses larmes me déchirèrent le cœur. Elle refusa de me dire qui l'avait obligée à faire les choses qui la terrifiaient, et ce qu'elles étaient exactement, seulement qu'elles étaient liées au sexe et à la servitude. Puis elle s'en alla précipitamment, en larmes, demandant à être mise en isolement.

Je fus ému comme jamais je n'aurais cru pouvoir l'être par ces stratagèmes simples : une accusation anonyme et quelques larmes. Mais, voyez-vous, j'avais envie de croire. Je n'ai pas pu trouver d'autre explication à tout cela que celle qui consiste à dire que j'avais un tel besoin de foi et d'absolution que je l'ai assouvi en me chargeant de sa défense. Je sillonnai le comté de Dade, de tribunal en tribunal, dans l'espoir de convaincre un juge de renoncer au million de dollars de caution, mais en vain. La menace d'une défaite aux prochaines élections paralysait tous ces hommes cultivés, même s'ils sympathisaient en privé avec le calvaire de Doris.

Je ne pus obtenir qu'un ordre du tribunal la plaçant seule dans une cellule.

— C'est bien, dit-elle. Mais vous savez, ce sont celles qui participent à la surveillance, elles ne veulent pas me laisser tranquille.

— Elles ne pourront pas faire autrement, vous serez seule.

— Il n'y a pas d'issue, Charlie. Pas d'issue.

Quelques heures après ma visite, j'étais chez moi et préparais ma déclaration préliminaire en vue du procès, quand la prison téléphona : Doris avait tenté de se pendre. Une gardienne l'avait découverte à temps et avait coupé le drap noué aux barreaux de la fenêtre.

Je me précipitai à la prison de l'hôpital. Elle était sur son lit, menottes aux poignets, parmi quatre détenues noires. Je touchai son visage ; elle me récompensa d'un pâle sourire.

— Salut, Charlie, je regrette, j'ai échoué.

— Non, c'est moi qui ai échoué. J'aurais dû réussir à vous faire sortir.

— Charlie, souffla-t-elle.

— Oui.

— Il y a un moyen de faire cesser tout cela. J'ai besoin de quelque chose.

— Je ne comprends pas.

— Je vais vous le dire à l'oreille.

J'approchai l'oreille de sa bouche et mon cœur se mit à cogner.

— *Yeyo,* souffla-t-elle, puis elle m'embrassa l'oreille.

Son baiser me fit l'effet d'une brûlure.

— *Para quién ?* Pour qui ?

— *Para la guardia.* Je vous en prie. Je n'en peux plus.

Je me redressai, hochai la tête.

— D'accord.

C'était tout ce dont elle avait besoin, tout ce qu'elle avait à dire. Elle sourit à nouveau, ferma les yeux et s'endormit.

Le rapport du Dr Richards arriva alors que je m'efforçais de satisfaire la demande de Doris. Après examen, il concluait que Doris s'abusait sur elle-même, abritait des conflits non résolus issus de son idéation culturelle et que ces conflits pouvaient provoquer des actes d'agression incontrôlables sous la pression des événements. Bien que généralement saine d'esprit et stable, elle pouvait craquer dans les moments de crise et perdre effectivement le contrôle de ses facultés. Je n'aurais pas pu recevoir de meilleure nouvelle car le procureur ne serait désormais plus en mesure de m'empêcher de mentionner l'incident antérieur afin d'expliquer l'état d'esprit de ma cliente au moment du meurtre.

J'annonçai la bonne nouvelle à Doris, au parloir des avocats.

— Et le procès ne va pas tarder. La sélection du jury commence la semaine prochaine.

— C'est merveilleux, Charlie. Et ce dont nous avons parlé ?

La palpitation de mes tympans parut se répercuter sur les murs. Aussi détendu que possible, je sortis un document et l'agitai à bout de bras afin que la gardienne, dans son coin, puisse constater que ce n'était que du papier. Elle hocha la tête. Je donnai le document à Doris.

— C'est l'exposé des faits et le témoignage de Mme Gottschalk. Je crois que la page quatre vous plaira.

— Merci. Je n'oublierai pas ce que vous faites.

— Alors, nous avons rendez-vous quand vous serez sortie ?

— Je suis toute à vous.

J'étais au paradis.

Je ne la revis que la veille du jour où devait débuter la sélection du jury. J'allai à la prison afin de mettre la dernière main aux déclarations et documents. C'est à ce moment-là qu'elle dit :

— Il m'en faut encore, Charlie.

— Il n'y en a plus ?

— Ce n'est pas pour moi, vous comprenez.

— Je ne peux pas. C'est trop risqué.

Le lendemain, quand elle entra dans la salle d'audience, son front était entaillé et elle avait un gros bleu enflé sur la tempe. Je la regardai et hochai la tête. Elle posa la main sur la mienne et la serra très légèrement, tandis que les équipes de télévision braquaient leurs caméras sur nous et que le spectacle commençait.

À la fin de la journée, nous avions sélectionné douze jurés et il ne nous restait plus qu'à choisir les quatre remplaçants. Mais au lieu de travailler sur mes documents, je me rendis dans le bar de Miami Beach où j'étais déjà allé pour le compte de Doris. Armando me reconnut, à cause du journal télévisé.

— Vous reculez vraiment devant rien, maître.

— C'est le métier qui veut ça.

— C'est vous qui voyez. Ça fait cent dollars.

Dans ma voiture, j'ouvris le sachet en papier et répandis la poudre qu'il contenait sur une feuille de papier. Je pris un flacon de liquide correcteur blanc, en déposai une mince ligne près des bords puis posai soigneusement la troisième page d'un document sur la deuxième feuille. Je réagraffai le document et pris le chemin de la prison.

J'attendais Doris dans le parloir des avocats, feuilletant nerveusement nos papiers, quand une gardienne me tapa sur l'épaule. Surpris, je sursautai.

— Du calme, maître, dit-elle, ne vous agitez pas comme ça. Je voulais juste vous dire que Mlle Diaz descendra dans cinq minutes, son bus vient d'arriver.

Je sortis un bloc et commençai à rédiger la déclaration préliminaire, que j'avais l'intention de présenter le lendemain, si tout allait bien. Je débutais par une citation littéraire d'Eudora Welty, touche de théâtralité qui marche toujours bien dans le Sud.

— Monsieur Morell ?

Je levai la tête, sans méfiance.

— Oui ?

Deux shérifs adjoints se tenaient devant moi.

— Nous procédons à une fouille en vue de prévenir l'introduction de produits illicites dans les locaux. Pourriez-vous nous confier votre serviette ?

Je posai mon stylo et, presque au même moment, l'autre shérif adjoint s'empara de mon attaché-case.

— Vous n'avez pas le droit de faire ça !

— Simple fouille de routine, monsieur. Nous avons appris que de la cocaïne avait été introduite dans les locaux et nous fouillons tout le monde.

Le jeune adjoint retourna ma serviette, la vidant sur la table, puis il examina mes papiers un par un, passant adroitement les doigts sur les bords de chaque page.

Doris entrait dans la pièce quand l'adjoint trouva la feuille en double et se tourna vivement vers son supérieur.

— On tient quelque chose, sergent.

Le jeune homme déchira la page et toute la poudre blanche tomba. Le sergent secoua tristement la tête.

— Il faut que vous veniez avec nous, maître.

En silence, Doris vit les deux adjoints se saisir de moi et m'emmener.

— On se verra demain, lui criai-je.

Elle me fit signe à l'italienne, ouvrant et fermant une main. Puis elle pivota sur elle-même et sortit.

*

Finalement, j'eus gain de cause. Les adjoints n'avaient pas le droit de fouiller ma serviette puisque, ce faisant, ils violaient la confidentialité de mes papiers et, par conséquent, aucune inculpation officielle ne fut déposée. Ma licence ne fut pas révoquée et je fus simplement suspendu par le barreau. Mais les médias firent leurs choux gras de l'incident, qui provoqua l'annulation du procès. Un nouveau juge fut chargé de l'affaire et, cette fois, fixa la caution à cinquante mille dollars, somme que Doris se procura rapidement. Puis elle s'enfuit, prit l'avion pour la Colombie. Les journaux découvrirent ce que nous ignorions, Frieda et moi, à savoir que Lazo, l'amant de Doris, blanchissait de l'argent pour le compte du cartel de Cali et que ses projets immobiliers n'étaient que la couverture d'affaires beaucoup plus lucratives en Amérique du Sud.

On prétendit que Doris avait en fait tué Lazo dans le cadre d'un contrat d'un demi-million de dollars et qu'il volait le cartel pour financer son existence luxueuse. On raconta également que Doris accepta de porter le chapeau, persuadée que son passé lui permettrait de sortir sous caution. Quand le terrain se fit glissant et que sa personnalité sans tache cessa de lui être utile, ils cherchèrent un crétin et tombèrent sur le meilleur du comté de Dade, un avocat qui laissa son cœur, son sexe lui expliquer comment défendre une affaire.

Ensuite nous divorçâmes, Olivia et moi. Finalement, je traquai mes derniers rêves jusqu'en Californie, où je fais encore pénitence. Mon père, ma sœur, ma mère, ma femme, mon fils, je les ai tous trahis.

*

— Alors, Charlie, que vous est-il arrivé en Floride ?

Le juge Reynolds braque une nouvelle fois ses sourcils broussailleux sur moi, exigeant une réponse. Finalement, je la lui donne.

— Il n'est rien arrivé, monsieur. Rien du tout. Ce n'étaient que des mensonges et des spéculations.

Il soutient mon regard pendant quelques instants puis tourne la tête, satisfait.

— Eh bien voilà. Inutile de poursuivre cette audition. Il n'est rien arrivé du tout.

15

Après cette audition, on cessa plus ou moins de se préoccuper de mon passé. Je m'aperçus que personne ne s'intéressait vraiment à moi ou n'avait envie que je renonce à l'affaire, sauf Clay et Mme Schnitzer. Je n'étais qu'un outil parmi d'autres dans leur stratégie juridique, un rouage qu'il fallait surveiller mais sans plus. Contemplant le vide de mon existence, je me déclarai apte au travail et nous hissâmes une nouvelle fois les voiles.

Inexplicablement, les jurés remplaçants avaient tous disparu pendant mon absence, comme si un paysagiste céleste avait fauché les traînards, ne nous laissant que les élus, les dévoués, les fidèles.

Nous avions sélectionné les douze jurés titulaires habituels, ainsi que douze remplaçants, veillant à ce qu'il y en ait assez pour parer à toute éventualité au cas où il se produirait un événement inattendu, ce qui arrive toujours pendant un procès. Mais six remplaçants furent licenciés quand leur employeur, une énorme entreprise aérospatiale qui pouvait se permettre de rémunérer les jurés pendant l'accomplissement de leur devoir, ferma ses portes et s'installa dans le Nevada. Les remplaçants, privés des revenus qui garantissaient leur présence au procès, furent libérés de leurs obligations pour raison financière. Puis il y eut les maladies.

Un remplaçant eut l'appendicite, un autre la maladie d'Epstein-Barr, un troisième la goutte et un quatrième subit une opération chirurgicale dentaire qui le contraignait à garder la bouche fermée pendant des mois. Puis, sur les deux derniers, l'un se cassa une jambe dans un accident d'automobile et l'autre apprit qu'il avait le cancer du foie, si bien que nous nous retrouvâmes sans remplaçants.

La perspective de devoir déclarer la nullité du procès si un juré tombait malade ne troubla cependant pas Phyllis. Elle était convaincue que le juge autoriserait la poursuite des débats avec moins de douze jurés.

— Les précédents sont nombreux, dit-elle, à la cafétéria du palais de justice, après que les six premiers eurent tiré leur révérence. C'est à la discrétion du magistrat.

Je bus une gorgée de lait. À la table voisine, une femme négligée, émaciée et édentée fumait une cigarette, totalement indifférente à ses trois enfants, qui jouaient avec leurs morceaux de poulet frit.

— Pas avec ce juge. Reynolds veut s'assurer qu'il n'y aura pas de motif d'annuler le procès.

— S'il pense que c'est possible, il est encore plus stupide que je croyais, répondit-elle, mastiquant avec application un petit morceau de plat de côtes. À l'exception des cas où la procédure est totalement négligée, de nombreuses erreurs proviennent d'un excès de prudence. De toute façon, il sait de quel côté sa tartine est beurrée. Il repasse devant les électeurs l'année prochaine et je suis sûre qu'il n'a pas envie d'un conflit avec les services du D.A.

— À cause de votre affaire ?

— C'est une affaire capitale. Nous n'avons pas l'intention de la laisser échapper. Je n'en ai pas l'intention.

— C'est gentil.

Elle eut un rire bref.

— Vous avez raison, j'oublie toujours pour qui vous travaillez.

— Le tribunal, le tribunal.

— Évidemment. Mais vous ne semblez pas être...

— Quoi ? Le genre de type qui fréquente des criminels célèbres ?

— Oh, je sais que c'est ridicule de ma part, mais je n'ai jamais réussi à comprendre comment on peut défendre ces gens.

— C'est parti : A : je ne le défends pas. B : que proposez-vous ? Les aligner et les fusiller à l'aube ?

— Quelque chose comme ça.

Mon expression dut l'ébahir car elle se reprit aussitôt.

— Je blaguais. De toute façon, c'est ce qu'on faisait en Chine, je m'en souviens. Je ne voudrais pas que cela arrive ici.

La gravité de ce dont elle se souvenait tomba sur ses traits comme un voile noir ; elle cessa d'être la justicière impartiale et sévère pour devenir une femme toujours effrayée, se retournant sur un passé sanglant.

305

— Vous savez que je suis cubain, n'est-ce pas ?
Elle me dévisagea.

— Non, ça ne me serait pas venu à l'esprit.

— Nous aussi, nous avons eu notre révolution. En avez-vous beaucoup souffert ? Quand j'étais enfant, la milice est venue arrêter mon père. Il s'est caché derrière les casseroles et les pots du placard de la cuisine, mais un adolescent armé d'une mitraillette l'a trouvé.

— Comment avez-vous... est-ce qu'il... ?

— Il a payé le *comandante* local. Nous sommes partis une semaine plus tard.

— Je dois avouer que la mienne a été pire. Nous habitions Canton et mon père avait appartenu au Kuomintang. Quand les communistes ont pris le pouvoir, ils sont venus le tuer dans la cour de notre maison. Ils l'ont frappé à mort avec des bâtons.

— Je regrette. Ça a dû être horrible.

— Sûrement. Je ne m'en souviens pas. Je n'avais que trois ans. D'après ma mère, je n'ai pas pleuré, mais j'avais si peur que je chantais et mouillais ma culotte. Je n'en garde aucun souvenir.

— Comment êtes-vous sortie ?

— Après avoir tué mon père, les soldats sont partis en disant qu'ils reviendraient s'occuper de nous le lendemain. Un de mes oncles avait une Buick, et il est venu nous chercher puis nous a conduits au Yacht Club. Nous avons réussi à prendre un bateau pour Hong-Kong, ma mère, ma sœur et moi. J'y ai vécu jusqu'à mon mariage avec Paul, mon ex-mari. Puis nous sommes allés en Amérique.

Elle se tourna vers moi. Ses yeux noirs et ovales trahissaient des tempêtes intérieures.

— Vous voyez, poursuivit-elle, nous avons tous nos souffrances, nos morts à enterrer. Vous savez ce qui m'est arrivé, avant mon installation ici.

— Oui. Je vous trouve très courageuse.

— Merci. Mais c'est pour cela que je ne supporte pas les gens comme Valdez, c'est pour cela que j'ai demandé cette affaire. Je sais ce que pense Pellegrini, qu'il m'enverra aux oubliettes si je perds. Je ne crois pas que cela va arriver mais, même si cela se produit, je m'en fiche. Vous savez pourquoi ? J'ai un grand cimetière et j'y ai déjà enterré beaucoup de gens. Je ne vis pas pour la politique ou l'argent, ce sont les principes qui m'intéressent. C'est pourquoi je n'accepterai pas l'argumentation à laquelle Valdez va recourir. Oh, je sais ce qu'il va dire, que la société l'a fait tel qu'il est. Mais je ne marche pas. Nous avons tous le choix. Nous pouvons être des diamants ou nous pouvons être de la poussière. L'issue dépend de nous.

Elle s'essuya la bouche avec une serviette en papier et se leva.

— Nous ne pouvons pas tous être des diamants, Phyllis.

— Non, mais nous pouvons au moins essayer. L'audience reprend à quatorze heures. À tout à l'heure.

Il m'est difficile de décrire l'agitation provoquée par les propos neutres et précis du premier témoin de Phyllis : le médecin légiste du comté.

— Docteur, comment prononce-t-on votre nom ?

— À votre service. Je m'appelle Lakshmanan

Sathyavagiawaran Tagore. Cela s'écrit : L-A-K-S-H-A-M-A-N-A-N-S-A-T-H-Y-A-V-A-G-I-A-W-A-R-A-N. Mais vous pouvez m'appeler Lou.

Les jurés et le public éclatèrent de rire. Ramón lui-même leva la tête et sourit. Seule Phyllis, sévère, dévouée, imperturbable, garda son sérieux, debout près de la barre, très droite, son petit corps tendu serré dans un tailleur noir et blanc. La mort n'est pas un sujet de plaisanterie.

Elle attendit que les rires se soient atténués puis se tourna vers les jurés. Ses sourcils froncés les firent taire.

— Pouvez-vous nous dire quelles fonctions vous occupez, docteur ?

— Très certainement. Je suis médecin légiste employé par l'institut médico-légal du comté de Los Angeles.

— Pouvez-vous préciser votre formation et votre expérience dans le domaine de la médecine légale ?

— Avec joie. J'ai fait mes études à l'université de Bombay...

Ramón regarda le juge, fit tinter la chaîne qui lui entravait les chevilles.

— Acceptation de la compétence du médecin.

Clay se tourna vers lui, puis haussa les épaules.

— Acceptation.

Le juge Reynolds s'éclaircit la voix puis se tourna vers le jury.

— Mesdames et messieurs, ce à quoi vous venez d'assister est une acceptation des faits. Cela signifie que les avocats des deux parties, M. Smith pour M. Pimienta et M. Valdez pour lui-même, acceptent de reconnaître que certaines informations sont établies. Dans ce cas, il s'agit de la compétence du Dr... du médecin. Vous devez considérer que ce fait, à savoir la compétence du médecin, est établi de façon concluante même si la preuve n'en est pas apportée ici.

Phyllis gagna un coin de la salle d'audience et y prit une grande feuille de carton, enveloppée dans du papier brun, qu'elle posa sur un chevalet dressé près du fauteuil du témoin puis dévoila. De grandes photos en couleurs y montraient les victimes avant et après. Visages souriants d'un côté, bonheur de clichés pris sur la plage ou lors de réceptions professionnelles, près des photos de corps sans vie, criblés de balles, des ruisseaux de sang s'écoulant de leurs blessures.

— Docteur, avez-vous effectué l'autopsie de ces corps ? demanda Phyllis.

Le médecin sortit des lunettes à double foyer de la poche de sa veste, les posa sur le bout de son nez.

— Oui, malheureusement.

— Objection, tonna Clay. Hors de propos !

— Acceptée.

— Votre Honneur, contesta Phyllis, je crois que l'état d'esprit du médecin...

— L'état d'esprit du médecin n'est pas le problème qui nous occupe, madame Chin. Veuillez passer à la question suivante.

Sa tentative de tirer profit des photos ayant été contrée, Phyllis fit elle-même monter la tension émotionnelle et se tourna vers le médecin, les yeux pleins de larmes.

— Docteur, qu'avez-vous pensé quand on vous a apporté ces cadavres ?

— Pensé ? C'était une tâche à accomplir, une tâche déplorable, bien entendu, mais une tâche. Il est triste de jouer le rôle du fossoyeur de la société, de répertorier les conséquences de ses maux, mais c'est la voie que j'ai choisie. Rama...

— Objection, Votre Honneur, protesta à nouveau Clay. Je ne vois pas quel rôle jouent les opinions ou les convictions religieuses du médecin dans cette affaire. Hors de propos !

— Accepté.

— Mais je veux savoir !

Tous les regards se tournèrent vers Mme Gardner qui, sur les bancs du jury, fixait le juge d'un air de défi.

— Vous êtes... (le juge Reynolds consulta ses notes)... Mme Chaucer.

— Mme Gardner.

— C'est exact, Mme Chaucer n'a pas été retenue. Eh bien, madame Gardner, nous posons les questions et déterminons ce que vous devez entendre en fonction de la décision que vous devrez prendre.

— Pourquoi ? Pourquoi ne pouvons-nous pas poser de questions ?

— Parce que vous poseriez des questions stupides, comme vous venez de le faire.

Mme Gardner fut scandalisée.

— Excusez-moi, s'empressa d'ajouter le juge. Je ne voulais pas dire stupide, seulement sans importance, euh, hors de propos. Le juge est l'interprète de la loi, pas vous. Vous décidez sur la base de ce que nous vous présentons. Et n'oubliez pas que vous avez juré de suivre mes instructions.

— Très bien, mais je sais que, dans d'autres États, les jurés sont autorisés à poser des questions aux témoins. Je veux savoir pourquoi nous ne pouvons pas.

— Parce que vous ne pouvez pas! s'emporta Reynolds. La loi de notre État ne le permet pas. D'autres questions?

— Non. Je trouve que ce n'est pas juste, voilà tout.

— Dans ce cas écrivez au législateur en expliquant que vous voulez que la loi soit changée. Poursuivez votre interrogatoire, madame Chin.

— Pouvons-nous conférer?

— Oui, bien entendu. Maître?

Clay prit le chemin du tribunal. Je me tournai vers Ramón qui me fit signe d'y aller également. Lorsque j'arrivai, le juge tentait de parler à voix basse mais n'y réussissait qu'imparfaitement.

— Le nombre d'incidents que suscite ce procès de rien du tout est incroyable. D'abord nous avons un accusé arrogant et, maintenant, un juré arrogant. Vous voulez qu'on la vire?

— Nous ne pouvons pas, monsieur le juge, dit Phyllis. Nous n'avons pas de remplaçants. Vous devriez peut-être suspendre l'audience afin que le public se calme.

— Le public? (La subtilité du propos de Phyllis fit sourire le juge.) Vous avez sûrement raison.

Il leva la tête et annonça:

— L'audience est suspendue pour dix minutes.

Les jurés sortirent en file indienne.

311

— Bon, vous devriez faire une pause, vous aussi, conclut le juge, parce que ça ne va sûrement pas s'arranger.

Lorsque j'arrivai dans le couloir, sur le chemin du distributeur de boissons, j'entendis Mme Gardner dire à Mme Vaught, tandis qu'elles entraient dans les toilettes des dames :

— Tous les gens du Sud ont des préjugés, de toute façon. Pas question que je fasse ce qu'il dit.

Je rapportai ces propos à Ramón lorsque j'allai le voir en cellule, peu avant la reprise de l'audience.

— *Chico,* cette mémé nous sert l'affaire sur un plateau d'argent. Dieu la bénisse.

— Quel dieu, Ramón ?

— N'importe lequel, tous !

Il se regarda dans un petit miroir, redressa sa cravate — ma cravate, mon costume — et sourit.

— Comme dit Mme Gardner, conclut-il. En scène.

La pièce fut longue, complexe et parfois difficile à suivre, mais jamais ennuyeuse tandis que le médecin exposait, dans un langage profane aussi clair que possible, les conséquences du massacre de la bijouterie. Pendant deux jours, il expliqua longuement les trajectoires des balles, les aortes sectionnées, les fémurs fracassés, les vertèbres cervicales brisées, les larynx écrasés, les globes oculaires éclatés et le sang. Groupes sanguins, types sanguins, taches de sang, du sang partout.

Phyllis nous montra d'autres clichés des victimes : le propriétaire de la bijouterie et la directrice gisant côte à côte derrière les présentoirs, la matière grise s'écoulant des blessures béantes qu'ils avaient au front; le vigile, recroquevillé, tenant toujours son arme à la main dans sa tentative dérisoire pour prévenir le drame; la grand-mère vietnamienne, le visage déformé par la peur. La mort partout, la mort sous son visage le plus brutal, le plus violent, le plus inacceptable.

Lorsque la litanie sanglante fut terminée, Reynolds se tourna vers Ramón et, faisant un effort pour se dominer, tenta, en vain, de lui demander sur un ton neutre :

— Contre-interrogatoire, monsieur Valdez ?

Ramón quitta ses lunettes et se frotta les tempes, comme si ce flot de sang lui donnait encore le vertige, ses actes montrant qu'il était toujours sous le choc, qu'il ne pouvait croire les abominations qui venaient d'être présentées.

— Pas de questions, répondit-il, puis il secoua la tête.

Reynolds émit une exclamation méprisante.

— Monsieur Smith ?

— Seulement quelques questions. Docteur, vous dites que la mort de la victime numéro deux, le vigile, est due au fait qu'une balle est entrée par le côté gauche de la poitrine et sortie dans le dos, perçant l'enveloppe du cœur et sectionnant l'aorte. Est-ce exact ?

— C'est exact, oui.

— Pouvez-vous expliquer pourquoi ?

— C'est très simple. La balle a d'abord provoqué une hémorragie interne, puisque le sang n'était plus évacué par l'aorte. Ensuite, naturellement, le cœur lui-même est atteint, de sorte qu'il cesse rapidement de fonctionner.

— D'après vous, une seule balle a suffi, alors qu'il en a reçu deux autres ?

— Oui. C'est la balle numéro trois, la dernière, qui l'a tué.

— Je vois. Vous dites qu'il avait également une arme à la main, au moment de sa mort ?

— Cette information m'a été communiquée dans le rapport de police et j'ai pu la vérifier sur les photographies prises par nos services sur les lieux, oui.

— Avez-vous recherché des traces de poudre sur les doigts du vigile en vue de déterminer s'il avait fait usage de son arme ?

Le médecin changea nerveusement de position sur son fauteuil et déplaça le micro, de sorte que les haut-parleurs se mirent à grésiller et qu'il y eut un fort effet Larsen.

— Nous avons fait de notre mieux.

Le Larsen se mua en sifflement insupportable. Le shérif adjoint se leva et remit le micro en place. Clay insista :

— Qu'entendez-vous par : nous avons fait de notre mieux ?

— Voyez-vous, l'enquêteur qui se trouve sur les lieux ordonne généralement la recherche de traces de poudre. C'est une des nombreuses opérations qui sont systématiquement effectuées. Pour une raison inexplicable, l'enquêteur n'a pas exigé cette recherche. Ce n'est qu'au moment où les corps sont arrivés à la morgue, alors que je prenais connaissance des rapports, que j'ai constaté que cette recherche n'avait pas été réalisée sur le terrain. J'ai immédiatement demandé à mon assistant de couper les mains et de procéder à cette recherche. Malheureusement, il était trop tard.

— C'est-à-dire ?

— Les résultats n'ont pas été probants. Nous ne pouvons pas affirmer s'il a ou non tiré.

L'enquêteur, le détective Samuels, s'entretint avec animation, à voix basse, avec Phyllis, qui secoua la tête avec découragement et se tourna vers le juge. Samuels poursuivit cependant son récit jusqu'au moment où elle l'interrompit d'un geste de la main.

— Plus de questions, dit Clay.

— De nouvelles questions ? demanda Reynolds, se tournant vers Chin.

— Non, Votre Honneur.

— Merci, docteur. Vous pouvez disposer.

Je me tournai vers Ramón, qui pointa un des éléments de sa liste. C'était effectivement une petite victoire. À l'étude des rapports, nous avions constaté que l'arme du vigile avait été détruite par erreur par la police avant que les essais aient pu être faits, de sorte qu'on ne saurait jamais s'il avait tiré le premier sur Ramón. Cela pouvait plaider faiblement en faveur de la légitime défense, puisque Ramón serait en droit de prétendre qu'il n'avait pas l'intention de tirer pour tuer. Le plus remarquable fut que Ramón n'eut même pas besoin de soulever le problème, que Clay le fit à sa place, presque comme si leurs stratégies de défense étaient coordonnées. Mais on avait tiré deux autres balles sur l'homme et, de toute façon, le vigile n'était pas la seule victime. Ramón était très loin d'avoir obtenu un avantage solide.

*

Le bourdonnement était ininterrompu, comme la sonnerie d'un radioréveil à bon marché quand on a posé l'oreiller dessus pour l'étouffer. Puis il cessa. À travers la cloison, on entendait des bribes de la conversation qui se déroulait dans la salle d'audience. Le murmure de la circulation et de rares coups de klaxon ponctuaient le silence tendu de la salle de délibération du jury.

Je pris *La Opinión*, journal en espagnol, fondé en 1926 par un immigrant mexicain, qui est aujourd'hui le plus vendu aux États-Unis dans sa catégorie. Des annonces proposant avocats et assistances juridiques diverses encombraient les maigres colonnes du journal. Les avocats promettaient toutes sortes de satisfactions en cas de conflits du travail, qu'il s'agisse d'accidents, d'épuisement nerveux, d'insultes, de surmenage, de toutes les difficultés que les lecteurs étaient susceptibles de rencontrer. En couleurs, s'étalaient dans le journal les portraits des avocats, qui remplaçaient leur prénom par son équivalent espagnol dans l'espoir d'attirer la clientèle des pauvres et des dépossédés, à un tarif variant de soixante-dix à deux cents dollars de l'heure, *naturalmente.*

— La justice n'existe pas, dis-je quand Clay et Phyllis entrèrent dans la salle de délibération du jury.

— Qu'est-ce que tu racontes, Charlie ? fit Clay. Elle existe, évidemment. Si on peut se la payer.

Il se laissa tomber sur un fauteuil pivotant et roula les manches de sa veste coupée sur mesure.

— Bonjour, Charles, dit Phyllis en posant son porte-documents en cuir sur la table.

Je lui approchai une chaise, mais elle refusa.

— Je dois vous dire que cette idée ne vient pas de moi. Je suis opposée à tout marché.

— Ce n'est pas à moi qu'il faut le dire, répondis-je, montrant Clay. Je croyais que vous étiez déjà tombés d'accord. Je ne suis présent que pour information et sur votre demande.

— Très bien, Charles, si vous voulez bien, j'aimerais en finir rapidement. Il faut également que vous connaissiez les conditions.

— Effectivement, puisque vous abordez le sujet. Il y a des gens à qui on ne peut pas tellement se fier.

Clay se tourna brusquement vers moi, feignant l'étonnement.

— Bien. M. Pellegrini a pris sa décision, Clay, il propose l'homicide si votre client accepte de témoigner contre Valdez.

— Quoi ? s'écria Clay, sincèrement étonné. Une minute. Nous nous sommes mis d'accord sur l'homicide involontaire, c'est-à-dire de six à huit ans, et pas sur l'homicide tout court. Ça, c'est vingt ans. Il y a eu un problème de traduction.

— Non, je regrette, ce n'est pas ce que j'ai dit.

— Allons, Phyllis. Ne jouez pas à ce jeu avec moi. Écoutez, je vais être franc avec vous. Connors, le collaborateur de Pellegrini, m'a personnellement dit que vous étiez autorisée à traiter. Mon client est d'accord. Nous avions un marché. Vous ne pouvez pas reculer comme ça.

— Clay, c'est un crime horrible.

— Tous les meurtres le sont! Tuer quelqu'un est toujours horrible. Le problème c'est que, sans mon gars, vous ne pourrez pas ficeler convenablement cette affaire, et vous le savez. La police n'a pas relevé les empreintes digitales sur les armes et vous savez que l'enquête a été sabotée. Le merdier habituel. Personne n'a vraiment assisté aux meurtres. Il est toujours possible qu'un juré cinglé dise qu'il ne peut croire personne, et dans quelle situation serez-vous si ça se produit? Écoutez, acceptez l'homicide involontaire et faisons porter le chapeau à l'autre gars.

Phyllis pivota sur elle-même, gagna la fenêtre et regarda, à travers la vitre crasseuse, les gargouilles de l'ancien palais de justice. Clay alluma nerveusement une cigarette, puis me regarda et haussa les épaules comme pour s'excuser.

Phyllis se retourna.

— D'accord, marché conclu. Charlie est témoin.

— Formidable! Je vais prévenir mon gars. Je vous appellerai cet après-midi pour organiser une réunion préliminaire.

Clay se leva, serra la main de Phyllis.

— Vous ne le regretterez pas.

Il sortit précipitamment, laissant derrière lui un sillage d'Infini, de Calvin Klein.

— Si vous voulez bien, Charlie, je vous communiquerai mes informations cet après-midi. Je dois avertir Pellegrini que le marché est conclu.

*

— *Chico*, c'est ce qui pouvait nous arriver de mieux. Qui le croira ? dit Ramón avec un large sourire.

— Une douzaine de jurés.

— Vous voulez dire que vous ne me trouvez pas crédible ?

— Je pense que vous n'avez pas tout fait pour les mettre de notre côté. Je pense que, si vous ne témoignez pas, j'irai vous rendre visite à Saint-Quentin. Et si vous témoignez, c'est tout de même là-bas que vous vous retrouverez. Vous n'avez pas l'air de regretter. Vous paraissez calme, maître de vous et lui a l'air stupide, servile. Il est facile de croire que vous meniez la danse. Que vous avez tiré.

— Bon, on n'y peut rien.

— Peut-être, mais ça jouera contre vous quand il vous chargera.

— Vous savez, vous auriez dû être prêtre. Pour vous, tout est blanc et noir. Tout est toujours lugubre et sans espoir. Je parie que vous êtes de ceux qui détestent les matinées ensoleillées parce qu'il risque de pleuvoir dans l'après-midi.

— Écoutez, si vous ne supportez pas mon pessimisme, je plie bagage, d'accord ?

Ramón, ébahi, secoua la tête. Dans ces moments-là, il tirait sur une ficelle intérieure et la lumière de la gentillesse éclairait ses traits ; il devenait moins monstrueux, moins ce cauchemar obsédant d'inflexibilité et de mort et évoquait davantage la grande gueule qui ne vit que pour le rhum, les femmes et le jeu. Un Cubain comme les autres.

— Je suis comme ça, dis-je. Qu'est-ce que vous

voulez ? Vous voulez que je vous raconte quelque chose ? Le jour de mes huit ans, notre *criada*, notre bonne, m'a porté sur ses épaules, serré contre elle et embrassé parce que j'avais huit ans. Puis elle m'a regardé et a demandé : « Qu'est-ce qui t'arrive, tu as l'air tout triste. » Vous voulez savoir ce que je pensais ? Je pensais : formidable, je suis huit ans plus près de la mort. Qu'est-ce que vous dites de ça ?

Ramón se pencha, son visage touchant pratiquement le mien par-dessus la paroi en verre de faible hauteur qui nous séparait.

— Je vais vous dire une chose. N'ayez pas peur de la mort. C'est ce qu'il y a de plus beau sur terre. Il n'y a pas mieux.

16

Les jurés s'assirent, les yeux embués de sommeil, comme tous les matins. Mais ils se mirent à discuter à voix basse quand ils constatèrent que la table n'était plus occupée que par Ramón et moi.

Le juge Reynolds entra en coup de vent dans la salle d'audience.

— Bonjour, mesdames et messieurs, dit-il, boutonnant sa toge.

— Bonjour, rugit le jury comme une bonne classe de cours moyen.

— J'espère que vous avez tous passé un bon week-end. Bien. Peut-être quelques-uns d'entre vous ont-ils constaté l'absence d'un de nos inculpés. Il s'agit de M... (le juge consulta ostensiblement ses papiers, comme s'il était possible que le nom lui eût échappé)... M. Pimienta. Disons simplement que l'affaire a été réglée sans notre concours. Vous ne devez pas tenir compte de cela dans votre détermination de l'innocence ou de la culpabilité de M. Valdez en ce qui concerne les charges retenues contre lui.

— Votre Honneur, pouvons-nous conférer? demanda Phyllis. Sans la sténographe.

J'adressai un regard à Ramón, qui hocha la tête. Je gagnai le tribunal. Les spectateurs étaient moins nombreux, seules la moitié des places étaient occupées. Mais les rangs réservés aux journalistes étaient toujours pleins.

— Monsieur le juge, le ministère public citera M. Pimienta comme témoin, peut-être le tribunal pourrait-il faire une déclaration à cet effet.

— Monsieur Morell? demanda Reynolds.

— Votre Honneur, je ne suis qu'un porte-parole. Néanmoins, si je représentais quelqu'un, je dirais qu'il serait sans doute préférable d'attendre que l'accusation appelle effectivement le témoin et de laisser le jury conclure comme il l'entend. Après tout, beaucoup de choses peuvent se produire d'ici là.

— Eh bien, Charlie, ironisa Reynolds, à part un autre tremblement de terre, je ne vois pas ce qui pourrait arriver, mais votre raisonnement se justifie. Désolé, Phyllis, je ne ferai pas la publicité de vos attractions futures. Vous pouvez très bien vous en charger vous-même, je n'en doute pas.

Phyllis marmonna la réponse traditionnelle des avocats, quelle qu'ait été la décision.

— Merci, Votre Honneur.

Lorsque j'eus regagné la table, Ramón se pencha vers moi.

— J'ai appris que le juge saute une des secrétaires.

— Ça ne vous apportera aucun avantage.

— Ça améliorera peut-être son humeur. J'ai

l'impression que, vous aussi, ça vous ferait du bien, *mano*. Il y a longtemps que vous n'avez pas baisé ?

— Je baise tous les soirs.

— Le ministère public appelle Remigio Flores. Le détective Samuels adressa un regard à ses deux hommes, postés au fond de la salle. Ils acquiescèrent, sortirent et revinrent avec l'employé du parking.

Remigio avait beaucoup grossi depuis notre rencontre sur le terrain de football, à la suite de laquelle il avait tenté d'échapper au détective Moat. La police de Los Angeles l'avait sans doute obligé à renoncer au sport, de peur de ne pas pouvoir le rattraper s'il prenait à nouveau la fuite. Moat avait à présent un collègue, un autre surfeur blond aux épaules de déménageur, si bien que le petit Remigio évoquait un de ces pauvres diables pansus que l'on pousse vers l'autel de la justice dans les gravures fanées du siècle dernier.

Remigio jeta un regard circulaire dans la salle d'audience, s'arrêta sur les visages attentifs, curieux, des jurés, sur le juge, le public, et fit audiblement « Ah » quand il nous découvrit, Ramón et moi. Sa main droite tremblait quand il prêta serment.

— Vous aviez raison, dit Ramón. Je vois le tatouage.

— Ouais, on dirait qu'il a tenté de le gommer, dis-je. Regardez, la peau est décolorée tout autour.

— Veuillez donner votre nom et épeler votre nom de famille pour le procès-verbal, dit Curtis.

Remigio indiqua finalement au tribunal qu'il avait vingt-trois ans, qu'il était né au Guatemala et habitait Los Angeles depuis trois ans. Oui, il était au parking le matin où M. Valdez, l'inculpé en costume gris et cravate rouge, était arrivé avec un autre homme, tous les deux en blanc et sentant l'eau de toilette.

— Avez-vous vu les accusés entrer dans la bijouterie ? demanda Phyllis.

— Oui.

— Voyiez-vous l'intérieur du magasin au moment où ils s'y trouvaient.

— Oui. Il y a une grande fenêtre qui donne sur le parking. C'était très net.

Phyllis alla chercher un plan des lieux qu'elle posa sur le chevalet. Pendant l'heure qui suivit, elle éclaircit tous les points susceptibles d'avoir échappé aux jurés : lumière, distance, perspective et orientation, nombre de voitures et de gens, champ visuel depuis la cabine de l'employé, nombre de fois où il s'était absenté pour déplacer des voitures. Toutes les ambiguïtés susceptibles d'aider la défense furent successivement élucidées.

Elle posa ensuite les derniers rivets de l'édifice.

— Avez-vous vu l'inculpé, M. Valdez, tirer sur les gens qui se trouvaient dans la bijouterie ?

Remigio resta un instant silencieux. Son témoignage, jusque-là, avait été neutre, exact. À présent, il devait rembourser sa dette à la société et aux services du D.A., donner des noms, montrer du doigt. Il regardait droit devant lui, fixant le mur opposé de la salle d'audience.

— *Si.*

— Oui, traduisit l'interprète avec un ricanement incongru.

— Qui a tiré ?

— J'ai vu cet homme tirer sur la directrice.

— Avec quoi ?

— Un petit fusil comme ceux qu'on voit à la télé. Un Uzi, Je crois.

Les questions se succédèrent rapidement, comme les volées de balles qui hachèrent la bijouterie, ce matin d'hiver.

— Où se trouvait la directrice quand on a tiré sur elle ?

— Par terre.

— Avez-vous entendu le coup de feu ?

— Oui.

— Combien de coups de feu y a-t-il eu ?

— Beaucoup. Une rafale. Une vingtaine, peut-être.

— Qui tirait ?

— L'inculpé.

— Avez-vous vu quelqu'un d'autre tirer ?

— Non.

— Et le vigile de la bijouterie ? L'avez-vous vu ?

— Oui.

— Le vigile était-il armé ?

— Oui.

— Tenait-il son arme à la main ?

— Oui.

— A-t-il tiré ?

— Il n'a pas eu le temps. L'inculpé s'est battu avec lui et lui a tiré dessus. Puis tout le monde s'est mis à hurler.

— Qu'avez-vous fait ?

— J'ai eu peur, alors j'ai couru jusqu'à la cabine et j'ai appelé la police.

— Avez-vous entendu d'autres coups de feu ?

— Oh oui. Mais je ne suis pas resté. J'avais peur des balles perdues. J'ai failli être tué comme ça, un jour, au Guatemala.

— Êtes-vous retourné près de la bijouterie ?

— Non. Non. Je n'ai pas osé.

— Plus de questions.

Le juge Reynolds se tourna vers Ramón. Phyllis avait montré que Ramón avait tué pendant une attaque à main armée, ce qui établissait les circonstances aggravantes et justifiait la peine de mort. À présent, Ramón devait démontrer qu'il était vraiment capable de se défendre seul.

— Contre-interrogatoire, dit le juge.

— Merci, Votre Honneur. Monsieur Flores, de quelle ville du Guatemala venez-vous ?

— Objection, hors de propos, intervint Phyllis.

— Refusée, dit le juge, estimant manifestement que le meilleur moyen de couler Ramón consistait à lui laisser le champ libre.

— Guatemala City.

— Je vois. Dans quelle *zona* de Guatemala City habitiez-vous ?

— Excusez-moi, je ne comprends pas, dit Remigio.

— *Zona,* zone. Guatemala City est divisée en *zonas,* en quartiers. Lequel habitiez-vous ?

Remigio répliqua :

— Le septième.

— Je vois. C'est près de la tour Reformer, exact ?

— À quelques centaines de mètres.

— Parfait. Maintenant, depuis combien de temps êtes-vous dans ce pays ? Trois ans, avez-vous dit ?

— Objection, hors de propos.

— Refusée.

— Trois ans, oui.

— Donc vous êtes en situation régulière ?

— Objection, Votre Honneur. Sa situation juridique est sans importance dans ce débat.

— Refusée. Cela pourrait affecter son témoignage.

— Merci, Votre Honneur. Exactement mon avis.

— Euh, je suis sans papiers.

— Sans papiers. Quelle belle expression, monsieur Flores. Elle signifie simplement : en situation irrégulière, n'est-ce pas ? Vous êtes un étranger en situation irrégulière, n'est-ce pas ?

Remigio regarda Moat. Le désespoir envahissait ses yeux.

— Je suis obligé de répondre ? supplia-t-il dans un anglais plaintif. Vous dites que j'ai pas à répondre à ça.

— Monsieur Flores, veuillez répondre à la question, ordonna le Juge.

— Alors, êtes-vous oui ou non en situation irrégulière ? répéta Ramón.

— Oui, fit sèchement Remigio, en espagnol, mais au moins je ne tue pas les gens !

Son accent le trahit enfin. Je sus que nous avions raison.

— Requête visant à rayer tout ce qui suit « oui », Votre Honneur. Ce n'est pas une réponse.

— Accordée.

— Je voudrais que le jury soit également averti.

Reynolds eut un sourire forcé.

— Mesdames et messieurs les jurés, veuillez ne

pas tenir compte des accusations de M. Flores contre M. Valdez. Après tout, il n'est pas encore démontré que M. Valdez a tué des gens, quoi qu'on dise. Poursuivez.

— Merci. Alors, monsieur Flores, puisque nous savons à présent d'où vous venez, parlons un peu de vous. Vous êtes-vous déjà fait appeler Francisco Miranda ?

— Je ne m'en souviens pas.

— Ou Carlos Céspedes ?

— Je ne sais pas.

— Ou encore Manuel Ochoa ?

— Je ne vois pas pourquoi vous me demandez ça. Je me sers toujours de mon nom.

Ramón sortit du dossier un listing d'ordinateur, le déplia afin que le jury puisse voir nettement qu'il comportait trois pages.

— Monsieur Flores, j'ai ici votre dossier de police. Il indique que vous avez trente ans, que vous avez été condamné pour cambriolage, vol de voiture, vente de produit illicite, de la cocaïne en l'occurrence, et que vous vivez dans ce pays depuis sept ans, dont deux années passées au pénitencier de Chino. Allez-vous nier ces faits ?

Flores baissa la tête.

— Non. (Puis il se redressa.) Mais je sais tout de même ce que j'ai vu.

Il n'est pas encore battu, me dis-je. Je me demande combien de temps il va tenir.

— Oui, c'est ce que vous dites, vous, un délinquant ayant fait de la prison.

— Hors de propos, Votre Honneur, contra Phyllis.

— Rejeté, maître, dit énergiquement Reynolds. Votre témoin vient de reconnaître les faits.

— Merci, Votre Honneur, dit Ramón. Maintenant, monsieur Flores, quelle est votre religion ?

— Objection, Votre Honneur. Totalement hors de propos.

— Je suis d'accord avec vous, madame Chin. Maî... (le juge rectifia à temps)... monsieur Valdez, à défaut d'une raison valable...

— Je tente d'établir un fait, Votre Honneur. Je suis prêt à vous en faire part hors de la présence du jury et du témoin.

Le juge regarda la pendule.

— Bien, il me semble qu'il est presque l'heure de la suspension d'audience. Pourquoi pas ?

Moat et son copain surfer emmenèrent Flores.

Quand le dernier juré fut sorti, Reynolds se tourna vers Ramón en évitant de se montrer trop condescendant.

— Monsieur Valdez.

— Votre Honneur, j'ai des raisons de croire que M. Flores appartient à une religion différente de la mienne, qui, en réalité, est l'ennemie de la mienne. Je crois que cela entraîne, de sa part, des préjugés et un parti pris qui influencent ses perceptions.

— Comme s'il était musulman et vous catholique, c'est bien ca ?

— Oui.

— Requête refusée. Le simple fait d'appartenir à une autre religion ne signifie pas que l'on veuille envoyer quelqu'un à la chambre à gaz, ou mentir, ce qui ici revient au même.

— Mais, Votre Honneur !

— Il n'y a pas de mais, monsieur. C'est moi qui décide. Regagnez votre cellule.

Phyllis m'attendait quand je sortis dans le couloir.

— Vous rendez-vous compte de ce que vous avez fait ?

— Et vous ? Vous êtes censée me communiquer toutes les informations dont vous disposez sur les témoins. J'ai été obligé d'aller les chercher moi-même.

— Je n'étais pas au courant. Samuels vient de m'avertir. Il l'a appris hier soir. Comment avez-vous fait ?

— Sa propriétaire connaissait son numéro de sécurité sociale. Qu'est-ce que je suis censé faire, fermer les yeux et bâcler mon travail ?

— Vous auriez pu m'avertir.

— Qu'est-ce que vous racontez ?

Je pris la direction du distributeur automatique, Phyllis sur les talons, insistante.

— Vous savez qu'il est coupable, vous savez qu'il a tué tous ces gens. C'est irresponsable.

Je pivotai sur moi-même, je me haïssais mais je n'étais pas encore prêt à me faire traiter de monstre.

— Nous avons déjà eu cette conversation, Phyllis. Tout le monde a le droit d'être défendu. Même Hitler, même le diable a le droit d'être défendu au mieux de ses intérêts, y compris de bénéficier d'un enquêteur. C'est notre système, c'est la loi, c'est ainsi que nous voulons que ce soit. Et c'est ainsi qu'il faut procéder.

— Vous auriez pu m'avertir, répéta-t-elle.

— Et perdre ma licence, ainsi que mon amour-propre, pour vous faciliter la tâche ? C'est votre faute si ces crétins de flics ne savent pas mener une enquête. Vous êtes censée les diriger, vous êtes censée les contrôler, pas moi.

— Écoutez-moi bien. Nous nous efforçons d'éliminer les ordures telles que lui. Pour une fois, vous devriez tenter de prendre le parti du bon droit, pas celui de la boue. S'il vous restait la moindre dignité, vous ne feriez pas ce que vous faites.

— Je suppose que je devrais entrer dans les services du D.A. pour remettre mon âme en état de marche, parce que vous êtes de toute évidence l'arme choisie par Dieu ? N'y comptez pas, madame. Vous voulez le condamner, démontrez sa culpabilité devant le tribunal. Avec des preuves valables. Ne prêchez pas. Et n'espérez pas que je ferai le travail à votre place.

Quelques jurés me suivirent des yeux tandis que je m'engageais dans l'escalier. Peu m'importait que mon éclat les eût ou non influencés : c'était le problème de Phyllis. Qu'étais-je censé faire ? Mais je fus contraint de m'arrêter sur le palier pour reprendre mon souffle. Je sentis mon cœur se serrer et l'immeuble se mit à tournoyer. Toutes mes défenses ne pouvaient masquer cette sensation de vide au creux de l'estomac, cet afflux de terreur dans mes veines. Je dérivais sur un océan de haine, armé seulement du faible radeau du devoir pour affronter les vagues de culpabilité qui menaçaient de m'engloutir.

331

Remigio s'était repris quand l'audience recommença. Il s'assit avec assurance, régla le micro puis respira, reniflant et avalant le mucus.

— Le courage colombien, dis-je à Ramón.

— Vraiment ? Je croyais qu'il avait seulement un mauvais rhume, *pobrecito.*

Puis, haussant le ton :

— Monsieur Flores, avant la suspension d'audience, vous nous avez dit que vous aviez fait de la prison. La dernière fois que vous avez été condamné, c'était pour trafic de drogue. Êtes-vous drogué, en ce moment ?

Tout le monde dévisagea Remigio. Le vernis de son assurance devint transparent et la peur réapparut dans ses yeux.

— Objection.

— Rejetée.

— Non, marmonna Remigio.

— Vous n'êtes pas allé sniffer de la cocaïne dans les toilettes, pendant la suspension d'audience, pour vous donner le courage de revenir ?

— Non ! Je suis un homme. Je n'ai pas besoin de ça pour faire ce que je dois faire.

Une nouvelle fois, l'interprète sourit, comme sous l'effet d'un réflexe de cynisme total.

— Bien. Donc, vous pouvez nous expliquer pourquoi vous prétendez être guatémaltèque alors que le procès-verbal de votre arrestation indique que vous êtes un réfugié cubain.

— Objection, Votre Honneur, s'écria Phyllis. Il affirme des faits qui ne sont pas prouvés. M. Valdez va-t-il apporter des informations supplémentaires ?

Ramón donna des documents au shérif adjoint,

qui les apporta au juge. Reynolds les parcourut rapidement.

— Puis-je voir ? demanda Phyllis.

— Naturellement.

Le shérif adjoint les lui apporta.

— Je voudrais que cela soit versé au dossier en tant que pièce à conviction A de la défense, Votre Honneur. Copie conforme du procès-verbal d'arrestation.

— Accordé.

Ramón montra un autre document.

— Votre Honneur, ceci est un plan de Guatemala City. Je voudrais qu'il soit versé au dossier en tant que pièce à conviction B.

— Accordé.

Le shérif adjoint vint en prendre livraison, une expression contrariée sur le visage.

— Je voudrais que le tribunal constate officiellement que la tour Reformer ne se trouve pas dans la zone sept mais dans la zone neuf, qui est à l'extrémité opposée de la ville.

Ramón se tourna vers Remigio et lui adressa un large sourire.

— Alors, monsieur Flores, êtes-vous cubain, oui ou non ? C'est ce que vous avez dit au policier qui vous a arrêté. Naturellement, c'était avant 1984 et on n'enfermait pas encore les Cubains à Atlanta avant de les expulser. Parce que, voyez-vous, si vous êtes guatémaltèque, vous êtes incapable de nous dire où vous habitiez. La zone sept est très éloignée de la tour Reformer. Pourquoi mentez-vous ?

— Je ne mens pas.

— Quel est le problème, dans ce cas ? Avez-vous

menti au policier parce que vous aviez peur d'être renvoyé au Guatemala ?

Acculé, Remigio regarda autour de lui, cherchant une issue.

— Oui, répondit-il dans un souffle.

— Donc vous avez menti au policier.

— Oui.

— Mais vous ne mentez pas en ce moment.

— Non. Je sais ce que j'ai vu.

— D'accord, parlons de cela. Depuis combien de temps travailliez-vous au parking, six mois ?

— Oui.

Ramón se tourna vers moi, montra la serviette en cuir. Je la lui passai.

Il en sortit un autre document, une feuille rose avec un tampon certifiant qu'il s'agissait d'une copie conforme. Il jeta un coup d'œil dessus, la posa sur la table.

— Donc, pendant cette période, vous avez remarqué que des camions de livraison venaient sur le parking, est-ce exact ?

— Oui.

Ramón montra le plan du parking voisin de la bijouterie, qui se trouvait toujours sur le chevalet où Phyllis l'avait posé.

— Pour des raisons évidentes, je ne peux pas me lever, par conséquent, monsieur Flores, *por favor*, voudriez-vous aller près du plan ?

Flores alla prendre position près du chevalet. Pour la deuxième fois, nous passâmes en revue les distances, places de stationnement, entrées de l'immeuble. À contrecœur, Remigio indiqua au jury que les livraisons s'effectuaient par une porte métallique située sur la façade sud, en face de la cabine de l'employé du parking, près d'une place de stationnement matérialisée à cet effet.

— Un camion vous aurait empêché de voir, n'est-ce pas ?

— Peut-être. J'ai vu ce que j'ai vu.

— Mais, le jour du drame, vous dites que vous voyiez nettement l'intérieur. N'est-ce pas exact ?

— Oui.

— Bien. Le drame s'est déroulé à onze heures sept. Vous avez dit que vous connaissiez l'heure exacte parce que vous avez regardé la pendule quand nous avons pris notre ticket de parking. Exact ?

— Oui.

— Dites-vous la vérité ? N'avez-vous pas oublié quelque chose ?

Du regard, Remigio chercha une nouvelle fois l'appui de Moat et de Phyllis, en vain.

— Non.

— Non vous ne dites pas la vérité ou bien, non vous n'avez rien oublié ?

— Non, je n'ai rien oublié.

Ramón soupira puis prit la feuille de papier rose.

— Votre Honneur, j'ai ici la copie certifiée conforme d'un bon de livraison émanant d'Abelson Express, qui indique qu'une livraison a été effectuée dans cet immeuble à dix heures cinquante-neuf précises. Le chauffeur doit composter le bon de livraison au moment où il arrive sur les lieux, pour des raisons de sécurité.

Reynolds prit brusquement le document des mains du shérif adjoint et l'examina.

— Votre Honneur, je crois qu'on ne nous a pas montré cela.

Reynolds le rendit au shérif adjoint, qui l'apporta à Phyllis.

— Comme vous le constatez, dit Ramón, il indique que le camion est parti à quinze heures seize, alors que tout était terminé. Cela signifie que le camion était garé sur l'emplacement réservé aux livraisons et vous empêchait de voir. N'est-ce pas exact, monsieur Flores?

— Ce n'est pas vrai. Je vous ai vu!

— Oh, oui, vous m'avez vu. Vous m'avez vu entrer, mais vous n'avez rien vu d'autre, monsieur Flores. Vous avez tout inventé parce que vous bénéficiez du soutien des services de police du fait que vous témoignez, n'est-ce pas?

— Objection, hors de propos, Votre Honneur, dit Phyllis.

Mais Ramón n'avait pas l'intention d'abandonner.

— N'est-il pas vrai que la police paie le loyer de votre appartement, vous verse de quoi vivre, vous a même promis un permis de séjour à condition que vous témoigniez?

— Oui, mais...

Les questions se succédèrent ensuite à toute vitesse.

— Alors c'est oui. Donc vous avez menti, non? Après tout, vous êtes un adorateur de Shangó, non? Vous voulez la mort de tous les serviteurs d'Oggún, non?

— Votre Honneur, objection, hors de propos, cela n'a rien à voir avec les débats!

— Monsieur Valdez, vous ne devez pas...

— Écoutez, Flores, je sais que vous êtes cubain, que vous êtes un *santero*, alors voilà ce que je vous dis : *Oggún areré, alawó, kokóro yigüe yigüe.*

— Votre Honneur !

— Garde, évacuez M. Valdez...

Mais, sans laisser au shérif adjoint le temps d'obéir, Remigio bouscula l'interprète, descendit de l'estrade des témoins, sauta par-dessus la balustrade, se fraya un chemin parmi le public et sortit. Ramón me sourit tandis que Moat se lançait à la poursuite de Remigio.

— Merci du tuyau.

— De rien. Je fais mon boulot, c'est tout.

Lucinda m'attendait quand je rentrai. Pour me faire plaisir, elle avait préparé une paella qui sentait bon le safran et l'iode.

— Non, non, je n'en veux pas, c'est tout pour toi, dit-elle quand je fis remarquer qu'il n'y avait qu'un couvert sur la table.

Elle posa le récipient en terre cuite sur le sous-plat puis servit des montagnes de riz et de fruits de mer luisants sur une des assiettes Villeroy et Boch qu'elle avait achetées chez Bullock (« en promotion, et elles sont tellement jolies avec leur bordure de fleurs et tout », avait-elle dit en me donnant la facture : quinze cents dollars le service pour six personnes).

— Comment marche le procès ? demanda-t-elle.

Je finis de mastiquer, bus une gorgée de bière.

— Tu es une grande cuisinière.

— *Gracias.*

— Le procès marche bien, jusqu'ici, mais on n'a pas encore sorti les gros canons. Nous ne pouvions rien faire contre le légiste, mais Ramón n'a laissé aucune chance au gars du parking. Il lui a flanqué une telle frousse qu'il s'est enfui à toutes jambes. On ne l'a toujours pas retrouvé.

— Je sais. J'ai vu ça à la télé.

Elle me servit le reste de ma bière, me caressa le bras.

— Alors tu crois que Ramón va gagner ?

Je levai la tête et scrutai son visage à la recherche de... de quoi ? Étonnement ? Désir ? Espoir ?

— Pourquoi ? Tu veux qu'il s'en sorte ?

Elle joua avec ses cheveux, haussa les épaules.

— Je ne sais pas. En fait, il mérite tout ce qui lui arrive, mais je ne peux pas m'empêcher de penser que ce n'était pas lui, tu comprends ? Je suppose que je lui cherche simplement une excuse.

— Dommage que tu ne fasses pas partie du jury. Ta présence lui ferait vraiment plaisir.

— Oui, je sais. C'est dommage, n'est-ce pas ?

Nous fîmes l'amour pour la forme, ce soir-là, davantage par devoir que par désir. Ensuite, elle courut à la salle de bains et réapparut avec une chemise de nuit en flanelle rouge, se passant du lait démaquillant sur le cou.

— Enzo est venu te voir, cet après-midi, dit-elle en jetant les boules de coton sales dans la cuvette des toilettes.

Je m'emparai d'une revue de tourisme, en quête d'évasion, d'un rêve de lit à baldaquin et de plantations de canne à sucre près d'une plage cristalline où les grenouilles chantent dans les arbres.

— Qu'est-ce qu'il voulait ?

Elle se coucha près de moi ; elle sentait le désinfectant et le dentifrice, fléaux des bactéries et de l'amour.

— Il a dit qu'il se demandait si tu ne connaîtrais pas quelqu'un qui pourrait remplacer son maître d'hôtel. Il a été obligé de virer celui qu'il avait. Il le volait.

— Il m'a parlé de ses problèmes. Dommage. Je ne connais personne.

— Erreur, tu connais quelqu'un.

Elle se serra contre moi.

— Qui ?

— Moi. Je lui ai dit que j'étais sans travail, que je n'avais rien d'autre à faire et que je connaissais le métier. J'ai menti, naturellement. Mais il a accepté de me prendre à l'essai. Je dois commencer demain soir, l'équipe de nuit, de dix-huit heures à minuit. Ça ne t'ennuie pas, *corazón*, n'est-ce pas ?

Ça m'ennuyait, évidemment, je ne voulais pas qu'elle s'éloigne, je voulais qu'elle dépende entièrement de moi.

— Non, bien sûr, ça ne m'ennuie pas. Je suis content pour toi.

Elle m'embrassa sur la joue.

— Je savais que je pouvais compter sur toi, ma vie. Merci. Bonne nuit.

— Bonne nuit.

Elle se retourna, éteignit et s'endormit. Je sentis toutes les ancres qui maintenaient la réalité de ma vie s'éloigner au fil d'un courant de ténèbres qui sentaient la fleur d'oranger.

*

— Le ministère public appelle Vlad Lobera à la barre.

Entre un petit homme corpulent, à la limite de l'obésité, d'une pâleur cadavérique, avec des lèvres charnues et une barbe si noire qu'elle voile ses traits, le genre de barbe dont aucune lame de rasoir ne peut venir à bout, qui ne s'incline que sous le coupe-chou soigneusement affûté par le barbier. Il porte un épais costume en laine, à fines rayures, une chemise blanche sans cravate, personnage sorti tout droit d'un tableau illustrant le réalisme socialiste en Europe de l'Est.

Vlad, dont l'expression évoque l'Empaleur dont il porte le prénom, gagne énergiquement la barre des témoins, épelle son nom, s'assied, adresse un regard triste à Phyllis.

— J'ai appris que ce gros lard vend plus de dix millions de dollars de bijoux par mois, souffle Ramón.

— Comment l'avez-vous appris ?

— J'ai mes sources, Charlie. Je suis peut-être en prison, mais j'ai des oreilles partout.

— Pourriez-vous nous indiquer votre profession ? demande Phyllis.

— Je suis vendeur en bijouterie. Grosses quantités. Les meilleures aigues-marines du coin.

Rires étouffés dans la salle d'audience après ce trait d'audace.

— Le tribunal vous sait gré de cette information, monsieur Lobera, dit Reynolds, mais vous prie de répondre seulement à la question posée.

— Pourquoi? Vous aimez pas les aigues-marines? C'est les miroirs du ciel. J'ai aussi des bonnes émeraudes. En gros.

— Je vous en prie, monsieur Lobera. Maître?

— Monsieur Lobera, fournissiez-vous des bijoux à Barry Schnitzer?

— À qui?

— Une des victimes de cette affaire, le propriétaire de la bijouterie Schnitzer.

— Ah, Levi. Pauvre mec. Ouais, sûr, j'étais là quand il s'est fait rectifier. J'ai même failli y passer.

Nouveaux rires étouffés dans la salle. Vlad regarde autour de lui, étonné que l'on puisse trouver ses propos amusants.

Phyllis se lève, prend position derrière Ramón.

— Avez-vous vu, dans ce tribunal, quelqu'un qui se trouvait dans la bijouterie au jour et à l'heure du drame?

— Ouais, sûr. Le type noir qui est devant vous, il y était avec un autre nèg... Vous les appelez comment, à présent, Afro-Américains? Lui, je le vois, je vois pas l'autre type. Un grand type, vous savez? Le genre qui m'inquiète toujours, à cause des bijoux que j'ai sur moi.

— Le procès-verbal doit mentionner qu'il a identifié l'inculpé, M. Valdez.

— Oui. Poursuivez.

— Où les avez-vous vus? demanda Phyllis.

— Ils étaient à côté de la vitrine d'exposition et regardaient les bijoux. Je les ai remarqués parce qu'ils étaient tout en blanc et dégageaient une drôle d'odeur.

— Qu'entendez-vous par « drôle » ?

— Comme un mélange d'eau de Cologne à bon marché et d'éther, vous voyez ? Une odeur vraiment bizarre.

Phyllis est sur le point de poser une nouvelle question, mais elle pivote sur elle-même et se rassied. Elle fouille dans ses papiers. Plusieurs secondes s'écoulent dans un silence attentif.

— Maître ? demande Reynolds.

Phyllis joue l'idiote brutalement tirée de sa rêverie.

— Oui ?

— D'autres questions, maître ?

— Oh, non. Plus de questions.

Je me tourne vers Ramón, étrange renversement de situation, Faust conseillant Méphistophélès.

— Ne posez pas de questions ! C'est un piège. Ce qu'il a dit ne peut pas vous incriminer. Elle tente de vous faire trébucher. Dites simplement : « Pas de questions. »

D'un geste de la main, Ramón écarte mes objections.

— Je sais ce que je fais.

— Monsieur Valdez ?

— Merci, Votre Honneur. Monsieur Lobera, vous affirmez que vous m'avez vu dans la boutique en compagnie d'une autre personne. Dites-moi, donnions-nous l'impression d'être armés ?

— Qui sait ? Je n'ai pas vu d'armes.

— À quelle distance de nous vous trouviez-vous ?

— Assez près pour vous sentir.

Nouveaux rires. Ramón lui-même sourit.

— Combien cela fait-il ? Un mètre cinquante, deux mètres ?

— Ouais, plus ou moins.

— Avons-nous parlé ? Que faisions-nous ?

— Vous avez rien dit devant moi. Vous regardiez la vitrine, comme si vous cherchiez quelque chose, c'est tout.

Phyllis sourit. Ramón est tombé dans le piège. Mais est-ce bien sûr ?

— Vous dites que vous étiez dans le magasin pendant le drame. Où vous trouviez-vous exactement ?

Vlad change de position, le poids de la révélation devenant pesant.

— Bon, pour dire la vérité, j'étais aux chiottes.

Cette fois, tout le monde éclate de rire. Vlad hausse les épaules.

— Qu'est-ce que vous voulez que je vous dise ? J'avais trop mangé au petit déjeuner. Je devrais pas, j'ai l'estomac capricieux.

Il pose la main sur son ventre proéminent. Ramón attend que les rires se soient tus.

— Alors, si vous étiez occupé comme vous le dites, comment savez-vous qu'il est arrivé quelque chose ?

— J'ai entendu. Bon, c'était juste à côté. J'ai entendu des cris et puis Levi, je lui montrais des aigues-marines, il dit : « Attendez-moi une minute, Vlad. » Et il sort. Je range les pierres quand j'entends un bruit de verre brisé puis, *pan ! pan !* Deux balles et toutes sortes de hurlements. Ensuite, ça a été la panique.

— En d'autres termes, vous n'avez pas vu ce qui est arrivé, vous l'avez seulement entendu.

343

— Exact. Ces foutues cloisons sont aussi minces que du papier, j'entendais tout. Je chiais dans mon froc, pardonnez-moi l'expression, parce que je croyais que vous alliez m'entendre et venir.

— Une petite minute. Après être entré dans le bureau de Schnitzer, vous ne pouviez plus voir si nous étions encore là, non ? Vous n'avez rien vu.

— Ouais, c'est juste.

— Merci. Plus de questions.

Le juge tape ses notes sur un ordinateur portable, puis fait signe à Phyllis.

— Nouvel interrogatoire ?

— Oui, Votre Honneur. Monsieur Lobera, vous venez d'entendre parler l'inculpé, M. Valdez. Sa voix est-elle une de celles que vous avez entendues ce jour-là dans la bijouterie ?

— Oh, sans aucun doute. C'est lui. Je la reconnais, pas de problème.

— Merci. Plus de questions.

Reynolds se tourne vers Ramón, mais il a déjà demandé à Lobera :

— Mais, Lobera, compreniez-vous ce qui se disait ?

— Oh, non. Je veux dire, je ne parle pas espagnol, si c'est bien ce que vous parliez. J'ai pas compris un mot.

— Donc, à votre connaissance, je pouvais aussi bien dire à quelqu'un de poser son arme et de se rendre, est-ce exact ?

— Objection, c'est une interprétation.

— Accordée.

— Merci, monsieur Lobera. Plus de questions, dit Ramón.

Tandis que Lobera s'en va, Ramón ajoute :

— Démarrer tout de suite. C'est comme ça qu'on gagne, Charlie.

— Faux. Vous avez pris une base. Vous êtes loin d'avoir conquis tout le terrain.

— Attendez, Carlitos, attendez.

17

Le temps paraît-il déformé quand on le regarde en perspective ? Notre perception du passé est-elle comme celle de Sirius ou d'Alpha du Centaure, dont la lumière est teintée de rouge quand elles s'approchent et de bleu quand elles s'éloignent, de sorte que plus nos souvenirs sont proches, plus ils sont colorés par nos émotions et plus ils sont éloignés, plus ils baignent dans le triste azur de l'indifférence ?

Je pose cette question parce qu'il y a des aspects du procès que j'ai complètement oubliés et j'ignore pourquoi. Les jours passèrent dans une accumulation répétitive d'horreurs qui, au bout d'un certain temps, perdirent tout sens, devinrent neutres, incompréhensibles. Si les jurés éprouvèrent les mêmes sensations que moi, l'exposé détaillé des meurtres, tel qu'il fut présenté par le détective Samuels, chargé de l'enquête, n'eut aucun impact psychologique. Sur le ton lent et méthodique d'un homme pour qui le meurtre est une réalité quotidienne, il énuméra les éléments techniques de son enquête : traces laissées par les balles, disposition

des lieux, quantité de débris trouvés sur le sol, élaboration de la décision de cerner la bijouterie et
de ne pas précipiter l'assaut, déploiement exact
des policiers participant à l'opération.

Puis il y eut le criminologue, individu maigre,
totalement chauve, vêtu d'un costume de sport en
polyester, qui n'avait sûrement pas eu une idée ou
une émotion nouvelle depuis 1975. Il s'étendit
longuement sur les calibres des balles, les angles
de pénétration, les rayures et marques laissées par
le canon, les essais en laboratoire destinés à identifier les armes, des détails si nombreux que la den-
sité du témoignage parut presque insupportable.
Phyllis appliqua le manuel du procureur : accumuler les faits au point d'obtenir une concentration si énorme qu'elle dépasse l'entendement et
qu'il ne reste plus, dans l'esprit des jurés, que la
conviction que cette montagne de preuves signifie
inévitablement que l'inculpé est coupable des faits
dont on l'accuse.

La réaction normale de la défense, face à cette
attaque, consiste à combattre le feu par le feu, à
saper le travail des experts, à découvrir le célèbre
grain de sable dans les engrenages, à mettre en évidence les incohérences cachées et les déficiences
logiques. La défense effectue des essais avec l'arme
du crime, demande à ses experts d'exposer leur
interprétation, si bien qu'on ne sait plus qui croire
et que l'ensemble est vidé de tout sens. Le principe
du doute raisonnable hante la salle d'audience
comme un spectre auquel tout le monde fait allusion mais que personne n'appelle par son nom.

Mais Ramón ne fit rien de tout ça ; il laissa Phyllis

s'épuiser dans une avalanche de détails, tenter si âprement de prouver chaque point, de couvrir toutes les approches que le juge Reynolds lui-même, à la fin, se retenait à peine de bâiller. Ramón resta tranquillement appuyé contre le dossier de sa chaise, la laissa faire tourner ses engrenages, suivit une stratégie qui devint chaque jour plus claire. Laisser s'accumuler les preuves désignant un meurtrier, mais faire porter la responsabilité à quelqu'un d'autre. Je tentai de le persuader de relever les faiblesses du témoignage technique, mais il ne posa que quelques questions au détective Samuels.

— Détective, avez-vous relevé des empreintes digitales sur les armes qui ont été utilisées ce jour-là ?

Le lieutenant consulta son rapport puis leva la tête, légèrement agacé.

— Non.

— N'est-ce pas une procédure obligatoire ?

— Pas vraiment. Cela dépend de la situation. Quand nous estimons que nous avons assez de preuves à l'appui des accusations, nous ne relevons pas nécessairement les empreintes sur les armes.

— Serait-il possible de prendre ces empreintes aujourd'hui ?

— Non. Nous avons tenté de le faire il y a quelques mois, mais nous avons constaté que les armes étaient contaminées, c'est-à-dire qu'elles avaient été manipulées par de nombreuses personnes et que les empreintes n'étaient pas identifiables.

— Donc, en d'autres termes, vous ne savez pas vraiment qui s'est servi de ces armes.

Samuels sourit pour la première fois depuis le début de son témoignage.

— Eh bien, c'était très simple. Il s'agissait soit de vous, soit de M. Pimienta, soit des deux.

— Néanmoins ce n'est pas une certitude absolue, n'est-ce pas?

— Vous étiez les seules personnes encore vivantes.

— Mais vous ne savez pas qui a tiré, c'est bien cela?

— Eh bien, je ne sais pas si le soleil va se lever demain matin, mais je crois qu'il le fera. Telle est la nature de ma conviction.

— Veuillez répondre à la question, monsieur. Savez-vous spécifiquement si j'ai tiré avec ces armes?

— Non.

— Merci. C'est tout.

Le soleil était une boule orange tombant dans l'océan quand je m'arrêtai devant la maison. Villa post-moderne en grès, stuc blanc et briques de verre, elle comportait deux tours à toit conique couvertes avec du cuivre si neuf qu'il était encore d'un rouge luisant. Quelques fenêtres carrées s'ouvraient dans le mur, semblables à des yeux de robot qui voient tout mais ne comprennent rien. Le parking dallé, devant le bâtiment, regorgeait déjà de limousines, aux côtés des voitures puissantes de l'élite de Los Angeles : Jaguar, Porsche, Ferrari et Range Rover. Je compris que ce serait une réception de Halloween à tout casser quand je vis le gardien du parking, sur le pas de la porte, distribuer des tickets aux propriétaires des véhicules. Je fis demi-tour et me garai quelques centaines de mètres plus bas, sous un callistémon encore en fleur.

Mae West ouvrit quand j'eus sonné. C'est-à-dire Suzan Nash, D.A. adjoint au tribunal criminel de Van Nuys, vêtue comme si elle avait fait quelque chose de mal.

— C'est un revolver que tu as dans la poche, mon grand ? demanda-t-elle, baissant des paupières qui parurent sur le point de rester collées par une épaisse couche de mascara.

— Non, poulette, c'est une assignation à comparaître avec les documents exigés par le tribunal. Montre-moi le matériel.

— Quand tu veux, mon gars. (Elle m'embrassa sur la joue et me fit entrer.) Tu arrives juste, la fête vient de commencer.

— Où est notre merveilleux hôte ?

— Clay est sûrement allé goûter les tamales à la cuisine, répondit-elle en me prenant par le bras et en me conduisant au salon, d'où l'on voyait la côte de Palos Verdes à Point Hueneme.

— Alors, tu es toujours sur le coup ? demandai-je à Suzan tandis que nous descendions les marches conduisant au niveau inférieur du salon, près du balcon courbe.

« Witchcraft », de Frank Sinatra, diffusé par de puissants haut-parleurs du même fuchsia que les murs, devenait audible à cet endroit-là.

— Quand il voudra, dit Suzan.

— Pardon ?

— Tu sais, Clay ne s'engage vraiment que dans

350

son travail. À dire vrai, je ne suis pas sûre que j'aimerais être mariée avec un homme comme ça.

— Et rater tout ça ?

Je montrai le buffet, fourni par deux anciens directeurs de l'industrie du cinéma qui appelaient leur équipe les Traiteur's Girls, en dépit du fait que la seule femme fût la Salvadorienne qui faisait la vaisselle. Starlettes, réalisateurs de cinéma, directeurs de studio déguisés en chats, lions, fantômes et Richard Nixon (c'est-à-dire en ce qu'ils étaient vraiment) côtoyaient les avocats d'affaires, les juges et les promoteurs immobiliers au sein de la communauté d'intérêts superposés qui gouverne l'État.

— Ce n'est que de l'argent, dit Suzan. Il y a des choses plus importantes dans la vie.

Nous nous arrêtâmes près d'une lithographie de Hockney représentant la vallée de San Fernando, sous une sculpture en fibre de verre, éclairée par des néons de couleur, qui évoquait l'échangeur à quatre niveaux du centre ville.

— Dis-moi, j'ai appris que tu vis avec quelqu'un. Où est-elle ?

— Elle travaille. Elle est maître d'hôtel chez Baldocchi. Halloween est une soirée importante pour les restaurants italiens, tu ne savais pas ?

— Comme les mexicains, tu veux dire ? Je ne savais pas. Il devrait être là, dit-elle, montrant les portes de bar en verre cathédrale.

Dans la cuisine, Clay, en costume de Zorro, fouet roulé à la ceinture inclus, goûtait les tamales en forme de cône qu'une grande femme à la peau brune, vêtue d'une robe rouge, lui présentait sur un plat.

— Non, non ! disait-il, trop salé, *no mas salt*, oh, merde.

— *Dice el señor que están muy salados los tamales*, dis-je.

La femme, indignée, répliqua que tous ses clients les aimaient ainsi.

— Mon vieux, je suis content de te voir. Qu'est-ce qu'elle dit ?

— Que tu vas devoir payer tous ces tamales parce que tu les as commandés, sinon elle te fera un procès.

— D'accord, d'accord, *está bien. Ándale, ándale.*

La femme prit ses tamales et, très digne, gagna le salon.

— Qu'est-ce que ça peut foutre, ils vont être tellement bourrés qu'ils vont sûrement adorer le sel en trop. Hé, où est ton costume ?

— Je ne reste pas.

Clay pivota sur lui-même, s'admira dans un miroir imaginaire.

— Quand j'étais môme, j'avais toujours envie d'être Zorro. Alors, comment ça va ? Tu veux un verre ? *María, cerveza para Charlie !*

— Je voulais te voir à propos de Pimienta et de son témoignage.

— Allons mon vieux, tu ne penses qu'au travail, tu ne te détends jamais ? C'est Halloween, décroche, bois un coup, défonce-toi, baise. C'est l'heure des fantasmes.

— Clay, à L.A., c'est toujours l'heure des fantasmes. Je veux savoir ce que Pimienta va dire.

Une serveuse m'apporta une Corona avec un demi-citron vert.

Clay goûta la farce des tamales, plongeant le doigt dans le récipient et en sortit un morceau de porc grillé.

— La ville du cholestérol. Merde, j'étais complètement bourré quand j'ai demandé à Suzan de commander ça. Tu sais qu'elle travaille à El Coyote ? Bien fait pour moi.

— Pimienta.

— D'accord. Bon, qu'est-ce que je peux te dire ? Ce type va montrer Ramón du doigt, c'est tout simple. Il a tout raconté à Phyllis sur Ramón et lui, leurs actes, leurs intentions.

— C'est-à-dire ?

— C'est-à-dire que Ramón projetait de tuer le directeur et le propriétaire dès le départ, et peut-être aussi le vigile. Le reste est arrivé dans le feu de l'action. C'est comme cette vieille chanson de Dr John : « J'étais au mauvais endroit mais ça devait être le bon moment. »

Il chercha un torchon pour s'essuyer le doigt mais, n'en trouvant pas sur la table de travail en marbre, il ouvrit le robinet doré et le rinça.

— Tu crois qu'il dit la vérité ?

— La vérité ? ironisa-t-il. Ces types ne seraient pas capables de reconnaître la vérité même si elle leur mordait le cul. Ils ne connaissent que leur comédie machiste de merde, ils croient que les Cubains sont les meilleurs, que tout le monde les envie et que c'est à cause de ça que c'est arrivé. Ils disent que les Mexicains les détestent.

— Je ne saisis pas.

— Le directeur de la bijouterie était mexicain. Ils croyaient que c'était à cause de lui que la boutique avait fait saisir les bijoux, alors que Barry les leur avait donnés. Pimienta prétend qu'ils ont essayé de s'arranger mais que le directeur leur a dit : fumiers de Cubains, vous vous croyez toujours plus malins, venez donc les reprendre, ou quelque chose du genre.

Clay fit signe à une serveuse, qui apporta rapidement une autre bière. Il but la moitié de la bouteille, rota.

— Maintenant, je me sens vraiment mexicain. Je n'en suis pas sûr, mais je crois que Pimienta va dire qu'il était sous l'influence de Ramón et ne pouvait rien faire, tu vois, des conneries du genre : c'est ce démon de Jim Jones qui m'a obligé. Il va déclarer qu'après tout ce temps en prison, il a réussi à couper le cordon ombilical, pour ainsi dire. Comme un nouveau-né au pays de la liberté, ce qu'il sera dans à peu près trois mois, sinon avant, compte tenu de la préventive. Allons au salon, j'en ai assez de la compagnie des domestiques. Je ne dis pas ça pour toi.

— J'ai bien compris, dis-je, tandis que nous poussions les portes en verre pour rejoindre les invités. Les connards sont des connards et ils ne racontent que des conneries.

Sa réaction fut totalement imprévisible. Soit la bière lui avait paralysé la langue, soit le costume avait transformé sa personnalité. Clay me plaqua contre le mur, renversant un vase bleu sur une console. Il posa l'avant-bras sur ma gorge, appuya violemment.

— Qu'est-ce qui te fait croire que tu peux me traiter de connard, Carlos ? (Son souffle empestait l'ail et la bière.) Vous, fumiers de Cubains, vous êtes tous les mêmes.

Je serrai le poing et le frappai au bas-ventre, de bas en haut, si bien que son menton heurta mon coude levé quand il se plia en deux. Il recula et je lui donnai un uppercut au plexus solaire, le jetant à plat dos par terre.

— Tu te prends pour qui, Clay ?

Tous les regards se posèrent sur nous. Le silence se fit dans la pièce, seulement rompu par Tony Bennett, qui chantait « I wanna be around ». Clay tourna la tête et vomit sur le vernis blanc du parquet en chêne.

— Tu me dégoûtes, ajoutai-je.

Je compris que Clay était à nouveau dans son état normal quand il tourna la tête et essuya le vomi sur son menton avec un sourire ironique.

— C'est réciproque.

— Je me barre.

Tous les regards me suivirent lorsque je sortis. Personne, pas un seul banquier, promoteur, district attorney, avocat, flic et juge, pas même le maire et le garde du corps qui ne le quittait jamais, ne dit un mot ou ne m'empêcha de partir. Ce fut très simple, aussi simple qu'un juif dans une pièce pleine de nazis, l'étoile jaune, sur mes vêtements, proclamant : ordure, sous-homme, déjection puante d'animal avili, saloperie d'Hispanique, dehors !

Sur le parking, je tombai sur une Bentley. Lorsque le gardien eut ouvert la portière, apparurent de longues jambes en bas résille, surmontées d'un costume d'Irma la Douce : Mme Schnitzer.

— Vous partez déjà, monsieur Morell ?

— Je savais que vous veniez, alors je suis sorti dire au revoir. Clay est à l'intérieur. Pas vraiment dans son assiette, mais je suis sûr qu'il sera content de revoir votre chéquier.

Elle sourit, passa son boa pourpre sur l'épaule.

— Je ne regrette pas de ne pas vous avoir payé. J'aurais joui de la satisfaction de vous posséder, naturellement, mais il est toujours très désagréable de donner des milliers de dollars pour ce qui ne vaut que quelques cents.

— Je sais. Regardez ce que votre mari a eu. Il est mort et vous vous faites plumer par des crétins.

— Ravie de vous avoir revu, monsieur Morell.

— Oui, bonne soirée.

Sur Hollywood Boulevard, en rentrant chez moi, je constatai que les fugueurs, camés, Hell's Angels et prostituées avaient été rejoints par les fêtards de Halloween en perruque de Vampirella, costumes de Freddie Krueger et masques de Ronald Reagan, qui dansaient dans la rue encombrée, des flics de la circulation, obèses et armés de lampes-torches, tentant d'empêcher la procession nocturne de dégénérer en émeute.

Ce n'était pas l'atmosphère de fête joyeuse qui s'empare de La Nouvelle-Orléans le jour du Mardi Gras, ou de San Francisco pour Halloween, ce que je vis sur le boulevard, mais l'embryon d'un cri libérateur, le passage dans la sphère publique des peurs, désirs et carences de la vie privée, si bien que la rue devenait une arène, une compétition opposant des forces concurrentes, pas un moyen d'expression mais le chemin du pouvoir, une accumulation de signes extérieurs. Qui porterait les fringues les plus spectaculaires, qui aurait la plus belle bagnole, qui emploierait le jargon le plus exotique, qui serait le plus défoncé. Halloween, à Los Angeles, devenait un ring de plus, où se retrouvaient les ambitions qui gouvernent la métropole, mais sous leur forme la plus crue parce que toute proche de la source, toute proche de ce désir palpitant de posséder, utiliser, accumuler, dépouiller et abuser, boulimie matérielle frénétique d'une société qui agissait comme si MENE MENE TEKEL était écrit sur les murs, et pas JÉSUS HAIT LE SEXE.

Le parfum de Lucinda, Giorgo, flottait encore dans l'air quand j'arrivai. Comme d'habitude, elle avait oublié de vider la baignoire. Je le fis, ouvris les fenêtres.

Dans sa hâte, elle n'avait pas fait le lit, avait laissé ses vêtements en tas par terre — jupe violette criarde, chemisier vert un peu trop voyant, bas noirs filés. Je vis déjà seul, me dis-je, à quoi bon tout ça?

Je sortis, pris ma voiture et roulai au hasard, sans savoir pourquoi ni où, changeant de direction suivant ma fantaisie jusqu'au moment où, peut-être sous l'impulsion d'une boussole interne, je m'aperçus que je m'étais engagé sur les pentes douces de Silver Lake. L'air était plus chaud et plus dense, les fumées d'échappement des voitures et autobus de Sunset et du centre formant des nuages crasseux au-dessus du lac.

Un désir pervers quelconque me conduisit sans doute chez Juan Alfonso, pervers en ce sens que je n'étais même pas conscient de ce que je faisais, et que j'agissais pourtant comme si ma vie et mon équilibre psychologique en dépendaient. Je vis que les fenêtres de la maison étaient éclairées et me garai un peu plus loin. Des lambeaux de nuages masquaient partiellement la lune et quelques étoiles étaient visibles à travers le smog. Je poussai la barrière, gravis les marches du perron, accueilli par un doux parfum de freesias. Je frappai.

— Il y a quelqu'un?

Pas de réponse. J'ouvris la porte. Le gros poste de télévision n'était plus là, de même que le canapé, les chaises, la table, le buffet à vitraux avec des fruits tropicaux miniatures, tout avait disparu sauf quelques chaises pliantes et une table de bridge sous une ampoule solitaire au bout d'un fil.

— Juan Alfonso? Êtes-vous là?

Sur la table de travail de la cuisine se trouvait une boîte provenant d'un restaurant de plats à emporter : blanc de poulet grillé à moitié mangé, barquettes de haricots et de riz jaune ouvertes, une fourchette en plastique dans chacune. J'entendis un martèlement, à la cave.

— Juan Alfonso, cessez ce jeu! dis-je en espagnol.

Pas de réponse ou, plutôt, ce ne fut pas une voix qui répondit, mais un bref roulement de bongo qui rompit le silence. Il ne dura que quelques secondes, puis cessa brusquement et la maison parut attendre ce que j'allais faire.

Mon cœur affirma sa présence ; une goutte de sueur coula sous ma chemise. Je regrettai de ne pas avoir pris mon revolver, pas pour tuer quelqu'un mais à cause de la sensation de sécurité qu'il procurait.

— *Carlos, ven acá,* appela une voix, en bas.

Soudain, ma peur se mua en fureur. Tu veux que je vienne, c'est ça ? Tu veux que je te rejoigne ? Je pris une bouteille de bière vide dans la poubelle. Tu vas voir, je vais te faire éclater la tête, nom de Dieu !

Je me précipitai dans l'escalier branlant mais, à chaque pas, j'eus l'impression de pénétrer dans un univers de viscosité, de plonger dans l'eau, mais, cette fois, j'étais à contre-courant.

La cave baignait dans une lumière rouge semblable à celle dont se servent les photographes pour développer la pellicule, et il y régnait une odeur de jasmin presque insupportable. Quand j'arrivai au pied de l'escalier, la bouteille à la main, une vague glacée me frappa en pleine poitrine et un nuage de papillons jaunes jaillit du néant, s'ouvrant devant moi quand je touchai le sol. Ce n'est pas vrai, me dis-je, ce n'est pas la vie. Soit j'ai à nouveau des hallucinations, soit je suis mort mais, dans ce cas, pourquoi est-ce que je n'éprouve aucun soulagement ?

Je vis un demi-cercle de chaises à l'endroit où se trouvait l'autel lors de ma dernière visite et sept personnes différentes assises dessus. Tout d'abord, je ne vis que les pieds, tous noirs, nus et, pendant quelques instants, je ne compris pas pourquoi je ne parvenais pas à lever la tête, ni pourquoi mon cou était incliné comme en un geste de soumission. Péniblement, au prix d'un énorme effort de concentration, je levai la tête et constatai que les gens portaient des masques de paille, coquillages et boue séchée, des masques africains avec des signes distinctifs tribaux sur les joues et des lèvres africaines charnues. La lumière venait de derrière eux, soleil rouge brillant dans leur dos. Ils parlèrent d'une seule voix.

— Carlos, laisse tranquille, Carlos, laisse tranquille !

Je voulus répondre mais ma langue resta paralysée contre mon palais et la psalmodie devint de plus en plus forte, m'emprisonna dans les plis de son insistance jusqu'au moment où je parvins à décoller ma langue et à crier :

— Laisser qui ?

À ce moment, le personnage en blanc qui occupait la chaise centrale retira son masque et je vis mon père, je me vis moi-même et je vis Ramón, nous tous ne faisant qu'un, lui souriant, me souriant. Je levai lentement le bras et lançai la bouteille en direction du visage, qui sourit quand elle le toucha à la hauteur de la mâchoire. Un bruit immense fit trembler la pièce et un nuage de fumée jaune jaillit du front du personnage tandis que la bouteille faisait voler son visage en éclats de boue séchée qui tombèrent par terre dans un crépitement, que je basculais en arrière sous la violence de l'impact, que tout devenait d'un bleu foncé qui se muait en un noir apaisant, en un néant silencieux, paisible.

Une lumière intense brillait quelque part, une lumière qui emplissait le monde au son d'une langue rauque, sifflante. La douleur revint en vagues, comme si tout mon corps me démangeait. J'ouvris les yeux et me retrouvai dans la cave de Juan Alfonso, fixant les grands yeux marron d'un homme maigre vêtu d'un T-shirt sale.

— Réveillez-vous, monsieur, réveillez-vous ou on appelle la police.

Je me dressai sur les coudes, secouai la tête. Un autre homme, trapu, mal rasé, la peau olivâtre, se tenait derrière le premier, les mains posées sur les genoux, et me dévisageait.

— Ça va ? demanda le deuxième homme.

Je me levai.

— Ouais, je... je crois. Qui êtes-vous ?

— Je suis Greg, dit le plus corpulent, voici Vartek. Cette maison est à nous.

— Vous vous sentez bien ? s'enquit Vartek. On vous a trouvé là ce matin. Vous avez été attaqué ?

— Non, je suppose que j'ai glissé et que je suis tombé. Où est Juan Alfonso ?

— Il nous a vendu la maison il y a deux mois. On arrange pour revendre.

Je gagnai péniblement le mur, m'y adossai, le souffle court.

— Je vois. Bon, merci.

Je respirai profondément puis m'éloignai. Je gravis l'escalier en vacillant, cramponné à la rampe. Les deux Arméniens conférèrent dans leur langue.

— Hé, vous faites pas de procès, non ? demanda Vartek, inquiet, tandis que je montais.

— Ne vous en faites pas, pas de procès, non.

Le soleil était haut quand j'arrivai dans la rue. Je regardai ma montre. Neuf heures et quart. J'avais passé toute la nuit dans la cave. Miraculeusement, personne n'avait cassé le pare-brise de ma 944, ni même rayé le flanc avec une clé. Mais quelqu'un avait laissé un message, une carte glissée sous un essuie-glace.

Si tu crois que je t'ai oublié, tu te trompes.

Signé : *Dieu*.

18

Comme Clay l'avait si justement prévu, le témoignage de Pimienta fut un récit direct n'ayant qu'un objectif : envoyer Ramón sur la chaise au moment où les cachets de cyanure tombent dans l'acide et que la volonté populaire se dégage en nuages de gaz mortel. Le témoignage dura trois jours et couvrit leur enfance à Cuba, leur rencontre à l'ambassade du Pérou, leur voyage jusqu'à notre terre promise ainsi que l'existence de violence et de crime qu'ils y menèrent.

La sincérité et la contrition de Pimienta, son humilité lorsqu'il répondit aux questions insistantes de Phyllis, les yeux rivés sur le sol, ses grosses lèvres marmonnant à peine les réponses que l'interprète claironnait dans la salle d'audience, tout cela donna beaucoup plus de poids à l'apparence de culpabilité que la substance réelle de ses aveux. Malgré son attitude de pécheur repenti, Pimienta affirma qu'il ignorait que Ramón tuerait des gens dans la bijouterie. Cela constituait un important obstacle juridique, puisque cela privait l'accusation des éléments permettant d'établir la préméditation nécessaire pour obtenir la peine de mort. Craignant qu'un juré au cœur tendre n'estime que Ramón n'était pas coupable au premier degré parce qu'il n'avait pas l'intention de tuer avant les faits, Phyllis interrogea Pimienta avec autant de délicatesse qu'un boucher découpant des côtes d'agneau.

Vêtue de rouge vif — chaussures, ceinture, robe —, elle se dirigea vers la barre avec une détermination énergique.

— N'est-il pas vrai, monsieur Pimienta, que, le matin en question, vous avez évoqué avec M. Valdez l'éventualité que quelqu'un puisse être tué pendant l'attaque de la bijouterie Schnitzer ?

— Non, ça ne m'a pas traversé l'esprit. Nous avons pensé que nous serions peut-être obligés de désarmer le vigile et peut-être de le blesser, mais nous n'avions pas l'intention de tuer. Nous voulions seulement prendre les bijoux du saint et partir, leur donner une leçon.

— Ah, donc vous avez effectivement envisagé la possibilité que quelqu'un soit blessé ?

— Eh bien, oui.

— Et vous êtes absolument certain que la leçon que vous avez mentionnée ne consistait pas à abattre le directeur pour lui faire payer l'humiliation qu'il vous avait infligée ?

Pimienta leva finalement la tête, s'apercevant que son marché finirait aux oubliettes s'il ne collaborait pas.

— Je n'ai pas compris ce que Ramón voulait dire.

— Qu'avez-vous compris ?

— Eh bien, il a dit qu'il voulait leur donner une leçon qu'ils n'oublieraient jamais, qu'ils ne referaient jamais ça à un Cubain ou un Latino. Mais j'ai cru qu'il parlait simplement de reprendre les bijoux.

Clay, dans le public, assistait au numéro de son client. Le spectacle semblait lui plaire.

— Pourquoi un Latino ? Savez-vous ce qu'il voulait dire ?

Pimienta s'anima, à ce moment-là ; la lumière intérieure de l'enfant qui sait bien sa leçon éclaira son visage.

— Oui, naturellement. On en parlait souvent. Tout le temps. C'était son...

L'interprète hésita. Elle fixa le plafond, comme si elle espérait que la solution tomberait du ciel.

— Sa *bête noire*[1], dit-elle finalement, pas tout à fait certaine d'avoir trouvé la bonne expression.

L'étendue de son vocabulaire m'impressionna. En fait, Pimienta avait dit « point faible », mais « *bête noire* » était beaucoup plus proche de la suite telle que je la prévoyais.

— Veuillez expliquer.

Pimienta fit un grand geste, le premier depuis trois jours.

— Sûr, c'est facile. Il suffit de regarder autour de soi. Les Hispaniques, dans cette ville, sont très mal traités. Il n'y a pratiquement que des Latinos et il n'y a pas de maire latino, tout le pouvoir politique appartient aux Anglos. Les Orientaux et les juifs possèdent les banques et même les Noirs, ils

1. En français dans le texte *(N.d.T.)*.

ont un maire, mais on ne fait jamais rien pour eux. Ils sont toujours opprimés.

— Dis la vérité, mon frère, marmonna Mme Gardner sur les bancs du jury.

— Objection, Votre Honneur, dit Phyllis tandis qu'un murmure désapprobateur parcourait la salle d'audience.

— Vous vous opposez aux propos de votre témoin, maître ? demanda le juge.

L'interprète n'indiqua pas à Pimienta que l'objection signifiait qu'il devait s'interrompre, si bien qu'il poursuivit son récit et que l'interprète continua de traduire tandis qu'un concert de protestations s'élevait dans le public.

— Il disait toujours que la Californie était un pays conquis et que les Chicanos n'ont jamais su se défendre, qu'ils l'ont toujours dans le cul, voilà ce qu'il disait.

— Le tribunal accepte sa propre objection et ordonne le silence, sinon la salle sera évacuée, déclara le juge.

— Ce qu'il nous faut, c'est une révolution, disait-il toujours, il faut que quelqu'un fasse comprendre à ces types qu'on doit respecter les Latinos, qu'ils paieront tôt ou tard et qu'ils ne peuvent pas continuer à nous baiser comme ça, poursuivit l'interprète, qui n'avait toujours pas dit à Pimienta de se taire.

Finalement, Reynolds tourna la tête, le visage aussi rouge que la robe de Phyllis.

— Monsieur Pimienta, fermez-la !

Pimienta se tut enfin.

— Je ne tolérerai aucun propos raciste dans ma

salle d'audience, sous aucun prétexte. Le racisme n'a rien à voir avec cette affaire et ne doit pas être mentionné.

Sans se départir de son sourire, Ramón leva la main.

— Objection, Votre Honneur. Je crois que ces propos sont nécessaires à l'explication de l'état psychologique

— Monsieur Valdez, je crois que nous avons déjà une idée très précise de la nature de votre état psychologique. Refusé. Le témoignage sera barré. Le jury ne tiendra pas compte des dernières déclarations du témoin, depuis (il se pencha sur son bloc) *« sa bête noire »* jusqu'à « nous baiser comme ça ». (Il se redressa.) Poursuivez, maître.

Phyllis se mordit la lèvre, puis regagna rapidement sa table. Elle jeta un coup d'œil sur ses documents, interrogea le détective à voix basse puis s'assit et croisa les mains sur le dossier de l'affaire.

— Plus de questions.

Reynolds nota quelque chose puis marmonna :

— Monsieur Valdez.

Ramón ajusta ses lunettes, consulta son bloc, puis le mit ostensiblement de côté.

— José, t'ai-je dit que je voulais tuer quelqu'un ?

Pimienta fixait à nouveau la moquette.

— Non, tu as seulement dit qu'il y aurait peut-être des problèmes.

— Quand je t'ai expliqué ce que je voulais faire, à la bijouterie Schnitzer, qu'ai-je dit ?

— Que tu voulais reprendre les bijoux du saint parce qu'ils lui avaient été offerts.

— Que voulais-je faire d'eux ?

— Les remettre sur l'autel.

— Quel autel ?

— L'autel du saint, Oggún, notre père et protecteur.

— Appartenons-nous tous les deux à la même religion ?

— Oui.

— Laquelle ?

— La *santería*. Nous sommes les enfants d'Oggún.

Je compris alors pourquoi Ramón n'avait pas mentionné que les bijoux étaient un cadeau de Schnitzer. La façon dont ils se les étaient procurés n'était pas pertinente, seuls comptaient ce qu'ils représentaient pour José et Ramón, ainsi que l'intention de les récupérer. En une manœuvre rapide, Ramón avait éliminé la dangereuse nécessité d'entendre Mme Schnitzer. Son témoignage n'aurait fait que mettre Ramón dans une situation plus délicate. À la barre, tout aurait pu arriver. Elle aurait notamment pu mentionner les prières mortelles de Ramón pour le compte de son mari.

Phyllis se redressa, comme mue par un ressort.

— Objection, Votre Honneur, hors de propos. Il a été décidé...

— Je sais ce que j'ai décidé, mais comme le témoin a spontanément abordé le sujet de la religion, M. Valdez peut poursuivre l'interrogatoire dans ce sens, dit Reynolds.

— Je ne m'en souviens pas.

— Maître, vous devriez être plus attentive. (Reynolds se tourna vers l'écran rectangulaire de son ordinateur.) M. Pimienta a dit qu'ils allaient chercher les bijoux du saint pendant l'interrogatoire et l'a répété pendant le contre-interrogatoire. Objection rejetée. Poursuivez, monsieur Valdez.

— Merci, Votre Honneur.

Le juge soupira et s'appuya contre le dossier de son fauteuil.

— Pourquoi fallait-il que nous récupérions les bijoux, José ?

Pimienta fut net, regardant Valdez droit dans les yeux.

— Tu sais, parce que si nous ne le faisons pas, le saint sera furieux et qui sait ce que le saint fera. Enfin, tu sais.

— Oui, je sais. Mais les bons citoyens du jury l'ignorent. Tu devrais le leur expliquer.

Pimienta tripota son anneau en or.

— Oggún est un dieu puissant, mais il n'aime pas que les gens se moquent de lui. Quand on prend quelque chose sur son autel il se met en colère et alors, faut faire gaffe parce que c'est la mort sur quatre roues.

— Pardon, madame l'interprète ? demanda Reynolds.

— Votre Honneur, c'est ce que le témoin a dit. En fait, il a dit que ce serait la mort à bicyclette, mais il m'a semblé que « sur quatre roues » était le meilleur équivalent.

— Je vois, fit le juge. Poursuivez.

— José, de tes propres yeux, qu'as-tu vu le saint faire ?

— De mes propres yeux ?

Il s'interrompit, un peu nerveux, se gratta l'avant-bras, sur lequel était tatouée une croix de

Malte, signe distinctif des tueurs dans les prisons cubaines.

— Oui, de tes propres yeux.

— Eh bien, je l'ai vu venir dans les réunions, s'emparer d'une femme et l'obliger à manger des excréments de chien parce qu'elle s'était moquée de lui. Je l'ai vu faire sauter quelqu'un dans la rue, par la fenêtre du troisième étage, et il est resté paralysé à vie. Je l'ai vu tuer des gens pour se venger. Il ne faut pas se mettre Oggún à dos.

— Je crois que j'en ai assez entendu. Nous nous éloignons de plus en plus du sujet, dit Reynolds. Je vous ai permis d'approfondir cette question, monsieur Valdez, mais cela ne vous autorise pas à recourir à un système de défense indirect par la bouche de votre témoin. Veuillez changer de sujet.

— Juste une dernière question sur ce point, Votre Honneur.

Reynolds hésita.

— D'accord, mais une seule.

— José, connais-tu une occasion où quelqu'un a pris les bijoux d'Oggún et survécu ?

— Pas une.

Reynolds, que l'interrogatoire rasait visiblement, jeta un coup d'œil sur la pendule.

— Je vois qu'il est l'heure de déjeuner. Nous nous retrouverons à quatorze heures.

Reynolds descendit dans la salle et m'appela. Il souffla, sans cacher sa colère :

— Dites à votre gars qu'il doit cesser de tenter de soulever des problèmes hors de propos, sinon je reviendrai sur ma décision et lui ordonnerai de prendre un avocat, compris ? S'il ne sait pas mener un interrogatoire, il doit renoncer à le faire.

— Je le lui dirai, monsieur le juge.

— C'est ça, conclut-il, s'éloignant en coup de vent.

J'aperçus la chevelure rousse et le large sourire de Linda Powell dans le cabinet du juge, juste avant qu'il ne claque la porte derrière lui. J'eus l'impression que, bien qu'elle fût greffier du tribunal de Master Calendar, les questions qu'ils aborderaient ne seraient pas judiciaires.

— Monsieur le juge ! cria Burr, il faut que nous allions au département 100 pour l'affaire Ramsey ! Merde. (Il se tourna vers moi, le visage creusé par la contrariété.) Quand elle est là, il ne veut plus rien faire.

— Ça passera. Les aventures professionnelles ne durent pas.

— Espérons. Il vit avec elle, à présent, vous savez.

— C'est grave.

En me retournant, je vis José quitter la barre des témoins et adresser un regard triste, interrogateur, à Ramón. Ramón sourit puis le shérif adjoint le conduisit dans la cellule, chaîne de chevilles tintant sur la moquette bleue.

Le shérif adjoint me fit entrer après avoir enfermé Ramón, qu'il avait contraint à quitter sa cravate, ses lacets de chaussures et sa ceinture afin de prévenir toute tentation suicidaire. Ramón fumait une cigarette, assis sur le banc en béton qui faisait partie intégrante du mur. Les cloisons étaient une exposition de graffitis innombrables, du simple À L'AIDE à CUCA TE QUIERO. Le message le plus long était, en espagnol : *J'ai été reconnu coupable, mais je jure devant Dieu que je suis innocent. Je m'appelle Pancho.*

Ramón semblait démoralisé.

— *Chico,* ce que je vais être obligé de faire ne me plaît pas, dit-il en espagnol, traînant sur les mots comme un enfant dans la cour de récréation, après avoir battu son camarade de jeu.

— Il faut que vous le récusiez, n'est-ce pas votre stratégie ?

— Ouais, mais après tout ce qu'on a vécu, vous savez, l'humilier comme ça. En fait, je n'ai même pas commencé.

— Si vous ne le faites pas, vous pourriez aussi bien commencer tout de suite à vendre des billets pour l'exécution.

Il sourit, écrasa sa cigarette.

— Non, pas question.

Il déchira l'emballage en plastique du sandwich que le comté lui fournissait en guise de déjeuner : trois tranches de salami, avec de la mayonnaise, sur du pain blanc.

— Qu'est-ce que le juge vous a dit ? demanda-t-il, la bouche pleine.

— Qu'il ne vous autorisera plus à vous défendre seul et nommera un avocat si vos questions ne sont pas meilleures.

— Connerie, fit-il en anglais, puis il revint à sa langue maternelle. C'est du bluff. Un avocat aurait fait la même chose que moi. Ce n'est qu'un prétexte pour me remettre à ma place. Erreur réversible, et il le sait.

Il haussa les épaules, froissa le plastique et le lança dans l'évier qui se trouvait de l'autre côté de la pièce.

— Croiriez-vous qu'ils n'ont jamais voulu que je fasse du basket, à Cuba ? Ils ont tenté de me faire entrer dans une équipe de boxe, ils disaient que je pourrais devenir un nouveau Stevenson. C'est un beau sport, le basket. Enfin, dites à M. le planteur sudiste qu'il va apprécier ce que je vais faire cet après-midi. Je regrette pour José, mais c'est la vie.

Il prit la pomme qui accompagnait le sandwich, la soupesa.

— Vous savez qu'on peut tuer quelqu'un avec ça ?

— Comment ?

Dans un mouvement incroyablement rapide, sans préparation ni interruption, il lança la pomme comme une balle de base-ball, si fort qu'elle devint une ombre rouge dans la cellule avant de s'écraser contre le mur, éclatant en mille morceaux.

— Comme ça. Quand elle touche son but, elle est aussi dure qu'une balle.

— Je m'en souviendrai la prochaine fois qu'on me fera payer trop cher au marché.

— Oh non, *chico*, ne faites pas ça, vous pourriez vous retrouver ici et qui vous défendrait ?

Je descendis au centre commercial de la mairie, sous-sol triste où des clochards crasseux, assis sur les bancs, buvaient du café trop sucré en regardant passer la foule d'avocats et d'employés du palais de justice. Je traversai la place centrale, où quelques tables et chaises en plastique étaient disposées sur un cercle pavé, sous un ciel brumeux. Des palmiers chétifs et des poubelles débordantes entouraient les tables. Je pris la galerie, sortis dans Main Street puis gagnai Japantown. Au Café Kyoto, je téléphonai chez moi dans l'espoir de joindre Lucinda. À la quatrième sonnerie, le répondeur se déclencha et j'entendis ma voix demander qu'on laisse un message. Après le signal sonore, je lui demandai de décrocher, si elle était là, mais n'obtins pas de réponse. Je raccrochai, m'assis au comptoir et sirotai ma soupe miso.

— Ne sois pas si triste, mon ami, tu finiras par avoir les cheveux aussi blancs que les miens.

Je levai la tête et vis Marty Green, seul agent du FBI qui, à ma connaissance, avait accepté de devenir enquêteur auprès des tribunaux après avoir pris sa retraite. Sa chevelure blanche et frisée formait un halo autour de son visage noir, luisant de sueur. La grosse médaille en or qu'il portait au cou étincelait au soleil.

— Peu importe, ça me donnera un air plus distingué. Comme toi. Toujours sur les enquêtes ?

— Tu sais, Charlie, les gens comme nous n'arrêtent jamais, dit-il avec l'accent liquide de sa Barbade natale. Qu'est-ce qu'on pourrait faire d'autre ? Nous ne pouvons pas nous empêcher de fouiller dans les affaires des autres. Je fais ça depuis trente ans et je ne crois pas que j'arrêterai tant que le bon Dieu ne m'aura pas rappelé. Et puis, ma femme veut acheter une nouvelle maison, alors il faut que je gagne de l'argent. Tu vas bien ?

— J'ai connu mieux.

Il se tourna vers l'homme en costume bleu qui l'attendait impatiemment à la porte.

— Juste une minute. Écoute, j'ai appris que tu travaillais pour ce Valdez. Permets-moi de te donner un conseil. Laisse tomber l'affaire. Laisse tomber l'affaire et tire-toi à toutes jambes.

— Allons, Marty, je ne peux pas, tu le sais bien. De toute façon, c'est presque terminé.

— Non, tu fais erreur. Tu sais qu'il a essayé de m'engager avant toi ? Au début, il a demandé un enquêteur originaire des Antilles. Il voulait un Blanc de Cuba ou de Porto Rico. Quand tu as pris l'affaire, il m'a demandé des renseignements sur toi et aussi d'enquêter sur toi. Il voulait tout savoir sur ta vie.

— C'est normal.

— Pas quand on veut des informations sur ta famille et tout. Il paraît qu'il a convaincu Kelly de s'en charger. Sois prudent, mon ami, il ne vaut rien.

— Marty, les gens qui sont accusés de meurtre ne sont jamais des anges.

— Écoute-moi bien, il veut te contrôler, Charlie. Il veut te posséder. Laisse tomber, reprends ta carrière d'avocat. Il faut que j'y aille. On se téléphone et on déjeune ensemble, d'accord ?

*

La question ne plut pas à Pimienta. Il inclina la tête, comme un jouet dont la pile s'épuise.

— Qu'est-ce que tu veux dire ? demanda-t-il, adressant un regard désespéré à Phyllis.

— Je veux dire exactement ce que j'ai dit, répondit Ramón. Quelles sont nos relations ?

Pimienta interrogea l'interprète du regard. Elle haussa les épaules.

— Tu le sais bien. Nous sommes amis. Enfin, nous étions amis.

Ramón quitta ses lunettes et se frotta l'arête du nez. Je constatai que les verres étaient neutres, un simple artifice.

— Pourrais-tu être plus précis ? Quand nous sommes-nous rencontrés ?

— *Chico*, tu sais que nous nous sommes rencontrés à l'ambassade du Pérou. Il y avait des milliers de personnes qui campaient là.

C'était totalement faux. José m'avait avoué qu'ils s'étaient rencontrés lors d'un rite d'initiation de la *santería*. Mais était-ce bien le cas ? Quand mentaient-ils et quand disaient-ils la vérité ? Faisaient-ils la distinction ? Je demeurai silencieux.

— D'accord, qui nous a présentés ?

Phyllis se décida à intervenir.

— Objection, hors de propos.

Reynolds dévisagea Ramón.

— Cela me semble justifié. Avez-vous l'intention d'apporter une information ?

— Votre Honneur, dit Ramón, avec la permission du tribunal, le but de mon interrogatoire deviendra très vite apparent. Je tente d'approfondir notre relation.

— Monsieur Valdez, j'avais deviné. Malgré le mépris que vous inspire ce tribunal, je ne suis pas stupide.

— Votre Honneur, je n'ai aucune intention d'insulter le tribunal.

— Très bien, très bien, poursuivez. Avançons.

— Oui, Votre Honneur.

Ramón remit ses lunettes puis, comme si cela lui faisait de la peine, demanda :

— Qui nous a présentés ?

Pimienta hésita.

— Pépita Ramirez.

— Pépita Ramirez. S'agit-il d'un homme ou d'une femme ?

— D'un homme.

— D'un homme, répéta Ramón.

Mais, sans lui laisser le temps d'aller plus loin, l'interprète dit :

— Je m'excuse, Votre Honneur. Je voudrais rectifier. Le nom est Pépito, avec un *o*.

Ramón intervint :

— Objection, Votre Honneur. L'interprète avait bien entendu.

— Oh, qui se soucie, monsieur Valdez, de savoir si c'est un *o* ou un *a* ? Poursuivez.

Ramón leva la main, comme pour insister, mais renonça.

— Bien. Pépito était-il un ancien détenu ?

— Pépita Oui, c'était une ancienne détenue.

— José, pourquoi dis-tu « une » puisque c'était un homme ?

Pimienta marmonna une réponse que je ne pus entendre mais qui amena l'interprète à se tourner vers lui, troublée, et à demander en espagnol :

— Qu'est-ce que vous avez dit ?

Pimienta répéta puis l'interprète dit :

— Parce qu'elle en était.

Rires étouffés dans la salle. Ramón sourit.

377

— Oui, elle en était. Est-ce qu'elle était du parti, de l'armée, de la police ? De quoi était-elle ?

— Non, je veux dire que c'était un *maricón*.

— *Maricón !* Comment cela s'écrit-il ? demanda la sténographe, levant la tête.

— L'orthographe habituelle est M-A-R-I-C-O-N, dit l'interprète.

— Que signifie *maricón* ? insista Ramón.

— Il aimait les hommes, il était perverti.

— Je vois. C'est très intéressant. Est-ce pour cette raison que Pépita avait fait de la prison ?

— Oui.

— Seulement ?

— Eh bien, pour prostitution.

— Je vois. Comment as-tu appris tout cela ?

J'aurais juré que Pimienta était au bord des larmes.

— Parce que je la connaissais.

— La connaissais-tu bien ?

Pimienta baissa la tête et, honteux, se cacha le visage dans les mains.

— Oui, je l'aimais. C'était ma copine.

— Attends, attends. Mais tu viens de dire que c'était un homme. Cela signifie-t-il que tu es homosexuel, José ?

Phyllis se leva à nouveau.

— Votre Honneur, ceci est totalement hors de propos. Je ne vois pas du tout en quoi les préférences sexuelles du témoin peuvent avoir un rapport avec le crime dont l'inculpé est accusé.

— Votre Honneur, ceci est destiné à démontrer son parti pris et la façon dont il affecte son témoignage.

— Monsieur Valdez, si vous ne parvenez pas à me démontrer l'existence de ce parti pris en deux questions, je vous déclare incompétent et vous retire l'autorisation d'assurer vous-même votre défense.

— Merci, Votre Honneur, dit Ramón. Aimes-tu les hommes, José ? Es-tu homosexuel ?

— Ça ne me plaît pas, mais je ne peux pas m'en empêcher.

— N'étais-tu pas jaloux de mes relations avec les femmes ?

— Je ne sais pas.

— N'est-il pas exact que tu es séropositif, que tu as le sida, et que tu crois que c'est moi qui t'ai contaminé ?

— Objection, absence de fondement, M. Valdez témoigne !

— Accepté, dit le juge. Le jury ne tiendra pas compte de la dernière question, qui ne figurera pas au procès-verbal.

— D'accord, d'accord ! cria Ramón. José, nous étions amants, oui ou non, réponds simplement par oui ou par non.

Pimienta tourna la tête et ses yeux rougis imploraient la pitié, la compassion, la considération, toutes choses que Ramón avait depuis longtemps oubliées.

— Oui.

— Et quand cela a-t-il cessé ?

— Quand tu as épousé cette fille, Lucy. Tu as dit que j'étais laid.

— Donc tu témoignes aujourd'hui parce que tu me hais du fait que je t'ai quitté ?

Pimienta soupira, secoua la tête et, pour la première fois, une sorte de beauté triste, hagarde, émana de lui, la beauté de la dignité et de la douleur.

— Non, Ramón. Tu sais que je n'ai jamais pu te haïr. Je suis juste venu dire la vérité, c'est tout.

— Et, selon toi, la vérité c'est que j'ai tué tous ces gens ?

— Oh, oui, mais tu ne voulais pas. J'en suis sûr.

— Stop.

Pimienta était sur le point de poursuivre mais, voyant la main levée de Ramón, il s'interrompit. Cela aurait dû éveiller ma méfiance mais, sur le moment, la signification de cette obéissance m'échappa.

— Alors, pourquoi témoignes-tu ?

Pimienta demeura silencieux, adressa un regard hésitant à Phyllis. Elle répondit d'un hochement de tête à peine perceptible.

— Parce qu'on m'a promis un marché.

— Un marché, dis-tu. Quel marché ?

— Que j'aurais six ans si je racontais ce qui est arrivé.

— Six ans. Mais tu admets que tu as participé à tout ce que nous avons fait, n'est-ce pas ?

— Oui, j'ai dit ça.

— Tu étais présent quand nous avons mis le projet au point, exact ?

— Oui.

— Tu as participé à la préparation des armes, à leur chargement ; dans la voiture, tu as conduit, tu es entré dans la bijouterie avec moi. Correct ?

— Oui, c'est vrai.

— Mais tu t'en tires avec six ans. Sais-tu ce que je risque ?

Pimienta baissa les yeux, comme un chiot surpris à grignoter le rôti familial.

— Oui, tu me l'as dit.

— Tu sais que, selon la loi, tu es aussi responsable que moi ?

— Je ne sais pas, je ne sais pas quoi faire ! (Il baissa la tête, la releva un instant plus tard.) Tu veux que je revienne en arrière, tu veux que je dise que ce n'est pas ça ?

— Non, José. Je veux que tu me dises la vérité, c'est tout. Est-ce que j'ai fait ça ? Est-ce que moi, Ramón Valdez, j'ai tué tous ces gens ?

— Oui, mais ce n'était pas toi.

— Je ne comprends pas. Était-ce moi ou n'était-ce pas moi ?

— Oui, c'était toi, mais c'était Oggún, tu n'y pouvais rien !

Ramón respira profondément, posa son stylo.

— Plus de questions.

Phyllis se leva et se dirigea vers Pimienta. Elle s'immobilisa devant lui, tremblant presque sous l'effet de la concentration.

— Dites-moi, monsieur Pimienta, vous ai-je demandé de dire autre chose que la vérité ?

— Non.

— Est-ce que tout ce que vous avez dit ici pendant ces trois jours est vrai ?

— Vrai, je le jure.

— Vous ne mentiriez pas simplement parce que Ramón n'est plus votre amant ?

Pimienta posa la main sur le cœur et se tourna vers Ramón.

— Je l'aime toujours, mais je dois dire la vérité ; je ne pourrais pas vivre, autrement.

— Merci.

Phyllis regagna sa place, s'assit puis se pencha vers le détective. Ils échangèrent quelques mots puis elle se tourna vers le juge.

— Votre Honneur, l'accusation a terminé.

Reynolds, qui avait suivi tout l'interrogatoire la tête entre les mains, sursauta avant de se redresser. Je regardai le jury et constatai qu'au moins la moitié de ses membres s'étaient également penchés et ne réagirent pas immédiatement avant de reprendre leur attitude distante.

— Bien ! fit le juge, et tout le monde rit, gêné de s'être laissé entraîner dans cet étrange mélodrame.

Reynolds regarda la pendule.

— Il est quinze heures. Monsieur Valdez, êtes-vous prêt à poursuivre ?

— Votre Honneur, je voudrais demander que l'audience soit suspendue jusqu'à lundi. Un témoin doit me contacter rapidement.

— Je vais faire mieux. Je vais vous accorder une semaine, qu'en dites-vous ? Mesdames et messieurs les jurés, en raison de problèmes de programmation (étonné, je vis Ramón hausser les épaules) cette salle d'audience ne sera pas en mesure de vous accueillir la semaine prochaine. Comme nous sommes jeudi et qu'il n'y a pas d'audiences le vendredi, nous nous retrouverons lundi en huit. Bonne semaine !

Sur ces mots, il gagna rapidement son cabinet. J'allai voir Phyllis.

— Qu'est-ce que c'est que cette histoire ?

— Je croyais qu'il vous avait avertis, les gars, dit Phyllis. Sa femme est entrée à l'hôpital ; elle a abusé des barbituriques. Il va tenter de recoller les morceaux.

— Je suis désolé.

— Vous ne devriez pas. Cela laissera à Valdez un peu plus de temps pour se préparer. Il va en avoir besoin.

— Qui gardez-vous en réserve pour la réfutation ?

— Allons, Charlie, vous savez bien que je ne peux pas vous le dire, répondit Phyllis en rangeant ses papiers dans sa serviette. Non, excusez-moi, je n'aurais pas dû. Je n'ai pas encore pris de décision. Je vous communiquerai une liste quand ce sera fait.

— Quand ? Le jour où vous commencerez ?

Elle eut un sourire malicieux.

— Je n'ai pas encore décidé.

Elle prit sa serviette et s'en alla. Un shérif adjoint lui ouvrit la porte.

Dans le public, assis près de Clay, Pimienta se mouchait avec le mouchoir brodé de son avocat. Clay m'adressa un signe de tête. Je le rejoignis, tendis la main.

— Je m'excuse pour l'autre soir.

Il regarda ma main, puis moi, et sourit.

— Pas moi. Tu restes un domestique. Bon marché, en plus

— Tout est relatif, Clay. Chaque putain a son prix.

383

— Sans doute. Tu n'auras plus besoin de mon client, n'est-ce pas ?

Je regardai Ramón, que l'on reconduisait en cellule

— Je vais vérifier, mais je ne crois pas. Dis-moi seulement une chose : est-il vraiment séropositif ?

Clay m'adressa un regard indulgent.

— Tu crois ça ? Heureusement qu'il se défend lui-même. Il est meilleur avocat que toi.

Il se leva, donna une claque sur un des énormes bras de Pimienta.

— On y va, dit-il.

Pimienta se leva et me demanda en espagnol :

— Dites-lui que je regrette, d'accord ? Que je n'avais pas de mauvaises intentions mais que c'était ce qu'il voulait.

— Je le lui dirai.

— Et si vous pouvez, donnez-lui ça.

Pimienta retira une grosse clé en or suspendue autour de son cou par une lanière en cuir. Je levai les mains, reculai.

— Non, je regrette. Passez par les canaux officiels. Je ne marche pas là-dedans.

— Mais c'est la clé d'Oggún, pour qu'il ne lui arrive pas malheur !

— Ne vous inquiétez pas pour lui. Je suis sûr qu'il s'en sortira très bien.

*

Ramón nageait dans le bonheur quand j'allai le voir à la prison du comté. Il serrait la pince des

384

autres détenus, sifflait, souriait. Il avait l'air d'un homme qui voit l'avenir en rose.

— Son témoignage vous accable. Vous n'avez pas réussi à l'ébranler. Il a dit que vous aviez tué ces gens. Qu'est-ce qui vous rend si joyeux ?

— Vous ne voyez pas ? Il a dit que je n'avais pas l'intention de le faire.

— Ouais, mais aussi que vous l'avez fait. Phyllis va affirmer que vous étiez parfaitement conscient des conséquences puisque vous êtes allé à la bijouterie avec un arsenal. Elle dira que vous aviez effectivement l'intention de voler ces bijoux parce que vous ne pouvez pas prouver le contraire et que, selon la loi, c'est exactement ce que vous faisiez, même si ce n'était pas ainsi que vous voyiez les choses. Que vous les mettiez sur le compte d'Oggún, de Mahomet ou de Jésus-Christ ne change rien, cela reste une attaque à main armée. Et vous avez tué ces gens. Vous êtes fichu, Ramón. Écoutez, vous pouvez encore accepter un marché.

— Un marché ? (Ramón s'appuya contre le dossier de sa chaise, aussi étonné que si je l'avais giflé.) Un marché ? Vous êtes fou ? Qu'est-ce que vous racontez ?

— Je parle de la vie, mon vieux, voilà de quoi je parle. Vous risquez la prison à perpétuité, sans possibilité de libération conditionnelle, ou la chambre à gaz et, vu comme ça se présente, vous avez des chances de saluer votre dieu plus tôt que prévu. Phyllis vous propose la prison à perpétuité avec une possibilité de libération anticipée dans vingt ans.

— Vingt ans de prison pour une chose que je n'ai pas faite ?

—Tout le monde dit que vous l'avez faite et tout prouve que vous l'avez faite. Même votre complice vous accuse. Que voulez-vous de plus ?

— Pas de marché, Nitty.

— Quoi ?

— Elliot Ness. Vous êtes cubain et vous ne connaissez pas Elliot Ness ? Pas de marché, Frank Nitty.

— Ness était le flic, Ramón. Nitty, c'est vous.

— Vraiment ? Bon, peu importe. Pas de marché. Je n'ai rien fait.

— Bon. Alors c'est ma mère.

— Non, votre père.

Un frisson me parcourut l'échine, j'eus la chair de poule comme lorsqu'on fait grincer l'ongle sur un miroir. Pendant un bref instant, la lumière parut vaciller et les murs onduler.

— Qu'avez-vous dit ?

— Je blaguais. Oggún est notre père.

— Pas le mien.

Il eut un sourire de fauve.

— En êtes-vous vraiment certain ?

J'hésitai pendant quelques instants, puis lui demandai carrément :

— Avez-vous fait enquêter sur moi ?

— Moi ? Pourquoi l'aurais-je fait ?

— Le type que vous avez tenté d'engager me l'a dit. Il a ajouté que Kelly l'avait peut-être fait mais, comme Kelly a pris sa retraite, je ne sais pas. Cependant je sais que c'était un dégueulasse, donc il a peut-être accepté. Alors pourquoi avez-vous fait ça ? Qu'est-ce que vous espériez gagner ?

Ramón secoua la tête, réprobateur.

386

— Votre problème, Charlie...

— Cessez de me parler de mes problèmes ! Je les connais très bien, nom de Dieu ! Je veux savoir pourquoi vous demandez à un enquêteur de fouiner dans ma vie alors que je suis seul à me battre pour que cette foutue saloperie de système soit équitable avec vous. Merde, vous vous prenez pour qui ?

Je me levai, hurlant. Ramón ne broncha pas. Il me regarda simplement dans les yeux et dit tranquillement :

— Je n'ai rien fait de tel.

Deux gardiens entrèrent dans notre cabine, la matraque à la main.

— Des problèmes, Charlie ?

Je secouai la tête.

— Comme d'habitude. L'ingratitude des crapules.

— Bon, Valdez, on y va. L'entretien est terminé.

Un gardien ouvrit les chaînes qui attachaient Ramón à sa chaise. Ramón se leva, très digne, puis me regarda froidement dans les yeux.

— Je voulais le faire, mais je n'ai pas pu. Le comté a refusé.

19

— Vous vous moquez de moi !

Quittant les requêtes des yeux, le juge Reynolds nous regarda, aussi ébahi qu'un chien trompé par un opossum faisant le mort. Il saisit les longues feuilles jaunes soigneusement rédigées par Ramón et les secoua, comme pour se débarrasser d'un insecte nuisible. Il avait décidé d'examiner les motions informellement, dans son cabinet, avant de prendre sa décision en public et en présence de Ramón. Mais, assis sur son canapé en cuir vert, fixant les lettres de félicitations des services de l'U.S. Attorney, des services du shérif et de l'Association des pompiers volontaires de Tuscaloosa, il ne semblait pas prêt à accepter la requête de Ramón

— Vous demandez au tribunal de rembourser les frais de transport et d'hébergement d'un expert qui habite la Floride ?

— Monsieur le juge, c'est la personnalité la plus éminente du pays dans ce domaine.

— Pourquoi, bon sang, ne pouvez-vous pas faire appel à quelqu'un qui habite plus près, San Francisco ou Sacramento par exemple ?

— C'est là-bas que vit la plus grosse communauté cubaine, monsieur le juge, et c'est là-bas que ces études sont réalisées. Le type de recherches ethnologiques effectuées par de Alba n'existe pas sur la côte Ouest. En outre, c'est pratiquement elle seule qui a écrit le livre sur l'étude comparative entre la *santería* et les autres religions. C'est un témoin capital dans cette affaire.

Quelque chose dans mes propos dut faire mouche car la stupéfaction hostile du juge se mua en une attitude voisine de la perplexité, évolution bizarre compte tenu du fait qu'on le payait pour avoir un avis sur tout. Reynolds prit sa pipe, récente tentative pour dominer son caractère, qui le portait trop souvent à s'emporter. Il l'alluma et souffla des nuages de fumée parfumée à la vanille.

— Qu'en pensez-vous, Phyllis ?

Vêtue de blanc et de beige, Phyllis tripota les bracelets en argent qu'elle portait au poignet.

— C'est une question de jugement, monsieur le juge. Sans vouloir faire de mauvais jeu de mots. Comme vous le savez, l'accusation ne peut pas intervenir dans ce type de débat. Mais, dans l'ensemble, je suis plutôt d'accord avec vous. Je ne vois pas la nécessité de faire venir une personne vivant à quatre mille kilomètres d'ici. Je suis sûre qu'il y a des ethnologues parfaitement qualifiés à l'université de Californie du Sud et à l'université de Los Angeles.

— Ce n'est pas pareil, dis-je. Ils ne sont pas cubains, ils n'ont pas cinquante ans de recherches derrière eux.

— J'espère que vous ne prétendez pas que seules des personnes de race hispanique...

— Les Hispaniques ne constituent pas une race mais un groupe ethnique.

— Peu importe. Que seuls ces gens-là peuvent faire ce type de recherches.

— Ce n'est pas ce que je dis. Je dis que nous avons droit à ce qu'il y a de meilleur.

— Aux frais du comté ?

— Vous payez vos consultants deux cent cinquante dollars de l'heure dans les affaires de conduite en état d'ivresse. Pourquoi vous faites-vous du souci pour cela ?

Reynolds posa sa pipe.

— Je crois que j'en ai assez entendu.

— Avant que vous preniez votre décision, monsieur le juge, je voudrais vous rappeler que l'accusation est absolument opposée à ce type de preuve. Nous estimons que la *santería* et la religion n'ont rien à voir dans cette affaire et nous sommes opposés à la mise en œuvre d'une telle défense.

Je ne pouvais laisser passer cela, même si je vis vaguement des images de dieux apparaître et disparaître sur les murs blancs.

— Monsieur le juge, c'est l'âme de la défense. La position de Valdez, telle qu'il me l'a exposée, est que les événements ne peuvent être compris et appréciés que dans un contexte religieux. Valdez est un membre actif de la secte, un prêtre en fait, et les bijoux étaient des offrandes au dieu.

Reynolds reprit sa pipe.

— Cela entraîne une conséquence très intéressante, Charlie. Cela signifie-t-il que, selon lui, tout individu qui s'est vu dépouiller de ses objets sacrés, légalement ou non, a le droit de tuer le responsable de cet acte ?

Je restai silencieux, cherchai rapidement comment répondre. La croix de Jésus le Sauveur luisait au loin.

— Monsieur le juge, cela impliquerait que ces morts seraient le châtiment délibéré des responsables de ce crime hypothétique, ce qui n'est pas l'affaire qui nous occupe. Néanmoins, sur le plan historique, je dois faire remarquer que c'est en réalité ce que des millions de personnes ont fait, avec l'aval de la plus haute autorité religieuse de la chrétienté. Cela s'est appelé les croisades et il y en a eu quatre.

Phyllis eut un rire ironique.

— Vous n'allez pas comparer un vague culte vaudou avec la foi qui est le fondement idéologique de notre société.

Il était facile de contrer cela, mais pas nécessairement de convaincre.

— Exact, mais c'est un simple accident de l'histoire. Le christianisme était une secte parmi beaucoup d'autres, au sein de l'Empire romain au temps des César. Sans Néron et Tibère, qui ont uni les chrétiens par les persécutions, peut-être nous mettrions-nous à genoux devant le symbole solaire de Zoroastre ou le taureau du culte mithriaque.

— Charlie, vos connaissances sont impressionnantes mais, comme disait ma mère, ça ne vaut pas un clou.

— À mon avis, ça vaut beaucoup plus, monsieur le juge. Cette secte, ou cette religion, comme vous voulez, en est au même stade que le christianisme à l'époque de l'empereur Valérien.

— Qui ? demanda Reynolds.

— Un siècle avant que Constantin ne l'officialise. Ses fidèles sont des zélateurs énergiques comparables à saint Paul.

— Si saint Paul a tué des femmes et des enfants innocents, ce n'est pas dans la Bible, contra Phyllis.

— Peut-être, mais Jéhovah n'a pas été tendre avec Sodome et Gomorrhe, si mes souvenirs sont bons. Sans parler de Pharaon et des Égyptiens.

— Charlie, je suis impressionné. Je vais ajouter une compétence sur votre liste : provocateur théologique. J'autoriserai Valdez à présenter cette preuve. C'est un sujet sur lequel un jury doit décider.

— Excusez-moi, mais je croyais que ce point était acquis. Et les frais ?

Reynolds suça sa pipe.

— Malheureusement, je ne peux pas donner mon accord. Elle n'est pas sur notre liste d'experts agréés. Je vais vous dire, trouvez un expert de la région. Ou, mieux, votre gars pourrait nous expliquer quand il témoignera. Mais vous devriez peut-être le remplacer, vous en savez probablement plus que lui sur le sujet.

*

L'adresse se trouvait dans Bonnie Brae, à quelques centaines de mètres de MacArthur Park, dans un de ces quartiers qu'il faudrait fermer et transformer en camp pénitentiaire sillonné par des patrouilles pour que les habitants puissent sortir. Une rangée de poubelles métalliques cabossées, débordantes d'ordures, se trouvait devant l'immeuble. Par une fenêtre ouverte, sortaient les accents cuivrés d'une musique salsa, contrepoint sonore à l'odeur de pourriture et de pisse de chat. Quelques *vatos*, qui buvaient de la bière sur un perron, m'adressèrent un bref regard lorsque je pénétrai dans le passage voûté conduisant à la cour intérieure. Huit étages de balcons se dressèrent devant mes yeux. J'ai l'impression d'être déjà venu, me dis-je, gravissant les marches dallées de minuscules carreaux noirs et blancs jusqu'au cinquième étage. Je me souvins au moment où je frappai à la porte. C'était l'endroit où Lucinda et Ramón s'étaient installés après Pasadena, où j'avais glissé ma carte sous la porte de Lucinda, lorsque je la recherchais, il y avait très longtemps.

C'était la dernière porte au fond d'un couloir obscur. Dans l'appartement, une guitare et un violon jouaient une triste chanson mexicaine. Une petite femme portant un *rebozo*[1] de trois couleurs ouvrit. Brune, avec un visage rond et les dents en avant, elle évoquait un rongeur exotique mais doux.

— Qui frappe à la porte de Ramo en cette heure de joie ? s'enquit-elle dans l'espagnol musical du sud du Mexique.

Son souffle sentait le pulque[2].

— *Buenas tardes.* Je cherche la famille de Pedro Ramo.

_____

1. Châle couvrant la tête et les épaules *(N.d.T.)*.
2. Boisson fermentée à base de jus d'agave *(N.d.T.)*.

393

— Veuillez entrer, monsieur. Vous avez trouvé la maison que vous cherchiez. Puisse la grande joie descendre sur vous en ce grand jour.

Elle s'effaça et me fit entrer. Réunies dans une pièce qui n'excédait pas trente-cinq mètres carrés, une quinzaine de personnes buvaient de la bière, de la tequila et du punch épicé à la fleur d'hibiscus. Un énorme autel pyramidal occupait le mur du fond. Orné de guirlandes multicolores et divisé en étagères, l'autel était couvert d'offrandes : photographies fanées dans leurs cadres en fer-blanc, cierges en cire d'abeille, fleurs, morceaux de sucre brun et de chocolat, pains sucrés mexicains, cigarettes et alcools.

Au milieu de la pièce, le guitariste et le violoniste jouaient pour l'objet de la cérémonie, la raison du spectacle : un petit garçon mort dans un cercueil en sapin. Approximativement âgé de quatre ans, l'enfant portait un petit costume marron. Ses yeux proéminents étaient fermés, une mèche rebelle de cheveux noirs se dressait encore sur son crâne. Le guitariste chanta :

Au revoir, vous que j'aime,
Je m'en vais dans le triste oubli
Au revoir mon cher foyer
Où je me suis endormi.

Au revoir ma chère maison
Où j'ai habité
Je supplie tous ceux que j'aime
De ne pas oublier que j'ai été.

De ce monde chacun profite.
Même celui qui a beaucoup d'or,
C'est dans le cercueil du pauvre
Qu'il s'en ira

Un petit homme à la peau brune, les yeux rougis par les larmes, s'immobilisa devant moi.

— Qui que vous soyez, inconnu, soyez le bienvenu en ce jour de grande joie.

— Vous êtes Pedro Ramo ?

— Oui, mais aujourd'hui, je suis surtout fier d'être le père de Leonardo, qui est parti au-delà des montagnes et s'est joint au chœur des petits enfants de la vallée de la lune. Buvez à notre joie, *por favor,* joignez-vous à nous.

Il me donna une boîte de bière.

— Mes condoléances.

— Inutile. Nous avons tenté de le retenir, mais la musique qu'il entendait était trop belle.

— Je suis venu parce que je suis l'enquêteur nommé par le tribunal dans l'affaire Ramón Valdez.

— Qui ?

L'étonnement rida son visage.

— Ramón Valdez, un Noir cubain. Il dit que vous le connaissez.

— Permettez-moi d'interroger ma femme. Je ne me souviens pas de lui.

Pedro alla près de sa femme, cuisinière aux yeux pleins de larmes, qui préparait une tortilla. Je regardai la pièce, respirai les parfums mêlés des freesias, de l'encens, de la bière, de la tequila et de la tristesse.

— Je m'excuse, j'avais oublié. Ma femme dit

que vous voulez sans doute parler du *brujo,* Don Ramón.

— Oui, sans doute.

Il se redressa, se frappa la poitrine.

— Je n'hésiterais pas à donner ma vie pour Don Ramón. Il est venu chez nous et a persuadé notre garçon de rester avec nous sur cette terre, l'année dernière, alors qu'il avait très envie d'aller de l'autre côté. Dites-moi ce que je peux faire.

— Vous pouvez venir témoigner devant le tribunal, dire que c'est un homme de bien.

— De bien ? C'est le meilleur. Personne, ici, ne lui doit plus que moi et je serai toujours prêt à rembourser ma dette. Tenez, prenez, fêtez avec nous le départ de mon fils.

Je levai le verre à liqueur, bus le mescal de feu d'un trait.

Les yeux de Pedro s'emplirent de larmes.

— Dites à Don Ramón que nous l'aimons et que nous serons là quand il aura besoin de nous.

— Bien. Je vous avertirai le moment venu. (Je posai le verre sur la table, près du petit garçon mort.) Dites-moi, vous a-t-il fait payer quelque chose, pour votre fils ?

— Non, répondit-il fièrement, il a dit qu'il faisait ça pour l'amour de Dieu.

*

Mon appartement était vide, quand je rentrai. Pas concrètement vide car tous les meubles étaient là : le tapis persan sur le parquet en chêne, le tableau de Frank Romero au mur, le poste de télévision, la chaîne stéréo et le répondeur, le canapé en cuir et la table basse avec une bouteille de vin à moitié vide, tout était là. Dans la chambre aussi, le couvre-lit, le *santo* philippin ancien, sur la commode, tout ce qui fait un foyer était encore là... tout sauf Lucinda et ses affaires.

Son placard était vide, sa valise n'était plus là, ses produits de beauté avaient disparu ou gisaient dans la poubelle. Seule une épingle à cheveux avait été oubliée, cachée au fond de l'étagère de la salle de bains. Dans l'appartement, il ne restait plus de nous qu'une photo prise devant le château de la Belle au Bois Dormant, à Disneyland.

Dix-sept heures. Au début, peu après son installation, à cette heure elle m'attendait un verre de cabernet à la main, Vivaldi sur la stéréo, les odeurs d'ail et d'oignon d'un plat cubain venant de la cuisine. Elle m'embrassait, vêtue d'un tailleur en soie qui semblait frais sous mes doigts, et je lui enlevais le haut et nous nous mettions au lit, le ventilateur du plafond brassant l'air qui sentait la fleur d'oranger. Mais les petits plats avaient disparu, puis elle avait renoncé à se jeter dans mes bras à mon arrivée, puis la musique elle-même avait cessé. Depuis quelque temps, je n'avais que des mots, griffonnés de son écriture enfantine, m'avertissant qu'elle travaillerait tard chez Enzo, cette fois encore. Puis elle rentrait au milieu de la nuit, empestant l'ail et le vin, presque ivre, me réveillant avec ses éclats de rire et son désir soudain de faire l'amour, s'endormant au beau milieu de l'acte, le visage tourné vers le mur. Le matin, je la laissais dormir, draps blancs froissés sur sa peau brune, serrés et entortillés si bien qu'elle évoquait un bébé dans ses langes, mèches de cheveux cuivrés tombant sur son front comme celles d'une madone.

Je fouillai l'appartement, en quête d'une lettre ou d'un mot, mais ne trouvai rien. Le témoin vert du répondeur clignotait. Je passai le message. La voix éclatante de Lucinda s'éleva, sur fond d'assiettes entrechoquées.

— *Hola*, Carlitos, comment ça va? dit-elle en espagnol. Tu as sûrement vu, maintenant, que mes affaires sont parties. Il ne m'est rien arrivé, j'ai déménagé, c'est tout. Je regrette, mais il y avait longtemps que j'avais l'impression que notre relation touchait à sa fin. Je téléphone parce que je ne sais pas comment t'écrire tout ça et je ne crois pas que j'aurais le courage de te le dire en face. Je ne sais pas ce qui s'est passé. Ces choses arrivent, mais je n'aurais jamais imaginé que ça nous arriverait à nous. Je sais que ce n'est pas ta faute, mais je ne crois pas...

Un bourdonnement, le temps accordé au message par répondeur s'étant écoulé. Un nouveau signal sonore, puis :

— *Hola,* c'est encore moi. Il va falloir que je fasse vite. Je vais m'en sortir. Je me suis installée dans le quartier, dans un appartement qu'Enzo m'a aidée à trouver. Il dit qu'il va aussi me donner des heures supplémentaires et m'augmenter, alors je n'ai plus besoin que tu m'aides. Bon, je ne sais pas, je crois que c'est tout. Dieu te bénisse pour tout ce que tu as fait. On a eu des moments formidables, Charlie, et tu seras toujours dans mon cœur. J'aime...

Le signal sonore se déclencha au milieu de la phrase et la nuit tomba sur les champs comme la cagoule sur la tête de la victime.

Quatre heures et deux bouteilles de vin plus tard, je me décide à aller jusqu'au restaurant d'Enzo. Brouhaha, musique, tintement d'assiettes. Toutes les tables sont occupées et les clients font la queue, attendant une place. Une pizza aux fruits de mer, qu'un minuscule serveur mexicain porte à bout de bras au-dessus de la tête, passe juste sous mon nez. Enzo, assis au bout du bar, me voit et vient à ma rencontre.

— *Ciao, Carlo.*

— *Ciao, stronzo,* réponds-je. Salut, fumier.

Je vois Lucinda sortir de la cuisine, riant encore d'une réflexion égrillarde faite par un serveur. Sa robe en soie évoque vaguement une peau de léopard. Elle me voit, son sourire disparaît. Elle reste un instant figée, puis se dirige vers moi. Nous nous dévisageons en silence. Enzo, près de nous, souffle en italien :

— Ne fais pas de bêtises, Charlie.

Lucinda soutient mon regard. Elle ne fuit pas, ne plie pas.

— Je regrette, dit-elle finalement. C'était obligé.

Je fourre la main sous ma veste, touche la crosse du revolver. Je saisis le revolver, le dégage de l'étui, le sors.

Enzo s'interpose, mais je l'écarte. Les dîneurs s'immobilisent quand ils voient l'arme. Le brouhaha cesse. On nous fixe dans un silence effrayé. Lucinda ne recule pas.

Je fais basculer la sécurité, arme le chien puis fais tournoyer l'arme et la lui présente, la crosse en avant. Elle la regarde.

— Prends, dis-je, allez. Finis le travail.

Je lui saisis la main, y glisse le revolver, referme ses doigts sur la crosse jusqu'au moment où je suis certain qu'elle la tient.

Sa main tremble. Ses yeux restent baissés.

— D'accord, dis-je. Garde-le. Quand tu voudras, je suis prêt.

Je m'en vais, souhaitant le baiser brûlant entre mes omoplates. Il ne vient pas. La foule des dîneurs s'écarte simplement devant moi. Je sors dans la rue.

Plusieurs heures plus tard, sur les hauteurs, près de l'observatoire, je contemple la métropole scintillante. Debout au bord de la plate-forme qui entoure le bâtiment, je regarde les toits de tuiles rouges, des centaines de mètres plus bas. Une étoile filante passe dans le ciel nocturne.

— Je souhaite l'enfer ! crié-je dans le noir.

Un vague écho me revient. Une autre étoile filante.

Je comprends que mon souhait a été exaucé.

20

Le juge Reynolds se tourna vers Ramón.

— Avez-vous une déclaration préliminaire, monsieur Valdez ?

— Oui, Votre Honneur.

Pour la première fois, Ramón se leva. Reynolds lui adressa un regard oblique. Il s'appuya contre le dossier de son fauteuil, tous ses gestes disant : voilà la corde, voilà le gibet, permettez-moi de vous aider.

La chaîne scintilla quand Ramón recula sa chaise. Penché, les mains posées sur la table, il fixa le jury. Ses lunettes à monture de corne lui donnaient l'apparence d'un greffier ténébreux ou d'un étudiant en théologie.

— Mesdames et messieurs les jurés, vous m'excuserez de ne pas aller près de vous, mais vous savez peut-être que je suis continuellement enchaîné depuis le début de ce procès. Il serait très gênant, en fait il serait embarrassant, que je montre mes chaînes. Voyez-vous, il me semble que je ne les mérite pas. Mais c'est bien naturel, n'est-ce pas ?

Les jurés sourirent avec compassion. L'accent de

Ramón enveloppait tendrement les mots, comme du velours. C'était la première fois que je voyais un homme se servir aussi efficacement de sa différence, tirer profit de deux mondes, celui de l'étranger et celui de sa naissance, l'Hispanique et l'Anglo.

— Peut-être auriez-vous pu me comprendre plus facilement si j'avais eu un avocat. L'accent et tout ça. Mais, comme vous voyez (il me montra d'un geste magnanime), je n'ai qu'un enquêteur. Je suis mon propre avocat. Je suis sûr que vous vous demandez pourquoi.

« Eh bien, je vais vous le dire. Je crois que lorsque les faits sont aussi différents, aussi exceptionnels que dans cette affaire, et que la vérité dépend de l'interprétation qu'on en fait, dans ce cas, il me semble préférable de se passer d'avocat. Il vaut mieux se présenter sans bouclier juridique, sans armes, et en appeler directement à vous, les jurés, pour faire comprendre ce qui est arrivé.

« Il me semble qu'aucun avocat ne pourrait rendre justice à mon cas comme je peux le faire. Il faut que vous me voyiez, il faut que vous m'entendiez, puis vous pourrez décider si vous me croyez. Il faut aussi que vous me voyiez pendant tout le procès, pas seulement à la fin, quand j'irai témoigner à la barre. Non, parce que la vérité est une chose qui émane de tout le corps... il faut que le parfum de la vérité sorte par tous les pores de mon être, sinon personne ne croira ce qui est vraiment arrivé. Tous mes actes doivent respirer la vérité parce que, autrement, rien ne servirait à rien.

Ramón toussa, sortit un mouchoir. Les jurés ne le quittaient pas des yeux. Mme Gardner toussa également, comme pour manifester sa sympathie. De ma place, je vis les notes que Ramón avait écrites sur son mouchoir afin que personne ne puisse deviner qu'il avait très sérieusement préparé sa déclaration, qu'il avait travaillé dur pour qu'elle paraisse naturelle et spontanée, réaction sans calcul d'un homme injustement accusé.

— Vous avez donc tous pu me voir depuis le début du procès, surtout depuis mon petit... problème du début.

Il adressa un bref regard au juge, faisant allusion à la première salve de leur bataille. Les jurés rirent discrètement.

— Je crois que vous avez vu, à ce moment-là, que je suis un homme de principes. On m'a enchaîné et enfermé dans un quartier de haute sécurité parce que j'ai refusé d'admettre une conception archaïque du respect, qui ne se justifiait pas.

— Objection, Votre Honneur, dit Phyllis.

— Monsieur Valdez, sauf si vous...

Tous les jurés se tournèrent vers le juge.

— Oui, Votre Honneur ?

— Veuillez éviter de faire des commentaires sans lien direct avec l'affaire. Poursuivez.

Ramón le dévisagea pendant quelques instants, hésita face au tourbillon de possibilités qui s'offriraient à lui s'il défiait le juge à cet instant précis. Puis il se tourna vers le jury et secoua la tête.

— Je ne peux pas évoquer plus longuement mes principes. Comme vous le voyez, le juge estime qu'ils ne jouent aucun rôle dans l'affaire. (Il regarda fixement Reynolds.) Je ne suis pas d'accord. Tout, dans cette affaire, est lié à moi, à ma personnalité, à mon caractère, à ce que je suis et à l'idée que les autres se font de moi. Parce que, voyez-vous, au bout du compte, il n'y a que la confiance... la confiance en une personne, la confiance mutuelle, la confiance dans les dieux.

Ramón sourit aux jurés. Dans un coin, l'œil d'une caméra fit un gros plan sur le sien.

— Les procureurs comparent parfois la déclaration préliminaire à un itinéraire sur une carte. Il indique les endroits les plus intéressants du voyage, où l'on va, ce à quoi il faut faire attention. Mme Chin n'a pas agi ainsi dans cette affaire, sagement à mon sens, pour une bonne raison : aucune carte ne peut s'appliquer à cette affaire. Il n'y a pas de routes. Et cela s'explique très simplement : parce que personne ne sait.

Il se tut et demeura un long moment silencieux, les yeux fixés sur son public.

— Personne ne sait parce que c'est un mystère. *Terra incognita* en latin. Je suis sûr que vous vous demandez où je veux en venir. Il n'y a pas de mystère, pensez-vous, tout le monde dit qu'il a commis ces actes. L'accusation le dit, la police le dit, mon ami, mon ancien amant, qui était également accusé dans cette affaire, le dit aussi.

« Mais je vais vous confier un secret. Je n'ai pas commis cet acte. Moi, Ramón Valdez, debout devant vous, devant ce tribunal, devant le drapeau de ce grand pays, j'affirme que je ne l'ai pas commis.

Nouveau silence ; gouttes de sueur sur son front. Il ne prit pas la peine de les essuyer.

— Je sais que cela semble ridicule, mais c'est vrai. Je ne l'ai pas commis. Quelque chose de plus grand que nous, qui dépasse notre existence quotidienne, une force cosmique s'est servie de l'un d'entre nous pour accomplir un dessein supérieur dont le sens nous échappe.

« Ridicule, dites-vous ? Dieu n'est pas cruel, Dieu est tendresse, Dieu est amour. Mais est-ce bien exact ?

« Dans un roman d'un auteur russe — les Russes, ils connaissent bien l'âme humaine, vous savez — Jésus-Christ revient sur terre. On le conduit devant le grand inquisiteur d'Espagne. Le grand inquisiteur est terriblement troublé car il ne peut croire que Jésus soit revenu et se tienne devant lui. Et la question principale posée par le grand inquisiteur à Jésus est la suivante : pourquoi permets-tu au mal d'exister en ce monde ? Comment pouvons-nous croire en Toi, au Christ, en Dieu, alors que des enfants innocents souffrent sans raison ?

« Il y a quelques jours, j'ai appris quelque chose qui va dans le même sens. En prison, un homme que je connais pleurait. Je lui ai demandé pourquoi il pleurait. Il a dit que sa petite fille de quatre ans, qu'il avait confiée à son frère pendant qu'il purgeait sa peine de prison, que cette petite fille avait été violentée. Un manche à balai a été introduit en elle, elle a perdu tout son sang, puis le corps a été fourré dans un sac et brûlé dans le parc. Et le coupable était le frère qui aurait dû prendre soin de sa petite nièce.

« Telle est l'âme de la question que je poserais au Christ s'Il était là et que je sois le grand inquisiteur. Aujourd'hui, après Auschwitz, après Treblinka, les camps de travail de Staline, les charniers du Cambodge, la famine en Éthiopie, comment pouvons-nous croire au Christ ?

« Connaissez-vous la réponse, mesdames et messieurs, la réponse que le Christ a donnée au grand inquisiteur dans le roman ? Aucune réponse. Absolument aucune. Savez-vous pourquoi ? Parce que Dieu dépasse les facultés humaines, Dieu dépasse le bien et le mal, Dieu est...

— Objection, Votre Honneur, interrompit Phyllis. M. Valdez nous fait une leçon de catéchisme totalement hors de propos.

Les regards glacés que les jurés posèrent sur Phyllis auraient dû la convaincre de s'en tenir là, mais elle insista. Je constatai que le visage de Ramón semblait décoloré, un film de sueur coulant sous le col de sa chemise.

— Je crois, Votre Honneur, que vous devriez contraindre M. Valdez à cesser de se défendre lui-même et nommer un avocat capable de plaider sa cause avec compétence.

Reynolds tint bon.

— Maître, un large éventail de sujets est généralement autorisé lors des déclarations préliminaires, contra-t-il, avant de préciser néanmoins : dans la mesure où ils aboutissent à une conclusion établissant un lien avec l'affaire. Poursuivez, monsieur Valdez, mais n'oubliez pas que j'attends de voir où conduisent toutes ces digressions théologiques. Objection rejetée.

Ramón, les yeux dilatés, fixa le juge, puis il leva le bras et frissonna violemment. Il parla d'une façon précipitée, le souffle court, presque comme si le poids de ses paroles était si insupportable qu'il lui fallait s'en débarrasser aussi rapidement que possible.

— Où nous conduisent-elles, Votre Honneur, où nous conduisent-elles ? Je vais vous dire où elles nous conduisent, Votre Honneur : aux portes de l'enfer, de l'*infierno,* qui *abre sus puertas y nos espera allí* dans les ténèbres parmi les dents qui déchirent *y el concierto de las almas maladitas, allá,* tout là-haut, où l'empyréen *coro de angelitos danza en torno* les nuages *mientras que un* Dieu de fureur déchaîne sa colère...

Je fus ébahi et n'en crus pas mes oreilles. Les propos sans suite, en espagnol et en anglais, jaillissaient entre les lèvres de Ramón, qui postillonnait et bavait à présent, comme si un esprit pervers prenait possession de lui. Les jurés se regardèrent avec stupéfaction, se demandant si cette crise était réelle ou feinte.

Reynolds fixa Ramón comme un entomologiste penché sur un spécimen. Phyllis se dressa d'un bond, brandit une main accusatrice. Le shérif adjoint se leva également, les muscles gonflés sous l'effet de la peur contenue.

— Votre Honneur, M. Valdez fait la preuve de son incompétence. Il est tombé au stade du charabia et nous demandons que l'affaire lui soit retirée !

Ramón n'écouta pas, des flots de salive coulant à présent de sa bouche, ses yeux regardant rapidement à droite et à gauche, comme s'il contemplait la vision du paradis chrétien qui lui apparaissait, à lui le païen, et nous était refusée à nous, les croyants.

— ... *y las plagas del Santíssimo* se répandront et triompheront partout comme *el Señor dice* je n'épargnerai pas ton aîné cette fois, non, *no lo haré, porque ni* les prières *de un justo habrán de apartame de mi* colère divine car tu as péché, peuple d'Israël, tu as adoré de faux dieux et *el Dios de la Dulzura y el amor ya* n'existent pas et je viendrai *para abrir los caminos...*

— Monsieur Valdez, reprenez-vous ! Monsieur Morell, veuillez calmer votre client.

— Ce n'est pas mon client, Votre Honneur ! dis-je, me levant et secouant Ramón dans l'espoir de le faire taire.

— C'est pourtant ce qui va se passer si vous ne mettez pas un terme à cela !

— *Ramón, cállate, cállate, la boca !* dis-je, mais il me repoussa sur ma chaise, d'un seul bras, et je fus projeté à trois mètres de lui.

— ... *y la cólera de Dios no ha de parar,* et je visiterai tes maisons, ô Israël, *y la sangre de la oveja* coulera...

— Garde, évacuez cet homme ! cria Reynolds.

Le shérif adjoint, qui avait déjà demandé de l'aide et n'attendait que cet ordre, se jeta sur Ramón et le plaqua au sol. Trois autres shérifs adjoints entrèrent par trois portes différentes, sautèrent par-dessus moi et s'emparèrent de Ramón, l'un d'entre eux ouvrant les chaînes qui l'attachaient à la table.

— *Palabra de Dios,* la parole de Dieu, la parole de Dieu ! furent les derniers mots que prononça Ramón au moment où la porte de la cellule se referma sur lui.

Je me relevai, redressai la chaise.

— L'audience est suspendue. Monsieur Morell, madame Chin, veuillez m'accompagner dans mon cabinet.

*

Je descends dans les cellules. Ramón est seul, adossé au mur. Au-dessus de lui, un malheureux a gravé : *Jouer le jeu de l'homme blanc... délit informatique !* Ramón tourne lentement la tête, me voit et sourit. Il est douze heures trente-cinq.

— C'était un spectacle formidable, mais ils n'ont sûrement pas marché, dis-je. Croyez-vous vraiment que les gens comprenaient ce que vous disiez ? La sténo ne l'a pas transcrit, les jurés qui parlent espagnol ne le connaissent pas très bien. C'était du charabia. Mais vous saviez ce que vous faisiez, n'est-ce pas ? Vous ne me ferez pas croire à cette connerie de possession. Je sais que c'était un jeu, une comédie pour sortir d'ici.

Ramón ne répond pas, se contente de sourire d'un air entendu, vague. Je m'assieds sur la chaise près de la grille et, pendant quelques instants, me demande lequel d'entre nous est vraiment derrière les barreaux.

— Pourquoi n'acceptez-vous pas le châtiment, comme tout le monde ? Pourquoi ne plaidez-vous pas coupable et n'acceptez-vous pas le marché qu'on vous propose ? Ce serait plus facile pour tout le monde. Je sais que vous êtes coupable, vous savez que vous êtes coupable. On ne peut pas échapper à cela. Il faut toujours assumer les conséquences. Ou mourir à cause d'elles, dans certains cas. Mais pas vous. Vous ne voulez même pas admettre ce que vous avez causé. Vous voulez faire ce qui vous plaît sans jamais payer. Vous voulez pouvoir mettre la lune dans votre poche. Vous voulez que tout le monde dise que vous êtes unique, que les règles ne peuvent pas s'appliquer à vous. Je voudrais que vous disparaissiez. Je voudrais que vous mouriez. Mais, surtout, je voudrais avoir le courage de vous tuer moi-même.

Ramón me fixe toujours, le sourire aux lèvres. Je secoue la tête, las.

— Le juge veut que je sois votre avocat. Il estime que vous êtes incompétent et vous prive de la possibilité de vous défendre vous-même. C'était prévisible, mais je suppose que vous le saviez depuis le début. Alors, que voulez-vous que je fasse ?

Ramón lève une main, interrogeant avec les doigts, exigeant quelque chose.

— Vous n'avez donc pas entendu ? J'ai dit...

Je ne saurais expliquer pourquoi je regarde ma montre. Elle marque toujours douze heures trente-cinq, la grande aiguille passe encore lentement sur le chiffre romain. Je m'aperçois qu'il n'a pas entendu parce que je n'ai pas ouvert la bouche et que tous ces mots demeurent inexprimés. J'ai imaginé mes propos, je me suis parlé à moi-même dans le silence de la cellule.

Ramón gémit, puis dit, dans un souffle rauque :

— J'ai perdu ma voix !

*

410

— Mesdames et messieurs les jurés, commence le juge Reynolds, nous savions tous dès le début qu'il s'agissait d'une affaire exceptionnelle. Je crois que les événements de la matinée nous l'ont amplement démontré.

Je regarde les visages attentifs des jurés, qui se demandent un peu ce que le juge va dire ensuite. Je suis dans le même cas, en attendant mon tour de défendre les ténèbres.

— Normalement, dans une situation telle que celle que nous avons rencontrée ce matin, quand un accusé qui se défend lui-même se comporte comme l'a fait M. Valdez, il ne suffit pas d'attendre que la personne soit rétablie. (Reynolds nous regarde brièvement, Ramón et moi, puis se tourne à nouveau vers le jury.) Comme disait ma mère, c'est plus embêtant que deux chiens qui se disputent le même os.

Sourires, rires étouffés, brève détente bien méritée.

— Comme il m'est apparu tout à fait clairement que M. Valdez était incapable d'assurer convenablement sa défense lorsque cette... cet incident s'est produit, tout un tas de problèmes se sont posés. Dans une telle situation, il faut désigner un nouvel avocat qui doit prendre connaissance du dossier, parfois présenter de nouvelles requêtes, tout le long travail ennuyeux que nous effectuons, nous, les juges et les avocats, pendant que vous buvez du café, fumez des cigarettes et lisez dans le couloir en nous attendant.

Nouveaux rires étouffés.

C'est bien, monsieur le juge, amusez-les, chauffez-les, parce que je n'ai pas la moindre idée de ce que je vais dire.

— Mais avant de poursuivre, continue Reynolds, il y a une petite chose que je dois vous demander. Vous n'en voudrez pas à M. Valdez de n'avoir pas pu faire sa part de travail et assurer sa défense jusqu'au bout, n'est-ce pas ?

Les jurés secouent la tête. Phyllis scrute attentivement les visages, cherchant des indices de désaccord. Je regarde Ramón qui sourit avec insouciance. Dieu sait quelle expression lugubre a mon visage.

— Si certains d'entre vous ont une telle intention, ils sont priés de lever la main. Je voudrais en être informé dès maintenant. Je ne vois pas de mains levées. Bien, je peux donc poursuivre. Je savais que j'avais affaire à des gens tolérants. Comme je le disais, ce type de... changement entraîne parfois de longs retards parce qu'il est difficile d'obtenir l'accord d'un avocat à ce stade d'un procès. Donc, nous avons trouvé une solution qui vous conviendra sûrement. Voyez-vous ce bel homme en costume noir, près de M. Valdez ?

Tous les visages se tournent vers moi. Les caméras sont impitoyablement braquées. Je souris.

— C'est M. Morell, M. Charles Morell. Jusqu'ici, il était l'enquêteur de M. Valdez mais en fait, voyez-vous, il est aussi avocat. Et excellent, j'ajouterai. Veuillez vous lever, monsieur Morell.

J'obéis à contrecœur, sentant la sueur couler sous mes bras, me demandant si elle va transpercer ma veste.

— De toute évidence, M. Morell connaît très bien le dossier. Il a même participé à l'élaboration de la défense de M. Valdez. Ayant constaté que nous nous trouvions dans une situation délicate, il a eu la gentillesse d'accepter de se charger de l'affaire jusqu'à la fin du procès. Par conséquent, monsieur Morell, c'est à vous.

J'acquiesce, prends les feuilles jaunes sur lesquelles j'ai noté une demi-douzaine d'arguments dont, à mon avis, le jury devrait être informé. Je gagne le lutrin. Je le fais lentement pivoter afin de pouvoir observer les réactions des jurés.

J'entends un bruit de fond bizarre et fort. Je m'aperçois que c'est celui de mon cœur. Je me souviens des règles et des trucs. Respirer profondément et sourire. Regarder successivement des petits groupes de deux ou trois. Donner à chacun l'impression d'exister et d'être apprécié. Sourire autant que possible, puis sourire un peu plus.

Je m'immobilise. Les instants passent. Tout le monde me fixe.

Je m'aperçois que tous les arguments que j'ai rassemblés sont sans utilité. Tout a déjà été dit ou abordé indirectement. Je n'ai pas de défense. Je n'ai pas d'arguments. Tout n'est que plomb et scories.

Reynolds s'éclaircit la voix.

— Monsieur Morell ? insiste-t-il.

— Oui, Votre Honneur, réponds-je, le bon chien-chien du spectacle, prêt à trotter vers son maître. Mesdames et messieurs, commencé-je, vous imaginez bien — *pas d'effets de style, sois simple et direct !* — qu'il n'est pas facile de reprendre une affaire comme celle-ci en cours de route, et je dois donc vous demander d'être indulgents si je ne semble pas tout à fait à l'aise. Il est vrai que j'ai aidé M. Valdez à préparer sa défense, néanmoins je n'ai jamais pensé que je pourrais un jour me trouver

413

devant vous, face à vous, et responsable de cette affaire. J'espère que je ne vous décevrai pas.

C'est bien, reste direct, donne-leur l'impression qu'ils sont importants.

— Quand M. Valdez a été interrompu par sa... son malaise, il répondait à une question du juge, une question qui, à mon avis, éclaire la façon dont nous voyons cette affaire.

«Tout a déjà été dit, à savoir les arguments factuels à l'encontre de la version de l'accusation selon laquelle M. Valdez a tué six personnes dans la bijouterie. La question, vous vous en souvenez sans doute, était de déterminer où voulait en venir M. Valdez en parlant de Dieu et de l'homme, du bien et du péché, de toutes ces choses horribles que nous côtoyons quotidiennement. Je crois que si M. Valdez pouvait parler... et, à propos, il ne peut pas, il est devenu aphone...

— Objection, Votre Honneur, intervient Phyllis. Hors de propos.

— Rejetée. Poursuivez, monsieur Morell.

— Merci, Votre Honneur. Comme je disais, si M. Valdez avait pu terminer son exposé, je crois qu'il vous aurait dit ceci. Dieu choisit parfois des hommes qui deviennent les instruments de Sa volonté, sans qu'ils puissent savoir s'ils seront l'épée qui tranche ou la main qui guérit. Voilà, mesdames et messieurs, ce qui s'est produit dans cette affaire.

Un flot puissant de peur et de passion s'empare de moi tandis que la stratégie se dévoile, ruban blanc dans un champ rouge sang.

— De deux choses l'une. M. Valdez ou M. Pimienta — à qui l'accusation a consenti un marché en échange de son témoignage, comme vous l'avez vu — l'un d'entre eux a été visité par leurs dieux pendant le drame de la bijouterie Schnitzer. En d'autres termes, l'un d'entre eux était possédé. Oui, possédé, comme les personnages de la Bible, possédés par les démons, que Jésus a transformés en porcs, possédé comme les saints qui flottent au-dessus du sol et font des miracles, possédé comme l'héroïne de *L'Exorciste*... possédé, enfin, par une force qui ne connaît ni le bien ni le mal, qui se moque de notre morale chrétienne et ne recherche que sa satisfaction immédiate.

Je m'interromps, laisse les mots faire leur effet.

— Qu'il s'agisse de sexe, de nourriture, d'amour, de haine ou de mort, seul l'instant présent existe pour cette force. Elle est au-delà du bien et du mal, au-delà de ce que nous croyons juste et conve-nable. Elle est issue d'un univers que nous ne connaissons pratiquement pas, de cet univers afri-cain des divinités païennes. Voilà d'où venaient ces dieux.

Les derniers mots, à présent, conclusion raison-nable de ces propos excessifs.

— Nous avons l'intention de prouver que M. Val-dez et M. Pimienta appartenaient à une secte reli-gieuse afro-cubaine appelée *santería* et que ces meurtres se sont produits alors qu'ils étaient en transe, ce qui arrive quand les dieux prennent pos-session du corps de leurs fidèles, et que M. Valdez ne peut par conséquent être reconnu coupable de ces crimes, puisqu'il n'était pas conscient de ses actes du fait qu'il subissait l'influence de ces dieux antiques et ténébreux. Merci beaucoup.

Je m'assieds, vide et débordant de joie. J'entends Reynolds annoncer au jury que des problèmes de témoins contraignent la défense à ne commencer ses auditions que dans trois jours. Les jurés ne sont pas tous sortis quand je me tourne enfin vers Ramón, au moment même où le shérif adjoint chargé de le reconduire en cellule pose la main sur son épaule. Il forme un O avec le pouce et l'index puis, silencieusement, articule : OK. Je le regarde gagner la cellule, les battements de mon cœur se calment.

Dieu me vienne en aide, me dis-je, Dieu me vienne en aide.

21

Manifestement, Graciela de Alba ne venait pas de quitter son lit de mort. Petite, trapue, appuyée sur une canne cérémonielle nigérienne, pourvue d'une abondante chevelure rousse et grise ainsi que d'yeux verts et profonds, c'était un baobab, un arbre de vie dans les plaines de LAX[1], parmi les hordes de passagers qui prenaient d'assaut le comptoir de la Pan Am. Elle leva et agita la canne à poignée d'argent quand elle me vit arriver.

— Vous êtes sûrement Charlie, dit-elle.

— Oui, Señora de Alba. Je m'excuse d'être en retard, un camion s'est mis en portefeuille sur l'autoroute de Santa Monica.

— Je sais, je sais. Quatre voitures accidentées, deux morts. Affreux.

— Comment êtes-vous au courant ?

Je m'attendais à des révélations de l'au-delà. Elle montra les haut-parleurs du marchand de journaux.

— La radio. Vous êtes prêt ?

---

1. Aéroport de Los Angeles (*N.d.T.*).

Son bagage était une grosse malle-cabine pesant au moins cent kilos. Le porteur qui la transporta jusqu'à la 944 secoua la tête d'un air las quand il la chargea dans le coffre.

— Qu'est-ce qu'il y a là-dedans, madame? Un cadavre?

— Quatre. Ça porte chance.

— Quatre? (L'homme lui adressa un regard ébahi puis éclata de rire. Il partit avec son chariot.) Je me bidonne.

De Alba contourna l'avant de la Porsche, se pencha sur l'aile.

— Elle n'est pas très bien réparée, constata-t-elle.

— Pourquoi?

— Vous voyez ces rides sur la carrosserie? (Elle montra des stries à peine visibles sur l'aile avant droite.) Le carrossier n'a pas poli ça correctement. À votre place, je me ferais rembourser. Enfin, c'est une jolie voiture, et tout. (Elle tendit la main.) Ça vous ennuie si je conduis?

Je ne pus m'empêcher de sourire : la petite vieille de Miami que rien n'arrête.

— Sûr.

Je lui lançai les clés. Elle les attrapa de sa main libre, se glissa derrière le volant. Sa corpulence la contraignit à reculer complètement le siège de sorte que, lorsque son ventre fut casé, c'était à peine si ses pieds touchaient les pédales.

— Vous êtes certaine que vous ne voulez pas renoncer? demandai-je.

— Positif. (Elle emballa le moteur.) J'adore les voitures de sport. J'ai une Lotus.

Elle prit à toute vitesse le carrefour giratoire qui se trouvait devant le terminal, brûlant la politesse à une Cadillac pour s'engager sur Century Boulevard. Elle ne descendit pas en dessous de cent jusqu'à la bretelle de la 405, où elle ralentit provisoirement jusqu'à quatre-vingts, puis réaccéléra jusqu'à cent, slalomant dans la circulation avec l'assurance d'un Emerson Fittipaldi.

— Mais ma voiture n'est pas aussi maniable. Chouette caisse.

— Merci. Vous avez dit que vous étiez malade. Que vous est-il arrivé ? Trop de gaz d'échappement ?

Elle regarda le paysage, contempla avec gourmandise les collines d'un vert terne qui précèdent Mulholland Pass.

— S'ils rendaient malade, L.A. serait un hôpital géant sur roues, à mon avis. Non, cancer du côlon.

— Comment en êtes-vous venue à bout, par la chimiothérapie ?

Elle m'adressa un regard étonné.

— Quelle chimiothérapie ? Ramón ne vous a pas expliqué ?

J'aurais dû prévoir que je passerais forcément pour un crétin.

— Non, il n'est plus tout à fait lui-même depuis quelque temps. Il ne peut pas parler.

— Vraiment ? Comment est-ce arrivé ?

— Il a eu une sorte de crise, la semaine dernière. Au beau milieu de sa déclaration préliminaire. Un peu comme s'il avait avalé sa langue.

— L'*orisha* doit être fâchée contre lui. C'est

sûrement sa punition. (Elle me regarda d'un air interrogateur.) C'est peut-être autre chose. Ils voulaient peut-être que vous preniez l'affaire en main.

— Aucun doute. Attention au camion !

De Alba regarda devant elle. Elle était sur le point de heurter une remorque fumante de goudron en fusion, tirée par un vieux Ford qui roulait à soixante à peine dans la côte. Elle freina mais, au même moment, la circulation se fit moins dense sur la voie de gauche et de Alba fonça, sautant sur l'occasion. Quand j'eus repris mon souffle, elle roulait tranquillement à cent vingt.

— Désolée, fit-elle. Vos autoroutes sont vraiment encombrées.

— À qui le dites-vous !

Elle conduisit en silence pendant quelques instants, regardant les énormes masses vert et gris d'herbe de la pampa qui bordaient la chaussée, les rangées de chênes, le chaparral dense et sombre.

— Ces collines ont beaucoup de *nganga*, dit-elle.

— Qu'est-ce que c'est ?

— Le pouvoir spirituel. Je le perçois, malgré cette circulation. Cet endroit est vraiment comme un aimant, n'est-ce pas ? Oh, mon Dieu !

Nous avions franchi la crête, laissant Mulholland derrière nous. La vallée de San Fernando s'étendait devant nous, les sommets des monts San Gabriel se dressaient majestueusement au-dessus des orangeraies, des garages, des propriétés luxueuses et des piscines miroitantes.

— C'est vraiment une ville magique, marmonna-t-elle, incrédule. C'est une oasis, on a bien raison de le dire.

Je n'avais rien à répondre. Mais si c'était un point d'eau, à quoi ressemblait le désert ?

— Comment avez-vous rencontré Ramón ? demandai-je.

— Regardez ces maisons ! dit-elle, montrant les demeures aux toits de tuiles sur les collines de Hollywood. Exactement comme en Italie. Clocher et tout. Comme c'est mignon ! Comment nous sommes-nous rencontrés ? Eh bien, vous savez, nous ne nous connaissons pas.

— Ah bon ?

— Non. Je le connais de réputation. C'est un grand *babalawo,* vous savez, un grand prêtre de la *santería.* On m'a dit que c'était un *omokoloba,* un grand initié aux mystères de la religion. Nous avons des relations communes à Miami.

— Mais un prêtre n'est-il pas censé mener une existence exemplaire ?

— Oui. C'est son problème. Il n'a pas tenu compte des exigences de son dieu. En outre, j'ai entendu dire qu'il avait également pratiqué le *palo mayombé.*

— Vous voulez dire la magie noire, ressusciter les morts et tout ça ?

— Oui. Peut-être parce que son saint l'a abandonné et qu'il s'est tourné vers les morts, peut-être parce qu'il a soif de pouvoir, je ne sais pas. Qu'est-ce que j'en sais ?

Du menton, elle montra un endroit où la route se divisait, conduisant d'un côté à Pasadena et de l'autre au centre, puis à Santa Ana.

— Prenez Harbor Avenue et sortez à la Sixième Rue. Alors, vous croyez que c'est ce qui lui est arrivé dans la bijouterie ?

Elle changea rapidement de file, contournant le flot de la circulation.

— Je ne sais pas ce qui est arrivé, mais je regrette de ne pas avoir été là quand c'est arrivé. Il s'agissait d'une relation divine, aucun doute. Vous savez que, dans la *santería,* les prisons et les cellules sont deux des cinq manifestations du mal sur cette terre, surtout pour Oggún, le saint de Ramón. Il a dû énormément pécher pour être enfermé et répondre de telles accusations.

Nous prîmes la Sixième et gagnâmes l'hôtel Biltmore, proche de Pershing Square. Elle s'arrêta dans un crissement de pneus, sourit.

— Formidable, cette voiture. Il faudra que vous me laissiez la conduire encore.

Elle prit sa canne, descendit et fit signe au chasseur de venir chercher sa malle.

— Écoutez, dis-je, vous ne m'avez pas dit. Qu'est devenu votre cancer du côlon ?

Le chasseur posa péniblement la malle sur le chariot.

— Attention ! dit-elle.

Puis :

— J'ai rêvé qu'Oggún m'apportait une potion. Quand je l'ai bue, il m'a dit que je serais guérie et pourrais aller aider son fils, qui avait péché mais qu'il aimait toujours. Le lendemain, le cancer régressait.

— Comment savez-vous qu'il s'agissait de Ramón ?

— Oggún avait une statuette représentant Ramón. Il m'a parlé et dit où aller. Il en avait une autre. Je ne savais pas qui c'était, à ce moment-là. Mais maintenant, je sais.

— Qui était-ce ?

Elle sourit et la compréhension me glaça l'échine.

— À demain, au tribunal, dit-elle.

*

Il était environ onze heures trente, une demi-heure avant la pause du déjeuner, quand je pus enfin appeler notre premier témoin. Pedro Ramo vint à la barre avec l'aisance forcée de ceux qui sont toujours obligés de justifier leur existence, se demandant un peu ce qu'il dirait mais certain qu'une fois de plus ses pensées et ses actes seraient exposés en pleine lumière à tous les regards. Dans le couloir, j'avais revu avec lui les questions que je lui poserais si bien que, après avoir prêté serment, il se tourna vers moi, attendant calmement le début de l'interrogatoire. L'interprète, colosse grisonnant qui portait un appareil auditif, traduisit sur le rythme chantant d'East Los Angeles.

— Je ne sais pas écrire, dit Pedro, quand la sténographe lui demanda d'épeler son nom.

Reynolds, exaspéré, leva les yeux au ciel et demanda à l'interprète de donner l'orthographe usuelle.

Mon tour. Je me levai, gagnai le lutrin, posai mon bloc, fis comme s'il n'y avait personne dans la salle d'audience, que nous allions bavarder comme de vieux amis, Pedro et moi.

— Monsieur Ramo, connaissez-vous l'inculpé, M. Valdez ?

— Oh oui. Il a été très bon avec nous, moi et ma famille, répondit-il. C'était notre protecteur.

— Depuis combien de temps le connaissez-vous ?

— Ooh, longtemps, presque cinq ans. Puis-je dire quelque chose ?

Il adressa un regard suppliant au juge, mais Reynolds ne le laissa pas poursuivre.

— Attendez que l'avocat vous pose la question.

La contrariété crispa les traits de Ramo.

— À quel titre connaissez-vous M. Valdez ?

— C'est notre prêtre, notre sauveur. Sans lui, nous aurions connu de grandes calamités.

— Que voulez-vous dire ?

— Quand nous sommes arrivés à Los Angeles, il nous a aidés à trouver un logement, puis il nous a dit où il y avait du travail. Il a fait tout ce qu'il pouvait.

— S'est-il montré cruel ou a-t-il mal agi envers vous ?

— Oh non, jamais.

— Et votre famille ? Savez-vous comment il a agi envers elle ?

— Il a été très bon. Puis-je dire quelque chose ?

Reynolds, péremptoire, l'en empêcha à nouveau d'un geste de la main.

— Attendez que la question soit posée.

Je jetai un coup d'œil sur le côté et, alors que je m'attendais à voir Phyllis prendre des notes, je constatai qu'elle se limait les ongles. Ramón sourit, approuvant le début de ma pauvre performance.

— Avez-vous des enfants, monsieur Ramo ?

— Oui, cinq. Tomasito, Gabriel, Lupe, José et Panchito, il est en permission.

— Pardon ? fis-je.

Ramo avait employé le mot *feriado* que l'interprète avait mal traduit. Mais le vieil homme eut une rapide conversation à voix basse avec l'Indien, au terme de laquelle l'interprète hocha la tête, se tourna vers moi et dit, pas entièrement convaincu :

— Il est en vacances.

— En vacances. Quel âge a-t-il ?

— Cinq ans.

— N'est-il pas un peu trop jeune pour partir en vacances ?

— Oh non, les vacances peuvent vous prendre à tout moment, vous savez.

— Je vois. S'agit-il de vacances permanentes ?

— Oui, malheureusement.

— Est-ce ce que nous appelons mort ?

Le mot *muerto* résonna comme un chant d'enfant dans la salle d'audience.

— *No, no está muerto con tal de que yo lo recuerde*, déclara-t-il. Non, il n'est pas mort tant que je me souviens de lui.

Toutes les personnes présentes dans la salle d'audience interrompirent ce qu'elles faisaient : Phyllis ses ongles, Reynolds ses mots croisés, le shérif adjoint sa lecture de *Guns and Ammo*, le public celle du *Reader's Digest* et du *Times*, pour regarder ce père qui refusait de laisser partir son enfant.

— Je comprends, dis-je, et veuillez me pardonner car je sais que Panchito vit toujours dans votre cœur. Mais son corps est-il au cimetière ?

Ramo, découragé.

— Oui.

— M. Valdez connaissait-il Panchito ?

— Oui. C'est lui qui l'a convaincu de rester avec nous, la première fois.

— Veuillez expliquer.

— Il voulait partir, il s'affaiblissait, mais Don Ramón l'a baigné et il a été beaucoup mieux et il a décidé de rester encore un peu avec nous.

— L'aviez-vous emmené chez un médecin ?

— Ça n'a servi à rien, ils ont dit que le mal était tout au fond de lui. Il était dans ses os.

— Et vous êtes sûr que M. Valdez, Don Ramón comme vous l'appelez, a aidé votre fils à se rétablir ?

— Je le sais. Il a vécu encore deux ans. Qu'est-ce que je ne donnerais pas pour qu'il revienne près de nous... C'était la lumière de notre foyer.

— M. Valdez vous a-t-il demandé de payer quelque chose ?

— Oh non. C'est notre prêtre. Un bon prêtre. Il ne fait pas payer.

— À quelle religion appartient-il ?

— À la religion des saints, dit-il. Les Saints.

— Vous voulez dire la *santería*.

— Oui, c'est ça.

— Êtes-vous seul à croire en cette religion ?

— Non, nous sommes nombreux. Nous étions le troupeau mais, à présent, notre berger est ici, en prison, et tous les moutons se sont dispersés. Puis-je dire quelque chose ?

Reynolds tenta une nouvelle fois de l'en empêcher, mais j'intervins.

— Que voulez-vous dire ?

426

— Je veux dire que l'homme qui a guéri mon garçon n'est pas l'homme qui est ici, que c'était un homme différent, si Don Ramón a vraiment fait ce qu'on raconte, dans cette boutique. Mais je veux aussi dire ceci : Don Ramón, nous vous aimons et vous nous manquez, nous avons besoin de votre présence et de votre aide. Merci beaucoup.

Je restai immobile, les mains crispées sur le lutrin, le front battu par des vagues d'angoisse, luttant contre le vertige, puis je m'entendis demander :

— Monsieur Ramo, croyez-vous au Christ ?

— Le Christ ? Oui, c'est un saint, n'est-ce pas ?

Je respirai profondément, pris mon bloc, regagnai ma place.

— Plus de questions.

— Madame Chin ? demanda Reynolds.

À voix basse, Phyllis interrogea Samuels, qui fit non de la tête. Je savais que Ramo n'avait pas de casier judiciaire, qu'ils ne pouvaient rien lui reprocher.

D'une voix lasse, presque à contrecœur, Phyllis répondit :

— Pas de questions.

Reynolds se tourna vers Ramo.

— J'ai une question. Quand votre fils est-il parti en vacances, comme vous dites ?

— La semaine dernière, *señor.*

— Et vous croyez que si M. Valdez avait été là, votre fils ne vous aurait pas quitté ?

— J'en suis sûr.

— Vous croyez que M. Valdez est un homme bon ?

— Je n'en ai pas rencontré de meilleur, monsieur le juge. C'est le meilleur.

Reynolds tourna la tête, sceptique.

— Il ne vous a pas payé pour venir ici, n'est-ce pas ?

— Non, *señor*. Mon témoignage est gratuit et volontaire. Je suis venu parce que je l'aime.

Un instant de silence.

— Vous pouvez disposer, dit le juge.

Ramo se leva, regarda Ramón avec compassion, puis sortit sans un mot. Ramón eut un sourire féroce, masque de dents sur ce qu'il éprouvait.

*

Je me promenai dans le centre pendant les deux heures du déjeuner. Sentiments troublants, vagues, et souvenirs imprécis m'assaillirent dans la lumière cuivrée de cet après-midi d'hiver. Dans Broadway, des flots d'Hispaniques occupaient les trottoirs, de la Première Rue à Olympic Avenue. Ils passaient devant les cinémas grandioses évoquant des temples aztèques et les immeubles en pierre de taille avec leurs bureaux de change, *farmacias*, marchands de journaux espagnols et magasins de matériel électronique, devant Pershing Square, l'hôtel Biltmore, qui appartient aux Japonais, et la bijouterie sur laquelle le drame s'était abattu, il y avait presque trois ans, un matin d'hiver.

On m'avait dit que le magasin de Schnitzer serait transformé en restaurant mais, en réalité, c'était toujours une bijouterie, les Frères Arossian. Je regardai à l'intérieur mais n'osai entrer, malgré les sourires des vendeurs, qui n'attendaient que l'occasion de me servir. J'étais sur le point de m'éloigner quand mon regard fut attiré par une broche en saphir et diamant, en forme de colombe aux ailes étendues. Je battis des paupières et crus voir le reflet de mon père dans la vitre mais, quand je me retournai, il n'y avait que le trottoir vide et un revendeur de crack, qui proposait ses rêves chimiques au coin de la rue.

À un moment donné, je m'aperçus que je mastiquais et constatai que j'avais un taco au boudin à la main. J'étais au comptoir d'un restaurant en plein air de Central Market. Ménagères entre deux âges, cow-boys mexicains ventrus et prostituées à cinq dollars la pipe m'entouraient. La serveuse me tendit une tasse de liquide rose.

— Votre infusion d'oseille, *señor.*

Je secouai la tête, jetai mon taco dans la poubelle et m'éloignai. En me retournant, je vis un vieillard à la peau ocre, vêtu d'une chemise blanche tachée, récupérer mon taco dans la poubelle et mordre dedans, puis s'emparer de ma boisson et aller se cacher derrière un étalage de fruits. Je n'avais plus de mots, je n'éprouvais plus rien. Une tête d'agneau, écorchée, à l'étal du boucher, cartilage rose sur os blanc, me fixait de ses gros yeux bleus et vides. Je m'en allai en hâte. Donne-moi la force, Seigneur, guide-moi dans cette vallée.

D'énormes nuages blancs, semblables à des châteaux, se dressaient dans le ciel lorsque je montai Olive Street. Je n'en avais jamais vu de semblables, imposantes statues de vapeur, luisantes, de plusieurs centaines de mètres de haut, tours crénelées immatérielles venues des monts San Gabriel. Ils étaient nombreux, structures blanches posées sur le ciel, entourant le palais de justice comme autant de sentinelles, attendant l'ordre d'aller à la bataille. Pour la première fois de ma vie, j'eus peur de ce que pourraient faire ces créatures de la nature, sauvages, aveugles, inhumaines.

— Le vent de Santa Ana les apporte du désert, dit Camille Clark, ancien avocat public qui avait laissé tomber les pauvres pour défendre les compagnies d'assurance de Century City dans les procès pour négligence médicale. C'est toujours comme ça, à cette saison. Bizarre que tu ne t'en sois pas aperçu. Ça ne va sûrement pas tarder à péter.

— Que veux-tu dire ?

Nous montions dans un ascenseur bourré, où un motard dégageait une puanteur d'alcool presque palpable.

— L'électricité statique. Quand les nuages arrivent comme ça et heurtent le front tropical que nous avons depuis plusieurs jours, il se passe toutes sortes de choses. En fait, c'est un temps de tornade, exactement comme dans le Midwest. Tu sais, Charlie, tu n'as pas l'air en forme. Tu devrais prendre davantage soin de toi.

Je descendis de l'ascenseur et les portes se fermèrent derrière moi comme une guillotine.

— Téléphone-moi ! furent les derniers mots de Camille.

Pimienta m'attendait dans le couloir, affalé sur le banc en béton marron proche de l'entrée de la salle d'audience. Je l'avais convoqué et il devait témoigner le lendemain, puisque j'estimais que l'après-midi suffirait à l'interrogatoire de De Alba, de sorte que je crus pendant quelques instants qu'il s'était trompé de jour. Il leva la tête, me vit. Un juré passa près de nous, entra précipitamment dans la salle d'audience.

— Morell, il faut qu'on parle, *coño*, dit-il.

— Demain, ne vous en faites pas.

— Non, il faut que je vous parle avant.

— Je ne sais pas si c'est possible. Où est votre avocat ?

— Señor Smith ? Il ne s'occupe plus de mon affaire. Il s'est marié et il est en voyage de noces à Paris.

— Alors vous n'avez pas d'avocat ?

— Ça ne fait rien. Écoutez, il faut qu'on parle.

— De quoi ? L'audience va commencer, je dois y aller.

— J'ai fait des rêves, Morell, des mauvais rêves. Je vois les visages des morts, leurs doigts m'étranglent, leurs cris et leurs hurlements, et je me retrouve dans ce magasin mais, cette fois, il brûle et je ne peux pas sortir. Toutes les nuits, je fais ces rêves.

— Tout le monde fait des cauchemars, José. Je ne peux vraiment pas discuter maintenant. Écoutez, pourquoi ne...

Le shérif adjoint sortit.

— Magnez-vous le cul, Charlie. Le vieux est en pétard.

Je me tournai vers Pimienta.

— Écoutez, José, attendez-moi ici. Je reviens dans un moment.

J'entrai énergiquement dans la salle d'audience.

431

J'ignore comment de Alba avait pu pénétrer dans la salle d'audience pendant la pause du déjeuner et installer un autel de la *santería* contre le mur du fond, près des bancs des jurés. Divisé en plusieurs niveaux, avec des offrandes de fleurs et des pigeons vivants dans des cages en osier, il était surmonté d'un portrait de saint Pierre tenant les clés du paradis.

Une douzaine d'hommes et de femmes vêtus de blanc étaient assis au premier rang du public et de Alba, tout en noir, appuyée contre la séparation, s'entretenait avec le doyen du groupe, un Noir maigre, avec des cicatrices d'initiation tribale sur les joues et le front.

Les jurés étaient déjà installés, troublés par l'autel et tous ces objets étranges. Reynolds était dans son fauteuil, Phyllis et Ramón à leur place. Comme toujours, j'arrivais bon dernier. Reynolds nous fit signe, à Phyllis et moi, d'approcher.

— Ne faudrait-il pas que la sténographe soit présente ? furent les premières paroles de Phyllis.

— Non, non, pas pour le moment, ceci est strictement entre nous. J'ai dit que je vous permettrais une large marge de manœuvre dans votre défense, mais c'est un vrai numéro de cirque que vous préparez. Enfin, bon sang, c'est un autel que cette femme a installé. Nous ne sommes pas dans une église et je ne suis pas prêtre, alors qu'est-ce que vous fabriquez ?

Qu'est-ce que tu fabriques, Charlie ? tonne l'écho dans

432

mon esprit. Comment peux-tu montrer, comme au car-
naval, les blessures qui suppurent, les siamois reliés par
la hanche, la créature barbue qui ricane ?

— Monsieur le juge, il s'agit du matériel nécessaire à une démonstration, improvisai-je. Nous
allons entendre un témoignage à propos de la religion, donc j'ai pensé qu'il serait bon que les jurés
puissent constater par eux-mêmes ce qu'il en est.

— Elle ne va pas jeter des sorts, n'est-ce pas ?
demanda Phyllis. Elle me fait l'effet d'une sorcière.

— Je ne crois pas. Mais un maléfice pourrait
peut-être me faire gagner. J'ai bien envie de lui en
demander un.

— Très drôle.

— Et qui sont ces gens en blanc, au premier
rang ? Regardez-les, on dirait le congrès des âmes
des défunts.

— Je vais me renseigner.

Je rejoignis de Alba et demandai :

— Madame de Alba, qui sont ces gens ?

— Ce sont quelques-uns des principaux *baba-*
lawos de Los Angeles. Je leur ai dit que je témoi-
gnerais et ils ont voulu venir. Ils ne gêneront personne.

— Je vois. Êtes-vous prêtresse, à propos ?

— Seigneur non. Je ne suis qu'anthropologue.
Je n'appartiens même pas à cette religion.

Je retournai près du juge.

— Ce sont des spectateurs.

— Je vois ça tout seul. Que sont-ils d'autre ?

— Ils appartiennent à la religion. L'affaire les
intéresse.

Le juge soupira.

— Bon, nous sommes dans un pays libre et ils ont le droit d'assister au procès. Commençons.

Quand Curtis lui eut fait prêter serment, de Alba s'inclina en direction de l'autel avant de s'asseoir. Le shérif adjoint voulut approcher le micro, mais elle refusa.

— Je n'ai pas besoin de ça. Ma voix porte. Je déteste les machines.

Je pris place derrière le lutrin, mon bloc posé devant moi. Je n'y avais écrit qu'une seule question : pourquoi ?

— Madame de Alba, pourriez-vous nous dire quelle est votre profession ?

Elle s'installa confortablement.

— Certainement. Je suis anthropologue.

Son accent cubain, ordinairement presque imperceptible, se fit plus prononcé sous l'effet de la tension.

— Pourriez-vous nous dire quelles sont vos qualifications et votre expérience ?

— Naturellement. J'ai obtenu une licence d'anthropologie à l'université de La Havane en 1932. J'ai étudié avec le Dr Franz Boas, un des fondateurs de l'anthropologie moderne, à l'université de Columbia, en 1933, puis j'ai obtenu mon doctorat, également en anthropologie, à Harvard en 1935. Je suis diplômée de la Sorbonne et de Cambridge, des universités de Berlin, Heidelberg et Vienne. J'ai publié seize livres et plus de mille articles. J'ai également effectué des recherches sur le terrain, parmi les Indiens et les Noirs du Brésil, avec le Dr Claude Lévi-Strauss et, quand elle était encore parmi nous, le Dr Margaret Mead. De plus...

— Merci. Je crois que nous pouvons admettre que vous avez une solide formation.

Rires dans la salle d'audience. Je panique. Je ne suis pas censé être drôle, je suis censé dominer cette affaire, rappeler à tous les forces qui nous dépassent.

— Effectivement, dit de Alba.

— Quelle est votre spécialisation, si vous en avez une ?

— Mon domaine de recherche est l'étude de la *santería*, une religion afro-cubaine qui compte approximativement cinq millions de fidèles dans notre hémisphère.

— Je vois. Connaissez-vous M. Valdez, inculpé dans cette affaire ?

— Pas personnellement. Mais j'ai entendu parler de lui.

— Qu'avez-vous entendu dire ?

Phyllis se leva dans le bruissement de la soie de sa robe.

— Objection, Votre Honneur, ouï-dire.

— Acceptée.

Comment contourner cet obstacle, l'amener à dire ce qu'elle sait sur Ramón ? Et est-ce que je le veux vraiment ?

— Que savez-vous sur M. Valdez ?

Elle fixa Ramón sans ciller.

— Je sais qu'il a été un prêtre très éminent de la *santería*. Il avait une réputation de faiseur de miracles, il y a de nombreuses années.

Dois-je poursuivre l'interrogatoire dans ce sens ? Non, renonce pour le moment, l'expression « faiseur de miracles » est assez évocatrice à elle seule. Avance, Charlie, tu as une tâche importante à accomplir. Dieu t'attend.

— Vous avez indiqué que votre spécialité était la *santería*. Pourriez-vous nous expliquer de quel type de religion il s'agit et en quoi elle se distingue des autres religions organisées telles que le christianisme ou le bouddhisme ?

— Certainement. La *santería* est une religion syncrétique. Je veux dire par là qu'elle réunit deux traditions distinctes en une seule. C'est un mélange de religion ouest-africaine et de catholicisme, où le panthéon des dieux des Yoroubas du Nigeria est identifié aux saints de l'Église catholique. Elle est née à l'époque de l'esclavage, du fait que les esclaves africains devaient cacher leur religion à leurs maîtres espagnols.

— Pardonnez-moi d'interrompre votre interrogatoire, maître, dit Reynolds, comme s'il était assis sur des charbons ardents, mais, madame de Alba, êtes-vous en train de nous expliquer que le vaudou est vraiment une religion ? Je veux dire les poupées avec des épingles et tout cela ?

J'aurais pu objecter, affirmer qu'il s'agissait d'une intervention injustifiée susceptible de motiver l'annulation du procès, mais je laissai faire. Je me dis que les jurés étaient sans doute majoritairement du même avis que Reynolds.

De Alba se tourna vers le juge et répondit sur le ton docte d'un professeur confronté à un élève stupide.

— En réalité, Votre Honneur, croire en l'efficacité des poupées et des aiguilles revient à peu près à croire que l'eau de Lourdes peut soigner les malades ou que le malheur va frapper Naples si le sang de son saint patron ne se liquéfie pas les jours

436

de fête. C'est un problème de croyances sélectives. Après tout, si vous croyez qu'adresser des prières à un homme en croix peut vous apporter ce que vous désirez, croire que l'on peut exercer un pouvoir sur une personne quand on possède une mèche de ses cheveux n'est guère différent. Me suivez-vous ?

— Comme le chien sur la piste du lièvre, madame. Mais il me semble que ce que vous décrivez s'appelle sorcellerie.

De Alba s'éclaircit la gorge.

— Eh bien, Votre Honneur, sorcellerie est un terme péjoratif que les fidèles d'une religion appliquent aux pratiquants d'une autre. C'est un conditionnement, voyez-vous. La *santería* est une religion dans la mesure où elle fixe un ensemble de croyances et de principes théologiques qui guident le comportement de ses adeptes. Elle croit en l'existence d'un être suprême transcendant et défend les principes de bien et de fraternité qui sont si chers aux fidèles occidentaux de la tradition judéo-chrétienne.

Reynolds hésita.

— Poursuivez.

— Merci, Votre Honneur, dis-je. Madame de Alba, avant de vous asseoir, vous vous êtes inclinée devant l'autel qui se trouve près de vous. S'il s'agit bien d'un autel, pourriez-vous expliquer sa nature et sa fonction ?

— Certainement. (Elle se leva et, s'appuyant sur sa canne, fit deux pas en direction de l'autel.) Comme je l'ai dit, la *santería* se sert d'images catholiques pour représenter les dieux de son panthéon. La *santería* adore sept dieux principaux. Tous sont

437

la représentation de divers aspects du dieu principal, Olorun, l'être suprême. Saint Pierre est l'un d'entre eux, c'est le symbole d'Oggún, dieu de la guerre et des guerriers. Quant à ceci, dit-elle, montrant l'autel, c'est une *plaza,* une offrande au dieu dont le portrait apparaît là-haut.

— Excusez-moi une nouvelle fois, maître, mais, madame, il faut que je vous pose la question, croyez-vous vraiment en ces dieux ? Pensez-vous qu'ils existent réellement ? demanda Reynolds.

— Votre Honneur, je n'appartiens pas à cette religion ; cela nuirait à mon statut d'anthropologue. Mais plusieurs millions de personnes y croient effectivement.

— Ce n'est pas ma question. Ce que je veux savoir, c'est si vous croyez réellement à l'existence objective, corporelle, de ces dieux ?

— Eh bien, monsieur le juge, mon opinion sur eux se rapproche de celle du psychanalyste suisse Carl Jung, à savoir qu'ils incarnent l'inconscient collectif, qui est présent chez chacun d'entre nous du simple fait que nous sommes des êtres humains. Chaque dieu correspond à un aspect de notre personnalité de sorte que, lorsque nous sommes sous l'emprise du dieu, quand nous sommes possédés par Shangó, Obatalá ou Oggún, les attributs spécifiques de ce dieu sont les traits de personnalité que nous exprimons grâce au pouvoir de l'inconscient. C'est pourquoi, dans la *santería,* deux personnes peuvent être simultanément possédées par le même dieu du fait que, essentiellement, nous portons le dieu en nous.

— Donc ils n'existent pas réellement.

— Oh, ils existent bel et bien dans notre esprit, sur un plan ontologique, exactement comme l'univers n'existe, à proprement parler, qu'ontologiquement.

Reynolds parut irrité.

— Bien fait pour moi. Posez une question simple et on vous jette l'ontologie au visage. Comme si tout un chacun savait ce que c'est. Poursuivez.

Des éclats de rire, cette fois, mais nerveux, un soulagement mais pas une libération.

— Madame de Alba, vous avez dit qu'il s'agissait d'un autel dédié à saint Pierre, qui est également le dieu africain Oggún. C'est le dieu de la guerre, n'est-ce pas?

— Oh oui, et c'est un dieu très difficile. Je vais vous montrer.

De Alba prit un revolver en fer-blanc sur l'autel et le braqua sur moi. Des cris s'élevèrent dans la salle d'audience.

— Non, non, dit de Alba, ce n'est qu'un jouet! Regardez! (Elle appuya sur la détente et on entendit un clic.) Nous n'avons pas besoin de l'objet véritable, une imitation suffit.

— C'est donc une simple représentation?

— Exactement. Ce revolver et ce couteau... (elle sortit un couteau à découper d'un panier en osier)... sont les symboles du statut de guerrier d'Oggún. Il est également le maître de tout ce qui est en fer parce que c'est le forgeron des dieux yoroubas. En outre, c'est le dieu de la colère et de la vengeance.

— Donc ces objets sont des offrandes sacrées, n'est-ce pas ?

— Oui, exactement. Elles recèlent l'*aché,* le pouvoir du dieu.

— Que devrait faire un fidèle si l'on s'emparait des offrandes qu'il a déposées sur l'autel ?

De Alba pâlit.

— Oh, c'est un sacrilège horrible. Tout d'abord, la personne qui a violé l'autel et ceux qui en sont responsables subiraient la colère du dieu. Qui peut être terrible et aller de la ruine financière à la maladie et même la mort si les faits sont graves et que le dieu est féroce.

— Diriez-vous qu'Oggún est un dieu féroce ?

— Absolument. Dans le panthéon de la *santería,* on l'appelle le Guerrier. C'est véritablement un dieu très vindicatif.

— Par conséquent, que devrait faire le fidèle de ce dieu ?

— Son devoir consisterait à reprendre possession de ces offrandes, faute de quoi la colère du dieu s'abattrait également sur sa tête. C'est un devoir sacré.

Bien. La notion de devoir est démontrée. Passe au reste des bonnes raisons sanglantes.

— Je vois. Mais je suppose qu'il y a des dieux plus compréhensifs qu'Oggún, plus tendres, le dieu de l'amour par exemple.

— La déesse. C'est Ochún, représentée par la Vierge d'El Cobre, sainte patronne de Cuba.

— Un fidèle de la *santería* peut-il choisir un dieu plutôt qu'un autre, disons adorer Ochún plutôt qu'Oggún ?

— On peut demander à tous les dieux d'accorder les bienfaits qui sont en leur pouvoir, mais on ne peut pas choisir son saint.

Oui. Ouvrez la porte et faites-nous entrer.

— Qu'entendez-vous par là ?

— Voyez-vous, la *santería* enseigne que le destin des êtres est connu dès le jour de leur naissance et qu'un saint, un dieu, domine leur personnalité, leur vie, dès l'instant où ils sont conçus. Dans le cas de M. Valdez, il s'agit d'Oggún, qui est représenté ici.

— Un instant. Vous voulez dire que M. Valdez n'avait pas le choix en ce qui concernait son dieu ?

— Non, parce que lorsque le saint descend, quand il prend possession de son fidèle, on est en transe, on devient le cheval du dieu, son *caballo*, parce qu'on est chevauché par lui. Eh bien, à ce moment, on ne contrôle plus rien, on n'a pas le choix.

— Comment cela ? Ne peut-on dire non, je n'accepte pas ?

De Alba rit.

— On ne peut pas plus empêcher le dieu de descendre qu'on peut empêcher le soleil de briller.

— Dans ce cas il s'agit d'une force de la nature ?

— Oui. En outre, quand cela se produit, et j'en ai personnellement été témoin de nombreuses fois, quand cela se produit, on n'est plus soi-même. On fait des choses qu'on n'aurait jamais envisagées ou imaginées et, lorsqu'on revient à soi, on ne se souvient de rien. Parce que, voyez-vous, ce n'est pas le possédé qui a fait ces choses, c'est le dieu à travers lui.

Maintenant, donne le dernier coup de bélier, enfonce la muraille !

— Cela signifie-t-il que la personne possédée ne sait pas ce qui arrive, qu'elle n'est pas en possession de ses facultés, que ce n'est plus un être humain raisonnable ?

— C'est exact, elle n'est plus elle-même, elle est le dieu. Elle n'est pas présente. C'est comme si elle était morte ou endormie, sa personnalité a disparu. Elle ne perçoit pas ce qui arrive et n'en a pas conscience.

Voilà La brèche est si large qu'une armée pourrait y passer. S'ils croient de Alba.

— Estimez-vous que M. Valdez était possédé par un dieu quand les meurtres ont été commis ?

Phyllis se leva, phare rouge du bon droit.

— Objection, Votre Honneur, se base sur des faits non prouvés, sort du domaine de la spécialité du témoin.

Reynolds se gratta l'oreille, parut ronger un os imaginaire.

— Eh bien, maître, je crois que les faits sont tout à fait évidents. M. Valdez est jugé pour meurtre. En ce qui concerne le témoignage, eh bien, Mme de Alba témoigne en tant que spécialiste et j'estime qu'elle est parfaitement en droit de donner son opinion sur les événements. Le jury ne doit pas oublier qu'il s'agit d'une opinion d'expert, dans le cadre des limites que cela implique, et qu'il ne doit accorder à cette opinion que le poids qu'elle mérite. Objection rejetée. Poursuivez.

— Votre réponse, madame de Alba.

— Oui. À mon avis, il a agi en état de transe et accompli la vengeance d'un dieu.

J'étais sur le point de poser une nouvelle question quand un fort craquement retentit dans la salle.

— Qu'est-ce que c'est? demanda Reynolds.

— C'est le vent, Votre Honneur, répondit le shérif adjoint. Il souffle très fort autour de l'immeuble.

— Il doit vraiment être très fort pour que nous l'entendions jusqu'ici. Bien, poursuivez, monsieur Morell. Mais non, attendez, me permettez-vous de vous interrompre?

— Bien entendu, monsieur le juge.

— Madame de Alba, je voudrais vous poser une question. Vous avez un autel, ici, et vous parlez d'adoration des dieux. Je me demande comment se déroule ce culte.

De Alba se tourna vers le juge et lui adressa son sourire le plus chaleureux.

— Si vous le souhaitez, Votre Honneur, je peux faire une démonstration. Il y a dans le public plusieurs prêtres qui accepteront avec joie.

— Objection, Votre Honneur, cria Phyllis, mais Reynolds secoua la tête avec agacement.

— Rejetée, madame Chin. Je crois que c'est nécessaire dans cette affaire. Bien sûr, faites approcher vos amis si vous voulez. Il y a longtemps que j'ai envie de voir ça. J'en entends parler depuis toujours.

— Avec plaisir.

Reynolds m'adressa un regard bienveillant. Telle était donc son arme secrète, son cadeau à l'accusation. Cela expliquait pourquoi Phyllis n'avait rien fait pour obtenir le témoignage d'un contre-expert sur les sectes religieuses. Depuis le début du procès, Reynolds penchait pour l'accusation, prenait des décisions qui ne justifiaient pas un appel mais qui s'avéraient subtilement favorables à Phyllis. Nous en arrivions à la touche finale. Il nous avait poussés à organiser une cérémonie qui montrerait la *santería* sous les traits d'une farce bruyante, d'une tromperie, d'un misérable substitut de religion, masque de dieux creux.

Peu importe, j'entends malgré le martèlement des tambours. Nous sommes prêts. Fais-nous entrer.

De Alba descendit de l'estrade des témoins puis pivota rapidement sur elle-même.

— Une petite chose, monsieur le juge. Pouvons-nous fumer ?

— Du moment que ce n'est pas de l'herbe, je n'y vois pas d'inconvénient.

Tout le monde rit. Je soufflai à Alba, quand elle passa devant moi :

— Est-ce que c'est bien raisonnable ? Ici ?

— *No te preocupes, chico*, répondit-elle en espagnol. Ne t'inquiète pas, c'est écrit.

Les sept *santeros* en blanc du premier rang, cinq hommes et deux femmes, écoutèrent attentivement de Alba expliquer ce que souhaitait le juge. Puis ils acquiescèrent et se levèrent.

— Pouvons-nous commencer, monsieur le juge ? demanda un homme, grand Noir au visage crevassé.

444

— Allez-y. Faites comme si nous n'étions pas là. Faites comme chez vous.

L'homme ouvrit un sac en toile posé à ses pieds et en sortit un long tambour *batá* orné de perles blanches et rouges, tandis qu'un autre prenait une calebasse également décorée avec des perles. L'homme de haute taille frappa légèrement des doigts sur le tambour et la calebasse répondit sur le même rythme. Un troisième homme, petit et trapu, prit un autre tambour et joua brièvement. Les deux autres instruments répondirent.

— Ceci est un *güiro*, Votre Honneur, dit de Alba en montrant la calebasse. C'est un instrument qui sert à invoquer la présence des dieux, dans ce cas le patron de M. Valdez, Oggún.

— Nous ne devrions peut-être pas, monsieur le juge, dit Phyllis, mais un roulement de tambour couvrit sa voix.

L'homme au *güiro* cria en yorouba :

> *Oggún niye o Oggún aribó*
> *Oggún niye o Iya ki modé*
> *Oilé abé re Oggún de Oggundé ban bá*
> *Owa ni yere ko ma se O Iyaó*
> *Awa ni ye Oggún arere ko ma se Iyá.*

Une des femmes gagna l'autel et se prosterna. Les tambours se mirent à jouer en un crescendo de percussions tandis que l'homme poursuivait :

> *Oggún ma kué akué kué kué*
> *Oggún ku ere o*
> *Oggún orilé fe re gun*
> *Kon ko su o aná ló*

445

De Alba cria, pour couvrir les tambours :

— Elle se soumet à présent au dieu, l'honore. Il n'est pas certain qu'il nous visitera, naturellement.

— Naturellement, lus-je sur les lèvres méprisantes de Reynolds, mais sa voix fut couverte par le chant.

Les tambours poursuivirent, le *güiro* intervenant en contrepoint. Un homme sortit une bouteille de rhum et les sept participants burent.

— C'est du rhum, Votre Honneur ! hurla de Alba. C'est pour honorer le dieu. Comme le vin pendant la messe. Voici maintenant l'invocation.

Les tambours, le *güiro* et les chants formaient un mur de sons, une échelle de notes dressée vers l'inconnu. Je regardai brièvement Ramón, qui était calme, ses doigts seuls accompagnant le rythme des tambours.

> *Oggún areré alawó*
> *Oggún areré alawó*
> *Oddé mao kókoro*
> *Yigüé yigüé*
> *Oggún areré alawó*
> *Oggún areré alawó.*

Quelques instants plus tard, l'intensité des roulements de tambour augmenta tandis que les *santeros* s'agitaient suivant la façon dont leur dieu personnel se déplace. Une des deux femmes fut la première à entrer en transe. Elle poussa un cri puissant et tomba, puis se redressa et se balança d'avant en arrière comme la déesse Yemayá, les mouvements de ses longs cheveux évoquant les vagues de l'océan, puis l'autre femme entra également en transe et fit le tour de la salle d'audience, le bassin en avant, comme le dieu viril Shangó ; ensuite, les hommes montrèrent également des signes de possession, l'un d'entre eux sautant ainsi que l'éphémère Babalú Ayé, comme s'il lui manquait une jambe et qu'il fût poursuivi par des chiens, et le martèlement de la musique ne cessa pas un instant, les tambours rythmant la pensée inconsciente tandis que des spectateurs, ignorant comment se manifeste la psychose collective, se levaient et se mettaient à danser, osciller, trembler, comme possédés par des dieux ou des démons décidés à faire sentir leur présence aux incroyants les plus terre à terre, et plusieurs jurés se mirent à battre la mesure puis les mouvements des danseurs se firent de plus en plus frénétiques, le groupe subissant l'étreinte d'acier des saints, et Shangó monta son cheval, l'éperonna, et la femme salua puis caracola dans la salle d'audience, fixant chacun avec des yeux dilatés, se frappant la poitrine avec les poings, puis une des lampes de la salle d'audience s'éteignit, puis une autre et une autre encore, jusqu'au moment où il ne resta plus que la lumière des bougies, mais l'électricité n'était pas complètement coupée, elle marchait toujours mais d'une façon que personne n'imaginait. La sténographe avait allumé son ordinateur et le curseur traversait l'écran, traçant des figures concentriques et compliquées. Elle leva la tête et demanda :

— Que se passe-t-il ?

Un coup de tonnerre éclata dans la salle

d'audience, comme un voile qui se déchire. Les murs parurent trembler, le sceau de l'État de Californie se balança contre les lambris en séquoia du mur, la vitre de la fenêtre de la salle de délibération du jury vola en éclats. Une violente rafale de vent balaya la pièce et une lueur semblable aux feux de saint Elme dansa au-dessus de nos têtes. Les portes de la salle d'audience s'ouvrirent brutalement et Pimienta entra, sauta par-dessus la balustrade, bondit sur la table de l'avocat, hurlant plus fort qu'il est humainement possible, plus fort que le rugissement du vent, plus fort que le roulement des tambours qui annoncèrent alors son arrivée indéniable :

OGGÚN, OGGÚN
ERERE NA NA NILE
OGGÚN, OGGÚN

Il traversa la salle en sauts périlleux et atterrit près du shérif adjoint, le projetant violemment contre le mur, l'assommant, tandis que les autres saints, Ochún, Yemayá, Babalú Ayé, se saluaient en se donnant de grandes claques sur les épaules. Mme Gardner se leva, ses yeux se révulsèrent. Tout d'abord, ce qu'elle dit fut incompréhensible, mais elle cria ensuite, d'une voix grave et désespérée :

— Quelle est cette tragédie que tu imposes à mes enfants dans les couloirs de l'injustice ?

Elle s'évanouit et tomba tandis qu'un vent chargé de pluie s'engouffrait dans la pièce comme si nous étions à la proue d'un navire dans une mer démontée. Phyllis, se souvenant de la dernière

448

catastrophe naturelle, se réfugia sous la table tandis que le juge Reynolds se cachait derrière le bureau de Curtis. Les rafales balayèrent la salle d'audience, firent tomber les tableaux, retournèrent les dossiers, emportèrent, dans une spirale de feuilles, les rapports, procès-verbaux de police, extraits de casier judiciaire et documents divers. Puis, soudain, Pimienta hurla et sortit de la salle d'audience en courant, et disparut à jamais, et la boule de feu s'estompa puis se volatilisa, la lumière revint, tous les *santeros* s'effondrèrent, le vent tomba et un silence énorme s'abattit sur la salle d'audience, silence de l'épuisement, silence de la paix, silence de la mort.

22

Les jurés entrèrent en silence, presque religieusement, comme en une procession portant des cierges invisibles, et s'installèrent. Plusieurs semaines s'étaient écoulées depuis l'épidémie de possessions. La première réaction, unanime, avait consisté à annuler le procès, mais la nécessité de réunir une nouvelle fois les témoins à l'occasion d'un nouveau procès s'était imposée. Remigio, le gardien du parking, était parti, de même que Vlad, le marchand de bijoux, et Bongos, l'animateur de radio, tous avaient quitté la ville ou ne pouvaient être contactés ; Pimienta lui-même semblait s'être évaporé et les enquêteurs ignoraient où se trouvaient tous ces gens. On n'avait pas relevé d'empreintes digitales sur les armes et il n'y avait pas de survivants, par conséquent que pouvait faire Phyllis, sinon garder le jury ? Un deuxième procès aurait été catastrophique pour l'accusation.

Je pris position en faveur de l'annulation. J'estimais que, malgré les effets pyrotechniques, les jurés voteraient la culpabilité, par crainte de la honte et du ridicule, par un processus leur permettant de nier les pulsions ténébreuses et d'oublier ce qui s'était passé dans la salle d'audience.

Reynolds refusa d'accorder l'annulation et ordonna que tout ce qui concernait l'incident soit exclu du procès-verbal, comme s'il ne s'était rien passé. Il avança de nombreuses raisons juridiques — absence de fondement, pas de question en suspens, hors du sujet des débats —, mais elles avaient toutes la même source : la peur. Peur de l'inconnu, peur du noir, peur de cette chose venue de l'au-delà qui avait déchiré le livre de la justice et éparpillé ses pages. Comme les caméras de télévision avaient cessé de fonctionner lorsque le courant avait été coupé, il ne restait que notre souvenir de l'événement, les impressions laissées par un moment que tout le monde voulait oublier.

Même les journalistes qui avaient assisté à la scène refusèrent de croire, refusèrent de reconnaître que leurs sens ne les avaient pas trompés et que l'impossible s'était effectivement produit. Ainsi, quand les journaux annoncèrent qu'un déséquilibre atmosphérique localisé avait créé une tornade exceptionnelle qui avait balayé le centre administratif et cassé des vitres au palais de justice, provoquant une panique démesurée et inexplicable, nous les crûmes. Et lorsque le juge déclara que la démonstration elle-même n'avait été qu'une psychose collective, un cas de suggestion et d'hystérie, que les quelques personnes qui s'étaient crues possédées étaient des *santeros* et, par conséquent, des simulateurs professionnels, nous acquiesçâmes et approuvâmes, refusant de reconnaître que notre réalité n'était qu'un fragile canevas sur un vide tempétueux.

— C'est exactement comme dans la bijouterie, *chico,* dit Ramón à la prison, dans un murmure rauque. Nous étions tous là, nous avons tous vu et, maintenant, tout le monde dit qu'il ne s'est rien passé. Personne ne veut connaître la vérité.

Mais les jurés seraient-ils du même avis? Je n'avais pas cité de nouveaux témoins et Phyllis non plus. Nous passâmes directement au réquisitoire et à la plaidoirie, Phyllis mentionnant inlassablement la préméditation des actes de Ramón, les armes qu'il avait emportées, le serment de vengeance qu'il avait fait lorsqu'on lui avait repris les bracelets. Elle évita d'employer les mots autel, religion, dieux, mais ces termes, et les faits qu'ils recouvraient, furent une toile de fond bariolée, visible et implicite, tendue derrière ses propos.

Ma plaidoirie fut brève. Je m'étais engagé à défendre Ramón et je fis de mon mieux, affirmant que personne ne savait ce qui s'était passé dans la bijouterie. Tous les témoins étaient morts ou partiaux et il n'existait pas de compte rendu objectif du drame. L'arbre était tombé et personne n'avait entendu le fracas de sa chute. J'envisageai pendant quelques instants de dire que même si Ramón avait commis les meurtres (et il les avait commis, Dieu me pardonne, il les avait commis), il n'en était pas responsable parce qu'il était sous l'influence d'une force qui nous dépasse. Mais j'y renonçai. Le non-dit était plus convaincant qu'une argumentation, que les trésors d'éloquence que j'aurais pu déployer. Je m'étais donc contenté de lire une des premières sections du Code pénal de Californie.

— Voici ce qui est écrit, mesdames et messieurs. « Titre un. Toute personne est capable de commettre un crime, sauf celles qui entrent dans les catégories suivantes... » Les exceptions sont énumérées, celle qui nous intéresse arrivant en cinquième position. Je cite : « Les personnes ayant commis les faits dont ils sont accusés sans en avoir conscience. » Fin de citation. Sans en avoir conscience, mesdames et messieurs. Telle est la clé et on ne peut la négliger. Telle est la loi. Si vous n'êtes pas maître de vos actes, si vous n'en avez pas conscience, même si le crime est horrible, répugnant, démesuré, vous êtes aussi innocent que l'enfant, aussi pur que l'agneau. Sans conscience il n'y a pas de crime... pas de péché.

Les jurés délibérèrent pendant deux semaines, ne quittant la salle de délibération que lors des interruptions prévues, tels des bénédictins allant prendre leurs repas avant de se remettre à prier. Puis ils se déclarèrent prêts à donner leur réponse.

Reynolds se tourna vers les jurés. Je regardai Ramón, qui fixa successivement le juge, Phyllis et le shérif adjoint, toutes les personnes présentes dans la salle, sauf les hommes et les femmes qui ne tarderaient pas à rendre leur terrible verdict. Des *santeros*, portant les perles rouges et blanches d'Oggún, étaient assis au fond. J'entendis le bourdonnement des caméras de télévision.

— Mesdames et messieurs les jurés, j'apprends que vous avez rendu votre verdict dans cette affaire. Premier juré, veuillez vous lever.

453

Mme Gardner obéit, serrant la balustrade dans une main et les formulaires du verdict dans l'autre.

— Avez-vous pris une décision ?

— Oui.

— Veuillez la remettre au garde.

Gardner tendit les formulaires au shérif adjoint, qui les apporta à Reynolds. Il baissa la tête, parcourut rapidement les documents, puis regarda fixement les jurés. Mme Gardner soutint son regard. Reynolds respira profondément, secoua les feuilles de papier.

— Garde, veuillez transmettre au greffier, qui lira.

Le shérif adjoint apporta les documents fatidiques à Burr.

— Dans la ville et le comté de Los Angeles, tribunal supérieur de district, État de Californie...

Je regardai Ramón : inquiétude étroitement contrôlée, sourcils froncés, moue de défi sur les lèvres.

— Affaire numéro A875 - 4316, le ministère public de Californie contre Ramón Valdez, inculpé...

Burr avait sans doute lu la suite car il battit des paupières, s'éclaircit la gorge et poursuivit d'une voix plus aiguë, nerveuse :

— Nous, jury dans l'affaire susnommée, décidons que l'inculpé Ramón Valdez est non coupable de la violation de la section 187a du Code pénal de Californie, meurtre au premier degré, ainsi que le mentionne la première inculpation de la plainte.

Non coupable ! résonna dans ma tête. NON COUPABLE ! NON COUPABLE ! NON COUPABLE !

454

À l'annonce du premier verdict, une tempête de cris et de jurons s'abattit sur la salle d'audience tandis qu'au fond, les *santeros* se levaient et applaudissaient. Reynolds chercha son marteau mais, ne le trouvant pas, frappa sur son bureau avec sa tasse à café et ordonna au public de faire le silence, mais tandis que les verdicts se succédaient — NON COUPABLE ! NON COUPABLE ! NON COUPABLE ! — la clameur grandit jusqu'au point où le tumulte devint pratiquement incontrôlable. Burr lut les trente-deux chefs d'inculpation dont répondait Ramón et la réponse fut invariablement la même : NON COUPABLE ! NON COUPABLE ! NON COUPABLE !

Je restai figé sur ma chaise, glacé par le succès de mes efforts, ayant l'impression d'avoir personnellement tiré les coups de feu qui avaient tué les victimes.

— Est-ce votre verdict, mesdames et messieurs les jurés, votre décision unanime ?

Les jurés répondirent avec fermeté :

— Oui, OUI, OUI !!!

Une dernière clameur s'éleva alors, tandis que le public, désormais certain que le dernier acte était terminé, se levait, applaudissait, acclamait, sifflait, huait. Des bagarres éclatèrent parmi les spectateurs et des shérifs adjoints, venus d'autres salles d'audience, s'interposèrent entre les adversaires tandis que Phyllis et Samuels sortaient par la porte du jury et que Reynolds ordonnait au shérif adjoint de libérer Ramón afin que cesse le vacarme. Dès qu'il fut libéré de ses chaînes, Ramón hurla : *Victoria !* puis se précipita dans la foule, où ses partisans le portèrent en triomphe. Je demeurai immobile sur ma chaise, oublié au beau milieu de ce tourbillon d'agitation, écrasé sous le poids de mes actes. *Tu as été trop bon, Charlie, trop bon dans le mauvais sens.*

Je restai jusqu'au moment où les shérifs adjoints eurent fait évacuer la salle, n'y laissant que Burr et moi. Il sortit des dossiers, les épousseta.

— Il faut préparer les affaires de demain. La justice ne dort jamais.

Je hochai la tête puis sortis par la porte latérale, suivis le couloir du juge et pris le petit ascenseur de service, laissant ma serviette, mes notes et mes dossiers sur la table. Peu importe, me dis-je, cela aussi passera.

Je traversai le garage du rez-de-chaussée et sortis dans Main Street, traversai devant un autobus dont la destination était indiquée en grosses lettres jaunes : Paradise Cove. Je gagnai le parking et partis en voiture, évitant les essaims de journalistes qui enregistraient leur reportage sur le trottoir, devant la plaque indiquant : palais de justice. Tandis que je m'éloignais, je pus lire la dernière trouvaille de l'artiste anonyme des graffitis pornos, sur la boîte de contact d'un feu rouge : « J'aime baiser les femmes enceintes parce qu'elles portent Dieu en elles et que je jouis en Lui. »

Je remontai Sunset, passai devant Ana's Quinceañera et la Boutique de la Mariée, devant le Club Tropical avec sa cumbia et sa salsa, Nico et les Cohetes en concert ce week-end, devant le Motel du Paradis, en briques marron, sur une colline dominant le centre, montai jusqu'à Echo Park et Lupe's Famous Burritos, et l'El Asturiano Restaurant qui sert la meilleure paella de la ville, et El Carmelo avec ses gâteaux à la goyave et les centaines de magasins de toutes sortes où la population hispanique tente de reproduire les petites boutiques de quartier de San Salvador, San Pedro Sula, Granada et Sancti Spiritu, d'où elle vient, présence étrangère et animée, aux yeux et visages bruns, aux mains calleuses, avec bandanas, costumes en polyester, pantalons de toile et Hush Puppies, T-shirts blancs et *rebozos*, ponchos et robes de dentelle, mangeant des tranches de pastèque avec du paprika dessus, des paletas aux mille parfums fruités différents, chaudière montant lentement en pression et qui, un jour, explosera comme l'a fait Ramón ; et je réfléchis à tout cela et redoutai ce jour, et craignis pour mon âme tandis que je montais Hillhurst puis pénétrais dans la brume rose qui tombait sur les demeures entourées de murs de Los Feliz, Hollywood, Beverly Hills, Brentwood et Rancho Park, de l'océan aux montagnes, une brume rose fraîche et propre qui s'étendait avec de bonnes intentions et une totale absence de compréhension sur mon pays, la Ville de Notre Dame la Reine des Anges de Porciuncula, Los Angeles, mon premier, mon unique amour.

23

Mais ce ne fut pas la fin. L'histoire se termina après un coup de téléphone de la police de Los Angeles, qui me ramena dans les couloirs verts de la prison du comté. Là, derrière la séparation en verre dressée entre les détenus et les visiteurs, dans le parloir des avocats, la main gauche enchaînée à une barre métallique située sous sa chaise, se trouvait un homme maigre de presque soixante-dix ans ; ses yeux bleus étaient tristes et une mèche de cheveux blancs se dressait sur son crâne chauve. Il semblait flotter dans son uniforme bleu de la prison, pourtant il avait un gros ventre, comme si tout son poids se concentrait sur l'estomac.

Il me reconnut immédiatement, me fit signe de ses doigts déformés par l'arthrite. Je m'assis en face de lui, ébahi, étreint par le désir filial. La ressemblance était troublante. Nous nous dévisageâmes pendant une bonne minute, mon cœur battait à toute vitesse.

L'homme sourit, révélant des dents jaunes, tachées, et des gencives rose pâle. Son souffle empestait le tabac et la mauvaise nourriture, ses bras étaient couverts de croûtes et sans doute n'avait-il pas pris de douche depuis plus longtemps que je n'avais eu une bonne nuit de sommeil. Mais, à ce moment-là, cela importait peu. Ses yeux bleus étaient larmoyants et il avait le même sourire triste que mon père.

— Tu es sûrement Tom Elliot, dis-je.

Il ne pouvait être personne d'autre, sauf un homme qui était mort dans un hôpital de Miami.

— C'est ça, Charlie. Tu veux bien que je t'appelle Charlie ? Après tout, je te connais très bien.

— Oui, je veux bien.

— Marrant, pas vrai ? dit-il. Voir quelqu'un comme moi. Je suis sûr que tu as la frousse.

— Pas du tout. J'espérais cette rencontre.

— Franchement, moi aussi. C'est pour ça que j'ai demandé aux détectives de te téléphoner. (Il posa la main sur son estomac proéminent.) Ça devient de plus en plus gros et les médecins disent qu'il n'y en a plus pour longtemps. Merde, j'ai l'impression d'être une femme enceinte alors que je sais que je vais...

Il s'interrompit, le visage déformé par un spasme de douleur et de peur.

— Est-ce très grave ?

— Les médecins peuvent rien faire. J'ai eu des rayons, mais c'est trop tard. (Il se tut, soupira.) Trois mois maxi.

— Désolé.

— Qu'est-ce que ça fout, faut bien partir un jour, pas vrai ?

— La poussière à la poussière.

— Et les cendres aux cendres. Tu es catholique ?

Évidemment, j'aurais dû y penser puisque tu es cubain et tout. Ouais, comme je disais, je voudrais me soulager de deux ou trois trucs avant de faire la valise.

— Dois-je deviner, ou bien vas-tu raconter ?

— Non, je raconterai. Bon, je sais pas s'il y a quelqu'un là-haut, après tout, comme on dit, mais j'ai jamais été tellement joueur. Alors je crois que je devrais faire tout ça maintenant, avant qu'il soit trop tard.

— Trop tard pour qui ?

— Quoi ? Je ne comprends pas.

— Rien. Alors, où l'as-tu rencontré ?

Contrite jusqu'ici, son expression se fit irritée et il se leva partiellement.

— Me presse pas ! Je ne suis pas pressé.

— D'accord. Raconte à ton rythme.

Je m'appuyai contre le dossier de ma chaise. Le vieillard passa la langue sur ses lèvres sèches et crevassées.

— Bon, on partageait la même cellule. Il avait été arrêté pour son affaire deux ou trois mois avant et ils nous ont mis au bloc deux. J'étais pas loin de sortir, après un an pour un petit trafic de came, alors ils se sont dit... merde, je sais pas ce qu'ils se sont dit, j'ai jamais compris comment ces fumiers de shérifs fonctionnent. Bon, quand il arrive, après le dîner, il me regarde drôlement, mais vraiment drôlement. Alors j'ai sorti mon surin et je lui ai fait voir, pour bien lui montrer que je me laisserais pas prendre par-derrière. Alors il le regarde, il sourit et il dit, avec son drôle d'accent : « Tu veux gagner du blé ? »

— Alors tu as répondu oui.

— D'abord, je lui ai demandé ce qu'il fallait faire pour le gagner. Je voulais pas le sucer ni rien, si tu vois ce que je veux dire... Alors il a sorti une chemise de son dossier, le dossier qu'il avait toujours avec lui. Il se met à fouiller dans les papiers, et puis il sort une photo, vraiment vieille, je sais pas où il l'avait trouvée. Elle est en noir et blanc et elle représente un gamin à cheval, avec un homme à côté, et il regarde la photo, et je la regarde aussi et je dis : « Pas croyable », et il dit : « T'as raison. » Bon, ce type me ressemblait vraiment beaucoup, enfin, avec un petit changement par-ci, par-là. Il a fallu peindre la tache, sur ma joue, mais c'était à peu près tout.

— Il t'a demandé de me suivre.

Il baissa la tête, la leva, la tourna, puis parla sans me regarder.

— J'aurais pas dû, vraiment. C'était la première fois que je faisais ça. Je te le dis, j'ai pas cru qu'il voulait que je le fasse vraiment. Il m'a dit que c'était ton père et qu'il voulait juste te faire peur. Il croyait que ça te rendrait plus facile à contrôler. Alors j'ai marché. Bon, j'ai pas eu de mal à te trouver. Ni à te suivre. Le plus dur, c'était de filer assez vite. Le plus souvent, j'ai eu du mal. Je suis fier de ça. Mais tu n'as jamais cru que c'était quelqu'un en chair et en os.

— Non, c'est vrai.

Il respira profondément, fixa ses ongles crasseux.

— Ensuite, ils ont fait monter la pression.

— Qu'est-ce que tu veux dire ?

— Il a envoyé ses copains du vaudou chez moi, ces types en blanc et tout.

— Ouais.

— Ils apportaient un message qu'il avait écrit, des instructions, de l'argent. J'ai lu et j'ai voulu reculer mais ces types, tu vois le genre, un mètre quatre-vingts, quatre-vingt-dix, tout en muscles, comme des poids lourds. Un vrai cauchemar. Bon, ils ont expliqué qu'il avait dit que si je suivais pas ses instructions, ils reviendraient, me la coupe-raient, me la mettraient dans la bouche, me décou-peraient en petits morceaux et me laisseraient me vider de mon sang.

Il leva la tête.

— Tu me crois, hein ?

— Jusqu'ici ça me semble croyable. Quel était le message ?

Tom se tourna vers le shérif adjoint, lui indiqua que l'entretien était terminé. Tandis que l'adjoint descendait de son estrade et se dirigeait vers nous, Tom bredouilla :

— Fallait que j'engage les deux Noirs pour qu'ils poussent ta voiture dans le ravin.

L'adjoint se baissa, glissa la clé dans la serrure, ouvrit la menotte.

— Je m'excuse, Charlie. Je voulais pas, c'étaient les circonstances, tu comprends.

Il se leva, voûté, le ventre comme un ballon de basket, la conscience libre de toute culpabilité. J'eus envie de m'agenouiller, de lui demander de me pardonner, de lui dire que je ne savais pas ce que j'avais fait. Mais je me contentai de :

— Je comprends.

Je me levai, pris ma serviette.

— Dors en paix.

— Merci.

— Allez, Elliot. En cellule, dit l'adjoint, poussant l'image de mon père devant lui.

À la réflexion, je ne me souviens pas si les événements suivants arrivèrent le même jour. Peu importe de toute façon puisque la démonstration de la manipulation exercée sur moi par Ramón et celle de la trahison de Lucinda en furent les éléments déterminants, concentrant le temps, transformant la fin de cette affaire en un prisme ténébreux veiné de chagrin et de regrets.

La photographie mentionnée par Elliot était la dernière qui eût été prise à Cuba. Elle se trouvait dans l'album à reliure de cuir de mon bureau. Je l'y trouvai mais, l'ayant retournée, je constatai qu'on l'avait décollée puis hâtivement fixée avec du papier collant. Tout s'expliqua, y compris le fait que Lucinda eût cessé de travailler chez Enzo le jour de l'acquittement de Ramón.

Le Ligure au visage triste avait sonné à ma porte, ce jour-là, tendant les mains ouvertes.

— *Dov'è la bella* ? demanda-t-il. Tout le monde demande : où est-elle, où est-elle ? Je téléphone chez elle, pas de réponse, alors j'y vais et personne ne sait où elle est allée.

— Aucune idée, Enzo. Il y a des semaines que je ne l'ai pas vue. Tu te souviens de cette soirée.

— Oh, je me suis dit, bon, tu la connais, vous étiez tellement proches, peut-être...

— Enzo, je vais te dire quelque chose sur les Cubains. Nous aimons les actes définitifs, tenir notre parole même si on en souffre à mourir. Jamais je n'irais la chercher.

— *Scusa,* tu sais, je... Tu prends la vie trop à cœur. Bon, ça va, je trouverai quelqu'un d'autre. Eh, ce n'est qu'une fille. La vie continue.

Il s'éloigna, puis pivota sur lui-même comme s'il me voyait pour la première fois.

— Je ne savais pas que tu étais cubain. Tu n'en as pas l'air.

— De quoi les Cubains ont-ils l'air ?

— Ah, je ne sais pas. Comme Castro ou Desi Arnaz, ou, tu sais, les *negri,* les Noirs.

— Je ne suis ni noir, ni révolutionnaire, ni chef d'orchestre. Je suis un avocat blanc sans barbe, voilà tout.

Il haussa les épaules, acceptation italienne de la vie telle qu'elle est.

— Eh, d'accord. Tu es un homme bien, peu importe. Tu m'appelles si tu la vois, *va bene ?*

— *Va bene.*

J'étais assis dans le salon et regardais les projecteurs de l'observatoire de Griffith Park fouiller la nuit.

Je jetai un coup d'œil circulaire autour de moi, sur les mégots (je m'étais remis à fumer), le tapis de travers, le coussin bosselé, l'appui de la fenêtre poussiéreux, les bouteilles de bière vides, Le *L.A. Times* toujours dans son emballage en plastique, la bouteille à moitié vide de vodka poivrée, et je ris. Tu deviens un cliché, me dis-je. Le crétin au cœur brisé qui pleure son amour perdu. Je songeai que je n'avais rien pensé d'aussi drôle depuis des semaines, les rires jaillirent de moi comme une éruption longtemps contenue, un rot accompagné de vomi. Je roulai par terre, conscient du spectacle pitoyable que j'offrais, dans mon laisser-aller et mon désespoir, puis ma joie m'étrangla ; les larmes coulèrent contre ma volonté, je me moquai de l'observatoire, des bouteilles, de la pièce, de la ville, de ma famille, de mon fils, de mes amours, de ma vie, tout ce qui passa devant mes yeux parut baigner dans le rire et la dérision, tout devint risible, méprisable, une blague. J'entendis la puissante détonation d'une arme de poing.

Je cessai de rire et m'assis par terre, le cœur battant soudain très vite. J'avais envie de croire que c'était l'échappement d'une voiture, mais je sais reconnaître les coups de feu, cette détonation puissante de la cordite qui projette l'acier dans l'espace. Puis il y eut un deuxième coup de feu, mais étouffé cette fois, comme par un silencieux de fortune, une couverture ou un coussin.

Je regardai la pendule de la cheminée. Cinq heures moins dix du matin. Derrière ma fenêtre, des traînées de brouillard fondaient sous les lampadaires. Ni voitures ni piétons dans la rue, seulement un opossum égaré courant parmi les buissons, de l'autre côté de la chaussée. Puis j'entendis une troisième détonation et un bruit qui évoquait un pot ou un vase volant en éclats. Je me levai et allai chercher mon revolver, mais ne pus le trouver. Je m'emparai de la seule arme de la maison, une vieille machette rapportée d'un voyage au Yucatán, et me dirigeai vers l'origine du bruit : l'appartement d'Enzo, au rez-de-chaussée.

Je tentai d'ouvrir la porte d'Enzo, mais elle était fermée à clé. Posant l'oreille contre le battant, je

465

perçus faiblement des voix à l'intérieur, le débit rapide que produit la peur d'être découvert. Je voulus sauter par-dessus la clôture du jardin, mais quelqu'un était déjà passé par là. On avait coupé l'arceau du cadenas, probablement avec la cisaille qui traînait sous les camélias. Je poussai le battant, traversai rapidement la cour jusqu'à la porte-fenêtre donnant sur le précieux jardin de roses et de plantes aromatiques d'Enzo. Elle était également ouverte, mais les rideaux étaient tirés et je ne vis pas l'intérieur. Je levai ma machette, prêt à frapper, et entrai silencieusement.

Mon regard se posa sur le corps d'Enzo, qui gisait près de la table ovale en bois de rose. Étendu sans grâce, il était face contre terre, la main droite levée, paume vers le bas, comme s'il avait voulu faire une dernière fois le salut fasciste avant de mourir. Son T-shirt blanc était trempé de sang d'un côté, le liquide cramoisi formant une flaque luisante autour de la ceinture de son caleçon à fleurs. De l'autre côté de la salle à manger, je vis une traînée de cartilage et de matières cervicales suivant la trajectoire de la balle qui était allée s'enfoncer dans le mur. La table avait été mise pour deux ; les calmars étaient répandus sur la nappe en dentelle et une bouteille ouverte de Montefalcone déversait son contenu dans le panier à pain.

À droite, je vis Lucinda fouiller les tiroirs du buffet sculpté ; elle jetait hâtivement les papiers par terre, piétinait, dans son affolement, les photographies, recettes, coupures de journaux, factures. Elle portait le body noir que j'avais acheté pour elle chez Magnin, la semaine où elle était venue s'installer chez moi.

— Tu cherches quelque chose ?

Elle se retourna et sursauta, le visage livide d'épuisement, d'étonnement et de dégradation, les yeux largement cernés de marron. Jamais je ne l'avais vue aussi maigre, gauche et nerveuse. Elle eut la présence d'esprit de se contraindre au calme.

— Oh, Charlie, fit-elle, se dirigeant vers moi.

Je baissai la machette. Elle s'arrêta.

— Je cherchais le numéro de la police. Il est arrivé une chose incroyable.

— Raconte toujours.

Elle respirait péniblement par la bouche.

— Nous dînions, Enzo et moi.

— Depuis quand ? L'autre jour il croyait ne jamais te revoir.

— Quoi ? Oh, ça, parce que j'ai pris quelques jours de vacances, le pauvre, il n'était pas au courant, mais maintenant...

Elle fondit en larmes, la tête baissée, sanglota.

— Laisse tomber. Qu'est-ce qui s'est passé ?

Elle leva la tête, le visage déformé par un rictus de souffrance que j'avais vu en d'autres circonstances, quand elle frémissait entre mes bras.

— On mangeait et un cambrioleur est arrivé. Je crois qu'il est entré par la fenêtre. Il a demandé de l'argent à Enzo et, comme il n'a pas voulu lui en donner, il lui a tiré dessus. Enzo s'est défendu, mais il a tiré une deuxième fois.

Je pivotai sur moi-même, regardai à nouveau la table, me tournai vers Lucinda.

467

— Tu étais assise là, à sa gauche ?

Je montrai la chaise renversée.

— Oui.

— C'est bizarre. Comment se fait-il qu'il n'y ait pas de sang sur toi, chérie ?

— Je ne sais pas. J'ai dû me lever.

— Et pourquoi ne t'a-t-il pas tuée ? Tu es un témoin. Pourquoi abattre Enzo et pas toi ?

— Je ne sais pas, peut-être parce que...

Je sentis le canon d'une arme contre mes côtes et un souffle fétide familier, la pourriture des ténèbres.

— Posez votre machette, Carlitos, dit Ramón, debout derrière moi.

Je lâchai l'arme. Elle tomba près d'Enzo. Ramón me poussa contre le buffet.

— Alors c'est ça, dis-je. Un hold-up de merde. Et pour ça, il fallait le tuer.

— Fermez-la, vous ne savez pas ce que vous dites. Tu as trouvé ?

Lucinda montra la clé d'un coffre en banque.

— Qu'est-ce que vous allez dire, à présent, Ramón ? Quel dieu vous a obligé à faire ça ?

Ramón prit la clé, la mit dans sa poche.

— Aucun. C'est une affaire d'êtres humains. (Il agita son arme en direction de Lucinda.) Va t'habiller. On se tire.

Lucinda gagna la chambre, au bout du couloir. Je constatai que Ramón avait mon revolver, le .38 que j'avais cherché avant de descendre.

— Il a pris les bijoux d'Oggún, lui aussi ?

Ramón parut un instant déconcerté, puis rit.

— Je vous ai dit que ça n'avait rien à voir avec les

saints. Cette clé est très spéciale parce que je sais qu'il y a cinquante mille dollars dans le coffre... et deux kilos de cocaïne.

— Enzo vendait de la drogue ?

— Pas vraiment, mais c'était comme de l'argent, vous voyez ? Il croyait même que c'était aussi bien que de l'or.

Nous nous regardâmes. L'aube se leva, les rideaux pâlirent sous l'effet de la lumière.

Il soupira.

— Va falloir que je vous tue. Ça ne me fait pas particulièrement plaisir, *chico*, mais vous savez, les affaires sont les affaires.

Je mis les mains dans le dos et cherchai sur le buffet un objet dont je pourrais me saisir.

— Pourquoi n'avez-vous pas chargé vos acolytes de faire le boulot ? Pourquoi le faire maintenant ?

— Alors vous avez découvert ça ? Ces nègres américains ne connaissent rien. Je leur ai seulement dit de provoquer un accident, pas de vous tuer. Vous savez, s'il y avait eu un problème et si j'avais perdu, j'avais une solution de rechange, vous voyez, un report de l'affaire et tout ça. Ça montre qu'il faut faire les choses soi-même si on veut qu'elles soient bien faites.

— Alors maintenant vous allez me tuer, après tout ce que j'ai fait pour vous ?

— Vous ne l'avez pas fait seulement pour moi. Vous aviez votre programme. J'étais votre outil autant que vous étiez le mien. Nous voulions des choses différentes. Je voulais la liberté, vous vouliez l'absolution. On a eu ce qu'on voulait, tous les deux.

Mes doigts se refermèrent sur le goulot d'une bouteille.

— Comment avez-vous su, pour mon père ?

— Je me suis renseigné. J'ai des amis qui peuvent engager des détectives, vous savez ? Des vrais privés, pas des faux comme vous.

Un rayon de lumière entra dans la salle à manger, zébrure dorée tombant sur la tête ensanglantée d'Enzo.

— Lucinda ! cria Ramón.

Elle arriva en courant, boutonnant sa robe.

— Ça va, comme ça ?

Ramón tourna un instant la tête et je lançai la bouteille sur lui. Il tira mais je me jetai par terre, ramassai la machette et l'abattis sur sa main. Je l'atteignis avec le plat de la lame, sans le blesser, mais il lâcha le revolver. Je plongeai dans sa direction au moment où il allait reprendre le revolver et tombai sur lui alors que ses doigts se refermaient sur la crosse. Je lui donnai des coups de genou dans les reins, mais il ne lâcha pas prise et nous roulâmes sur le sol, heurtant les pieds de la table, le mur, le cadavre d'Enzo.

— Frappe-le, frappe-le ! ordonna-t-il à Lucinda, qui saisit la bouteille et approcha, attendant l'occasion.

Elle me donna un coup de bouteille sur le dos, de sorte que j'obligeai Ramón à se retourner, le coinçant contre Enzo, roulant dans la flaque de sang, sentant monter en moi des forces que je n'imaginais pas posséder. Un coup de feu partit.

— Frappe encore, frappe encore ! ordonna-t-il.

Le coup atteignit Ramón à l'épaule et il y eut un

nouveau coup de feu. La balle pénétra dans le cou de Lucinda. Elle hoqueta, puis vomit du sang et tomba. Finalement, je coinçai Ramón contre le mur, sous la fenêtre, le contraignis à lâcher l'arme. Je me levai et lui donnai un coup de pied dans le bas-ventre. Il se plia en deux.

— Pas un geste, nom de Dieu ! hurlai-je, en me dirigeant vers Lucinda.

Elle était à plat dos, yeux ouverts et dilatés, le sang s'écoulant d'un trou à l'endroit du larynx. Ramón resta immobile, le souffle court, adossé au mur.

— Laissez tomber, elle est morte, dit-il, presque hors d'haleine. Il n'y a plus que vous et moi, comme toujours.

— Je ne vois pas ce que vous voulez dire. Bougez pas !

— Mais si. C'était toujours vous et moi, c'est comme ça. Elle n'était qu'un pont, comme le procès, comme tout. (Il s'interrompit, respira profondément.) Réfléchissez. Vous pourriez encore me défendre. Vous pourriez dire que c'était un crime passionnel, qu'elle baisait avec Enzo, que j'ai perdu la boule et que je les ai tués. Avec vous, je m'en sortirais, c'est sûr. Vous seriez l'avocat le plus célèbre du pays... vous auriez sauvé deux fois le même type de la chambre à gaz. Vous pouvez y arriver.

Je pris l'arme dans la main gauche, sans cesser de la braquer sur Ramón. De la main droite, je saisis la machette et ouvris la gorge de Lucinda, afin que son sang ne l'étouffe pas.

— Laissez tomber, Charlie. Laissez-la tomber !

— Bougez pas, nom de Dieu !

Je me penchai sur Lucinda et, à ce moment, Ramón se leva d'un bond, plongea par la fenêtre dans un déluge d'éclats de verre et de bois. Je tirai mais le manquai. Le revolver était vide. Je le jetai et tentai de ranimer Lucinda, mais il était trop tard : ses yeux devinrent vitreux, son cœur cessa de battre. Je me redressai et rugis comme une bête blessée, puis je sortis également par la fenêtre.

Je vis Ramón courir dans la rue, monter vers l'observatoire. Au loin, j'entendis le hurlement des sirènes puis aperçus les gyrophares bleu et blanc des voitures de patrouille qui filaient vers la maison.

Je me lançai à sa poursuite, sur la pente abrupte, devant les maisons aux toits de tuiles rouges des propriétés immenses, jusqu'à l'escalier à flanc de colline. Je le vis, en haut, entrer dans le parc. Je montai les marches quatre à quatre, chasseur traquant sa proie, esprit poursuivant la chair.

Quand j'arrivai en haut de l'escalier, mes poumons étaient en feu et mes jambes sur le point de se briser en mille morceaux. Puis je vis Ramón parmi les buissons, sur le chemin conduisant au sommet de Mount Hollywood. Je le poursuivis, sautant par-dessus la clôture en fil de fer barbelé, déchirant mon pantalon, sentant les pointes métalliques s'enfoncer dans ma chair, mais refusant de tenir compte de la douleur, déterminé à ne plus jamais le perdre, à ne plus jamais échouer. Le chemin aboutissait à une haie d'épineux. Je vis Ramón devant moi, à quatre pattes, progressant sous les branches. Je me jetai à terre et avançai à

quatre pattes dans le fossé d'évacuation des eaux
de pluie proche des buissons ; les épines déchi-
raient ma chemise, je m'écorchais les mains et les
genoux sur les pierres et les tessons de bouteille.

Je le revis, une fois arrivé en haut, prendre à
gauche, vers la clairière. Je compris qu'il ne
m'échapperait pas, cet endroit n'avait pas d'autre
issue que le chemin que je suivais. Quand j'atteignis la clairière, il regardait la ville, vacillant au
bord du vide, trois cents mètres au-dessus des maisons. Il se tourna vers moi, son visage un masque
de colère primitive, le masque d'un dieu antique.
Il avait une bouteille cassée à la main.

— Je suis Oggún niká, dit-il en brandissant la
bouteille. Je suis Oggún, maître de la guerre ; *Viens
au-devant de ton destin !*

Il se jeta sur moi, la bouteille pointée sur mon
visage. J'attendis aussi longtemps que possible puis
fis un pas de côté, coinçant son bras entre mes
deux avant-bras, cassant l'os en deux. Mais il ne
sentit apparemment pas la douleur, me saisit avec
la main gauche, pivota sur lui-même et me souleva
d'une seule main, m'emporta à la limite de la clairière. Il me lâcha dans le vide, mais je m'accrochai
à un buisson de chaparral et remontai. Il sauta sur
mes mains, puis me donna des coups de pied au
visage. Je me retournai, lui donnai un coup de
savate. Mais il encaissa comme s'il venait d'être
frappé par un enfant. Je me jetai sur lui, cognai
inlassablement, mais c'était comme dans ces cauchemars où l'on frappe l'adversaire de toutes ses
forces et où les coups semblent amortis par un
coussin. Il me donna un coup de tête dans l'es-

tomac, me jetant au sol, puis me prit par le bras et voulut me traîner jusqu'au ravin, où m'attendait la mort, trois cents mètres plus bas, quand quelque chose le poussa, lui.

Il perdit l'équilibre puis trembla de peur face à ce qui se tenait derrière moi. Je lui donnai un coup de pied en pleine poitrine et il bascula, tomba sur les rochers où il se fracassa comme une poupée.

Le souffle court, je me redressai puis sentis un frisson glacé me parcourir l'échine, le frisson de l'amour et de l'acceptation. Debout, là, souriante, se tenait l'image de mon père. Pas Tom Elliot, mais mon vrai père, tel qu'il était dans mon enfance, jeune, fort et plein d'espoir, en costume de coton blanc.

— *Bien hecho, mi hijo,* dit-il. Bien joué.

Quand je me dirigeai vers lui, il recula jusqu'au bord de la clairière, puis le dépassa, si bien qu'il parut flotter dans l'espace, son corps devenant translucide. Le soleil se leva et il parut s'estomper davantage.

— *Estás perdonado,* dit-il. Tu es pardonné.

Puis il disparut et le soleil devint une aveuglante boule de feu et la Ville de Notre Dame, la Reine des Anges, bougea sous ses couvertures puis s'assit, saluant le jour nouveau.

En rentrant chez moi, avant la police, avant les médias, avant les questions et les réponses, je m'arrêtai dans une cabine téléphonique et appelai Miami.

— Allô, Julian ? Salut, c'est papa. Je rentre à la maison. Je t'aime, mon gars.

DU MÊME AUTEUR

Composition Traitext.
Impression Société Nouvelle Firmin-Didot.
le 4 mars 1997.
Dépôt légal : mars 1997.
Numéro d'imprimeur : 37872.

ISBN 2-07-040185-5/Imprimé en France.

ПН

7956

73569

79563

79563